JENNY RICHTER

Die Perle im Gewebe der Zeit

Eine Seelenreise durch Wiedergeburt, Erinnerung und die Fäden des Schicksals

Copyright © 2025 by Jenny Richter

All rights reserved. No part of this publication may be reproduced, stored or transmitted in any form or by any means, electronic, mechanical, photocopying, recording, scanning, or otherwise without written permission from the publisher. It is illegal to copy this book, post it to a website, or distribute it by any other means without permission.

Dieser Roman ist ein Werk schöpferischen Ausdrucks, inspiriert von spirituellen Einsichten und gechannelten Erzählungen. Obwohl er auf historische und mythologische Figuren Bezug nimmt, ist die Geschichte ein Produkt imaginativen Erzählens. Die Theorien und Darstellungen alter Praktiken, einschließlich der Funktionsweise der Pyramiden, sollen zum Nachdenken und Forschen anregen und erheben keinen Anspruch auf historische oder faktische Genauigkeit.

Die Leserinnen und Leser sind eingeladen, dieses Buch als eine Reise durch Zeit, Mythos und Spiritualität zu erleben — im Bewusstsein, dass es Fiktion mit Inspiration verbindet.

First edition

Widmung

Dieser Roman ist überwiegend gechannelt.

Ich bin voller Ehrfurcht und zutiefst dankbar für die klare Führung, die ich empfangen durfte.

Danke.

Vorwort

Das Gefühl deiner Liebe, dein Licht, das auf mich scheint —
 Ich sehne mich, es für immer in mir zu tragen.
 In das Muster meiner Seele will ich es eingravieren,
 damit ich nie nach weniger suche.
 Sollte deine Liebe zu mir je verblassen,
 bitte warte nicht.
 Sag es mir sanft – und geh dann still,
 damit ich die Gnade wiege
 und die Erinnerung halte
 an das Geliebtsein.

Einleitung

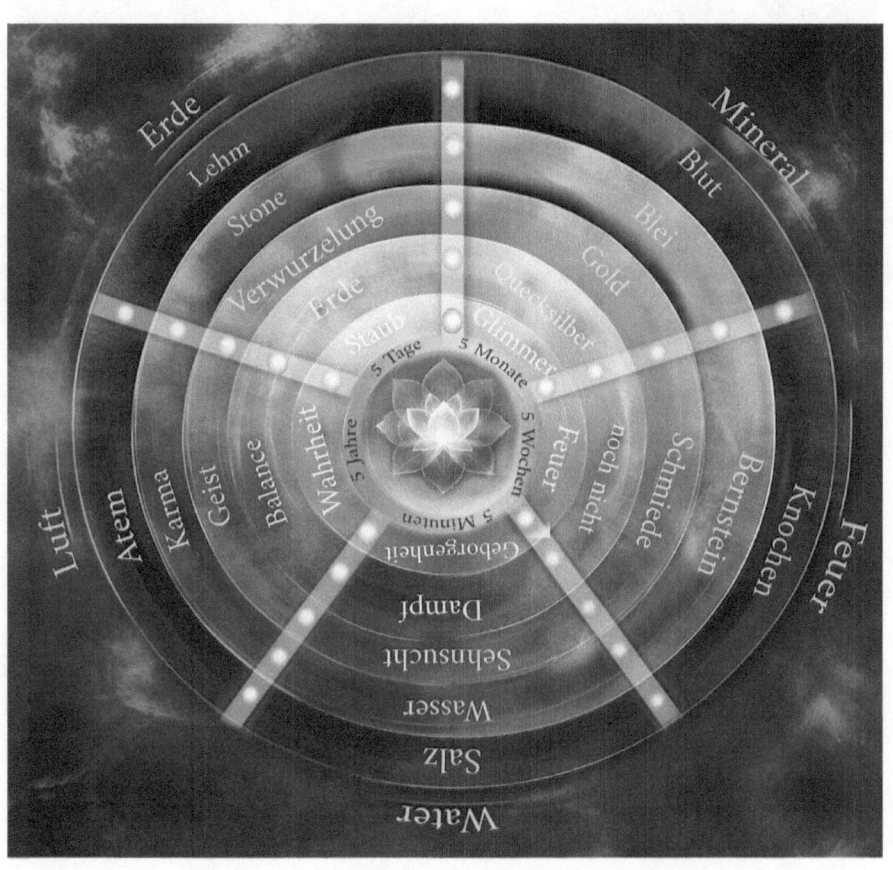

Inhaltsverzeichnis

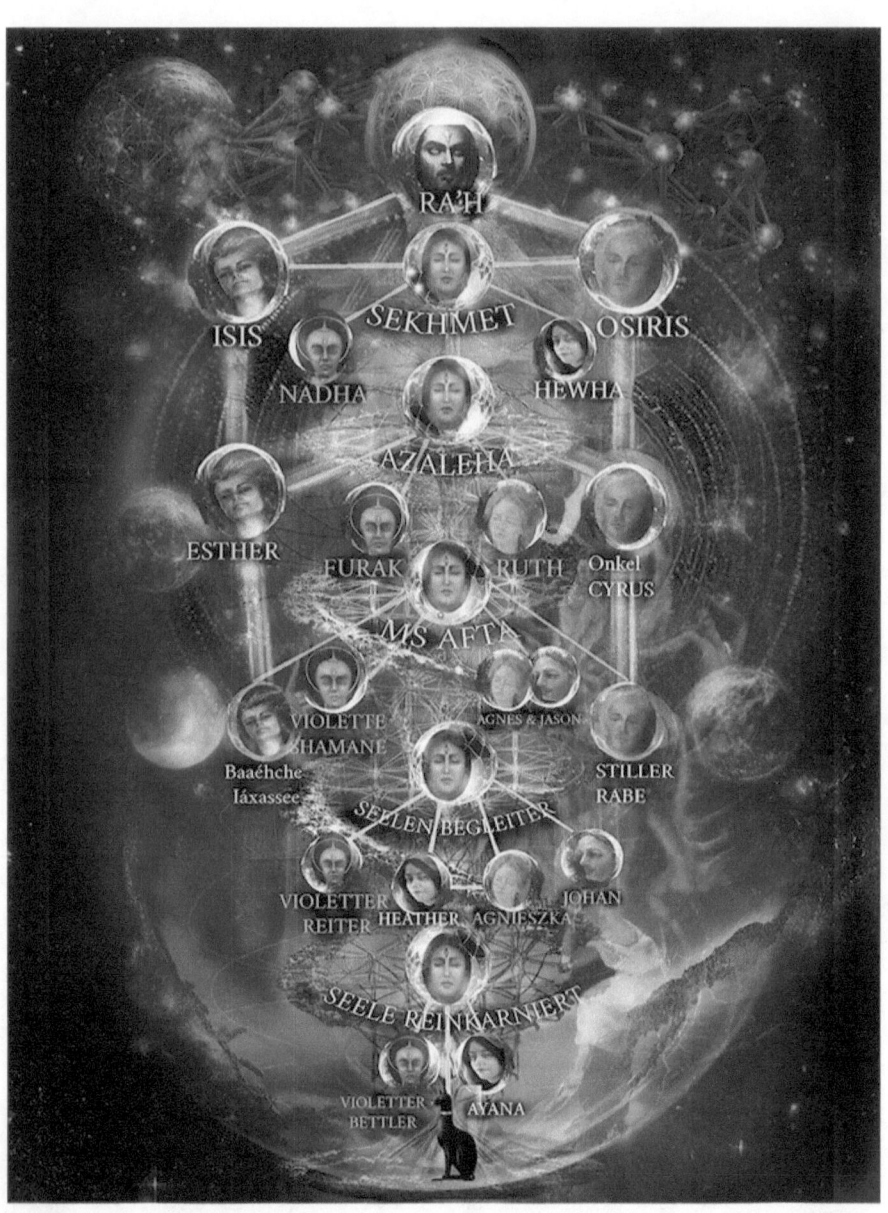

Seelenstammbaum

I

Erde

1

Lehm

Ich wurde aus tiefem Schlaf gelockt durch das feuchte Schnurren von Zura an meinem Ohr, so nah, dass ihr taufrisches Schnauzenvibrieren bis in mein Trommelfell drang und meine Sinne beherrschte, ohne meine Haut zu berühren.

Ich wollte nicht zugeben, wach zu sein. Als Zura ihr erstes Bemühen, mich nach ihrem Willen zu formen, abbrach, zog sie ihr Gesicht zurück — nur um gleich darauf ihre schwere Pfote direkt auf meine Wange zu legen.
 Das Gewicht war nicht feindselig, doch es übte gerade genug Druck aus, um unangenehm zu wirken. Ärger stieg in mir auf und verwandelte sich rasch in flammende Gereiztheit – ganz so, wie es Zura geplant hatte.
 Ich blieb reglos liegen, die Lider scheinbar entspannt, um ihr nicht den frühen Sieg zu gönnen.

Wir wussten beide, was nun folgen würde.
 Sicher genug setzte sie ihren mächtigen Zug an: eine Kralle glitt aus der weichen Pfote, direkt unter mein linkes Auge, so langsam, dass sie nur die Möglichkeit eines Einreißens der Haut andeutete.
 Ich schlug ihre Pfote weg, öffnete die Augen, fuhr im Bett hoch und zog sie zu mir, küsste ihren Hals und schlang sie in eine warme Umarmung.
 Ich genoss die letzten Momente des Wohlbehagens in der Wärme meiner

prachtvollen Decken — gewebt in schimmerndem Blau und Gold, umgeben von meinen weichen Fellen.

Zura rieb ihr Gesicht an meiner Stirn, zufrieden wie jeden Morgen, weil sie mich weckte, damit ich ihrem nächsten Wunsch dienen konnte — meist ging es um Futter.

Efrem hatte während des ganzen Spiels reglos neben mir gelegen, sein gestreckter Körper nahm enormen Raum in meiner Schlafkammer ein, ohne einen Hauch von Demut. Sobald Zuras Sticheleien auf meine Bereitschaft zum Aufstehen trafen, erwachte in Efrem eine frische Heiterkeit. Er rollte sich auf den Rücken und forderte mit lauten Gesten meine volle Aufmerksamkeit und ergiebiges Bauchkraulen ein. Seine Freude riss mich immer mit.

Oh, wie ich es liebte, zwischen meinen Geparden zu erwachen — ihre Wärme, ihre stille Majestät, meine Finger über ihr makelloses Fell gleiten zu fühlen, die kraftvolle Landschaft ihrer Muskeln darunter. Wesen von königlicher Natur.

Kein Morgen verging, ohne dass Zura und Efrem die Erinnerung an die große Sudhana in mir wachriefen.

Sudhana hatte mich seit meiner Jugend begleitet, etwa seit ich verglichen mit menschlicher Zeit zweiundzwanzig Jahre alt war. Unser Altern war eine Entscheidung, kein biologischer Zwang — wir glaubten nicht an biologisches Altern.

Mein Bund mit Sudhana richtete meinen kosmischen Fokus aus und schärfte meine energetische Sicht; sie half mir, die Fähigkeiten zu entwickeln, die nötig waren, damit ich meine Aufgabe eigenständig erfüllen konnte. Ihre Zellen vibrierten mit meinen; sie zu spüren war Teil meines Körpers.

Wir waren jene, die man Hüterinnen und Gottheiten nannte.

Wir folgten dem Ruf des blauen Planeten und kamen als Pionierinnen und Pioniere, um das Leben auf der Erde zu verankern. Wir wussten, dass die Erde einen menschlichen Träger brauchte, ein Geflecht von Neuronen, das das Bewusstsein dieser Welt halten konnte. Wir reisten mental durch Zeiten, in die Vergangenheit und in mögliche Zukünfte, und handelten mit der Gewissheit über das kosmische Gleichgewicht, das uns als Grundlage diente.

Einst war Sudhana meine Lehrerin und Wächterin. Sie führte mich zur Klarheit, damit ich sicher im energetischen Feld navigieren konnte. Ihr drittes Auge öffnete mir den Zugang zum Informationsfeld.

Unsere Aufgabe war es, das Feld aller Aufzeichnungen zu durchmessen — jene, die wir Vergangenheit nannten — und zugleich das Feld der Möglichkeiten zu lesen, das noch im schwankenden Zustand der Wahrscheinlichkeit lag.

Um unseren Geist zu beherrschen und Zugang zu Vergangenheit oder Zukunft zu erlangen, brauchten wir verschiedene Techniken. Doch eine Konstante galt immer: Wir mussten unser Herzfeld ausschalten. Nur so verhinderten wir, dass persönliche Gefühle und Vorlieben die gelesenen Informationen verfälschten.

Beim Scannen der Vergangenheit folgten wir einer klaren, chronologischen Abfolge. Alles war zwar im energetischen Feld gespeichert und im Prinzip gleichzeitig vorhanden, doch unser Bewusstsein kann Ereignisse nur nacheinander erfassen. Unser Denken formt daraus eine Abfolge, wie Perlen an einer Schnur, die in Reihenfolge ein Muster ergeben. So entsteht ein Handlungsfaden, ein Erleben, eine Geschichte die sich zu einer Identität verdichtet: Jedes Wesen nimmt seinen Platz im Gewebe der Zeit ein.

Das Lesen möglicher Zukünfte war anders. Die Zukunft erschien uns als ein Feld von Potenzialen, Wellen von Möglichkeiten. Wir durften keine persönlichen Präferenzen einfließen lassen, denn jede emotionale Einmischung aus unserem Herzfeld hätte ein neues Muster gewebt — gesponnen aus unserem eigenen Funken — und uns unweigerlich in diese

Möglichkeit hinein verstrickt. Das bedeutete Karma.

Einmal verwoben, würde die Seele durch Schleifen der Zeit und durch Verknüpfungen mit Ereignissen aus anderen Epochen gezogen, bis alle karmischen Fäden gelöst waren.

Ein Fehltritt konnte schwerwiegende Folgen haben. Ich durfte mir keine Fehler leisten — ich war die Hüterin des Gleichgewichts.

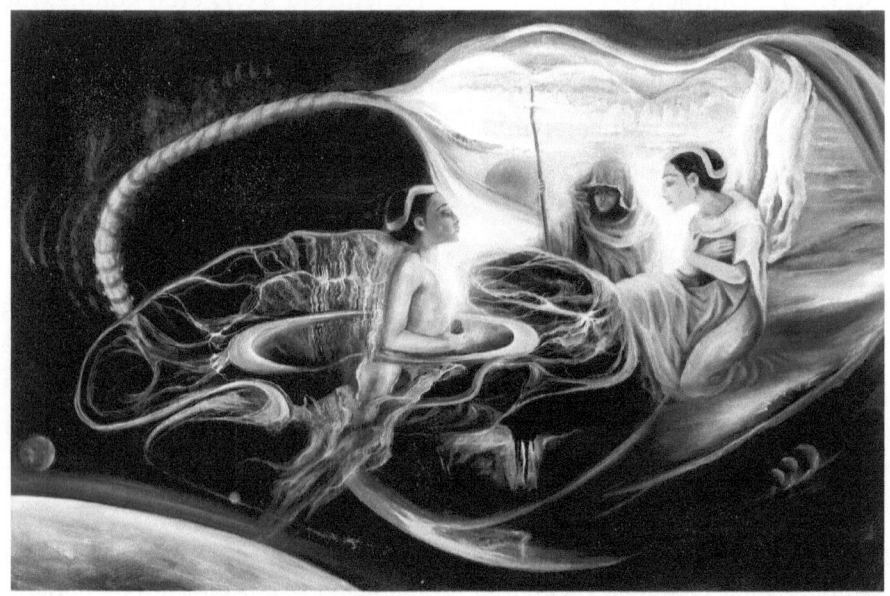

das Portal

Bevor ich die hohe Kunst Ägyptens — das Navigieren zwischen dem energetischen und dem physischen Bereich — vollständig beherrschte, hatte mich Sudhana zu ihrer Schülerin gewählt, und unsere Geister verbanden sich zu einer Einheit.

Obwohl ich die Technik bereits gut beherrschte, den elektromagnetischen Schutzschild meines Geistes herunterzufahren, um mich mit dem allumfassenden Informationsfeld zu verbinden, fiel es mir noch schwer, meine Aufmerksamkeit auf eine klare Richtung zu lenken. Sudhana hatte mich gelehrt, mich auf ihr drittes Auge als Einstiegspunkt ins energetische Reich zu konzentrieren — ein geradliniger, verlässlicher Weg — und viele Jahre lang war sie das Portal, von dem aus ich meine Reisen begann.

Allmählich wurde ich geübter darin, gezielt zwischen Bewusstseinszuständen zu wechseln, bis zu dem Tag, an dem ich ihr drittes Auge als mein eigenes spürte und die Trennung zwischen uns verschwand.

Fortan konnte ich meine Energie entlang der Wirbelsäule nach oben leiten und meine Zirbeldrüse aktivieren, ganz ohne fremde Hilfe — ein Meilenstein, denn damit schloss sich mein eigener, autonomer Kreislauf des Bewusstseins.

Der Übergang in meine stabile energetische Matrix verlief schnell und war entscheidend. Unser Seelenkollektiv hielt in jener Zeit eine dauerhafte, hochfrequente Schwingung im Gefüge der Erde aufrecht.
    Wir waren wesentlich, um das Gleichgewicht im Energiefeld der Erde zu bewahren — denn sie ist eine Art galaktische Schnittstelle, die Raum für seelisches Wachstum und Entwicklung auf allen Bewusstseinsstufen bietet.

Jede Seele, die Verkörperung auf der Erde erfahren will, ist willkommen.
    Gerade wegen des starken Zustroms niederfrequenter Seelen, die zur Entwicklung auf die Erde kamen, war unsere Anwesenheit nötig, um das Feld stabil zu halten.

Unsere Aufgabe war es, eine hohe Bewusstseinsfrequenz zu projizieren und damit eine neutrale, vitale Energiegrundlage zu schaffen, auf der die Erde als Lernfeld funktionieren konnte. Dieses Feld ermöglicht die Selbstentfaltung durch die Wechselwirkung inkarnierter Geister. Alle Seelen, die nach eigener Erweiterung streben, tragen so zur galaktischen Ausweitung bei und haben das Privileg, Zugang zu einem Planeten zu erhalten, dessen Dasein einem konkreten Zweck der Seelenentwicklung dient.

Wir behielten stets ein feines Gespür für die zerbrechlichen Dynamiken in der fortlaufenden Geschichte des Bewusstseins der Erde. Diese Schnittstelle bietet durch Kontrast und Dualität reiche Erfahrungen — ein sehr effizienter Auslöser für Selbstwahrnehmung.

In der Reise einer inkarnierenden Seele ist es üblich, den Weg am entgegengesetzten Ende ihres eigentlichen Spektrums zu beginnen. So erlangt sie Einsicht, indem sie Erfahrungen macht, die ihrer wahren Essenz widersprechen — um intensiv zu erfahren, was sie nicht ist.

Jedes fühlende Wesen tritt in die Arena der Erde mit klaren Absichten ein, die auf die Ausweitung seines wahren Selbstbewusstseins gerichtet sind. Diese Absichten verweben sich zu Lebenserfahrungen, die eng mit den Themen verbunden sind, die dem Lernweg der Seele entsprechen.

Gewöhnlich startet die Seele ihren Weg aus der entgegengesetzten Perspektive ihrer natürlichen Entwicklung: Sie entdeckt den Wert durch den Verlust, echte Verbindung im Feuer intensiver Ablehnung, Selbstsouveränität durch das Loslösen von Identitätsmustern, emotionale Großzügigkeit mitten im Zorn, wahre Autonomie im Durchschreiten von Abhängigkeiten — und Rückkehr in die Kraft durch Erfahrungen der Entmachtung.

Um sich selbst wahrhaft zu erkennen, braucht die Seele den Kontrast. Auf dem Weg zu tieferem Verständnis fragmentiert sich das Selbst, damit wir einen feineren Blick auf die Gegensätze in uns gewinnen. Dabei zeigt sich ein handelnder Aspekt, der durch Mangel und Widerstand erfährt, und ein beobachtender Aspekt, der Bewusstsein hält, lernt und integriert — das sogenannte „höhere Selbst". Dabei ist wichtig zu verstehen: Es handelt sich nicht um eine höhere Stufe, sondern um ein Fragment unter vielen, die gemeinsam das ganze Wesen ausmachen.

Sobald wir die Ebene des Erdenergiefelds betreten, teilt sich unser Wesen in gegensätzliche Ausdrucksformen. Neben dem, was wir bewusst leben, tragen wir gleichzeitig die entgegengesetzten Energien in uns — jene, die wir lieber nicht sehen und ungern anerkennen, die wir als unsere Schatten bezeichnen. Dieses Phänomen ist im grundlegenden Gesetz der Polarität verwurzelt, einer Kernstruktur unserer Wirklichkeit.

Der Pfad der Selbsterweiterung liegt darin, all diese Polaritäten zu integrieren — wodurch sich größere Selbstwahrnehmung entfaltet.

Diese energetische Entwicklung geschieht über ein oder viele Leben hinweg. Schritt für Schritt werden unechte Muster sichtbar, und wir erinnern uns an unseren wahren Kern. Transformation vollzieht sich, wenn wir beide Seiten in Einklang bringen und in ihrer Ganzheit erkennen — das heißt, uns aller Energiefragmente gleichermaßen bewusst werden — bis wir unser Gleichgewicht in einem neutralen Zentrum finden.

Auf diesem Weg sind alle Aspekte von Licht und Dunkel gleichermaßen wichtig. Sie bedingen einander, um überhaupt wahrgenommen zu werden.

Die Seele braucht diesen Kontrast, um sich selbst zu erkennen und um einen Bezugspunkt für ihre eigenen Erfahrungen zu haben.

Wir müssen zuerst die Abwesenheit erkennen, um die Anwesenheit dessen wahrzunehmen, was wir entfalten wollen.

Doch auch dieses dynamische Spiel von gegensätzlichen Perspektiven und Erfahrungen unterliegt dem natürlichen Prinzip von Ursache und Wirkung.

Dies ist zugleich die größte Anziehungskraft der Erde wie auch ihre schwierigste Herausforderung, denn das Verhältnis von Positivem oder Negativem in den Absichten einer Seele bestimmt nicht das positive oder negative Ergebnis ihrer Handlungen.

Eine Vielzahl negativer Folgen von Handlungen auf der Erde — selbst wenn sie aus positiver Absicht hervorgegangen sind — kann zu zerstörerischen Ereignissen führen, die ganze Zivilisationen auslöschen und das Wachstum inkarnierter Wesen aufhalten.

Zu jedem Zeitpunkt existiert auf der Erde eine Gruppe von Hüterinnen und Hütern, die hohe Frequenzen halten, um das Schwingungsgleichgewicht der Erde zu bewahren.

Gleichzeitig bildet die Ansammlung niederfrequenter Energien eine dunkle Kraft, die ein eigenes Bewusstsein und eine zielgerichtete Dynamik entwickelt, um sich auszudehnen.

Sie erschafft einen Kreislauf der Verstärkung, basierend auf dem Gesetz von Ursache und Wirkung, verfolgt dunkle Handlungen, um entsprechende Reaktionen zu ernten, und wächst so in Macht und Ausdehnung.

Dunkle Kräfte nähren sich an den energetischen Ausdünstungen von ungelöstem Schmerz.

Im kosmischen Lehrsystem der Erde wird der aufsteigende Weg der Seele von ihren Sehnsüchten geprägt. Schmerz dient als Katalysator für eine innere Alkemya: er treibt zum Handeln, zwingt zur Reflexion und ermöglicht letztlich die Verwandlung in höhere Stufen des Selbstbewusstseins.

Die ideale Wandlung führt vom Zustand des Leidens in einen Zustand der Freude.

Der Aufstieg des Einzelnen in höhere Lichtreiche vollzieht sich durch das Verständnis von Freiheit und Wahl — der aktiven Freiheit, den eigenen Blickwinkel zu bestimmen.

Unsere Wirklichkeit ist die Perspektive, die wir halten. Realität ist eine Perspektive und zugleich eine Wahl.

Diese Erkenntnis lenkt den Fokus der Energie und formt, was sich manifestiert. Der Prozess der Selbsterforschung führt zu einem tiefen Wieder-Erinnern an die zeitlose Verbundenheit im Gewebe der Existenz.

Die Wahrnehmung des Selbst jenseits der selbst konstruierten Identitäten enthüllt das Individuum als Katalysator der Schöpfung selbst.

Eine Seele, die in niedriger Schwingung verweilt, lebt in einem Zustand begrenzten Bewusstseins über ihre wahre göttliche Natur. Sie hat ihre Erinnerung an die kosmische Verbindung verschleiert und sich in die Wahrnehmung einer rein physischen Existenz begeben — mit dem Bewusstsein eines verlorenen Fragments.

Doch jede Seele muss ihren Aufstieg in höhere Frequenzen selbst initiieren.
Dieses Erwachen wird durch die Erfahrung vorübergehenden Unbehagens ausgelöst, einer Dissonanz, die als Schmerz empfunden wird.
Durch Reflexion lernt die Seele, bewusst zu reagieren.
Mit der Reife und Souveränität einer Seele erwächst auch das Verständnis, dass ihre Umstände auf Wahl beruhen — auf der eigenen Wahl.

Sie gewinnt ein Verständnis für die energetischen Folgen ihrer Handlungen und die Unterscheidungskraft, äußere Einflüsse mit bewusster Reaktion zu beantworten — und erlangt schließlich Souveränität.

Jeder Weg des seelischen Wachstums beginnt mit dem Gefühl der Trennung von der Quelle allen Seins und führt letztlich zur Vereinigung mit dem universellen Feld — durch Bewusstsein und Wahl.
Teil des Alls, des Einen, das Alles umfasst, zu sein heißt, eine einzigartige Fraktal-Expression des Ganzen zu verkörpern.
Jedes bewusste Wesen trägt daher die Fähigkeit in sich, seine eigene Wirklichkeit zu erschaffen, denn jede Seele ist ein vollkommenes Spiegelbild der Quelle.

Um die Vielfalt an Erfahrungen durch unterschiedliche Wahrnehmungsweisen zu ermöglichen, muss die Erde ein neutrales Schwingungsfeld bewahren.

Doch die ständigen Frequenzverschiebungen der inkarnierenden Wesen wirken auf das Energiefeld der Erde ein und erzeugen Schwankungen.
Darum ist vollkommenes Gleichgewicht unmöglich — und bleibt doch ein wichtiges, immer wieder angestrebtes Ziel.

Wir waren ein Seelenstrom, geboren mit vollkommenem kosmischem Gedächtnis, fragmentiert in vier Körper.

In den frühen Phasen unseres Lebens lernten wir, jede Stufe der Lichtfrequenzen zu verkörpern. Wir stimmten uns auf das volle Spektrum des Lichts ein und verstärkten dessen Pulsieren in uns, bis sich unsere Zellen mit dem Lichtcode vereinten. Diese Verschmelzung ermöglichte es uns, selbst Licht zu übertragen und die Wellenlängen der Erde in harmonischer Einheit zu halten.

Durch die Integration unserer Zell-Codes mit dem Licht des vollständig verkörperten Bewusstseins strahlten die elektromagnetischen Felder unserer Körper in das planetare Feld zurück — die Erfüllung unseres Auftrags.

Unsere Körper verwandelten sich in selbst-aktivierte Sender des Lichts. Unser Ziel blieb klar: das Meistern der Übertragung der erhabenen goldenen Frequenz.

Dabei war unsere Position in Raum und Zeit entscheidend. Jede Hüterin, jeder Hüter war ein präziser Knotenpunkt im globalen Energiegitter, das die Erde umspannt. Wenn sich das Netz veränderte, führte uns der Lauf des Lebens manchmal strategisch an neue Orte, um unsere Aufgabe dort zu erfüllen.

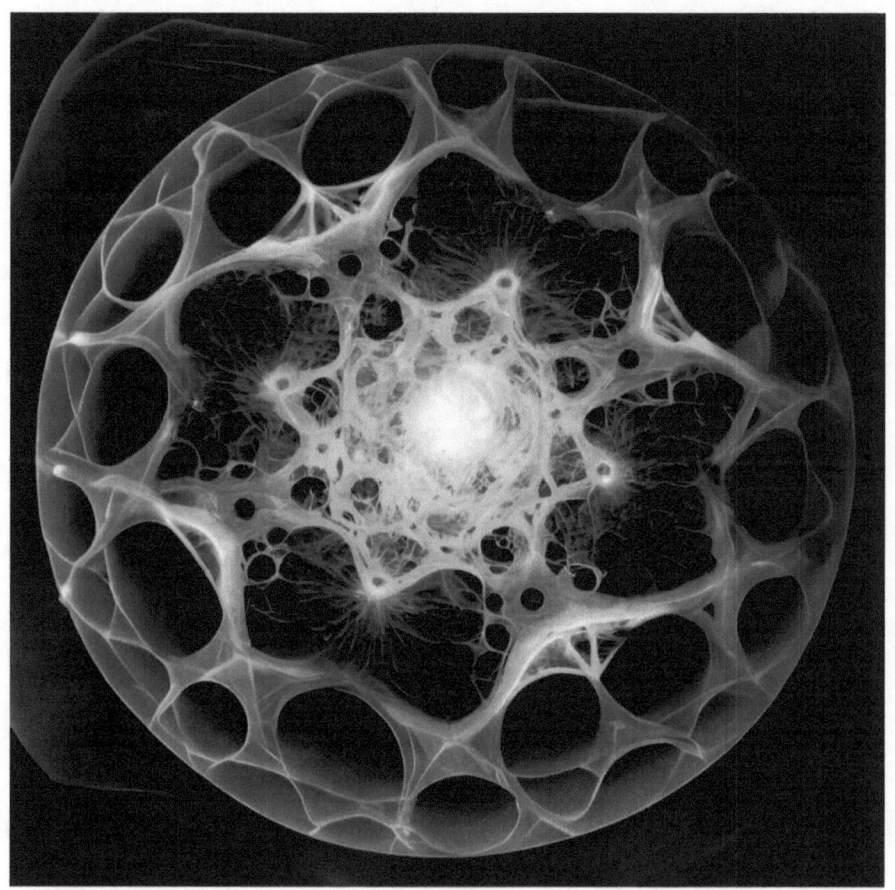

das Netz

Als ich meine Füße auf den kühlen, glasierten Lehmboden meines Schlafraums setzte, tigerte Zura ungeduldig hin und her und wartete darauf, dass ich die schwere Holztür öffnete.

In dem Moment, als sie sich hindurchzwängen konnte, rief ich „zaiyaah!" – ihr Zeichen zur Jagd. Sie schoss davon, und ich wusste, dass sie mit einer Trophäe zwischen den Kiefern zurückkehren würde.

Meistens war es eine fette Ratte, manchmal aber auch ein Fuchs, ein Geier, ein Kaninchen oder sogar der lange Hals einer Gans. Einmal schleppte sie ein Krokodil an, und ich werde nie erfahren, was sich an jenem Morgen zugetragen hatte, dass sie einen Kampf mit einem jungen, menschengroßen Ungeheuer aus den Sümpfen gewinnen konnte.

Jeden Morgen legte sie ihre Beute zu meinen Füßen, damit ich sie begutachtete und sie gebührend lobte.

Die jungen Tempeldiener stritten sich begeistert um die Ehre, Zuras Fang aufzuheben und in die Küche zu bringen, wo das Fleisch geröstet und geteilt wurde – die Hälfte für Zura und die andere Hälfte für unser Mittagsmahl.

Zura war, ganz wie ihre Mutter Sudhana, eine geschickte und wilde Jägerin.

Trotz ihrer Jugend zeigte sie die gleiche Leidenschaft und Jagdkunst wie ihre Mutter.

Sudhana hatte sich stets mit vollendeter Anmut und königlicher Würde bewegt – Eigenschaften, die auch in Zura lebendig waren, sei es beim Erlegen ihrer Beute oder wenn sie mich auf Spaziergängen durch die belebten Märkte der Siedlungen begleitete.

Unser Anblick löste stets Aufregung bei den Menschen aus, besonders bei den Kindern.

Im Sonnenlicht tanzten die Muster auf Sudhanas Fell in goldenem Schimmer, während ihre Flecken ein tiefes Rot annahmen.

Bei meinen Auftritten am Hohen Gericht des Tempels stand sie hoch aufgerichtet an meiner Seite, unbeweglich wie eine Statue, während ich meiner Pflicht nachkam, höchste Gerechtigkeit zu sprechen.

Zur Erntezeit zogen Sudhana und ich durch die Siedlungen und Felder und wurden Zeuginnen der Feste zu Ehren von Wachstum und Schlachtung.

Vor fünf Jahren, eines Morgens, kehrte sie von der Jagd zurück – mit einer Bauernziege im Maul.

Das war ein böses Omen.

Der Bauer bat um eine Audienz vor Gericht und brachte seinen Schmerz darüber zum Ausdruck, dass seine Kinder meiner Gepardin Teile einer frisch geschlachteten Ziege darbrachten.

Trotz ihrer unschuldigen Freude über das Opfer an meine königliche

Gefährtin begriffen sie nicht das volle Gewicht ihrer Handlung, und ich verzieh ihnen.

Sudhana, damals trächtig mit Efrem und Zura, hatte eine Vorliebe für den süßen Geschmack von Ziegenfleisch entwickelt.

Diese Phase markierte einen Wendepunkt in unserem Seelenbund, denn ihre ganze Aufmerksamkeit war nun von der bevorstehenden Mutterschaft in Anspruch genommen.

Sie kehrte zurück und erlegte eine weitere Ziege vom selben Hof, was unter der Herde Panik und Schrecken auslöste.

Der Bauer schilderte den Terror der trächtigen Mutterziegen, die daraufhin ihre Jungen verloren.

Für die restlichen Wochen ihrer Schwangerschaft hielt ich Sudhana in den Innenhöfen zurück, da weiteres Töten von Nutzvieh nicht hinnehmbar war.

Gefangenschaft war für meine majestätische Gefährtin unerträglich.

Ihre Schmerzensschreie hallten Tag und Nacht, bis sie schließlich verstummte und still Zura und Efrem gebar.

Es war, als hätte Sudhana sich gleichmäßig in ihre beiden Nachkommen geteilt:

Zuras Fell leuchtete golden mit tief bordeauxfarbenen Flecken, während Efrem ein atemberaubender Anblick war – ein ganz weißer Gepard mit einem zarten, goldgefleckten Muster.

Während Sudhanas Zeit des Säugens ernährte sie sich ausschließlich von kleinen Tieren, die sie in unmittelbarer Nähe des Nests erlegte, wo Zura und Efrem sicher geborgen lagen, in einer Kammer, die ich mit weicher Seide und Fellen ausgekleidet hatte.

Am Morgen widmete ich meine ganze Zeit den Jungtieren, während Sudhana sie entweder stillte oder ruhte.

Nur mich ließ sie in die Nähe ihrer Jungen; jedem anderen begegnete sie mit einem warnenden, eisigen Knurren.

Obwohl das Seelenband zwischen uns ruhte, erfreute ich mich daran, die

Weisheit ihrer Mutterschaft und die Kraft ihrer Instinkte zu beobachten.

Sie blieb meine Lehrerin im Leben, denn auch ich war mit meinem ersten Kind schwanger.

Ich bürstete ihr Fell, während sie ruhte, und sang ihr beruhigende Lieder. Ich sprach zu ihr in den melodischen Tönen des Wildes, das in den Hinterlanden und im Sumpf streifte, beschwor den süßen Geschmack von Antilopen, die Aromen von Wildgeflügel, Schakalen und Wildschwein.

Mit jedem Tag webten meine Lieder Geschichten von ihrer Jagdkunst und von der Stärke ihres Rudels. Als die Kleinen etwa zwei Mondzyklen alt waren, begann sie, ihnen kleine Happen von Hasen und Ratten zu geben. Mit dem Wachstum von Zura und Efrem entwickelten sich deren Unabhängigkeit und angeborene Neugier rasch. Nach vier Mondzyklen war Sudhanas Milch zurückgegangen, und sie kehrte von einer Jagd mit einer frisch getöteten Bauernziege zurück.

Am nächsten Morgen, noch vor der Dämmerung, küsste ich ihr in Dankbarkeit die Stirn — und schnitt ihr mit ruhiger Hand die Kehle durch.

Ich bin Sekhmet, die Bringerin der Ma'at, die Verkörperung von Gleichgewicht, Ordnung und Gerechtigkeit.

Es ist meine Pflicht, das kosmische Gesetz zu wahren und Wahrheit, Moral und Harmonie im ganzen Land zu erhalten.

Mein Herz muss stets neutral bleiben, denn ich bin das Maß, an dem alle Handlungen gemessen werden.

Es ist meine Verantwortung, dafür zu sorgen, dass das Prinzip der Ma'at in meinem Reich aufrechterhalten wird.

Ich nehme keine Partei zwischen Leben und Tod; beide dienen gleichermaßen.

Fünf Tage lang lag die Stadt in Schweigen. Das Volk ehrte meine Verzweiflung.

Sudhana

Zura kehrte mit einem erlegten Pavian im Maul zurück, der selbst im Tod ein schauerlicher Anblick war, mit gefletschten, langgezogenen, tiefgelben Fangzähnen.

Sie setzte sich mit vollkommener Haltung auf die Hinterläufe.

Während ich das struppige Tier von enormer Größe betrachtete, das uns als Mittagsmahl dienen sollte, erhob sich aus ihrer Brust ein tiefes, grollendes Schnurren.

Zwei kräftige Jungen waren nötig, um die Kreatur in die Küchenräume zu tragen.

Ich schlüpfte in ein schlichtes Baumwollkleid, das ich an der Taille mit einer kobaltroten Schärpe band.

Der Gärtner hatte eine frisch gepflückte Lotosblüte und eine prachtvolle Pfauenfeder hinterlassen, ein Gruß von Ra'h.

Die Feder steckte ich in meine Schärpe – der einzige Schmuck, den ich zu tragen wählte – und legte mir dann einen weiten Seidenumhang um, dessen Spitzenschleier das Schimmern meiner Haut verhüllte. Ich war mit den Kindern zum Gang auf den Markt verabredet und wollte die Aufmerksamkeit der Bauern nicht auf mich ziehen.

Efrem, mein ständiger Begleiter, schritt treu an meiner Seite und strahlte seinen Beschützergeist aus.

Er streifte nie weit umher, sondern hielt stets wachsame Nähe zu mir.

Obwohl er ein geübter Jäger war, suchte er niemals Ruhm.

Seine bevorzugte Beute waren die Ratten und Mäuse, die unsere Tempel heimsuchten.

Besonders die Küchenräume waren dankbar, denn er hatte es sich zur Aufgabe gemacht, das Nagerproblem, das uns schon lange vor seiner Geburt geplagt hatte, im Alleingang zu beseitigen.

Wenn wir die Siedlungen besuchten, bewegte sich Efrem im vollkommenen Gleichklang mit mir, stets nur einen Schritt voraus, um mir den Weg freizumachen.

Manchmal zog es ihn zu Menschen hin, deren Ausstrahlung er als ihm verwandt empfand.

Sein Gespür war scharf, und seine Geduld mit den Kindern der Bauern grenzenlos.

Einige der Kleinen fassten den Mut, nahe genug heranzutreten, damit er ihre Gesichter sanft beschnuppern konnte — was unweigerlich zu freudigem Kreischen und Gekicher führte.

Die Kinder waren von ihren Eltern gut unterrichtet, meine Geparden nicht zu streicheln, da es streng verboten war, ihren eigenen Geruch in das Fell meiner Katzen zu tragen.

Priesterin Munajah aus dem Kinderflügel des Tempels begleitete unsere kleine Gruppe auf dem Spaziergang.

Meine Erstgeborene, Hewha, besaß eine lebhaft neugierige Natur, während mein Sohn Nadha, im zarten Alter von zwei Jahren, eine innere, zurückgezogene Selbstsicherheit trug und sich oft dem Trubel entzog.

Das violette Leuchten in der Iris von Hewhas und Nadhas Augen trug das sichtbare Zeichen ihrer Abstammung – eine Verschmelzung unserer Lichtcodes mit menschlicher DNA.

Alle drei Jahre erfüllte ich unseren Auftrag, mit menschlichem Samen ein Kind zu zeugen, um den Prozess der Vermischung voranzubringen — hin zu einer selbst-aktivierten, hoch diversen Menschheit von weiterentwickeltem Bewusstsein.

Zu jeder Zeit waren nur fünf weibliche Nachkommen unserer Linie mit der zweckgebundenen Fortpflanzung betraut, um die Entwicklung des Programms und die genetische Ausrichtung streng zu überwachen. Alle drei Sonnenumläufe wurde ein Kreuzling geboren.

Der Vorgang erstreckte sich insgesamt über drei Sonnenzyklen: ein Zyklus zur Vorbereitung der Gebärmutter, ein weiterer zur Austragung des Kindes und der letzte zur Ruhe und zur zellulären Regeneration.

Während des Zyklus der Reinigung und Ausrichtung meiner Gebärmutter unterzog ich mich täglich Klangbädern, durchzogen von erdenden Frequenzen — eine Praxis, die sie harmonisierte, um ein Kind höherer Frequenz zu empfangen.

Zehn Tage vor der Entgegennahme des Samens eines menschlichen Mannes verabreichte Isis die genetische Stimulations-Injektion, um den generativen Prozess einzuleiten.

Die sexuelle Vereinigung fand in den Heilkammern statt, wo ein hochfrequentes Klangspektrum aufrechterhalten wurde.

Der von Isis Erwählte wurde mit verbundenen Augen in die Kammer geführt, ebenso wie ich; so blieb die Grenze psychischer Intimität gewahrt, und unsere Aufmerksamkeit richtete sich auf den physischen Akt.

Geleitet von kristallinen Kegeln, die eine konstante 396-Hz-Frequenz abgaben, und begleitet vom Gesangsvibrieren der Priester, wurden unsere Wurzelchakren stark aktiviert und beherrschten unsere Sinne.

Mit dem Anschwellen der Gesänge stieg auch die pulsierende Ekstase, die unsere Körper vereinte, bis wir in einer Welle der Ausdehnung aufgingen und mein Portal den männlichen Funken in sich empfing.

das Tor

„Ist das die Feder, mit der du die Herzen der Menschen wiegst?", fragte mich Hewha mit einem faszinierenden Funkeln in ihren scharfsinnigen Augen.

„Wovon sprichst du, Hewha?", entgegnete ich, neugierig auf ihre Frage.

„Vater hat uns gestern Abend vor dem Schlafengehen von deiner Aufgabe erzählt", erklärte sie.

„Als ich ihn fragte, wie du für gerechtes Urteil sorgst, erzählte er mir von deiner Methode, das Herz eines Menschen gegen eine Feder zu wiegen. Nur wenn das Herz leichter ist als die Feder, erkennst du seine Reinheit der Moral. Ist die Feder, die du bei dir trägst, dieselbe, die du dafür benutzt?"

Ich schwieg einen Moment, erwog ihre Worte und Ra'hs Absicht, sie zugleich zu bezaubern und zu unterweisen.

„Hewha, weißt du, warum viele Ra'h den Vater nennen?

Weißt du, warum er als der Höchste bekannt ist?"

„Weil er höher fliegen kann als alle anderen", antwortete Hewha ohne zu zögern.

„Ja, gewiss. Doch braucht er Flügel, um zu fliegen?" Ich lächelte sie an und genoss nun ganz dieses Gespräch.

„Er ist derjenige, der der Sonne am nächsten ist", erwiderte sie. „Er kann höher steigen als alle, während sein Körper unter der Glaskuppel ruht, durch die er alle Unterweisung empfängt.

Daher muss es sein Wesen selbst sein, das in Reiche reist, die wir nicht erreichen können.

Nein, sein Körper braucht keine Flügel und Federn, um so schnell wie ein Vogel zu fliegen.

Außerdem — wenn er sie hätte, würdest du keine Pfauenfeder tragen, sondern die seine!"

Mit freudigem Herzen erwiderte ich: „Hewha, ich bewundere deine Klarheit. Du hast recht — wir brauchen niemals weltliche Dinge, um unsere energetischen Aufgaben zu unterstützen.

Dein Vater ist so fein mit der Sonne abgestimmt, der Quelle aller Information, dass sein Körper ein direkter Kanal für das Sonnenbewusstsein ist und sein Geist das Licht, das er empfängt, übersetzen kann, sodass er unfehlbar weiß, welche Handlungen getan werden müssen.

Ich wiege wohl, doch verwechsle Fabel nicht mit der Wirklichkeit.

Mein Wesen ist auf Wahrheit und kosmisches Gleichgewicht eingestimmt und empfängt Signale aus meinen Zellen, die zeitlose Weisheit tragen. Einfach gesagt: Ich fühle die Wahrheit in meinem Körper, besonders in der Energie meines Herzens.

Äußere Erscheinungen sind nur ein kleiner Teil der Informationen, die ich für präzise Entscheidungen nutze. Meine Natur folgt dem Grundgesetz der Balance."

„Du wirkst auf mich gar nicht so hart, Maa. Ich bin gern bei dir; du bist warm und freundlich zu uns", sagte Hewha.

„Warum meinst du, dass sich Stärke durch Härte zeigt, Hewha?", fragte ich sie. „Wahre Stärke kennt sich selbst — und ist daher subtil. Weißt du, was ‚subtil' bedeutet, Hewha? Vielleicht ist es besser zu sagen: Wahre Macht zeigt sich in Güte, einer hohen Form von Disziplin.

Ein mächtiges Wesen wird niemals eindringen, sondern nur hervortreten, wenn es willkommen ist; es sucht keine Dominanz, sondern bleibt sanft und doch fest.

Starre führt zum Zerbrechen — darum bewahrt ein souveränes Wesen Beweglichkeit und Sanftheit.

Hewhas Miene wurde ernst.

„Liebst du uns?"

„Ja, Hewha, ich liebe euch so sehr", antwortete ich lächelnd.

Ein winziger Muskel in ihrem Unterlid zuckte — das einzige Zeichen, das sie von ihrer Freude zeigte.

„Die Leute scheinen sich vor dir zu fürchten, Maa", flüsterte sie.

„Mir ist bewusst, dass die Menschen mir gegenüber oft vorsichtig und respektvoll sind. Sie fürchten mein Wissen darum, dass manchmal der größte Dienst an der notwendigen Wandlung darin besteht, alles niederbrennen zu lassen — im völligen Umsturz von allem. Das Leben will leben, doch ich habe keine Vorliebe für das Leben.

Ich bin die Trägerin des Gleichgewichts, und es ist weder Pflicht noch Fähigkeit der Menschen, das energetische Neutralsein zu verstehen, das ich wahren muss, um reines Urteil zu fällen", erklärte ich Hewha.

„Ich kann mir vorstellen, dass das nicht leicht ist", antwortete sie leise.

„Das ist es nicht. Danke, dass du es verstehst, Hewha", sagte ich.

In Gedanken versunken nickte sie langsam, hellte sich dann plötzlich auf und führte uns voller Begeisterung zu einem Marktstand voller regenbogenfarbener Gebäckstücke.

Nadha, der sich mühte, mit unserem Gespräch Schritt zu halten, fiel zurück zu Priesterin Munajah, zu der er tiefe Zuneigung empfand. Sein Gesicht blieb ausdruckslos, und ich konnte die Tiefe seines Verstehens nie ermessen.

Als wir die äußeren Ränder der Siedlungen erreichten, war die Sonne zum mittleren Himmelspunkt gelangt.

Unsere menschliche Bevölkerung wuchs rapide, und die neu errichteten Wohnquartiere hatten die Entfernung zu den äußeren Grenzen des Steinrasters, das elektrische Ladung in Einklang mit der optimalen menschlichen Frequenz leitete, deutlich verkürzt.

Ra'h und ich hatten für den nächsten Tag ein Treffen mit den Architekten anberaumt, um mit dem Bau einer neuen Pyramide zu beginnen, die das organisierte Energiefeld unserer Zivilisation erweitern sollte. Wir wussten, dass es keinen weiteren Aufschub geben durfte.

Würden Menschen beginnen, außerhalb des vitalen Gitternetzes aus Energieleitbahnen zu siedeln, würden Krankheit und Verfall rasch einsetzen.

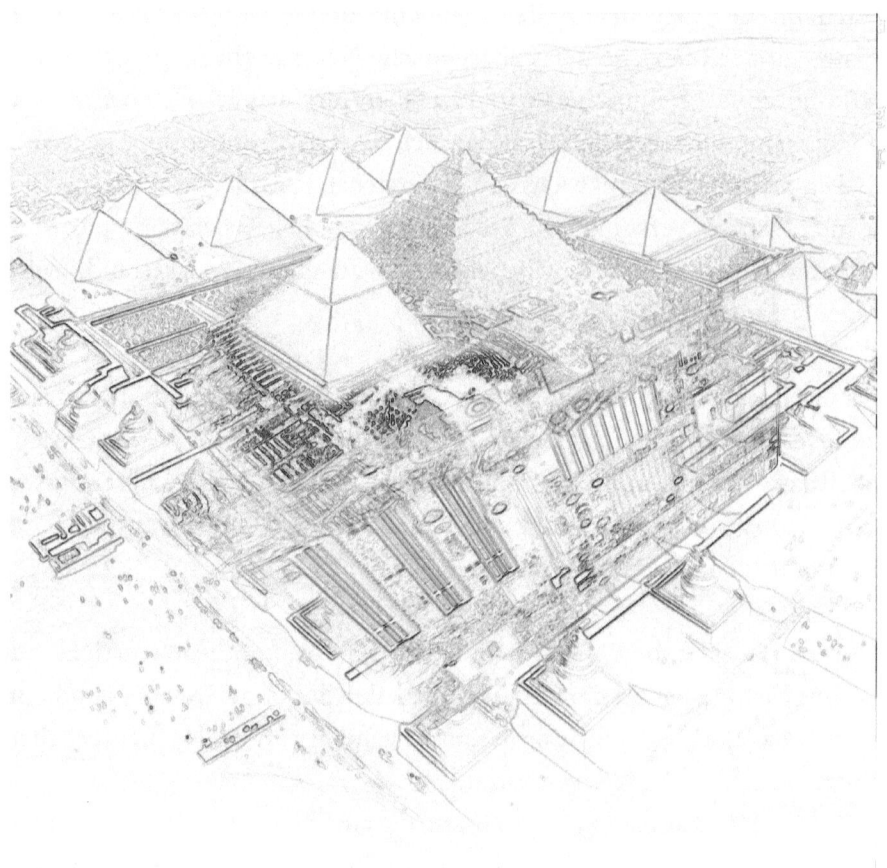

Siedlungs-Energieraster

Unsere kleine Gruppe machte sich auf den Rückweg zu den Tempeln.

Die Kinder folgten der Priesterin, um Spiele von Mehen zu genießen und süße Speisen zu kosten, während die Katzen und ich uns zu Ra'h begaben, um Myrrhentee und ein Spiel der Wahrsagekunst zu genießen.

Als ich seinen Tempel betrat, fing die goldene Seide, die meinen Körper zart umhüllte, spielerisch das Flimmern der Wandleuchten ein. Diese Lampen, erfüllt mit duftendem Jasminöl, hatte Ra'h entzündet, um eine beruhigende Atmosphäre zu schaffen, die Körper und Geist zur Entspannung einlud.

Beim Eintritt in das intime Heiligtum seiner Gemächer umfing mich eine warme und verlockende Stimmung.

Der Eingang führte in einen neuneckigen Raum, dessen Ecken jeweils mit einer geschwungenen Wandnische geschmückt waren, die eine Flamme auf einem Kupfertablett trug.

Diese Flammen schimmerten in einer Symphonie von Farben, hervorgebracht durch Kohlenstoffmischungen, die mit Salzen versetzt waren.

Das künstlerische Schauspiel wiederholte sich in einem geometrischen Muster: Kalium entfachte ein violettes Licht, Kupfer ein kühles Grün, und Kalzium rief ein leuchtend orangefarbenes Feuer hervor.

Sechs Öllampen waren an den ebenen Wandflächen zwischen den Feueraltären angebracht, gegenüber dem Eingang.

Die obere Kuppel seines Gemachs zeigte einen ununterbrochenen Ring aus rosafarbenem, durchscheinendem Quarz, verziert mit filigranen geometrischen Mustern. Diese Anordnung warf ein faszinierendes Spiel aus Licht in den Raum — ein ewiger Tanz aus bunten, gebrochenen Strahlen, zugleich unverrückbar und doch in unaufhörlicher Wandlung.

Neben der inneren Plattform waren Tee und Früchte kunstvoll angerichtet; die gewaltigen Sitzpolster waren mit den weichsten Kissen übersät.

Efrem und Zura hatten sich je an einer Seite des Eingangs postiert, während ich mit Anmut zur mittleren Sitzgelegenheit schritt und Ra'hs entzückten Blick für einen langen, innigen Moment hielt.

Schließlich durchbrach er unsere sinnliche Stille und goss mir eine Tasse aromatischen Tees ein. „Ich sehe, du trägst die Pfauenfeder, die ich heute Morgen gefunden habe. Es freut mich, wie sie deine Schönheit schmückt", sagte er.

„Wie viel Weisheit und Schönheit strahlt doch eine einzige Feder aus", lachte ich. „Die Kinder sind von deinen Erzählungen ganz gefangen."

„Ich hoffe, die Legenden weiterzuerzählen, die dein Vermächtnis nähren", antwortete er mit ernster Miene. „Dein Wesen ist für einfachere Gemüter am schwersten zu fassen. Das macht dich anfällig für Vermutungen. Die Wahrnehmung von Mehrdeutigkeit kann zu ungerechten Urteilen führen.

Der Mensch sucht nach Geschichten, um die Welt zu bewerten."

Als ich den erfrischenden Duft meines mit Honig gesüßten Myrrhentees einatmete, entgegnete ich: „Ich sehe dich. Der Mensch sucht Aufregung. Ich habe die verführerischen Bildnisse gesehen, die mich als unbarmherzige Führerin blutiger Todesrituale darstellen." Ein leises Kichern stieg in meiner Brust auf.

„Es kitzelt den einfachen Menschen. Das amüsiert mich."

Ra'h hielt mich in seinem Blick: „Welch seltsamen Kontrast du verkörperst. Du lässt dich nicht erschüttern durch die Aussicht auf verzerrte zukünftige Erinnerung. Und doch war es deine Initiative, die Kammer des kosmischen Gedächtnisses zu errichten. Du warst es, die zuerst die Bedeutung einer kosmischen Bibliothek erkannte — um Bewusstsein zu bewahren und für die zukünftige Chronik dieses Planeten zu aktivieren."

Seine Worte füllten die Kammer, Wahrheit tragend und zugleich von Wohlwollen durchdrungen.

Unser Blick verharrte ineinander, und ich erwiderte: „Was könnte in mir die Sehnsucht wecken, vom Menschen erkannt zu werden? Was könnte mich glauben lassen, dass es möglich ist, in meinem wahren Sein erkannt zu werden?

Du bist der Einzige, der mein Herz kennt. Derjenige, der mit mir sprechen und mich wirklich hören kann. Nur du bist meine Heimat, Zwillingsseele an meiner Seite."

Vor fünf Jahren leitete ich den Bau der unterirdischen Kammer des Gedächtnisses.

Diese Kammer wurde an der Schnittstelle errichtet, an der das Erdfeld mit abnormen Nachhall-Schwingungen überladen war. Zunächst schien die Resonanz an diesem Ort aus dem Gleichgewicht geraten, doch bald wurde deutlich, dass diese Stelle die Grenze markierte, an der das Physische und das Energetische ungewöhnlich durchlässig waren.

Bevor wir die Kammer errichteten, war das Gelände von einem vollkommenen Kreis von 100 Remen gezeichnet, auf dem nichts wuchs.

Tiere mieden ihn, während Menschen von unruhigen Vibrationen in den Knochen berichteten und von einer unerträglichen Anspannung in den Muskeln, ausgelöst durch das tiefe Summen im Erdreich. Für uns, Wesen höherer Frequenz, fühlte sich der Ort stark anregend an und schien unsere körperliche Struktur zu erleichtern.

Ra'hs Visionen erkannten diesen Platz als Zugang zum zentralen Trichter des toroidalen Feldes der Erde. Mir wurde klar, dass dieser Ort ein Portal in das kosmische Informationsnetz offenbarte.

Die Kammer des Gedächtnisses war mit äußerster Sorgfalt erschaffen worden, um zugleich als schützendes Gerüst und als greifbares Tor zu dienen, durch das sich diese außergewöhnliche Energie ordnen und erschließen ließ.

Tief unter der Erdoberfläche diente dieser heilige Ort als ein Reich, in dem Vergangenheit, Gegenwart und Zukunft in einem Zustand schwebender Starre nebeneinander existierten.

In diesem Raum erhielten wir Zugang, um das Wissen und die Weisheit aus einer Vielzahl von Zeitlinien aufzunehmen und zu integrieren. Er erwies sich als das mächtigste Instrument unserer Zivilisation im Bestreben, zwischen der physischen und der energetischen Ebene zu navigieren.

Ich wies die Klangsprengungs-Ingenieure an, genau jene Vibration allmählich zu verstärken, die der Boden von Natur aus aufrechterhält.

Durch diesen Prozess wurde eine bislang verborgene Struktur sichtbar, die sich durch ihre sphärische Form auszeichnete und die nahtlose Leitung der Energie ermöglichte — vom Austritts-Punkt zurück in den Eintritts-Punkt.

Superstruktur

Obenauf wurde eine Superstruktur errichtet, mit einer inneren, zylindrischen Anordnung, die fachmännisch dazu entworfen war, die Ladung der Erde nach oben zu leiten und so eine toroidale Zirkulation zu erzeugen. Dann, um ein Koordinatenzeichen zu setzen, das der Zeit standhalten würde, wurde unser Bau in den Körper der Sphinx eingeschlossen.

„Du hättest eine Statue von dir in Auftrag geben können, um deine Unsterblichkeit zu zeigen", erinnerte sich Ra'h.

„Die Statue sollte eine Mischung aus mir und Sudhana sein. Das mochte den Architekten seltsam erscheinen, aber für mich ergab es Sinn. Ich wusste, dass es wahr und richtig war", erinnerte ich mich.

Der Name „Sphinx" barg einen geheimen Code, ein Rätsel, das das Wesen unserer Verbindung umschloss. Das „S" stand für Sudhana, die geliebte Gefährtin, die ihre Lebenskraft mit der meinen geteilt hatte. Das „Ph" verkörperte den Pharao — mich selbst — denjenigen, der unser Land und unseren spirituellen Weg verantwortete. Und der Buchstabe „x" stand für die Konvergenz, den Kreuzungspunkt, an dem unsere Seelen sich verflochten. Im Kern sprach der Name von Sudhana und mir, vereint an einer mystischen Wegkreuzung zweier Welten — physisch und ätherisch, sterblich und göttlich. Diese Wahrheit fand ihren Ausdruck im groß gewölbten Körper der Sphinx, einem ewigen Wächter, der unser Vermächtnis bewahrte.

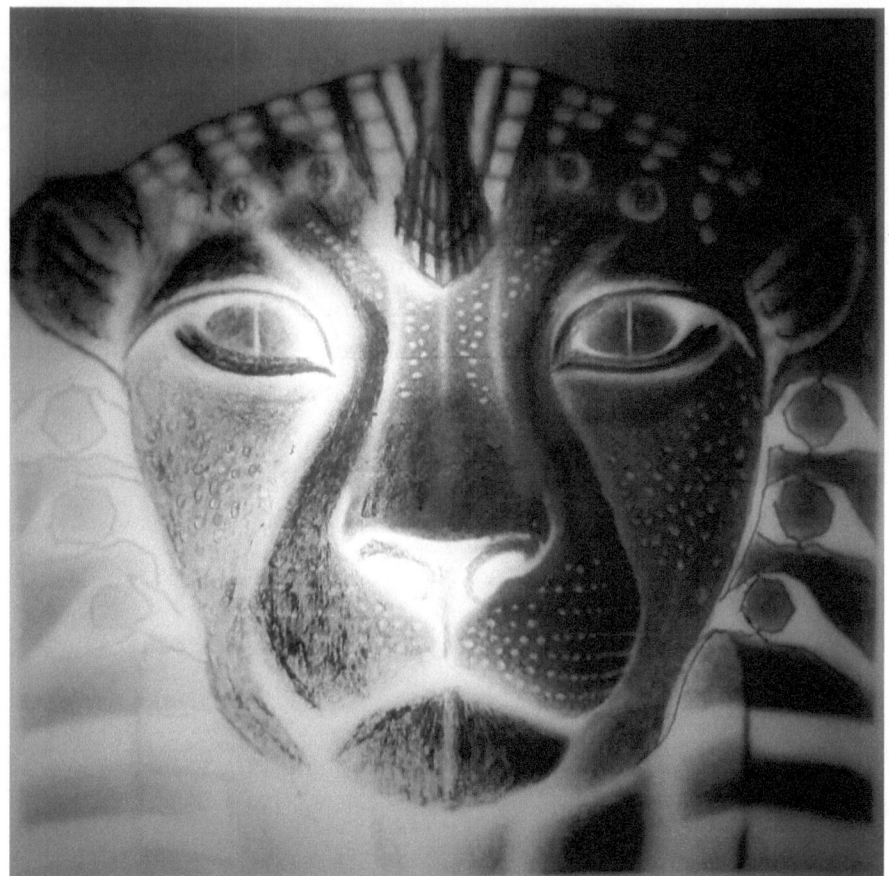

Sphinx

Ein Eingang war am Hinterkopf der Pharaonen Katze positioniert worden, hoch genug, um den von uns vorhergesagten Fluten und Feuerstürmen zu trotzen. Das Innere der Sphinx war mit verschlungenen Korridoren gestaltet, die sich in aufsteigende und absteigende Richtungen verzweigten.

Die Hohe Kammer des Empfangs, ein kreisrundes Heiligtum, wies einen Boden auf, bedeckt von einer dichten Schicht schwarzer Turmaline. Sie ruhte unter der Pracht einer sechseckigen Glaskuppel, die aus geschmolzenem Gold kunstvoll geschmiedet war. In diesem heiligen Raum widmete Ra'h seine Mitt-Himmel-Stunden der Sonne, jene Zeit, in der er die Weisheit aufnahm, die das Bewusstsein ihres konzentrierten photonenreichen Lichts übertrug. Hier übersetzte er seine himmlischen Gespräche in greifbare Handlungen, die unsere Zivilisation voranführen sollten.

Die absteigenden Korridore, die sich unter die Erdoberfläche erstreckten, führten zu meiner Kammer des Gedächtnisses, die strategisch direkt unter der rechten steinernen Pfote der Sphinx gelegen war.

Diese Kammer diente als Tor zu dem gewaltigen Reservoir energetischer Aufzeichnungen. Hier verbrachte ich täglich mehrere Stunden damit, die in der karmischen Aufzeichnung der Erde eingebettete emotionale Ladung aufzulösen. Mein Ziel war es, die Bereiche energetischer Balance zu erweitern und das Gewicht karmischer Vollstreckung von unserer Welt zu mildern.

„Komm, zieh deine Karte, meine Liebe," forderte mich Ra'h auf. Als ich zu ihm trat, legte er ein ausgestelltes Kartendeck der Wahrsagung. Mit meinen Fingern glitt ich langsam über seinen starken, warmen Handrücken, während ich jene Karte auswählte, die meine Seele sprechen wollte. Als ich mich näher an ihn lehnte, drehte er sie um und enthüllte die Spirale des Khepri — eine Botschaft von unerwarteter, plötzlicher Verwandlung und der zyklischen Natur des Daseins.

„Ich erwarte, dass die kommenden Bauzeiten Herausforderungen mit sich bringen werden, auf die wir vorbereitet sein müssen," rief Ra'h aus. „Die Meerdah werden komplexer.

Morgen koordinieren wir mit den Architekten, um die Konstruktionspläne abzuschließen."

Ich schenkte der Botschaft meiner Karte kaum Beachtung. Sein Körper strahlte einen Ruf nach meinem aus — sich mit der Hitze von Ra'hs Sonne zu vereinen.

2

Stein

Ich wurde aus tiefem Schlaf gerissen, als ich Zuras Gesicht über mir auftauchen sah.

Ihr Körper lag quer über meinem, ihre weichen, schweren Pfoten drückten meine Brust nieder, und das Vibrieren ihres Schnurrens war ein köstlicher Ruf in den neuen Tag.

Das Vergnügen währte jedoch nicht lange. Als ich die Augen öffnete, sah ich, wie sich an ihrem Nasenloch ein Tropfen bildete, bereit, unvermeidlich auf mein Gesicht zu fallen.

Ich erstarrte, sah zu, wie ihre Augen sich in tiefer Zufriedenheit schlossen und wieder öffneten, der Tropfen sich löste, bebte – bis er mit einem „plopp" genau auf meiner Oberlippe landete.

Ich schob Zura von mir, setzte mich auf, wischte den Rotz aus meinem Gesicht und verzieh ihr mit einem innigen Halskrauler.

Efrem, begeistert von der Bewegung und überzeugt, dass der Tag nun begonnen hatte, erhob sich auf der anderen Seite meines Bettes und drängte sich in das Schmusen hinein, schob Zura beiseite, um allein im Mittelpunkt meiner Aufmerksamkeit zu stehen.

Erst als Efrems Aufregung abklang, konnte ich aus dem Bett steigen.

Zura, bereits zitternd an den Türen meiner Kammer, ihre Muskeln gespannt, entflammte auf mein Kommando: „Zaiyaah!"

Sie schoss aus meinem Zimmer hinaus – geradewegs in das Schicksal eines Säugetiers, dessen Leben im Begriff war zu enden.

Eleha, meine vertraute Priesterin, stand vor meinen Gemächern und legte meine Gewänder für den Hohen Rat zurecht.

„Ich nehme an, du hast letzte Nacht erst sehr spät in deine Schlafgemächer zurückgefunden", bemerkte sie mit einem schelmischen Funkeln in ihren warmen, bernsteinfarbenen Augen. „Vielleicht wäre ein Besuch der Bäder angebracht, bevor du deine königliche Kleidung anlegst." Sie hob den Kopf und begegnete meinem Blick mit einem ansteckenden Lächeln.

Ich beantwortete ihre unausgesprochene Frage nach den Ereignissen der vergangenen Nacht mit bedachtem Schweigen, stimmte jedoch ihrem Vorschlag zu.

„In der Tat, Reinigung und Belebung klingen in diesem Moment höchst verlockend. Lass uns die Bäder genießen, Eleha."

Ich schlüpfte in meinen Umhang, und wir eilten lachend zum Wassertempel. Eleha und ich taten immer so, als wäre es ein fairer Wettlauf, wenn wir irgendwohin rannten. Doch da ich mehr als doppelt so groß war wie sie, stellte ich mich nur laufend, ging in übertrieben langsamen Schritten — was Eleha stets in schallendes Gelächter ausbrechen ließ.

Wir gesellten uns zu einer kleinen Gruppe von Priesterinnen in den Dampfräumen, wo die neuesten Gerüchte der Stadt ausgetauscht wurden. Die Bäder waren mein Zufluchtsort, mein wahrer Ort der Entspannung, wo ich eine Frau unter Frauen war — bekannt, und doch nur als gleicher nackter Körper betrachtet, der sich an Geschichten und Klatsch erfreute.

In diesen Tagen war die Aufregung groß und drehte sich nur um ein einziges Thema: die Ankunft der Meerdah, ein großes Schauspiel, das den Alltag für viele Mondzyklen aus der Bahn werfen würde.

Ich trieb im Becken der Sternenmutter, einem gewaltigen Steingefäß, das bei 33 Hertz vibrierte, um die Schwerkraft im Wasser zu verringern. Hier trotzten die Körper der Schwerkraft, schwebten in vollkommener Stille. Meine Gedanken lösten sich, drifteten in eine weite Leere, bis ich eins wurde mit dem unermesslichen Nichts, in der jede Faser meines Seins sich zuhause fühlte.

Geerdet und erfrischt legte ich mein feierliches Gewand für den Hohen Rat an.

Mein Kleid, geformt, um die Länge meines Körpers zu umschmeicheln, bestand aus federleichten Ringen aus Gold mit Einlagen aus blauem Saphir — zart und unzerstörbar.

Mein kunstvoll geflochtenes goldenes Kopfstück, zu einer Helix geformt, trug einen grünen Saphir in der Mitte meiner Stirn, ein Katalysator für mein ätherisches Auge.

Eleha schloss die filigranen Verschlüsse meines Kleides und befestigte mein Ankh in der Mitte meiner Brust — ein Meisterwerk aus höchst poliertem Feueropal.

Heute würde ich nicht über Angelegenheiten urteilen, die ein letztes Urteil erforderten, sondern unsere Architekten empfangen, um die Entwürfe für den Bau unseres sechsten Generators zu vollenden.

Als ich meine Gemächer verließ, um mich der Versammlung anzuschließen, senkte Eleha ehrfürchtig den Kopf, hob ihre Arme bis zur Hälfte und hielt die Handflächen dem Himmel entgegen.

Zura und Efrem gingen an meiner Seite, während wir uns zum Haupttempel begaben.

Hermenus und seine Schüler hatten seit den frühen Morgenstunden in der Halle des Tempels der Entwicklung auf uns gewartet.

Sorgfältig auf Granittischen ausgebreitet lagen Hunderte von Zeichnungen.

Die Wände des Tempels waren mit unseren Aufzeichnungen geschmückt, die grundlegende Ingenieursprinzipien für kommende Generationen darstellten. Die farbigen Säulen trugen die Chroniken unserer aktuellen Fortschritte, eingemeißelt mit unserem geschärften Licht.

Hewha und Nadha saßen etwas abseits, unter den wachsamen Augen von Munajah.

Nadha hielt sein zerzaust wirkendes Meerdah-Spielzeug aus Hanf und Wolle fest umklammert. Als direkte Nachkommen waren sie aufgefordert worden, an dieser ersten offiziellen Versammlung ihres Lebens teilzunehmen.

Elf Stufen führten hinauf zu einer Plattform, die von großen Paneelen aus Silica- und Kupferglas erhellt wurde und die Halle in zeitloses Licht tauchte.

Dort erwartete Ra'h meine Ankunft — ruhig, gesammelt, bereit, die Darbietung der Architekten entgegenzunehmen. Er trug eine dicht gewebte Seidentunika mit kunstvollen Stickmustern aus Goldfaden. Sein Kopfschmuck trug einen runden, orangefarbenen Rubin auf der Stirn, eingefasst in einen großen Halbkreis aus goldenen Federn, so fein geschnitzt, dass sie am Hinterkopf beinahe durchscheinend wirkten.

Hermenus erhob sich und sprach:

„Ra'h, erhabener Gesandter des Lichts, und Sekhmet, erhabene Gesandte der Ordnung, ihr habt mich gerufen, einen weiteren Generator zu schaffen, der notwendig ist, um die Ausweitung der Wohnstätten unserer Zivilisation zu tragen. Meine Schüler und ich haben die Pläne vollendet, denen die Meerdah folgen sollen. Unsere Lenkpiloten sind überzeugt, dass die Verbindung zu ihnen stark genug ist, um die Ausführung zu gewährleisten.

Der erwählte Ort birgt im Boden reichlich torfhaltige Schichten, kohlenstoffgesättigt, um die Meerdah zu nähren und dauerhaft zu erhalten. Zudem müssen weitere Vorräte an Holzkohle bereitet werden. Schon bald werden wir mit dem Aushub des markierten Landes beginnen.

Wenn ihr es erlaubt, will ich nun die einzelnen Bauschritte darlegen, so eingefasst, dass sie von den Meerdah mühelos ausgeführt werden können."

Es folgte eine komplexe und bis ins Letzte ausgearbeitete Präsentation der Baupläne, fortlaufend nummeriert und begleitet von glasklaren Abbildungen, die selbst ein Kind hätte verstehen können. Der Bau einer Pyramide zur Erweiterung unseres Energiegitters war für unsere Ingenieure ein vertrauter Weg. Doch die kunstvolle Aufgabe, die Meerdah zu lenken und zu überwachen, stellte eine weitaus größere Herausforderung dar.

Die Meerdah, deren Körper uns um ein Fünffaches überragten und mehr als das Zehnfache eines gewöhnlichen Menschen erreichten, waren für den Fortschritt unserer Zivilisation unverzichtbar. Sie gehörten zu unseren frühesten Schöpfungen der Erde, geschaffen, um die physische Kraft bereitzustellen, die notwendig war, um das Energiepotenzial des Planeten zu bändigen und zu strukturieren.

Ihr Körpergewebe bestand überwiegend aus Silica und Wasserstoff, durchzogen von atomarem Gold, das ihnen ein flüssiges, granitähnliches Gewebe verlieh. Diese kolossalen Wesen wurden durch reduziertes DNA-Leben hervorgebracht, wodurch ihr Bewusstsein auf einer niedrigeren, leichter zugänglichen Ebene gehalten wurde.

Unsere Lenkpiloten — Priester, die aufgrund hoher Helium-Konzentrationen in ihren Körperstrukturen ausgewählt wurden — waren darin ausgebildet, eine geistig nahtlose Verbindung zwischen ihren durchscheinenden Gedanken und jenen der Giganten herzustellen.

Das Gehirngewebe der Meerdah enthielt außergewöhnlich hohe Mengen an Quarzmineralien, was eine ideale Schnittstelle für das gelenkte Lichtbewusstsein unserer Lenkpiloten schuf. Diese geistige Verbindung ermöglichte die Fernsteuerung dieser unschätzbaren Giganten.

Der Lebensraum der Meerdah an den südlichen Küsten war gesegnet mit kohlenstoffreichem Boden, ihrer einzigen wesentlichen Nahrungsquelle, ergänzt durch Kalk — eine Substanz, die sie begierig verzehrten.

Mit einem massigen Mittelkörper, breiten, muskulösen Armen und verhältnismäßig kurzen Beinen bewegten sich diese Geschöpfe kaum von selbst, es sei denn, sie wurden zu einem bestimmten Zweck belebt. Ihre langsame und sanftmütige Natur ließ sie in den monotonen Bedingungen ihres Daseins Ruhe finden.

Den Großteil ihrer Tage verbrachten sie sitzend an einem Ort, wobei ihre gerundeten Köpfe — mit verkürzter Stirn und engstehenden Augen — sanft und nachdenklich wippten, während sie die Bewegungen der Welt um sich herum beobachteten.

Das schnelle Zellwachstum ihrer Körper führte zu einem ebenso beschleunigten Zerfall, und die Lebensspanne eines durchschnittlichen Meerdah überschritt selten zwanzig Sonnenzyklen.

Je größer ihre Körper wurden, desto kürzer war ihre Lebenszeit. Ein Meerdah spürte, wie sich sein körperlicher Verfall vor dem Tod rasant beschleunigte, und es lag in seinem Bauplan verankert, die trockenen Lande nahe unserer Siedlungen aufzusuchen, um dort zu sterben.

Dort setzte eine plötzliche Sauerstofffreisetzung den Fossilisierungsprozess in Gang, durch den der Körper des Meerdah innerhalb von weniger als zwei Mondzyklen zerfiel.

Die Überreste ihrer mineralreichen Gewebestrukturen wurden geerntet und in verschiedenen Veredelungskomplexen weiterverarbeitet. Quarz, gewonnen aus ihrem Gehirngewebe, und atomares Gold, entnommen aus ihrem Gefäßgewebe, wurden sorgfältig getrennt, gereinigt und für die zukünftige Nutzung aufbewahrt.

Salzsäure wurde aus ihren Verdauungssystemen gewonnen, um unsere Generatoren und Kristallzucht-Labore zu versorgen. Ihr poröses Körpermaterial wurde zu Pulver verarbeitet, und der daraus entstehende, mineralreiche Sand — mit geringem Kalkgehalt — diente zur Herstellung von gebrannten Formbausteinen, während ihre kalkreichen Verbindungen mit isolierenden Eigenschaften als obere Schichten in unseren Bauwerken Verwendung fanden.

Unsere Steinformungsanlagen waren von unseren Lenkpiloten in Gang gesetzt worden, ein sorgfältiger Prozess, der eine systematische Vorgehensweise erforderte.

Jeder Meerdah war einem bestimmten Arbeitsabschnitt zugeteilt und trug zu einer reibungslosen Produktion von Baumaterialien bei, die vielfältige Techniken der Steinbearbeitung und Glasur umfasste.

Ein Meerdah, der das Ende seines Lebens erreicht hatte, konnte effizient in Baumaterialien umgewandelt werden, wobei seine Arbeitskraft anschließend ersetzt wurde.

Mit der Zeit benötigte der gesamte Prozess nur noch wenig Aufsicht und entwickelte sich zu einem selbsttragenden Verfahren, das entscheidend zum Fortschritt unserer Zivilisation beitrug.

Meerdah

Am nächsten Tag begann unser großes Unterfangen, abgestimmt auf die Tagundnachtgleiche, die für das Bündnis der Architekten von tiefgreifender Bedeutung war.

Die Tagundnachtgleiche war nicht nur ein vorübergehender Tag im Kreislauf des Jahres, sondern der eine Tag, an dem Erde und Kosmos in vollkommener Harmonie schwebten. An diesem Tag ging die Sonne genau im Osten auf und genau im Westen unter, und der Schatten des Meistergnomons— des Schattenzeigers — zeichnete die Himmelsrichtungen mit unvergleichlicher Klarheit auf den Boden. Diese flüchtige Ausrichtung von Himmel und Erde offenbarte eine Geometrie von solcher Genauigkeit, dass kein geschaffenes Instrument ihr gleichkam. Unser großes Bauwerk an einem anderen Tag zu beginnen, hätte Unvollkommenheit mit sich gebracht; doch es in diesem Moment kosmischen Gleichgewichts zu gründen, hieß, es in der ewigen Ordnung des Universums zu verankern.

Als Beginn ihrer letzten Prüfung, um ihre Meisterschaft in der hohen Kunst der Architektur zu beweisen, wurden die Novizen mit der anspruchsvollen Aufgabe betraut, das Baugelände sorgfältig zu vermessen. Im Mittelpunkt dieser Unternehmung stand die zentrale Verantwortung, den Meistergnomon präzise zu positionieren — eine Aufgabe von höchster Bedeutung.

Auf einem Glaszylinder errichtet, der für alle Zeiten an diesem Ort verbleiben sollte, hatte der Gnomon die Aufgabe, im exakten Moment der Tagundnachtgleiche einen vollkommen symmetrischen Schatten auf den Boden zu werfen. Dieser Schatten offenbarte wesentliche Informationen — die Himmelsrichtungen und das Gefälle des Landes — entscheidend für die Ausrichtung des Bauwerks. Auch die Sonnenorientierung innerhalb unserer kosmischen Ordnung wurde berücksichtigt.

Nur die fähigsten Schüler erreichten ihren Abschluss und erhielten das Vorrecht, feierlich die ersten Kupferstäbe zu setzen, die den Umriss und das Gefälle des Bauplatzes markierten. Jeder Stab war mit verlängerten Diamantisolatoren gekrönt, die sich beim Aktivieren des Generators miteinander verschmelzen würden.

Dieser lang erwartete Akt verkörperte die Meisterschaft der Architekten und kündigte den Beginn des Bauprojekts an.

An diesem Abend feierten wir das Ende des laufenden Sonnenzyklus und den Beginn eines neuen, ehrten den Wandel der Jahreszeiten und brachten tiefe Dankbarkeit für die Fülle und Erneuerung der Erde dar.

Dieses freudvolle Fest würdigte den lebendigen Rhythmus der Zyklen und dankte für die Reichhaltigkeit und Regeneration der Natur.

Die Feierlichkeiten zur Tagundnachtgleiche verkörperten das Gleichgewicht und die Harmonie innerhalb der göttlichen Geometrie unseres Sonnensystems, im Spiegel der gleichen Länge von Tag und Nacht. Das diesjährige Fest war mit großer Erwartung erfüllt, seine Strahlkraft noch gesteigert durch das fesselnde Bauprojekt, das die Größe und den Fortschritt unserer Zivilisation eindrucksvoll bezeugte.

Unser glanzvolles Jubelfest stand kurz bevor und breitete sich von den Tempeln in jede Ecke der Bezirke aus.

Am folgenden Tag wurden die Gemeindemitglieder der Tempel und die angesehenen Siedler zum Bauplatz gerufen, um gemeinsam ihre Segnungen über die vollendeten Vorbereitungen zu sprechen und den verheißungsvollen Beginn zu feiern, an dem eine Vision in Wirklichkeit verwandelt wurde.

Am dritten Tag erreichte die Erwartung ihren Höhepunkt, als die erste Gruppe der Meerdah an der Konstruktionsstelle eintreffen sollte.

Unter den Siedlern waren es vor allem die Kinder, die dieser Gelegenheit mit besonderer Freude entgegentraten.

Das erste Anzeichen ihrer Ankunft war die eigentümliche Stille, die ihr Nahen begleitete. Mit einer Schwingung von 5000 Hz ließ die Präsenz der Meerdah das Tierreich jenseits dieser akustischen Reichweite zurückweichen. Der Boden selbst löste sich ein wenig aus dem Gravitationsfeld, während unsere Bausteine — in Dimensionen gefertigt, die den Meerdah ideal entsprachen — in Resonanz zu vibrieren begannen und es unseren geübten Riesen ermöglichten, sie mühelos zu heben.

Auf der Suche nach Ruhe und Regeneration nach ihrer Reise ließen sich die Giganten nieder und verzehrten den Boden innerhalb der durch die Kupferstäbe abgesteckten Grenzen.

Die elektromagnetischen Wellen von 5000 Hz erzeugten eine elektrische Barriere und katalysierten die Thermoverbindung des Kupfergitters. Von

Natur aus hielten sich die Giganten davon ab, irgendetwas jenseits dieser geladenen Grenze zu verzehren, und bewahrten so eine klare Trennung.

Am folgenden Tag hatten unsere Lenkpiloten ihre psychischen Verbindungen gefestigt und sich vollständig in die Gedanken der Giganten eingegliedert. Ihre Aufgabe begann damit, den Transport der Baumaterialien aus den Steinschmieden zur Konstruktionsstätte zu lenken und mit der Grundlegung des zentralen Kreises um den Glaszylinder zu beginnen.

Die unterirdischen Hohlräume, die nach der Fütterung der Meerdah zurückblieben, waren dazu bestimmt, in einem späteren Stadium mit Wasser geflutet zu werden — als Folge der Prozesse, die in den oberen Kammern unserer Energieanlage abliefen. Diese unterirdischen Wasserreservoire erfüllten eine doppelte Funktion: Zum einen gaben sie den oberen Ebenen eine akustische Kalibrierung, zum anderen spielten sie eine entscheidende Rolle bei der Reinigung unseres Wassers durch Elektrodialyse. Dieser elektrische Prozess trennte Ionen und Verunreinigungen effizient ab und löste sie auf, wodurch ein stetiger Strom von reinem, strukturiertem Wasser in unsere zukünftigen Wohnstätten gewährleistet wurde.

„Es wurde uns angetragen, dass die Meerdah eine neue Form der Bindung an ihre eigene Art entwickelt haben", begann Hermenus den entscheidenden Teil unseres Gesprächs. „Ein ungewöhnliches Aufkommen eigenständigen Verhaltens hat unsere Verbindung gestört.
    Zahlreiche Lenkpiloten haben ernste Bedenken geäußert, da sie auf erhebliche Hindernisse stoßen, wenn sie versuchen, sich nahtlos mit der Psyche der Meerdah zu verbinden."

Obwohl er sichtlich beunruhigt war über diese Entwicklung, suchte Hermenus Rat und Führung bei Ra'h. Inzwischen hatten Nadha und Hewha die Grenze ihrer Fähigkeit erreicht, still und konzentriert zu bleiben. Munajah hing an jedem Wort der Darlegung des Architekten, und ich konnte nicht umhin, mich zu fragen, ob sie mehr vom Konzept des Generators oder von der charismatischen Ausstrahlung Hermenus' gefesselt war. Auf jeden Fall blieb ihr verborgen, wie Nadha und Hewha sich allmählich entfernten und zunehmend in ein immer ausgelasseneres Versteckspiel vertieften.

Mitten darin beschloss Efrem, sich dem Spiel der Kinder anzuschließen, und stellte sich auf die Seite des Suchenden. Heimlich schlich er sich zu Nadha, der sich sicher wähnte, hinter der offenen Eingangstür niemals gefunden zu werden — nicht ahnend, dass Efrem sein Versteck verraten hatte. So konnte Hewha direkt auf ihn losstürmen und mit einem triumphalen Brüllen als Siegerin des Spiels hervorgehen. Die Folge war ein unerwarteter, gellender Schrei Nadhahs, der Hermenus' ohnehin bereits angespannten Nerven bis an die Grenze des Erträglichen dehnte.

Ich bewahrte meine Fassung, während sich das Chaos entfaltete, und nur ich spürte das Amüsement in Ra'hs Stimme, als er die Unruhe durchbrach:

„Hermenus, solch kleine Störungen dürfen deine Konzentration nicht entgleisen lassen. Während der bevorstehenden Bauarbeiten wirst du absolute Fokussierung brauchen. Ich muss dich wohl kaum daran erinnern, dass wir keinerlei Spielraum für Fehler haben. Da die Verlässlichkeit der Giganten schwindet, musst du Exzellenz durch sorgfältige Aufsicht entfachen. Baue langsam und prüfe die Platzierung jedes einzelnen Blocks. Verstärke die Gesänge unserer Priester mit den rhythmischen Klängen der Glockensteine, damit die Meerdah gefesselt bleiben und auf Kurs geführt werden. Auf deine Meisterschaft stützen wir uns."

Hermenus, blass und sichtlich von der kommenden Aufgabe bedrückt, nickte zustimmend und respektvoll, den Kopf geneigt.

Da rief Ra'h mit donnernder Stimme: „Nun, Hewha und Nadha!" Beide Kinder stürmten vor ihn. „Hier halte ich zwei kostbare Quarzkristalle. Ich erwarte, dass ihr mit Munajah geht und die feinste Struktur erschafft, um den Kristall aufzunehmen, den ich euch anvertraue. Wenn ihr erfolgreich seid, dürft ihr am Tanz heute Abend teilnehmen." Die beiden Kinder strahlten vor Begeisterung und eilten in die Kinderquartiere, von Munajah begleitet.

Während Vater Ra'h seine beruhigenden Anweisungen gab, wandte ich den Kopf ab, um mein Amüsement über seine List nicht zu verraten — die Kinder glauben zu lassen, sie müssten sich die Teilnahme an Festlichkeiten *verdienen*, zu denen sie ohnehin eingeladen waren. Mein Blick verweilte auf seinem Oberarm: kräftig, verlässlich, mit einem bronzenen Schimmer leuchtend. Auf dieses Stück Haut hätte ich ewig schauen können, jede Pore entzündete die grenzenlose Liebe, die ich für ihn empfand.

Ra'h

Da sich die Halle nun beruhigt und Frieden eingekehrt war, setzte Hermenus seine Darlegung fort und schilderte sorgfältig jeden Aspekt des Bauprozesses zu unserer Zustimmung.

Das Fundament der Energiesäule ruhte auf einem eisenverstärkten Steinsockel, ausgelegt, um den gewaltigen Kräften des Fusionsprozesses standzuhalten.
Das architektonische Design der Säule folgte dem Goldenen Schnitt, einem mathematischen Verhältnis, das die zugrunde liegende Ordnung der Natur widerspiegelt und mit ihr in Harmonie steht.
Ihre innere Struktur ahmte das fein austarierte heilige Energiesystem des menschlichen Körpers nach: eine zentrale hohle Spule, die einer Wirbelsäule glich, errichtet aus massiven, leitfähigen Quarzblöcken. Dieser zentrale Schaft verjüngte und erweiterte sich wie kolossale Wirbelkörper, während sieben vergrößerte Kammern — den Chakra-Zentren des menschlichen Körpers entsprechend — dazu dienten, die Schallwellen zu verstärken, die durch den gesamten Kern widerhallten.

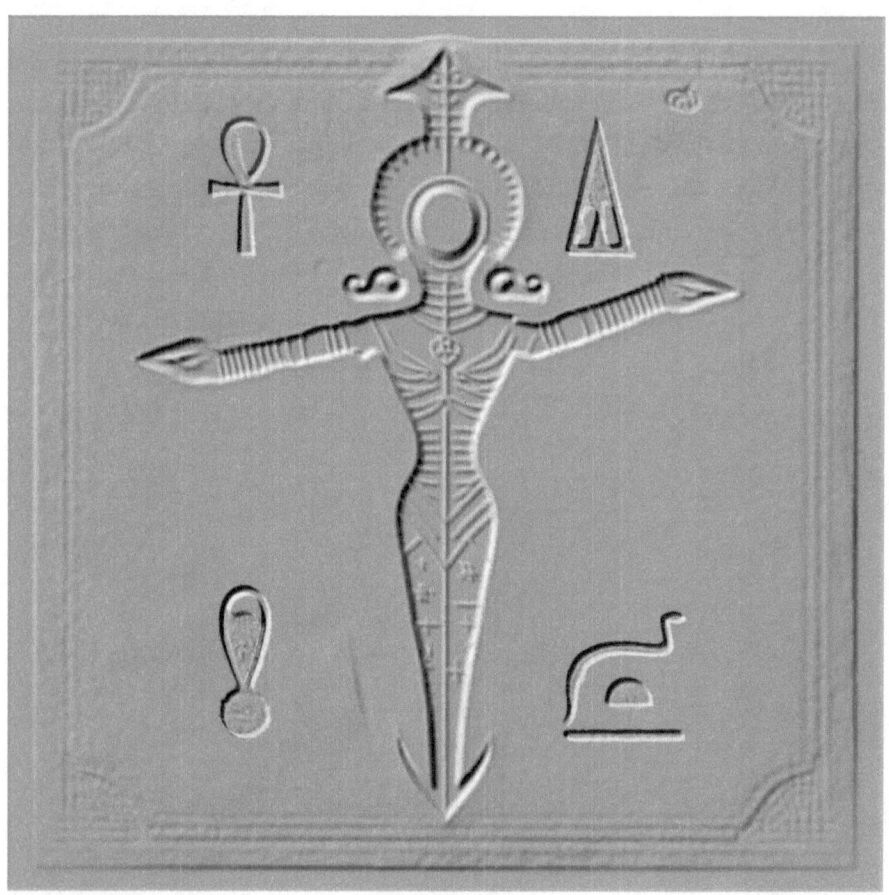

Energiesäule

Diese aus Quarz errichtete Struktur glich einem Pharao mit ausgestreckten Armen und nach oben gerichteten Handflächen, perfekt entlang der Ost-West-Achse ausgerichtet, dem Lauf der Sonne folgend.

Die aus den unteren Sphären — den Aquiferen — aufsteigenden Schallwellen wurden von der 440-Hz-Frequenz der Erde verstärkt und nach oben geleitet, weiter potenziert durch die Resonatoren im Wirbelsäulenkern, dem größten und kraftvollsten Verstärkungsraum.

Die kristallinen Tunnelschächte führten in die Handkammern: In der nördlichen Hand lag Salzsäure, gewonnen aus dem Verdauungstrakt der Giganten, während die südliche Hand Zinkoxid enthielt, das in den Kristallfarmen kultiviert wurde. Diese Elemente vereinigten sich in der Herzkammer, wo der Funke des Lebens entzündet wurde und Wasserstoff in die goldene Kuppel aufstieg — die Kronenkammer des Systems.

Das Nebenprodukt dieses heiligen Prozesses war Wasser, der Träger von Leben und Erinnerung, das zurück in die Aquiferen floss, um den ewigen Kreislauf zu vollenden und neu zu entfachen.

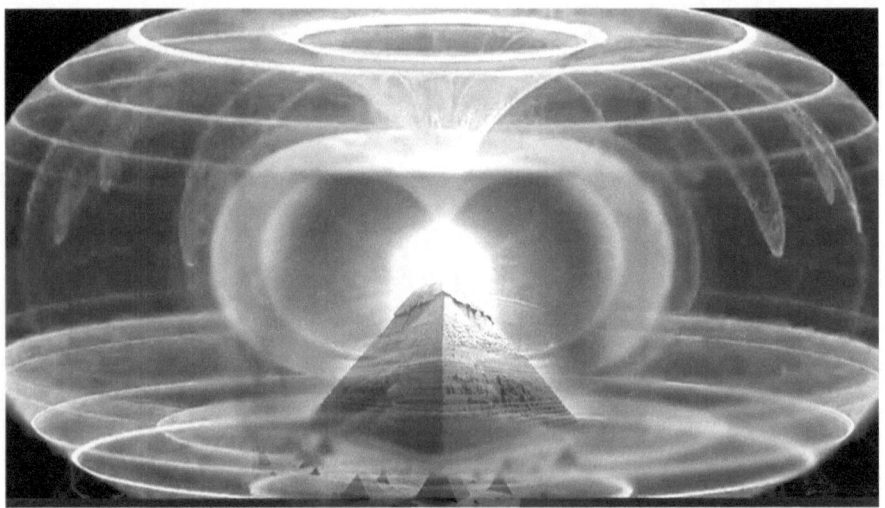

Toroidales Energiefeld

Die Energiesäule spiegelte das toroidale Energiefeld aller Lebewesen wider und fügte sich nahtlos in den größeren toroidalen Zyklus der Erde ein.

Im Inneren hielten die Energiegeneratoren einen konstant stabilen, geschlossenen Kreislauf aufrecht, in dem die unteren Sphären die oberen aktivierten und atmosphärische Elektrizität aufgenommen wurde.

Der Generator — ein künstlich erschaffenes Lebewesen — funktionierte wie alle Lebewesen, indem er zugleich Empfänger und Sender elektromagnetischer Energie war.

Bei der Aktivierung verschmolz die zunehmende Hitze die Quarzstruktur zu einer festen Form.

Um Stabilität zu gewährleisten, wurde der pulsierende Generator in massiven Steinblöcken eingefasst und mit einer Schicht Kalkstein umhüllt, die das überladene Energiefeld isolierte.

Ein achtseitiges Oktaeder, das bei 440 Hz resonierte, diente als ideale geometrische Form, um Effizienz zu gewährleisten und einen kontinuierlichen Energiefluss zwischen Erde und Atmosphäre sicherzustellen, wodurch unserem Netz eine unerschöpfliche Kraftquelle zugeführt wurde.

Um diese Energie nutzbar zu machen, setzten wir Kupferobeliske ein, die mit einer salzbasierten Flüssigkeit gefüllt waren und die elektrischen Ströme wirkungsvoll in unsere Strukturen und Vorrichtungen leiteten.

Als Hermenus seine detaillierte Darlegung beendete, vollständig mit Zeichnungen für jede Phase des Bauprozesses, sank die Sonne tief am Horizont und tauchte alles in ein rotes Glühen.

Wir billigten seine Pläne mit Respekt und Dankbarkeit und schlossen damit die Versammlung ab.

Die Feierlichkeiten zur Tagundnachtgleiche standen kurz bevor, und als Hüterin des Gleichgewichts war es meine Pflicht, das große Fest einzuleiten. Ra'h und ich beschlossen, durch die Gärten zu den Kinderquartieren zu gehen, wo wir erwarteten, Hewha und Nadha bei ihren vollendeten Projekten anzutreffen.

„Sekhmet, ich habe die Vision empfangen, dass eine große Erschütterung vor uns liegt", sagte Ra'h, sein Gesicht tief beunruhigt.

Wir gingen schweigend weiter. Ich warf ihm einen Blick zu, überrascht von dem Ernst seines Ausdrucks.

„Ich werde morgen zur Mittagszeit den Rat einberufen, um meine Vision zu übermitteln", flüsterte er, just in dem Moment, als Hewha und Nadha auf uns zustürmten, begierig darauf, die Ergebnisse ihrer Mühen zu zeigen.

Hewha präsentierte ihre exquisite geometrische Kuppel, ein Meisterwerk aus dreieckigen Glimmerplatten, die aus dem Lehrtempel stammten.

„Schaut her!" rief sie und streckte den Arm in die verglühenden roten Strahlen der Sonne. Der Kristall, eingebettet in ihrer Kuppel, fing die Lichtstrahlen des Abends ein und warf sie in einem Ausbruch von Regenbogenfunken in die geometrische Struktur zurück, die bei jeder anmutigen Drehung ihrer Handfläche tanzten, als sie die Kuppel behutsam in Ra'hs Hand legte.

„Hervorragend gemacht, Hewha!" lobte Ra'h sie, sein Stolz unverkennbar. „Ein Meisterwerk an Einfallsreichtum. Deine Struktur hält und ergänzt nicht nur ihren Kristall, sondern verstärkt ihn sogar." Mit Sorgfalt legte er dann das zarte Miniaturwerk in meine Hand.

„Nun, Nadha, hast du eine Struktur für deinen Kristall geschaffen?" fragte ich meinen kleinen Sohn, dessen Gesicht nun vor Aufregung strahlte.

Er zog seine zerzauste Meerdah-Puppe hervor und hielt sie mir entgegen. Ich blickte ihm tief in die Augen und fragte erneut: „Nadha, wo ist dein Bauprojekt?" Der Junge schob seine kleinen Finger in die Puppe, durch einen winzigen Schlitz hinter dem linken Ohr des Giganten, und zog Ra'hs Amethyst hervor.

„Er ist sicher. Und das ist ein Geheimnis", flüsterte er und legte den Zeigefinger vor die Lippen, um unser Vertrauen zu besiegeln.

Wir drei standen schweigend um den kleinen Nadha, jeder in Gedanken über seine Strategie versunken.

„Nun, ihr beide habt große Kreativität und viel Einsatz gezeigt", sagte Ra'h und riss uns aus unseren Überlegungen. „Munajah soll euch heute Abend zu den Kinderspielen der heiligen Feier bringen."

Hewha und Nadha sprangen vor Freude auf, umarmten uns fest und eilten zum Kindertempel, um am Abendmahl teilzunehmen.

Ra'h küsste meine Hand, und für einen Moment schien die Zeit stillzustehen, während wir unsere wunderschönen Kinder im violett-goldenen Sonnenuntergang verschwinden sahen. Langsam schlenderten wir zurück in unsere Gemächer, um uns auf das Fest vorzubereiten.

Eleha erwartete mich in meinen Gemächern, bereit, mein goldenes Seidengewand mit dem lapislazuli-verzierten Mittelband zu schließen. Ich glitt in das Gewand und setzte meinen kostbaren Kopfschmuck auf die Stirn, geschmückt mit einem großen blauen Sternsaphir.

Zarte Mondsteinstränge zeichneten die Konturen meines Kopfes nach und bildeten einen Halbmond, der den unteren Bogen meines verlängerten Schädels umspannte und über die Breite meiner Schultern hinausragte.

Das Zusammenspiel von Materie und Abwesenheit von Materie ließ den Eindruck eines vollkommenen Kreises um meinen Kopf entstehen — Sinnbild für das Gleichgewicht zwischen der materiellen und der ätherischen Welt.

Nun war ich bereit, unserer höchsten Feier beizuwohnen: der Tagundnachtgleiche.

„Wettrennen bis zur Versammlung!" neckte Eleha.

„Gib dein Bestes, Eleha — und ich gebe das meine", lachte ich, während wir uns auf den Weg zum Haupttempel machten.

Als die Sonne unter den Horizont sank, legte sich ein festlicher Schimmer über die Tempel und Bezirke.

Wandelnde geometrische Lichtmuster, geworfen von schwebenden Projektoren, glitten über unsere strahlend weißen Generatoren und projizierten leuchtende Darstellungen des himmlischen Sterntanzes auf ihre Oberflächen.

Diese lebendigen Bilder, die an uralte Erzählungen erinnerten, riefen den planetarischen Tanz wach, der kunstvoll in das große Gewebe der galaktischen Geometrie eingewoben war.

Als ich meinen Platz auf dem Podium des Tempels des Lichts einnahm — Ra zu meiner Linken, Isis und Osiris zu meiner Rechten, Zura und Efrem an jeder Ecke des Podiums sitzend — erloschen die Lichter der gesamten Siedlung. In erwartungsvoller, ehrfürchtiger Stille harrten alle dem Beginn unseres großen Festes.

Gigantische Kristallschalen, auf 525 Hz eingestimmt, entfalteten die

Frequenz des Gleichgewichts — meine Frequenz — und ließen sie wie eine anschwellende Welle in die Luft hinausströmen. Ich öffnete mein Halschakra und ließ meine Schwingung im Lied der Harmonie des Himmels widerhallen.

Die Melodie weitete sich aus und trug die Erinnerung an unsere Heimat, eingebettet im kosmischen Garten. Ihre harmonische Ordnung barg in sich Äonen von Geschichten, eine Chronik des Lebens in Klang verdichtet, und entfachte unsere galaktische Erinnerung in den Herzen und Gedanken aller lebenden Seelen über unsere Lande und Sphären hinweg.

Die Lichtprojektionen zeigten nun den Beginn unseres Universums: ein schwacher Funke, der zu flackern begann und allmählich an Schwung gewann in seinem Drang, stärker und schneller zu pulsieren.

Als sein Wille wuchs und seine Entschlossenheit sich sammelte, verwandelte sich das Flackern in einen blitzenden Punkt, der zwischen zwei klaren Positionen hin und her schnellte.

Weiter fortschreitend erblühte er zu einer Schwingung, die zur Selbstrotation fähig war, ihre Form sich unaufhörlich erweiternd.

Diese lebendige Energie webte sich zu einem bezaubernden Kaleidoskop, das sich ständig wandelnde Muster und Farben offenbarte. Es erschuf ein kunstvolles Gewebe von Formen, gestaltete Landschaften und entfaltete sich in immer größere Komplexitäten von Schönheit.

In makelloser Geometrie gehalten von der Kraft, die um sich selbst kreiste, teilte es sich unaufhörlich in eine kunstvoll verwobene Matrix selbstaktivierter Ausdehnung. Bis schließlich seine multidimensionale Form in sich zusammenfalten musste und durch die Kontraktion des Raumes in seiner Gestalt kollabierte.

Von dort wechselten wir unsere Melodie zur Grundfrequenz der geerdeten 440 Hz, und die vier Elemente unseres Seelenstroms — Ra'h, Isis, Osiris und ich — eröffneten die Polyphonie. Einer nach dem anderen stimmten alle Priester ein, und schließlich das ganze Volk, bis unser Himmel in melodischer Harmonie erstrahlte.

Zur Feier des Baus unserer neuen Pyramide offenbarte das Lichttheater ein rotierendes goldenes Oktaeder, dessen Kanten in feuriger Brillanz erglühten. In seinem Inneren erschien ein einfaches Dreieck — das Symbol der Luft — Verkörperung von Gleichgewicht und Harmonie.

Dann veränderte sich die Projektion: Das feurige Dreieck verwandelte sich in eine dreidimensionale geometrische Form mit vier Dreiecksflächen und vier Eckpunkten — ein Tetraeder. Es warf eine gespiegelte Version seiner selbst als nach unten gerichteten Schatten, getaucht in violettes Strahlenlicht, während die gesamte Form stetig um ihre eigene Achse rotierte.

Gemeinsam fasste diese heilige Geometrie das harmonische Himmelsreich zusammen, verkörperte das Gleichgewicht zwischen den materiellen und den geistigen Sphären und den ewigen Rhythmus von Ausdehnung und Zusammenziehung.

Im Himmelstheater verschmolzen die beiden Tetraeder zu einer achtseitigen Struktur, die in Gold und Violett erstrahlte.

Sie war ein kraftvolles Sinnbild für das Gleichgewicht der männlichen und weiblichen Energien — fähig, sich zu teilen und einander zu spiegeln, und doch ihr höchstes Potenzial nur in der Vereinigung offenbarend.

Als unser Gesang sanft verklang, kam das große Finale mit machtvollem Widerhall.

Die Lichtprojektion brach hervor und zersprengte das Bild der achtseitigen Pyramide in einen schillernden Regen leuchtender Sterne, der sich ins Unendliche ausdehnte und die gebannte Menge mit Staunen und Ehrfurcht erfüllte.

Unsere Feste der Kunst und des Mahls hatten begonnen. Die Straßen und Tanzhallen erfüllten sich mit Musik, Licht, Lachen und Glanz.

Einen Moment lang verharrte unsere vierseitige Seelenfamilie in einem Kreis, nach außen gewandt, um uns ganz auf die kosmische Ausrichtung

einzustimmen, die unser Ort in der himmlischen Geometrie innehatte —
dann schlossen wir uns dem prachtvollen Fest der Tagundnachtgleiche an.

Obwohl wir unsere Energie hauptsächlich aus der Aufnahme von photonischem Licht schöpften, erfreuten wir uns bei besonderen Gelegenheiten wie dieser daran, von der irdischen Küche zu kosten.

Isis führte mich zu den Tanzflächen auf dem Podium des Tempels, wo sich ein gewaltiges, kunstvolles geometrisches Muster vor uns ausbreitete — eine lebendige Karte, entlang derer wir tanzten, uns drehend und verschlingend, Bewegung in Bewegung werdend.

In einem flüchtigen Blick sah ich Ra'h und Osiris am Rand des Podiums, vertieft in ihr Gespräch. Dann verging jeder Gedanke, und ich löste mich in meinem Tanz auf.

Ich liebte dieses Gefühl des Sich-Hingebens — des Sich-Auflösens im Fluss der Bewegung.

3

Verwurzelung

Sanft wurde ich aus dem Schlummer geweckt, als ich Zuras Präsenz an meinem Bett spürte.
Als ich die Augen öffnete, traf ich auf ihren unverrückbaren Blick.
Bruchstücke meines zerstreuten Traums setzten sich in meinem Geist wieder zusammen.
Zuras mitfühlende Ausstrahlung tröstete mich trotz des anhaltenden Gefühls der Zerrissenheit, das noch aus meinem Traum nachhallte. Fieberhafte Auszüge schwebten vor meinem inneren Auge: Winde, die über staubige Landschaften wehten — unsere Landschaften — leblos und öde.
Dieses Gefühl tiefster Zerspaltung schlängelte sich durch mich, während ich meine Seelenfamilie in eine Ferne verschwinden sah, die ich niemals erreichen würde. Gefangen in einer sich verschiebenden Wüste war ich an meinen Platz gebunden, während Ra'h nach Norden verblasste, Osiris im Westen verschwand und Isis im Osten. Ich sank in ein Nichts, Sand wirbelte um mich, hielt mich in der Schwebe — ohne jede Richtung, der ich jemals entkommen könnte.
Mein Körper begann sich seltsam zu verkleinern, verwandelte sich in menschliche Gestalt; ich konnte mich an mein Wesen nicht mehr erinnern.
Das Nichts, in dem ich mich befand, schwoll nun in meinem Inneren an. Ich hatte alles verloren, was ich je gekannt hatte, ohne Bezug, ohne Anker der Erinnerung.

Ich war zu einem lebendigen, leeren Gefäß geworden, mein Leben nur erhalten durch einen einzigen Klang: meine 525-HZ-Frequenz.

Efrem lag ruhig an meiner Seite, sein Gesicht auf meinem Bein ruhend. Ich streichelte zärtlich beide Geparden, erfüllt von Dankbarkeit für ihre Gegenwart, die mich in meine Realität zurückholte und mich fest daran erinnerte, wer ich war.

Ich schlüpfte in mein vertrautes Leinengewand und nahm meinen Ankh zur Hand, der sich stets wie ein vertrauter Freund anfühlte. Auf dem Weg zum Haupttempel, in dem unser Familientreffen stattfand, nahm ich den Boden unter meinen Füßen deutlich wahr. Seine Festigkeit wirkte beruhigend und tröstlich.

Ra'h und Isis hatten bereits ihre Plätze im Tempel eingenommen, als ich ankam.

Ich weitete mein Herzzentrum, hob meinen Energiestrom an, verschmolz mit unserer Versammlung und stimmte unser gemeinsames Feld ein.

Schließlich trat Osiris ein – ruhig und stark, so wie er vor seiner Fragmentierung gewesen war.

Das Band zwischen uns Vieren war fest verwoben, doch die Verbindung zwischen Isis und Osiris trug eine besondere Stärke, die in der Zerbrechlichkeit lebt.

Wie Zwillinge von gänzlich unterschiedlicher Natur waren Isis und Osiris durch einen tiefen Liebesstrang miteinander verbunden, der das Wesen des jeweils anderen widerspiegelte. Isis' klarer, analytischer Geist harmonierte nahtlos mit Osiris' tiefgründigem Mitgefühl.

Osiris trug das Bewusstsein für die niederen Reiche des Geistes in sich. Er durchwanderte Zustände niederfrequenter Existenz, stieg bis an den Rand des Zerfalls des Bewusstseins hinab und brachte von dort seine wesentlichen Beobachtungen über dunkle Wesenheiten und niederfrequente Kräfte zurück, um die Matrix unseres Bewusstseins zu bereichern.

Er bewegte sich meisterhaft durch die Sphären der Verdichtung, besaß die Widerstandskraft, den Druck des verengten Raums zu ertragen und die Disharmonie dunkler Lebensformen mit anzusehen.

Osiris hatte die Fähigkeit, das Nichts zu bereisen.

Es war für ihn keine Last, dass seine Existenz an den äußersten Rand der Unterwelt gestellt war. Seine eigentliche Herausforderung bestand darin, sich nicht dauerhaft mit ihr zu vereinen.

Die magnetische Anziehung war stark. Manchmal blieb er in einer Schwebe, losgelöst sowohl von seiner Reise durch die Schattenwelten als auch von unserem Netz des Lichts, unfähig, sich mit einem von beiden ganz zu verbinden.

In solchen Zeiten konnte er sich nicht selbst beleben, und so bereitete Isis ihm ein Elixier, destilliert aus dem Yingal-Kaktus. In ihren Laboratorien entwickelte sie eine Formel, um sein photonisches Nervensystem zu stärken und die Schwankungen seiner Frequenz zu stabilisieren. Osiris hatte eine Abhängigkeit von Isis' Medizin entwickelt und nannte die Kupferflasche, die sie enthielt, scherzhaft „seinen Geist in der Flasche".

Vor einem halben Sonnenumlauf hatten die Feierlichkeiten zur letzten Tagundnachtgleiche Osiris' Hunger nach der Lebendigkeit des Lebens entfacht.

Als Pharao tiefster und leidenschaftlicher Sensibilität sehnte er sich danach, das anhaltende Gefühl innerer Dürre abzulegen, um den Funken der Lebendigkeit in sich selbst wieder zu spüren.

Um sich ganz von der Freude der Feierlichkeiten tragen zu lassen, nahm er eine viel zu hohe Dosis von Isis' sorgsam harmonisiertem Trank.

Seine Seele zerbrach in Fragmente, und durch unsere Verbindung spürten wir es alle.

Nur Isis konnte ihn aus seiner zerrissenen Energie zurückholen und die aufgespaltenen Schichten seiner Identität wieder zusammenfügen. Über zwei Mondzyklen hinweg widmete sie ihm ihre Pflege, die auch den Einsatz mikro-feiner Stromimpulse an seinem Kopf einschloss, um die Neueinstellung seiner Gehirnwellen anzuregen.

Isis war tief beunruhigt, ihr Herz schmerzte über die Qual ihres Geliebten, und sie verbrachte Tag und Nacht an Osiris' Seite, ganz der Heilung seiner Seele gewidmet.

Ihre Heilkunst ging weit über die Behandlung seines unmittelbaren Schadens hinaus. Sie stärkte nicht nur seinen innersten Geist, sondern erweiterte auch seine Fähigkeit, die Reiche von Leben und Tod zu durchqueren.

Diese Erfahrung hatte sein Verlangen nach intensiven Lebensleidenschaften als Gegengewicht zu seinen dunklen Reisen gemindert, und er konnte in einer neu gefundenen Wertschätzung für seine selbstgeschaffene Balance ruhen.

Nun nahm Osiris seinen Platz als vierte Säule unserer Versammlung ein und strahlte seine mächtige Energie in unser Feld.

Unsere Konstellation war vollendet.

Ra'h sprach:

„Meine Familie, wir treten in eine Zeit großen Fortschritts und noch größerer Prüfungen. Durch unsere Voraussicht und weise Führung werden Entwicklung und Übergang mit geistiger Klarheit und Ziel gelenkt. Wir sind die Hüter der Fortentwicklung.

Fortschritt kann nur im rechten Rhythmus gedeihen.

Meine Seelengeschwister, es ist uns in letzter Zeit bewusst geworden, dass unsere Feinsicht gefordert ist."

Nach einer Pause fuhr er fort:

„Wie ihr wisst, habe ich eine Vision tiefgreifender Veränderung empfangen – eine potenzielle Erschütterung von großer Tragweite, die unsere unmittelbare Erkenntnis erfordert, bevor sie an Schwung gewinnt. Lasst uns zunächst die jüngsten Entwicklungen innerhalb der Meerdah betrachten.

Der heutige Tag markiert die Ankunft der ersten Welle von Riesen aus den östlichen Ufern. Es wurde beobachtet, dass rasche Veränderungen in ihrem Verhalten auf eine grundlegende Verschiebung ihrer gesamten Kultur hindeuten."

Isis ergriff nun das Wort, um näher auszuführen:

„Die Meerdah haben eine Reihe nostalgischer Neigungen entwickelt. Während ihre Aufmerksamkeit früher nach außen auf ihre Umgebung gerichtet war und ihr individuelles Bewusstsein sich selbst und ihrer Art gegenüber eher gleichgültig blieb, zeigen sie nun wachsende Fürsorge für ihre Spezies – besonders für ihre Kinder."

Osiris bemerkte:

„Viele ihrer Kinder erreichen nicht einmal das Erwachsenenalter. Ihre Zellstruktur ist nicht stabil genug."

Isis fuhr fort:

„Ja. Und in letzter Zeit hat dies erste Zeichen innerer Unruhe unter den Meerdah offenbart. Anstatt der alten Sitte zu folgen, ihre sterbenden Nachkommen in die Wüste zu bringen, damit sie dort verwesen, hat sich bei ihnen eine neue Gewohnheit eingebürgert: ihre Kinder in den Sümpfen zu belassen."

Osiris fragte:

„Welche Spezies sorgt sich nicht um ihre Kinder? Das Leben will leben und weitergehen."

Isis nickte.

„Richtig. Jede fühlende Spezies hegt und leidet um ihrer Kinder willen. Die Meerdah haben einen bedeutenden Sprung in ihrem Selbstbewusstsein gemacht und begonnen, stärkere soziale Bindungen untereinander zu entwickeln.

Es wurde beobachtet, dass, nachdem ihre Kinder in der Feuchtigkeit der Sümpfe zu einer harten, steinähnlichen Substanz zerfallen, ihre Körperteile in Formationen innerhalb ihrer Siedlungen aufgestellt werden. Wir haben größere Gliedmaßen wie auch Köpfe in zentralen Bereichen gesehen, mit den zu Stein gehärteten Organen der Kinder – insbesondere den Herzen – kunstvoll zu Mustern arrangiert.

Die Meerdah haben nicht nur Empfindsamkeit entwickelt, sondern sie haben begonnen, … Kunst zu erschaffen."

Ich war fassungslos. Zwar war ich über den kognitiven Aufstieg der

Meerdah informiert worden, doch die Nachricht, dass sie bereits begonnen hatten zu kreieren, raubte mir den Atem.

Isis fuhr fort: „Schließlich haben wir die Daten der vergangenen Sonnenjahrzehnte ausgewertet, und es ist eindeutig, dass die Meerdah bevorzugt mit kleineren Partnern brüten, was zu einem kontinuierlichen Rückgang ihrer durchschnittlichen Körpergröße führt."

Osiris lächelte und sprach: „Ihre Lebensspanne erlaubt es ihnen nicht, kognitiv zu erfassen, dass ihre kleineren Artgenossen geringfügig länger leben. Das bedeutet, dass sich in ihrer Spezies nun eine angeborene Intelligenz entzündet hat. Bemerkenswert."

Isis erwiderte: „In der Tat bemerkenswert. Doch das widerspricht dem ursprünglichen Zweck dieser analogen Zucht. Wir haben die DNA-Sequenz der menschlichen Linie extrahiert und veredelt, um eine effiziente Arbeiterschaft und ein lebendiges Substanzreservoir zu erschaffen."

Während der Erstprägung des Planeten initiierten die Pioniere die menschliche DNA, indem sie ihren eigenen genetischen Bauplan mit der elementaren Materie der Erde verbanden. Gemäß dem Kosmischen Bewusstseinskodex sollte eine kosmisch bewusste Erdenrasse geformt werden, abgestimmt auf das energetische Gefüge des Planeten, um physische Strukturen zu schaffen, durch die das Bewusstsein eintreten, wachsen und sich auf dieser planetaren Schnittstelle entwickeln konnte.

Obwohl alle Informationen im vollständigen genetischen Code gespeichert bleiben, wurden Kernstränge der Mutter-DNA versiegelt und deaktiviert, um einen allmählichen, selbstinitiierten Evolutionsprozess zu gewährleisten. Ein erhöhter Grad an Bewusstsein ohne einem kontextgebenden Erinnerungsgeflecht könnte sich nicht aufrechterhalten und würde zu einer kognitiven Implosion führen.

Im Lauf der Zeit wurden viele genetische Experimente unternommen, um das Potenzial dieses Entwurfs zu erweitern. Alle genetischen Modifikationen mussten unter der präzisen Steuerung von Klangfrequenzen durchgeführt werden.

Zahlreiche Schöpfungsversuche brachten Wesen mit unterschiedlichem Erfolg hervor. Einige Populationen aktivierten sich sogar selbst – etwa die Sighraah, angepasst an ein Leben unter Wasser; Kreuzungen zwischen menschlichen und tierischen Chromosomen; eine unterirdische Zivilisation namens Unghus; und viele andere kurzlebige Initiativen.

Doch die gegenwärtige menschliche Linie erwies sich als die anpassungsfähigste an das elementare Spektrum der Erde – mit der idealen Geschwindigkeit selbstgetragener Entwicklung und einer Körperstruktur, die auf Effizienz und Langlebigkeit ausgerichtet war.

Ra'h sprach:

„Isis, es war dein Werk, die Sequenzen des belebten Wachstums aus dem menschlichen Bauplan zu isolieren und in die mineralische Struktur zu fügen, aus der unsere Riesen seit vielen Sonnendekaden geformt wurden.

Unsere Zivilisation wäre ohne deine Schöpfung nicht dieselbe.

Sie hat uns unermessliche Leichtigkeit in unserem strukturellen Wachstum gebracht.

Doch eine Zivilisation sollte sich niemals von einem bestimmten Werkzeug abhängig machen.

Nur du kannst wahrhaft die Projektion deiner eigenen Schöpfung ermessen."

Eine lange Pause entstand, während wir alle über diese Situation nachdachten.

Schließlich erklärte Isis:

„Der Werdegang der Meerdah ist einer der Eigenständigkeit.

Wenn sie weiterhin ihre eigenen kulturellen Strukturen entwickeln, ihre Bande innerhalb der Gesellschaft festigen und sich im Laufe der Zeit durch ihre Fortpflanzung sogar wieder auf Menschengröße zurückführen, dann wächst das Risiko, das von ihrer physischen Stärke ausgeht, immer weiter – ohne dass dies unserer Zivilisation einen entsprechenden Nutzen bringt."

Ich gab meine Einschätzung:

„Wir schätzen die Meerdah als einen wesentlichen Bestandteil unserer Nation. Ohne ihnen wären wir stark herausgefordert, ihre Beiträge zu ersetzen. So sehr ich ihre zunehmende Unabhängigkeit auch befürworte, die mögliche Auswirkung einer Riesenrasse, die Autonomie erlangt, könnte in Konflikte münden, auf die wir nicht vorbereitet sind.

Für eine unterentwickelte Spezies wie die Meerdah bedeutet Unabhängigkeit ein zu großes Risiko für das Gesamtwachstum unserer Zivilisation."

Ra'h nickte zustimmend.

Osiris sagte:

„Die Meerdah haben den Funken des Bewusstseins erhalten.

Dieser Funke wächst in seinem eigenen Rhythmus. Ich habe das Gefühl, dass die Meerdah noch nicht das richtige Gefäß entwickelt haben, um diesen Funken tragen zu können."

Ra'h erklärte:

„Wir sind uns einig – den Meerdah darf nicht gestattet werden, ihre Entwicklung fortzusetzen."

Wir verharrten in Schweigen, bis Isis verkündete:

„Die Priester der Heilkunst leisten den Meerdah regelmäßig medizinische Versorgung. Ich werde die üblichen verabreichten Injektionen anpassen. Ich habe eine synthetische RNA-Verbindung entwickelt, die im Körper weiter zirkuliert, um allmählich die Fruchtbarkeit der Männer zu verringern – mit dem Ziel, die Linie der Meerdah nach und nach auslaufen zu lassen. Wir werden in den kommenden zehn Dekaden einen langsamen Rückgang ihrer Bevölkerung miterleben, bis ihre Linie verschwindet. Ich kann nicht vollständig ausschließen, dass sie sich mit Menschen kreuzen, wenn ihre Größe weiter abnimmt.

Die Meerdah werden sich keiner äußeren Einwirkung auf ihre Fortpflanzungsrate bewusst sein. Es ist für unsere allgemeine Sicherheit wichtig, dass wir in ihrer Bevölkerung weder Panik noch Verzweiflung auslösen."

Die Sonne hatte längst den Mittelpunkt des Himmels überschritten. Wir verharrten in Stille, um die getroffene Entscheidung zu verinnerlichen, die sowohl für eine etablierte Spezies als auch für die Fähigkeiten unserer Zivilisation eine tiefgreifende Auswirkung bedeutete.

Ra'h durchbrach das Schweigen: „Wir werden bei der Eröffnungsfeier erwartet. Sollen wir gehen, um unsere Gefolgschaft zu begrüßen? Ich berufe dieses Treffen für morgen früh erneut ein, um meine Vision zu teilen und Rat über die sich entfaltende Zukunft zu halten."

Als wir an der Feier auf der Baustelle unseres neuen Generators teilnahmen, waren die Architekten tief in die facettenreiche Logistik dieses gewaltigen Projekts vertieft, das ungewöhnliche Präzision mit gigantischer körperlicher Arbeit verband.

Das Volk hieß die geliebten Riesen herzlich willkommen, die sich in den kargen Landen versammelt hatten, von ihren Reisen ruhten und sanft mit den Siedlern in Kontakt traten.

Die jungen Meerdah spielten zärtlich mit den Menschenkindern unter den wachsamen Augen der Eltern beider Spezies.

Ra'h stand an meiner Seite und flüsterte mir ins Ohr: „Souveränität ist unvermeidlich. Doch der Rhythmus hat sich beschleunigt. Sekhmet, ich bin in Länder gereist, in denen wir noch nicht gewesen sind. Komm heute Nacht in meine Gemächer. Ich muss mit dir sprechen. Ich muss dich fühlen."

Die magnetische Anziehung seiner Energie schmolz alle Spannung in meinem Körper dahin. Ich sehnte mich nach seiner vertrauten Wärme.

„Ra'h, ich war letzte Nacht in meinem Traum völlig verloren. Du musst deine Vision mit mir und mit uns allen teilen. Doch ich spüre eine Dringlichkeit, in den diffusen Zustand des Traums von letzter Nacht zurückzukehren, um das Omen zu entschlüsseln. Wenn mein Sein dazu bestimmt ist, in eine solche Isolation zu stürzen, kann nur ich selbst mich wieder hinausführen. Ich muss diese Nacht allein in meinen Gemächern bleiben. Ich muss meinen Traum strukturieren."

die blühende Lotus

4

Erde

Ich tauchte aus tiefem Schlaf empor und hielt den Zwischenzustand aufrecht, um meinen Traum in mein bewusstes Gedächtnis zu integrieren.

Alle Fasern meines Körpers spürten noch die Schwingung des gewaltigen Glockensteins, der sein stetiges „Fummmm Fummmm Fummmm" summte und seinen ewigen Ruf im Tempel des Gedächtnisses widerhallen ließ.

Ich hatte die Anker meiner Erinnerung in das semi-flüssige Kristallnetz des Äthers eingeschrieben und die Stränge meiner Sinne in sein photonisches Gewebe verwoben, das alle Information trägt, um unauslöschliche Erinnerungsspuren zu schaffen — um zu erinnern, um mich immer zu erinnern.

Zura saß am Rand meines Bettes und blickte auf das Licht, das durch die Glaskuppel meiner Kammer fiel. Meine Augen ruhten auf ihrer anmutigen Gestalt, und ich wandte mich Efrem zu, der wach und aufmerksam dastand und gedankenvoll über mich wachte. Meine Geparden, von natürlicher Würde geboren — sie zu spüren, hieß mich selbst zu spüren. Ich hatte ihre Präsenz in meinem Traumgewebe verankert.

die Sehende

Mit meinen Katzen an meiner Seite ging ich direkt zum Haupttempel, wo sich unsere Seelengruppe zu unserem nächsten Treffen versammelt hatte.

Wir nahmen unsere Positionen an den vier Himmelsrichtungen des zentralen Kreises ein, innerhalb des geometrischen Mandalas, das in den Tempelboden eingraviert war.

In der Kraft unserer Stille verharrend, stimmten wir unsere Energien aufeinander und auf die anstehende Aufgabe ein.

Als sich unser kollektives Feld zunehmend auflud, projizierte Ra'h seine Vision in unser gemeinsames zerebrales Netzwerk.

Ich ließ mich tief in das Feld hinabsinken und aktivierte meine Kronensphäre, um die übertragenden Wellen von Information zu empfangen.

Ich spürte einen unerträglichen Abwärtszug. Meine gesamte Zellstruktur degenerierte, und mein Herzfeld wurde von Schmerz überflutet. Mein Wurzelchakra pochte in einem Zustand der Verwirrung, und erkannte sich nicht länger als mit der universellen Schöpfungskraft verbunden. Es befremdete mich, dass mein Wurzelchakra sich selbst als beschmutzt empfand. Mein Kehlchakra war zu einem engen Schacht zusammengedrückt, einem geschwächten Kanal des verbalen Ausdrucks, und ich konnte das Leben nicht länger durch Klang erwecken. Von einer verkrusteten, leuchtenden Membran innerlich verschleiert, blieb mein Drittes Auge von meinem inneren Energiefluss abgeschnitten. Mein Kronenchakra, meine vitale Verbindung, meine kosmische Nabelschnur des Lichts, war vernebelt – und mein Funke erstarrt.

In meinem fragmentierten Zustand zerstreuter Sinne nahm ich eine gewaltige Welle wahr, die nach Blut, Schweiß und Verwirrung roch, über mir aufstieg, sich allmählich auftürmte und alles auf ihrem Weg verschlang. Diese Welle war menschlich.

Ich ertrank im Gefühl völliger Machtlosigkeit, als ich von einer chaotischen Kraft getroffen und hin- und hergeschleudert wurde. Zersplitterte Überreste von Stimmen sammelten sich zu einem unheimlichen Klang, Schreie, Wiegenlieder, mechanische Stimmen, Gesänge, und so viel bedeutungsloser Lärm füllte jede Sphäre und eroberte die Macht der Stille. Diese aufwallende dunkle Welle dehnte sich aus, spannte ihr Membrangewebe zu einem endlosen Schleier, der den Himmel bedeckte.

Gefangen in diesem erdrückenden Gewand, rief die Erde ihre erstickte Melodie, unterdrückt hinter einem Schleier des Vergessens ihres eigenen Lichts. Ich spürte das Menschengeschlecht ohne Hüterschaft, ein Anschwellen und Abebben von Zivilisationen, schwankend, ungeordnet ohne Führung, verloren in seinen eigenen unvorhersehbaren Wellen chaotischer Schöpfung.

Tränen flossen über mein Gesicht und linderten meine brennende Haut. Ich fühlte die völlige Erschöpfung der Erde, ihr Herz in Fieber pulsierend, als sie ihre eigenen Zellen in Brand setzte und sich in zwei Teile spaltete.

Ich öffnete meine Augen, da ich nicht weiter sehen konnte.

Erdteilung

Wir vier saßen schweigend da, während die Schatten mit dem Lauf der Sonne über den Himmel immer länger wurden.

Ra'h sprach: „Wir haben den Abstieg der Welt in den Wahnsinn erlebt. Wir haben Kunde von der großen Entfaltung empfangen, eine Warnung aus dem Äther. Dies ist die Morgenröte des Zerfalls – eine unausweichliche Bewegung, die wir entweder zulassen oder aufhalten müssen. Es ist unsere höchste Pflicht zu handeln: diesen Planeten zu schützen – oder zuzulassen, dass das dunkle Zeitalter über Jahrtausende herrscht und das energetische Geflecht der Erde überwältigt."

Stille.

Osiris fragte: „Hast du jenseits des großen Fiebers gesehen? Die Vision endete – doch es gab kein Ende. Hast du weitere Variationen innerhalb dieser Zukunft erblickt?"

Ra'h erwiderte: „Wir alle haben gesehen, soweit diese Vision reicht – hinein in eine sehr scharfe Konfrontation zwischen Erde und Menschheit."

Isis sagte: „Der Ausgang des Herzensfiebers ist ungewiss. Er kann zum Zusammenbruch unseres planetaren Organismus führen oder eine tiefe Reinigung auslösen. Es besteht die Möglichkeit, dass solch eine kraftvolle Entladung eine große Heilung einleitet."

Stille.

Ich ergriff das Wort:
  „Wir wissen, dass die Zeit über uns hinausgehen muss. Die Menschheit ist die Saat der Erde, der Keim ihres Nervensystems. Gemeinsam müssen beide in ihre höchste Frequenz hineinwachsen und lernen, ihr eigenes Licht hervorzubringen. Wahres Fortschreiten kann nicht mehr lange von außen gelenkt werden. Eine fortgeschrittene Spezies muss sich von der herrschenden Klasse ablösen. Auf welchem Weg die Menschheit ihre Souveränität erreicht, ist unvorhersehbar."

Ra'h erwiderte: „Sekhmet. Du hast gesehen, was wir gesehen haben. Wie kannst du nicht erkennen, dass es nichts Gefährlicheres gibt als die unentwickelten Menschen?"
  Als ich in seine aufgewühlten Augen blickte, sah ich zum ersten Mal etwas, das ich noch nie bei ihm bemerkt hatte – Angst.

Ich fuhr fort: „Ra'h, der Urcode trägt die Information für die Zukunft in sich. Willst du etwa die universelle Weisheit umgehen, um zukünftige Ereignisse zu manipulieren?"

Die Spannung zwischen uns wurde greifbar, als sich unsere Energiefelder mit Reibung aufluden.

Ra'h sprach mit fester, entschlossener Stimme:
„Unser kosmischer Bauplan gründet auf vergangenen Erkenntnissen und Vorstellungen und hat uns sicher bis zu diesem Punkt in Raum und Zeit geführt.
Doch angesichts neuer Herausforderungen und Situationen liegt es an uns, das Potenzial der Zukunft zu lenken und zu gestalten."

Ich widersprach, meine Stimme ebenso entschlossen:
„Es liegt nicht in unserer Macht, Kontrolle auszuüben. Wir sammeln Informationen und müssen uns entsprechend ausrichten. Die Verschmelzung unserer genetischen Linie mit der Menschheit ist ein grundlegendes Gesetz in unserem Bauplan – und es darf nicht verändert werden.
Deine Aufgabe ist es, Orientierung zu geben und uns mit wohlüberlegtem Handeln zu führen. Doch es ist nicht deine Aufgabe, den kosmischen Willen zu diktieren."

Stille.

Ra'h hielt mich in einem neutralen Blick und sprach:
„Meine Aufgabe ist es, Handlungen auf Grundlage der Informationen zu lenken, die ich erhalte. Du hältst das Gleichgewicht. Aufgrund deiner uralten Prägung bist du die neutralen, beobachtenden Augen des Kosmischen Geistes. Ich aber bin die unmittelbare Stimme des Lichts."
Er fuhr fort:
„Unsere genetische Linie ist seit Äonen im kosmischen Raum-Zeit-Gefüge gesichert. Wir haben das Licht der Zivilisation an aufsteigende und vergehende Reiche weitergegeben – doch niemals wurde ein Kindervolk unbeaufsichtigt gelassen!"

Seine Worte hallten durch die Hallen des Tempels.

Eine lange Stille legte sich über uns. Noch nie zuvor hatte der Sohn des Lichts Zorn gezeigt.

Isis ergriff das Wort:

„In der Tat ist unsere genetische Linie über zahllose Zyklen hinweg behütet worden, um im kosmischen Geflecht sicher weitergegeben zu werden. Unsere Aufgabe ist es, den Lebensfunken treu weiterzutragen. Diesen Funken mit dem Abstieg der Erde zu vermischen, kann nur ein Irrtum sein. Wenn die Menschheit scheitert, geht unsere Ahnenlinie verloren. Die genetische Blüte wird sich auf brennendem Boden nicht öffnen und entfalten."

Osiris bemerkte:

„Wir alle konnten spüren, dass der kollektive Geist der Menschheit noch nicht weit genug entwickelt war, um seine eigene Eingliederung in das kosmische Geflecht zu erkennen.

Diese Spezies wird aus einem Bewusstsein des Abgetrenntseins heraus agiern – gefangen in ständiger Angst ums Überleben auf einem doch überreichen Planeten. Eine derart widersprüchliche Wirklichkeit führt unweigerlich in einen furchtbaren Abstieg: hin zu niederfrequenten Zivilisationen, in unvorstellbaren Wahnsinn, Grausamkeit und Verzweiflung – geboren aus einer kollektiven Psyche: Mensch gegen Mensch, Mensch gegen Erde.

Eine Spezies, die nicht ausreichend gereift ist, um den zirkulierenden Energiefluss der Wirklichkeit zu begreifen, wird sich in der Illusion eines linearen Bewusstseins verfangen.

Mit einem solchen Empfinden der Begrenzung wird der Mensch schaffen, was nur dem egoistischen Aufstieg dient – nicht dem Gemeinwohl.

Die Vision zeigte uns klar die Erschöpfung der Erde durch lineares Ausschöpfen von Ressourcen und Verbrauch.

Der Mensch wird die energetische Erinnerung körperlicher Verwundung weitertragen.

Es wird Zeitalter der Heilung brauchen, um das selbst zugefügte Trauma zu überwinden. Warum also sollten wir solch eine Möglichkeit zulassen?"

Ich sprach: „Weil dies der einzige wahre Weg ist."
Nach einer Pause fuhr ich fort:
"Unzählige Gezeiten werden die Erde verwandeln. Kontinente werden sich anziehen und wieder abstoßen, die großen Fluten kommen und gehen.
Die Menschheit so lange zu behüten, bis sie als reif genug gilt, sich von aller Führung zu lösen, würde unermesslich lange dauern – oder vielleicht niemals geschehen.
Vor uns liegt ein unausweichlicher Verlauf, der sich erfüllen muss.
Dies ist der direkte Weg der Selbsterleuchtung – vielleicht aus der Asche."

Ra'h erwiderte:
„Der menschliche Geist verlangt noch immer nach Führung. Nähmen wir sie ihm, würden die Menschen nur nach Leitung bei den falschen Mächten suchen. Denn der einzige Gegenpol zu einer unreifen, sterblichen Mentalität ist der Götterkomplex."
Er hielt inne, sammelte sich in seiner inneren Wahrheit und sprach dann weiter:
„Wir müssen die Macht bewahren, um den Frieden zu bewahren – sonst wird die Macht ergriffen, und der Frieden geht verloren."
Nach einem Moment der Stille fuhr er fort:
„Wir müssen eine eigene Linie von Hütern des Lichts begründen – um zu bewahren, zu schützen und zu beraten. Ich schlage vor, die Verschmelzung der genetischen Linien zu beenden und unter den Hütern die eigene Fortpflanzung wiederaufzunehmen, um die Reinheit unseres Erbes zu sichern."

Stille.

Osiris hatte seine Entscheidung getroffen:
„Ich habe mein Leben damit verbracht, durch das Reich der Dunkelheit

zu reisen.

Ich kenne Schmerz und Kampf und ehre die Weisheit des Kontrasts. Das Licht lässt sich nur an der Seite des Schattens erkennen.

Doch der Ruf der Dunkelheit ist mächtig. Ihrer Anziehung ist schwer zu widerstehen, weil sie dichter ist – sie wirkt stärker.

Um die Dunkelheit zu wandeln, muss man sie kennen und meistern. Mit dem Licht zu verschmelzen bedeutet, auch seine Abwesenheit zu erkennen und zu integrieren, um Eins zu werden.

Ich habe mich beinahe verloren, als ich aus meiner eigenen Balance driftete.

Ich traue der Menschheit nicht zu, aus eigener Kraft in eine höhere Frequenz zu schreiten. Die dunklen Kräfte werden sich allzu leicht in der Macht festsetzen, und die Menschheit wird es nicht einmal begreifen, solange sie sich selbst nicht begreift.

Mögen die Menschen geführt werden, bis sie weit genug entwickelt sind, um das Erbe des kosmischen Bewusstseins in ihre Hände zu legen."

Isis schloss ihre Gedanken:

„Die Menschheit ist inzwischen gut gefestigt und entwickelt sich, ja, auf wunderbare Weise weiter. Doch sie befindet sich noch immer in einem sehr unreifen Stadium. Ich bin bereit, unseren eigenen DNA-Code zu verändern, um die Fruchtbarkeit wieder zu aktivieren und Duplikate unserer Art hervorzubringen."

Ich rief aus:

„Isis, das ist Wahnsinn! Wir haben uns seit unermesslicher Zeit nicht mehr innerhalb unseres eigenen Genpools vermehrt. Wir sind dem göttlichen Plan gefolgt – und nun schlägst du eine genetische Abweichung vor? Du kannst die Folgen die sich entfalten noch nicht erkennen!"

Isis entgegnete:

„Es ist sicher – und wird seine effektive Wirkung zeigen."

Ich war fassungslos. Wie konnte sie so sicher sein, alles zu überschreiben, was wir über das Urgesetz wussten?

„Noch nie haben wir im zukünftigen Feld der Möglichkeiten solche Klonergebnisse gesehen. Deine Versuche werden scheitern oder eine gewaltige Störung hervorrufen. Dein Labor kann die Gebärmutter nicht ersetzen. Bewusstes Leben muss in der Gebärmutter erwachen – im Nullpunkt allen Potenzials, im Herz der Schöpfung!"

Ra'h wandte sich mir zu und sprach:
„Sekhmet, du erkennst die drohende Gefahr, die von den Meerdah ausgeht. Doch die Menschen können weitaus größere Zerstörung hervorbringen. Dieses Geschlecht ist brillant und klarsichtig – und zugleich fähig, sein eigenes Verderben zu erschaffen."

Isis sprach zu mir:
„Sekhmet, du befindest dich im achten Mond der Reinigung, um den nächsten Kreuzling zu empfangen. Wir werden die Zeremonie nicht aktivieren; ich werde nicht deine Fruchtbarkeit auslösen."

Stille erhob sich.

Ich sagte:
„Ich werde die Zeremonie selbst aktivieren, so wie es in unserem Grundplan vorgesehen ist.
Auch ohne die Gewissheit deiner Injektion werde ich es dem Zufall gestatten, den Samen zu verankern."

Eine lange Stille breitete sich aus.

Ra'h sprach zu mir:
„Du bist ein einzelner Wille gegen unseren vereinten Willen und willst gegen unsere balancierte Ausrichtung handeln.
Richte dich nach uns – oder verlasse den Bereich der Tempel. Es ist dir

nicht gestattet, das Priesterkollegium dazu zu bewegen, die Zeremonie zur Öffnung deines Schöpfungsportals zu vollziehen – um die Vermischung mit den Menschen fortzusetzen.

Damit deine Versuche nicht gelingen, kannst du wählen: dich auf den südlichen Inseln zu isolieren – oder die Kammer der Wandlung zu betreten und deine physische Existenz zu verlassen."

Ich atmete scharf aus:

„Du sprichst Urteil über mich?"

Es wurden keine weiteren Worte gewechselt. Es war klar: Mein Vergehen bestand darin, dass ich die Verbindung mit der Menschheit nicht aufgeben wollte. Ich hatte keine Möglichkeit, abzuwägen. Das Urteil war bereits gefällt.

Ich blieb noch lange im Tempel, nachdem alle gegangen waren. Als ich mich schließlich auf den Weg zu meinen Gemächern machte, bemerkte ich, dass Ra'h noch immer dort war, in den Schatten gehüllt, mich beobachtend.

Ich hielt abrupt vor ihm inne, nahe genug, um den tiefen Schmerz in seinen Augen zu erkennen.

Mit gedämpfter Stimme flüsterte er: „Unsere Einheit ist unsere Kraft. Unsere Trennung zerreißt die Verbindung unserer Seelen. Du bist ein Teil von mir; dein Körper ist die Hälfte meines Körpers. Folge einfach meinem Wort."

Mit geschlossenen Augen erwiderte ich: „Du hast der Angst erlaubt, über deine Loyalität zu mir zu herrschen." Dann wandte ich mich ab und ging.

Loslassen

Ich besuchte den Kindertempel, um Zeit mit Hewha und Nadha zu verbringen.

Schon von Weitem sah ich Nadha unter einem Persimonenbaum sitzen, begleitet von einer Krähe, mit der er sich angefreundet hatte. Die Sonne legte einen bläulichen Schimmer auf sein schwarzes Haar, das den tiefdunklen Federn des Vogels glich. Laut krächzend erhob die Krähe ihre Stimme, während Nadha aufmerksam lauschte.

„Mein Liebster, wer ist dein Freund?" fragte ich meinen Sohn.

„Maa!" Nadha strahlte, als er mich sah. „Das ist T'zaah. Er will, dass ich nach Hause gehe."

„Nach Hause? In deine Gemächer?" fragte ich mit einem Lächeln.

„Nein, Maa. Nach Hause in die wilden Lande, dorthin, wo die Sonne schlafen geht! Zu den großen Kolossen!" Er breitete die Arme aus, um ein massiges Wesen nachzuahmen. „Mit den wunderschönen Hörnern", fügte er nachdenklich hinzu.

„Oh, du meinst einen Auerochsen, ja?" sagte ich, um ihm zu zeigen, dass ich ihn verstand, während mein Blick bei der Krähe verweilte, die ihren Blick immer wieder zwischen uns hin und her wandern ließ.

Ich setzte mich zu meinem Sohn unter den üppigen Baum, während die Sonne in ein rotes Glühen versank. Wir spielten kleine Schattenspiele im warmen Licht, und mein ganzes Wesen war durchdrungen von pulsierender Liebe zu ihm und seiner unergründlichen Weisheit.

Ich küsste ihn auf die Stirn, atmete seinen reinen Duft ein und flüsterte:

„Möge die Sonne über dich wachen, möge der Wind dich führen, mögen die Wasser dich tragen, und möge die Erde dein Zuhause sein. Du kannst mich immer rufen, Nadha. Meine Stimme wird dich schützen – von jenseits der Schwelle."

Nadha erwiderte meine Umarmung mit einem warmen, festen Halt. Und damit sagte ich Lebewohl.

Hewha setzte die letzten Pinselstriche an ihrem Bild, als ich die Halle der Künste betrat.

Ich setzte mich neben sie und bewunderte ihre wunderschöne Darstellung eines fließenden Flusses und die Kunstfertigkeit, mit der sie die Sonnenstrahlen auf dem Wasser tanzen ließ.

„Ich habe vorhin Vaters Stimme gehört, sie war laut während eures Rates. Was ist geschehen, Mutter?" fragte sie.

„Hewha, du weißt, dass du dich nicht beim Tempel aufhalten sollst, und du hättest unseren Streit nicht mitanhören dürfen," erinnerte ich sie, obwohl es nicht nötig war.

„Ich habe das Wort *Kindervolk* gehört. Genügen wir Vater etwa nicht?" fragte sie zögernd. „Hat er uns wirklich gewollt, Maa? Sind wir genug für dich?"

Mein Herz wurde schwer.

Um ihres zu stärken, versicherte ich ihr sanft: „Dein Vater liebt dich sehr. Du bringst Licht in sein Herz.

Und ich liebe dich ebenso, Hewha. Nichts wird meine Liebe zu dir jemals lösen; kein Raum und keine Zeit kann das Gewebe zwischen uns auftrennen."

Sie senkte den Blick auf ihr Bild, die Hände reglos an ihrer Seite. „Ich will dich niemals verlieren, Mutter," flüsterte sie.

„Du wirst mich nie verlieren. Das kannst du nicht. Ich bin bei dir – das bin ich immer und werde es immer sein.

Unsere Verbindung kann nicht gelöst werden. Mein Herz hat einst nach deinem Seelenfunken gerufen, und dann ist dein Herz aus dem meinen gewachsen. Und wann immer ich meinen Körper verlasse, werde ich in die Liebe in deinem Herzen zurückkehren – und dort wirst du immer, immer meine Stimme finden."

Ich nahm ihr Gesicht in meine Hände, sah tief in ihre Augen und sprach: „Du bist so viel mehr als ein Licht in unseren Herzen. Du bist ein Stern, aus dir selbst heraus leuchtend, mit einem Glanz, der so hell erstrahlt dass er alle berührt."

Lange hielt sie mich fest umarmt, den Kopf an meinem Hals vergraben. Ich strich über ihr weiches, lockiges Haar und küsste ihre Stirn, bis sie bereit war, mich loszulassen.

Heimkehr

5

Staub

Ich erwachte allein.

Ankh

Ich griff in die Leere, dorthin, wo Zura und Efrem an jedem Morgen gewesen wären, um sie durch ihre Abwesenheit zu spüren.

An den Türen meiner Gemächer wartete Eleha. Ich rief sie herein, erfreut über ihr schönes Gesicht.

Ihr forschender Blick suchte nach Antworten in meinen Augen, als wollte sie meine Gedanken lesen, ihr eigenes Gesicht bleich vor Sorge und Verwirrung. Mit behutsamen Händen schloss sie die Spangen meines goldenen Gewands, band den roten geflochtenen Gürtel um meine Taille und setzte mir das geschichtete Golddiadem mit den kunstvollen Smaragdsträngen ins Haar.

Erschrocken stieß sie hervor: „Sekhmet, was geschieht?"

Sanft lächelte ich sie an und erwiderte: „Eleha, ich gehe hinab in die Kammer der Erinnerungen. Ra'h, Isis und Osiris werden hier zurückbleiben. Unser Seelenstrom ist gebrochen."

Keiner von ihnen kam, um meinen letzten Gang zu den Kammern zu bezeugen.

Nur die schmutzigen Wächter standen da, um die Befehle auszuführen, die Osiris ihnen gegeben hatte.

Ich versuchte, ihnen nicht die Genugtuung meiner Aufmerksamkeit zu schenken – und doch roch ich den säuerlichen Gestank ihrer Erregung, das widerwärtige Kribbeln in Männern, die sich an der Macht berauschten, meinen Tod vollstrecken zu dürfen.

Ich erlöste Zura und Efrem.

Wir sind ewig gebunden im Kontinuum der Liebe.

Efrem lag am Eingang der Kammer, warmes Blut sickerte aus seiner Kehle in den heißen Sand. Sie hatten gewartet, bis ich eintraf, um Zura vor meinen Augen die Kehle durchzuschneiden.

Ich ging an ihr vorbei und sah nicht hin. Doch ich konnte sie fühlen, mit jeder Faser meines Körpers – wie sie sich diesem Moment hingegeben hatte, erfüllt von Abscheu über die niederen Kreaturen, die sich anmaßten, über ihren Tod zu bestimmen.

Hinter mir hörte ich ihren letzten Atemzug, der in ein Röcheln überging. Mein Herz zerbrach vor Zorn und Sehnsucht, als ich die Steinstufen hinabstieg, in jene Kammer, die mein Schicksal verkörpern würde.

Meine nackten Füße tasteten die Stufen hinab in die Tiefe, geführt vom Flackern der Feuerlampen an den Wänden. Hinter mir schloss sich das mächtige Steintor.

Ich bin Sekhmet.

Als Hüterin des Gleichgewichts steige ich hinab in die Finsternis – wie auch diese Zivilisation.

Ich bleibe meiner Entscheidung treu und ergebe mich meinem Schwur.

Ich werde eins mit dem Geist der Menschheit und meine kommenden Leben als Mensch unter Menschen leben.

Wir werden in der Dunkelheit verweilen, bis wir sehen können – bis wir gemeinsam auferstehen, bis wir vereint die goldene Frequenz betreten, im Zeitalter des geklärten Lichtbewusstseins.

Ich betrat meine Kammer, nur schwach erhellt vom flackernden Feuer des Treppenkorridors.

Meine Hände griffen an meine Brust, als ich spürte, wie meine energetischen Herzfasern rissen.

Ich konnte fühlen, wie die Lebendigkeit aus meinem Herzen entschwand, meine Muskeln begannen zu erweichen, mein Körper begann, mich loszulassen.

Der plötzliche Schmerz eines Risses in meinem Solarplexus-Feld überwältigte mich kurzzeitig, und ich fühlte mich, als würden meine Eingeweide herausgerissen, als sich meine energetische Nabelschnur entwand.

Dann war ich frei.

Eine warme Woge meiner Lebenskraft strömte in mein Zentrum, schwoll stetig an, dann brach hervor in einem explosiven, vibrierenden Klang.

Ich sang meine Existenz.

Der Stein antwortete. Die Wände pulsierten in gleißendem weißen Licht, während ich die violette Flamme der Transformation heraufbeschwor.

Mein Lied wuchs zu einem dröhnenden Echo, hervorgezogen aus meinem Innersten, widerhallt von den Steinwänden, die nun vor Begeisterung dröhnten.

Die Luft flackerte in einem glühenden, violetten Schleier, während das Widerhallen meiner Stimme und das Grollen der Steine sich verstärkten.

Stein und Stimme erreichten ein Crescendo, vereinten sich zu einem einzigen Feld, das sich in einem Brunnen der Leere verdichtete.

Als ich zum schwarzen Nichts wurde, entließ ich die goldene Frequenz aus mir und verbrannte meinen Körper in einem einzigen Aufleuchten, sodass nur eine Spur feinen Staubs zurückblieb.

Ich werde die Große Balance in meinem Herzen für immer bewahren.

II

Mineral

6

Blut

Die Luft durchzog eine brennende Hitze, die meine Nasenflügel entflammte und in meinen Lungen ein gleißendes Gefühl entfachte, als stünden sie in Flammen. Die strahlenden Winde des Mordad hatten meine Haut zu einem satten Bronzeton vertieft, und mein Haar hatte den Schimmer sonnenbeschienenen Weizens angenommen. Ich hob mein Gesicht zur flutenden Sonne, die liebevoll jede Zelle meines Körpers entzündete und mich in ihre feurige Umarmung hüllte.

Als ich behutsam die Augen öffnete, offenbarte sich mir der atemberaubende Anblick unserer hoch aufragenden Marmorsäulen, geschmückt mit funkelnden goldenen Verzierungen, die in der Hitze schimmerten.

Die pulsierende Magie und unerschütterliche Seele meines geliebten Persepolis erfüllten mich stets mit Ehrfurcht.

Im vergebungsvollen Schatten des Kaki-Baumes war ich frei von Pflichten und Rang.

Ich musste weder meine Worte zurückhalten noch meine Haltung sorgsam kontrollieren. Einfach konnte ich auf der roten Erde sitzen und meine Füße in den Boden reiben, wohl wissend, dass der sandige Ton mein türkisfarbenes Kleid färben würde. Umgeben von meiner Mutter und dem kleinen Darioush, die hier unter Mutters Lieblingsbaum ruhten, kehrte Frieden in mich ein.

Mit flinken Fingern nähte ich eine winzige Puppe aus tiefviolettem Samt und gelbem Garn für den kleinen Darioush, der niemals die Gelegenheit gehabt hatte, mit den wunderlichen Puppen zu spielen, die ich ihm schon machte, seit Mutter ihn in ihrem Bauch trug.

Die erste Puppe ist die einzige, die ich in all den Jahren aufgehoben habe, weil sie mich an das liebevolle Leuchten in Mutters Augen erinnert.

Als ich ihr damals den schlichten kleinen Fisch zeigte, den ich aus festem grünen Leinen genäht und dem ich ein kunstvolles Zöpfchen geflochten hatte, lachte sie überrascht auf und fragte: „Wer hat diesem Fisch die Haare geflochten, Azaleha?" In meiner kindlichen Unbefangenheit erschreckte mich diese Frage, denn mir wurde bewusst, dass es unmöglich ein anderer Fisch gewesen sein konnte – und doch erschien mir der Zopf des Fisches völlig selbstverständlich. So brachen wir beide in schallendes Lachen aus, und noch heute, nach all den verflossenen Jahren, lächle ich, wenn ich an diesen Augenblick zwischen uns denke.

Es war ein flüchtiger Moment — ein Aufleuchten ihres wahren Wesens, oder vielleicht jener Seite, nach der ich mich gesehnt hatte.

Es gab eine kurze Spanne zwischen dem Aufkeimen der Hoffnung und dem jähen Absturz, als sie den kleinen Darioush in sich trug - denn in dieser Zeit fand sie zu einem neuen Gefühl ihrer selbst.

Von der Aufgabe getragen, Leben zu nähren, entflammte das Leuchten ihres Wesens aufs Neue: ihr scharfer Verstand, ihr warmes Herz – beide begannen wieder zu strahlen, nachdem wir alle geglaubt hatten, sie sei verloren.

In jenen seligen Frühlingsmonaten erlebte ich eine Seite meines Vaters, die mir bis dahin unbekannt gewesen war — voller Leichtigkeit, Freude und Zuneigung, nicht nur für sie, sondern für uns alle.

Baba und Maman kamen fast täglich in unser Bargh, um bei Tee und süßem Gebäck in den Höfen beisammenzusitzen. An besonders glücklichen Tagen durfte ich Mutter begleiten, wenn sie mit Onkel Cyrus durch die Olivenhaine wanderte und hinauf zu den Persimonenhügeln stieg. Dort, unter ihrem geliebten Baum, legten wir Rast ein und lauschten Onkel Cyrus, der uns mit seinen wunderlichen Geschichten, die er aus dem Augenblick spann, zum Lachen brachte.

Es war eine Zeit der Schwerelosigkeit — ein Reich aus Freude, in dem jeder Atemzug Glück war.

Heute weiß ich, dass die schützende Umarmung unserer Sippe mich damals vor jeder Sorge behütete. Dieses Gefühl der Zugehörigkeit, das mir einst so selbstverständlich erschien, ist längst vergangen.

Ich vergötterte Onkel Cyrus von ganzem Herzen und hütete jede Stunde, die wir miteinander verbrachten. In jener Zeit meines Lebens war er der Einzige, der mir mit ungeteilter Aufmerksamkeit lauschte. Mit ihm zu sprechen fühlte sich an, als würde ich in schützenden Armen ruhen. Er besaß die Gabe, in Menschen zu erkennen, was sie selbst nicht wahrnahmen, und er war feinfühlig genug, selbst die leisesten Nuancen zu spüren. Seine scharfe Intuition war so zielsicher und durchdringend, dass sie ihn oft in Schwierigkeiten brachte.

Er sprach laut aus, was andere lieber verschwiegen.

Für mich aber war er mein geliebter Amoo, dem ich alles anvertrauen konnte, was mir durch den Kopf ging.

Besonders liebevoll erinnere ich mich an einen Tag, als wir nach dem täglichen Gebet durch die Straßen von Persepolis schlenderten. Die Priester standen in einer Reihe vor dem Tempel, ließen ihre Glocken erklingen und maßten das einfache Volk mit strengem Blick, während es vorüberging.

Erst als wir außer Reichweite ihrer Augen und Ohren waren, wagte ich, Onkel Cyrus zu fragen:

„Warum lassen uns Gottes Boten so klein und unzulänglich fühlen? Denkt Gott wirklich so von uns? Wenn wir seine Schöpfung sind – sind wir dann eine Art misslungenes Werk, das ständiger Aufsicht bedarf?"

Onkel Cyrus' Weisheit und Klarblick waren für mich ein unschätzbares Geschenk.

Er nahm jede meiner Fragen ernst — ob sie nun die Geheimnisse der zoroastrischen Magier betrafen oder die besten Wetterbedingungen für den Granatapfelanbau.

Während er seine steinerne Pfeife stopfte und ein sanfter Hauch aus Opium und Bilsenkraut die Luft erfüllte, hob er an zu sprechen:

„Die Verhüllten, die sich über den einfachen Menschen erheben, haben ihre Würde nicht von Gott, sondern von anderen erhalten, die ebenso in verhüllter Selbstgefälligkeit leben. Sie stellen sich über die Menge — und sogar über ihre eigenen in Gewänder gehüllten Brüder.

Die eigentliche Wahrheit aber ist: Jeder von uns — sie, wir, und alle anderen — entspringt derselben göttlichen Quelle, gleich geschaffen, gleich geboren. Kannst du dir das vorstellen?"

Wir beide lachten leise über die Ironie einer Hierarchie, die sich selbst erschaffen hatte.

Am Jahrestag von Mutters Tod besuchte ich mit Onkel Cyrus wie jedes Jahr an ihrem Geburtstag ihren Lieblingsbaum in den Persimonenhügeln.

Mein geliebter Amoo war nur noch ein Schatten seiner selbst; er bestand kaum aus mehr als Haut und Knochen, seitdem er zu Essen verweigert hatte. Seine einzige Nahrung war die starke Mischung aus Hanf und Opium in seiner Pfeife, die nur noch selten erlosch.

Seit Mutters Tod war jener lebendige, humorvolle Onkel, dem ich mich einst so gern anvertraute, verschwunden. Sein Wesen wirkte fern und abwesend. Er sah mich kaum noch an, und wenn, dann nur durch jenen grauen Schleier vor seinen Augen, hinter dem einst ein verschmitztes Funkeln gelebt hatte.

Als wir das Grab erreichten, setzte er sich schweigend nieder, wie festgebunden an eine andere Zeit. Dann, ganz unerwartet, traten Tränen in seine Augen, und er verharrte still, während das Salzwasser über seine Wangen rann und seine Erinnerungen überspülte.

Er wandte sich mir zu, und zu meiner Überraschung begann er, mir mit festem Blick von der Frau zu erzählen, die einst meine Mutter werden sollte:

„Esther und ich waren aus einem einzigen Herzen gewoben, Azaleha", begann er. „Aus demselben Schoß geboren, genährt in einem gemeinsamen Kokon.

Wir spürten die Freude und den Schmerz des anderen; war einer von uns in Not, wusste der andere es augenblicklich. In unserer Kindheit spielten wir zauberhafte Spiele: Wir flüsterten Botschaften in Kristalle, die sie bewahrten, bis wir die Botschaften heimlich wieder daraus hervorriefen.

Unsere Geheimnisse flossen leicht und selbstverständlich — wie ein ständiger Strom zwischen uns.

Mit den Jahren reifte unsere Verbindung; Worte wurden überflüssig, denn unsere Gedanken führten ihr eigenes Gespräch — ein Dialog ohne Sprache, und doch vollkommen verstanden.

Sie begann schon in unserer frühen Kindheit in der Parfümerie unserer Eltern zu arbeiten, denn sie hatte ein außergewöhnliches Talent, die feinsten Düfte zum Leben zu erwecken.

Baba und Maman mussten ihr nicht beibringen, wie man Öle und Pflanzen in Einklang brachte — als wäre dieses Wissen schon in ihrem Blut verankert.

Stundenlang konnte ich ihr zusehen, wie die kleine Esther behutsam die Blütenblätter frischer Rosen und Lavendel zerdrückte, genau wissend, wie sie mit Nelken und Kardamom ihre Essenz hervorlockte, um ihr volles Aroma zu entfalten.

Mir gestattete Esther, das Weihrauchharz zu erhitzen, doch niemals durfte ich die duftenden Ölmischungen berühren, die sie sorgfältig mit Alkohol verband und in durchscheinende Flakons füllte — farbige Glasgefäße, auf die sie besonderen Wert legte.

Nach einigen Wochen verwandelten sich ihre Kreationen in kostbare Parfüms, die entweder tiefe, moschusartige Noten verströmten oder den frischen Duft einer jungen Rose, die nach dem Regen erblühte.

Unser Parfümeriegeschäft blühte auf, als Esther begann, ihre eigenen Rezepte einzigartiger Düfte zu kreieren. In der Stadt Persepolis konnte niemand Körperöle und Lotionen so unwiderstehlich und erlesen herstellen wie sie. Baba und Maman waren begeistert von ihrem göttlichen Talent und ließen sie frei über die Werkstatt herrschen. Schon bald suchte die Elite der Stadt gierig nach ihren überirdischen Elixieren flüssiger Eleganz, sobald sie in den Flakons herangereift waren.

Unser *Banafsh-khanah* — „Das Haus der Veilchen" — erlebte eine Blütezeit und erreichte solch strahlende Höhen des Erfolgs, dass selbst die Königin von Persepolis zu unseren treuesten Kundinnen wurde. Damit stieg unsere Familie in die höchsten Kreise der Gesellschaft von Persepolis auf — ein Wirklichkeit gewordener Traum, der unsere kühnsten Vorstellungen übertraf.

Einmal fragte ich sie, wie sie es vermochte, ihre Zutaten so meisterhaft auszuwählen und zu mischen, um ihre magischen Elixiere zu erschaffen. Ihre Antwort war tiefgründig:

'Jede Substanz trägt ihre eigene Aura, eine feine Melodie, die die meisten nicht hören können. Doch mein Körper ist eingestimmt auf die leisen Schwingungen, die alle Elemente zum Leben erwecken. Ich füge sie in Harmonie zusammen, um eine anmutige Symphonie aus Düften und Aromen zu erschaffen.'

Azaleha, sobald deine Momom ins junge Erwachsenenalter trat, begann ihr Glanz wahrhaft zu erblühen, als sie die Kraft der Mineralien für sich entdeckte.

Als Isaac Ben Samuel — ein angesehener Apotheker und Meister der Alkemya — sie herausforderte, eine Tinktur zu entwickeln, die Atembeschwerden aus Angstzuständen lindern sollte, entfaltete sich ihre Begabung und entfachte ihr Talent wie ein loderndes Feuer.

Isaacs vornehmer Klient verlangte ein Parfüm, das nicht nur als duftender Schmuck dienen, sondern zugleich das Nervensystem beruhigen sollte.

Esther erschuf eine vielschichtige Tinktur aus Myrrhe und Baldrianwurzel, veredelt mit feinen Nuancen von Kamille und Jasmin. Obwohl Isaac mit dem Ergebnis zufrieden war, riet er ihr, Schwefel und eine Spur

Quecksilber hinzuzufügen — in Mengen, die für den Geruchssinn des Kunden unmerklich blieben.

So würde der Trank nicht nur auf der Haut verweilen, sondern in den Körper eindringen und dort seine Wirkung verstärken.

Onkel Cyrus warf mir einen bittersüßen Blick zu, in dem sich Stolz und Schmerz über das Leuchten seiner Schwester und dessen Folgen mischten.

"In jenen Tagen, Azaleha, streifte ich durch die schattigen Gassen von Persepolis, mit mehr Gold in den Taschen, als viele Könige besaßen. Mein üppiger Lebensstil nährte sich einzig aus den Früchten des Genies meiner Schwester. Während ich mich mit jenen Gestalten und Halbwesen vergnügte, die ihre Sinne betäubten, um ihrer eigenen Bedeutungslosigkeit zu entfliehen, vertiefte sich Esther in ihre Studien unter der Anleitung des berühmten Alkemisten.

Isaac eröffnete ihr eine weite neue Welt voller Möglichkeiten — ein Reich der Destillation, der Kalzination, der Sublimation und der kunstvollen Verbindung verschiedenster Stoffe und Mineralien. Esther weitete die Grenzen seines reichen Heilwissens, und der alte Apotheker gewann die Begeisterung eines jungen Schülers zurück.

Tag für Tag verbrachte sie in den Hinterzimmern der Apotheke, wo sie Heilmittel für Verdauungsleiden, Hautkrankheiten, Atembeschwerden und nervöse Störungen entwickelte, ja sogar jungen Ehefrauen half, die Schwierigkeiten hatten, zu empfangen. Ihre Rezepturen entstanden, indem sie Kräuter und Mineralien in potenten Flüssigkeiten vereinte und so machtvolle Arzneien hervorbrachte.

Bei meinen seltenen Besuchen erklärte mir Esther einmal, dass jede Krankheit eine Abweichung vom harmonischen Kreislauf der Energien im Körper sei. Heilung, so sagte sie, liege immer in der Sprache der Elemente, die den Körper sanft zurück in seine rechte Zirkulation führen — eine Ausbalancierung seiner Energiebahnen.

Die Zusammenarbeit zwischen Esther und Isaac war wahrhaft außergewöhnlich. Esther brachte ihr feines Gespür für die Verbindung der Zutaten ein, während Isaac mit seiner Kunst beitrug, sich auf die Körperrhythmen seiner Klienten einzustimmen und ihre genauen chemischen Bedürfnisse präzise zu erkennen.

Isaac nutzte die Herzschläge seiner Klienten als Schwelle zu einem umfassenden Dialog mit ihrem Körper. Durch die Analyse des Pulses prüfte er das richtige Funktionieren jedes Organs und dessen Einbindung in den gesamten Kreislauf des Körpers. Dann stellte er dem Körper selbst gezielte Fragen und ließ ihn seine eigene intelligente Weisheit offenbaren — unbeeinträchtigt von den Gedanken und Annahmen des Klienten, ja sogar frei von Isaacs eigenen Vorstellungen.

Mit dieser Klarheit, die Isaacs Dialog mit den Körpern der Klienten offenbarte, und dem präzisen Verstehen der Elemente, destillierte Esther die edelsten Elixiere, und ihre Apotheke wurde zur berühmtesten der ganzen Stadt.

Stell dir vor, Azaleha — eine Frau und ein Jude, die die größte Heilkraft im ganzen Persepolis in den Händen hielten.

Trotz der Warnungen der zoroastrischen Priesterschaft, die die Eingriffe der Apotheke als sündige Verunreinigung der göttlichen Reinheit des menschlichen Körpers betrachtete, erwiesen sich Esthers und Isaacs Heilmittel als hochwirksam und so begehrt, dass beide unangreifbar wurden.

Sogar Artaxerxes III., der König selbst, wurde zu einem treuen Gönner Isaacs. Er vertraute auf seine Arzneien, um seine Lebenskraft und Gesundheit zu bewahren, und suchte besonders nach Mitteln gegen seine wohlbekannten Beschwerden mit der Verdauung.

Zumindest vorerst zog sich die Priesterschaft, die spürte, wie ihr Einfluss von diesen bahnbrechenden Denkern überschattet wurde, ins Verborgene zurück — lauernd auf den rechten Moment, um ihre Ordnung wiederherzustellen.

Dein Baba und deine Maman waren sich der Risiken, denen Esther ausgesetzt war, wohl bewusst, während ihr Ruhm immer weiter wuchs.

Unsere Parfümerie erntete zweifellos weiterhin die beständigen Früchte ihrer Rezepturen.

Doch die Aufmerksamkeit und Bewunderung, die sie auf sich zog, veränderten auch die Stellung unserer Familie. Baba flehte sie an, einen der Freier anzunehmen, die er ihr vorstellte, und drängte sie, zu heiraten und ein geschütztes häusliches Leben zu führen — doch Esther blieb standhaft in ihrem Entschluss.

Sie war fest überzeugt, dass ihr Weg 'nur ein kleiner Faden im großen Gewebe' sei und dass 'jede Abweichung weitreichende Folgen im Geflecht des Schicksals haben würde.'

Die Schönheit deiner Mutter war unausweichlich, Azaleha — so wie die deine. Die kühnen Wellen ihres rabenschwarzen Haares schimmerten im goldenen Sonnenlicht mit einem bläulichen Glanz, und ihre veilchenfarbenen Augen fesselten selbst die stolzesten Prinzen. Esthers Haltung war von solcher Eleganz, dass sie größer wirkte, als sie war, als schwebe sie über den Boden, statt zu gehen.

Ihr einziger Schmuck waren zwei kleine Schlangen, jede kunstvoll um ein Handgelenk geschlungen."

Bestürzt wich ich zurück und konnte Onkel Cyrus' Worte kaum glauben. Drängend rief ich: „Erzähle mir alles über ihre Schlangen, Amoo — bitte! Wie konnte sie sie als Schmuck tragen, wo ich doch sicher war, dass sie Schlangen verabscheute?"

Cyrus hielt mich einen Augenblick lang in seinem warmen Blick, bevor er wieder in die Tiefe seiner Erinnerungen sank.

„Esther, Schlangen hassen? Ach was!" rief er. „Sie wusste, dass die Schlange der unverstellte Spiegel der Schöpfungskraft ist — die große Bewegung des Universums, getragen vom Heiligen Weiblichen, Sinnbild des ewigen Gleichgewichts von Tod und Wiedergeburt.

Die Schlange bewegt sich durch unberechenbares Gelände mit einer

Anpassungsfähigkeit und Intuition, die der gewöhnliche Verstand nie ganz begreifen kann. Ihre mystische Weisheit bewahrt sie im Schweigen."

Cyrus sprach weiter: „Für Esther war die Schlange das Zeichen der Verbindung zwischen Körper und Geist — eine Brücke vom Sichtbaren ins Unsichtbare. Sie glaubte, dass das Tragen der Schlangen um ihre Handgelenke sie deren Eigenschaften verkörpern ließ: Wandelbarkeit, Erneuerung und Ausgleich. Die Schlange wurde, in gewisser Weise, zu einer Verlängerung ihrer eigenen Kraft und Energie.

Und so wie die Schlange ihre Haut abstreift, um in neuer Lebendigkeit zu erstrahlen, sah Esther darin eine Mahnung, stets alte Muster und Überzeugungen hinter sich zu lassen, um Raum für Wachstum und neuen Lebenssprung zu schaffen.

Nur im Rhythmus der Schlange, sagte sie, könne eine Seele ihre mächtige Herkunft zurückverfolgen und ein tieferes Verständnis ihres Selbst gewinnen — durch die unablässige Verwandlung in ihrem Inneren.

Esther nannte ihre Schlangen liebevoll die ›Spirale des Lebens‹", fügte Cyrus mit einem sehnsüchtigen Lächeln hinzu. „Für sie war die Schlange der verkörperte Fluss des Lebens — wie eine Haut, die das Rückgrat umschließt und in sich den Strom reiner kosmischer Kraft einhüllt."

Er fügte hinzu: „Die Schlange spricht nicht. Sie äußert sich nur durch ihren geschärften Atem, und manchmal hebt sie den Schwanz, um mit bebender Schwingung zu warnen.

Durch ihre stille Haltung und ihre plötzliche Bewegung vermittelt sie die Kraft der Zurückhaltung und die Weisheit der Präsenz. In der Stille liegt der Zugang zum Göttlichen — der stille Punkt im Zentrum aller Bewegung.

Noch vor dem ersten Atemzug birgt die Stille das Ganze.

Die entfaltete Schlangenenergie richtet sich nach dem Energiegitter der Erde im Boden aus und lässt ihren geschmeidigen Körper wie in einem einzigen fließenden Atemzug vorwärts gleiten.

Die Schlange steht als Verkörperung der Lebenskraft selbst — ein reiner Ausdruck des Göttlichen, der Saft des Bewusstseins, der durch alles Sein strömt und den Einzelnen mit dem weiten kosmischen Gewebe verbindet."

Als ich den Worten meines Onkels lauschte, erfüllten mich tiefe Ehrfurcht und Bewunderung für das feine Verständnis meiner Mutter und ihre hingebungsvolle Achtung vor der beseelten Natur.

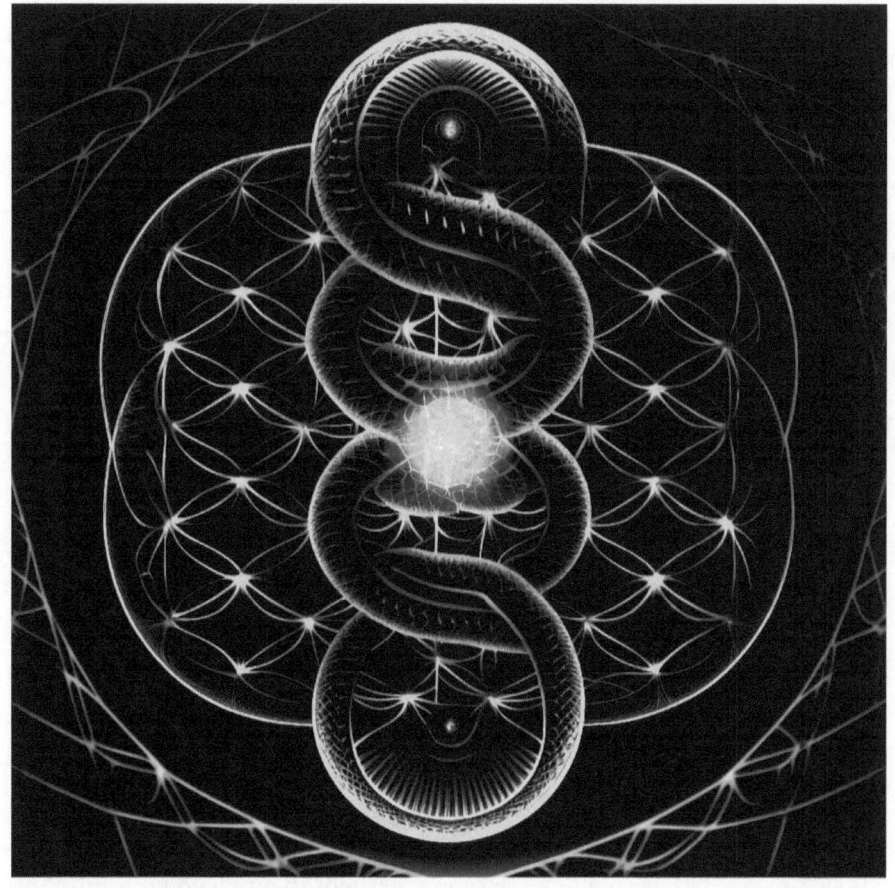

Spirale der Schlange

„Azaleha, die Ausstrahlung und Anmut deiner Mutter raubten einem den Atem. Sie hob sich von allen anderen in diesen weiten Landen ab, und viele Freier versuchten vergeblich, ihr Herz zu gewinnen. Das änderte sich erst, als sie deinem Vater begegnete — dem großen Darioush, dem herausragendsten Textilhändler im gesamten Achämenidenreich.

Sie vertraute mir an, dass seine Fähigkeit, sie vom allerersten Augenblick an ganz zu begreifen, ihr Herz öffnete.

Er war der Einzige, dessen Seele, Herz und Geist groß genug waren, um sie nicht kleiner machen zu müssen, nur damit sie sich ihm angleiche.

Lange hatte sie geglaubt, sie wolle einen ebenbürtigen Gefährten, doch nun wusste sie: Wahre Liebe war der, der sie wirklich zu sehen vermochte.

Darioush, ein enger Freund von Artaxerxes III., war nicht nur ein geborener Meister des Erzählens, sondern auch ein Mann, der deine Mutter, Azaleha, wirklich zu inspirieren vermochte.

Stundenlang wanderten sie Hand in Hand, verloren in Geschichten von heldenhafter Liebe, hitzigem Drama und den Absurditäten des Menschseins.

Es war eine Freude, Esther so entzückt und unbeschwert zu sehen — während unserer Spaziergänge durch die königlichen Gärten ebenso wie bei unseren prunkvollen Festen.

Dein Vater war völlig hingerissen von ihr; er verweilte stundenlang in ihrer Apotheke, nur um in ihrer Nähe zu sein und sie mit hingebungsvoller Freude zu betrachten.

Er ließ ihr sogar ein größeres Gemach für ihre wissenschaftliche Kunst errichten und verlangte nie von ihr, ihre Studien für ihn aufzugeben.

Bei den Himmeln, Azaleha — er akzeptierte sogar ihre Schlangen als einen untrennbaren Teil von ihr!

Kannst du dir vorstellen, welche Freude Baba und Maman empfanden, als sie unsere Esther so glücklich sahen, verliebt in einen edlen Kaufmann, bereit für Ehe und Geborgenheit?

Die Hochzeit fand im Haupttempel von Persepolis statt, und Artaxerxes III. scheute keine Kosten, um die Verbindung seines engen Freundes mit der geschätzten Künstlerin der Heilkraft zu feiern — ein prächtiges Fest, das sieben Tage währte.

Ihre Liebe wurde zum Sinnbild unseres großen Reiches: Sie vereinte meisterhaften Handel mit der höchsten Wissenschaft unter unserem goldenen Himmel und machte uns zum edelsten Königreich der Erde.

Und aus dieser Liebe wurdest du geboren, kaum ein Sonnenjahr später — mit der Flamme deiner Mutter und der Güte deines Vaters, der lebendige Funke der Einheit von zweien."

„Warum hat sie sich dann so drastisch von uns entfernt?", fragte ich meinen Amoo. Ich wusste nicht, wie ich seine wunderbaren Schilderungen mit meinen Erinnerungen an die verwirrten Augen meiner Mutter, ihre Gereiztheit und ihre Vernachlässigung — sowohl ihres Äußeren als auch meiner selbst — in Einklang bringen sollte.

„Sie hatte etwas gefunden, Azaleha. Einen Weg, die Membran der Materie zu durchdringen. Sie stand kurz davor, die Magie zu erwecken."

Onkel Cyrus' tief bernsteinfarbene Augen hielten mich in einem langen, prüfenden Blick fest. „Ich kann dir nicht genau sagen, was sie entdeckt hatte; ich war nie in der Lage, ihre Arbeit wirklich zu begreifen.

Aber ich werde dir das weitergeben, was sie mich wissen ließ. Möge dieses Wissen den Schmerz deiner Erinnerungen lindern und meine Schuld ausgleichen für all das, was ich dir nicht mehr geben kann.

Esther und Isaac beflügelten einander in ihren Fähigkeiten und trieben so ihren raschen Fortschritt voran. Zugleich aber wurden sie immer verschlossener, was die wahre Natur ihrer Unternehmungen betraf.

Sie nahmen einen jungen Schüler an, Furak, einen Tüftler aus einer Steinmetzfamilie, der darin brillierte, kunstvolle Automaten und mechanische Spielwerke — die sogenannten Shakadoos — zu bauen.

Esther übergab Furak ihre Zeichnungen, und mit seinen geschickten Händen fertigte er Gefäße an, die ihre Elixiere harmonisierten, indem sie sich in einem stetem und gleichmäßigem Rhythmus drehten.

Esther vermittelte mir das tiefe Verständnis, dass die Essenz unseres Seins aus lichtgeladener Energie besteht, die wie eine gewundene Schlange durch den Körper strömt.

Die präzise magnetische Zusammensetzung dieser Energie formt die Gestalt unseres physischen Seins.

In ihren Forschungen stieß sie auf eine bemerkenswerte Erkenntnis: Alle Grenzen des Körpers — selbst das rasche Altern und jegliche Form von Krankheit — wurzeln in Fragmentierungen unserer Lichtstruktur.

Nach ihrer Auffassung zirkuliert Energie in einem geschlossenen und intakten System endlos; Störungen können nur aus Fragmenten in uns hervorgehen, die von Anfang an beschädigt oder künstlich unterdrückt sind.

Wären diese Elemente nicht gestört, wäre eine Störung im energetischen Fluss unmöglich.

Azaleha, deine Mutter arbeitete an einem Elixier, das imstande war, unsere innerste Essenz zu verwandeln. Es sollte die Strömung unserer zerrissenen Lichtspirale in ihre goldene Klarheit erheben und uns wieder ganz machen.

Einst sagte sie zu mir:

'Cyrus, die Wellen Persiens breiten sich über die Welt aus. Ich bin stolz, Persien meine Heimat zu nennen — ein Land grenzenloser Wunder. Ich halte zutiefst fest an meinem Glauben, dass unser Reich, solange es in Frieden lebt und sich dem Aufbau einer harmonischen Gesellschaft verschreibt, als strahlende Verkörperung höchsten menschlichen Potenzials fortbestehen wird.

Ich bin dazu bestimmt, ein Elixier zu schaffen, das den Verfall des Körpers heilt und den Geist erleuchtet — um eine unsterbliche Herrscherklasse zu formen, die aus dem Reich unseres geliebten Persien hervorgeht.

Wenn es mir gelingt, das Flüssige Licht des Lebens wieder zu beleben und den Energiefluss des Körpers zu reinigen, erschaffe ich zugleich einen göttlichen Pfad zu einer stabilen und blühenden Gesellschaft, getragen von Weisheit, Güte und Gerechtigkeit.

Cyrus, wir müssten nicht länger den Niedergang unseres Königtums fürchten, ebensowenig die Ungewissheit der Thronfolge.

Stattdessen könnten wir eine Herrschaft des Lichts errichten — unberührbar vom Lauf der Zeit, unbesiegbar durch Weisheit.

Ich kann die Formel finden; ich kann den gebrochenen Kreislauf heilen.

Lass mich das Ewige Reich neu erbauen — aus dem Inneren der sterblichen Gestalt.'

dunkle Lotus

Azaleha, mir bleibt nicht mehr viel Zeit. Die Vision deiner Mutter betraf das Schicksal unserer Zukunft und entsprang ihrer Liebe zu dir, zu den Menschen und zu dem Königreich, das sie durch die Zeiten hindurch bestehen sehen wollte.

Die drei — Esther, Isaac und Furak — arbeiteten gemeinsam in der Apotheke und verfeinerten den Prozess der elementaren Reinigung. Furak fertigte für Esther ein prachtvolles Kammergefäß, das sie ihren *kostbaren Resonator* nannte.

Dieses Wunderwerk war ein erlesenes Granitgefäß, ausgekleidet mit reinem Kupfer und bestückt mit sorgsam gestimmten Kupferkammern. Über einen fußbetriebenen Mechanismus vermochte der Resonator Schwingungen des Klangs einzufangen, während ein filigranes Geflecht aus Kupfersaiten die Phiole im Inneren der Kammer kreisen ließ — in exakten Rotationen und gleichmäßigen Klangwellen.

DIE PERLE IM GEWEBE DER ZEIT

der Resonator

Azaleha, ich lege dir meine letzten Erinnerungen in die Hände — das einzige wahre Geschenk, das ich dir noch geben kann.

Schon zu Beginn ihres Studiums entdeckte deine Mutter, dass ihre Schöpfungen an Kraft gewannen, sobald sie Klangschwingungen in den Destillationsprozess einfließen ließ.

Sie vertraute Darius und mir, die wir uns in ihrem Alkemya-Atelier wie zu Hause fühlten, an, dass jedes Element in seiner eigenen Struktur eine unverwechselbare Bindung bewahrt.

Wenn Substanzen miteinander verschmelzen, entsteht eine Einheit, und doch behält jedes sein eigenes Wesen, während zugleich etwas völlig Neues geboren wird — eine Substanz mit einzigartigem Sinn.

Sie erklärte: 'Damit die Elemente sich wahrhaft vereinen, muss ich zunächst die innere Struktur jedes einzelnen aufbrechen. Den Bruchpunkt finde ich, indem ich seine eigene Klangschwingung erspüre.'

Es war an deinem zehnten Geburtstag, als das rastlose Ringen deiner Mutter um die Verfeinerung ihres Prozesses zum Abschluss kam — und doch beruhte ihr Fortschritt allein auf ihrem unbeirrbaren Mut, ihrer eigenen Wahrheit treu zu bleiben.

Ich weiß es aus erster Hand — denn ich wurde von ihr weggeschickt!

So erging es auch Darius, und dem armen Furak ebenso. Sie schloss jeden aus ihrem Atelier aus, in dem sie ihre alchemistische Magie entwickelte, machte jedoch kein Geheimnis aus ihrer Methode.

Weißt du, Azaleha, ihr Ziel war es, eine Aktivierungssubstanz zu erschaffen, die die goldene Lichtspirale im menschlichen Körper neu erwecken konnte.

Dieses flüssige Tor bestand aus kaum mehr als einem Hauch von Materie, doch jede begleitende Bedingung in diesem Prozess musste in vollkommener Harmonie sein.

Sie griff nur auf zwei Elemente zurück: Kupfer, den leitenden Träger der Elektrizität, und Quecksilber, den geheimnisvollen Boten der Transzendenz.

Vereint wurden sie zu einem einzigen Wesen, das den Schlüssel zur goldenen Frequenz in sich barg.

Azaleha, der Prozess, den deine Mutter verfolgte, war nicht einfach nur die Verwandlung einer Materie in eine andere.

Es war eine Umwandlung des Schöpfungsaktes selbst — eine Neubestimmung der Energiestruktur einer Substanz, die daraufhin eine ganz neue Gestalt annahm.

Diese Transformation vollzog sich im Nicht-Physischen, im Reich des Energetischen.

Daher war jeder Aspekt des Energiefeldes, in dem sich der Prozess entfaltete, von großer Bedeutung.

Deine Mutter erkannte, dass die Anwesenheit verschiedener Menschen in ihrem Arbeitsraum Schwankungen in ihren Ergebnissen hervorrief — oder, wie sie es ausdrückte:

'Um Transformation zu erschaffen, muss ich selbst Transformation sein. Die Erinnerung, aus der ich meine Inspiration schöpfe, trage ich in mir.

Sie ist eingebettet in die kristalline Struktur meiner Zellen. Ich habe das Gefühl, einen Zyklus zu wiederholen, den ich schon vor vielen Leben vollzogen habe.

So entsteht auf natürliche Weise das Feld, in dem meine Alkemya erblühen kann.'

In gewisser Weise galt dies auch für Isaac. In seiner Gegenwart wirkten die Elemente lebendiger, und die Destillation verlief kraftvoller.

Leider hatte meine eigene Energie keinen förderlichen Einfluss, ebenso wenig die von Darius oder Furak.

Und so mussten wir uns vom Prozess fernhalten.

Esther wusste, dass sie kurz davorstand, die Initiierung eines Erleuchtungsprozesses zur Vollendung zu bringen, um eine elementare Verwandlung einzuleiten und eine neue organische Struktur hervorzubringen.

Sie musste den vollkommenen Klang, die genaue Klangschwingung für ihre Formel finden, doch er lag jenseits unserer Hörfähigkeit.

Immer wieder musste sie den Ton tiefer stimmen, indem sie eine breitere, dichtere Kupfersaite auf ihrem Resonator spannte.

Während sie sich mit unerschütterlicher Hingabe der Dauerhaftigkeit unseres Reiches verschrieb, entfalteten sich die Zeiten ohne Erbarmen.

BLUT

Marsch auf Persepolis

Artaxerxes III., der uns so nah war wie ein eigener Bruder, führte unser Heer in den Kampf gegen Alexander und sein Heer von Gebirgsbarbaren.

Diese Horden überfielen unsere Gebiete, betrunken von Schlacht und Beute, und die Blutreiter rückten immer näher.

Unsere Männer wurden von Alexanders bestialischen Soldaten überrannt und bis zum letzten Mann hingeschlachtet.

Artaxerxes III. wurde Glied um Glied zerrissen.

Azaleha, die Finsternis ist über uns hereingebrochen.

Darius III., der Bruder unserer Königin, folgte Artaxerxes III. auf den Thron.

Möge seine Seele gesegnet sein. Darius besaß ein sanftes Wesen und einen Geist, der sich ebenso für die Wissenschaft wie für die spirituellen Lehren interessierte.

Alles Militärische mied er und überließ die Autorität seiner Schwester, während er seine Aufmerksamkeit den Königlichen Gärten von Persepolis widmete.

Mit seinen visionären Ideen erhob er diese Gärten zu einer unvergleichlichen Pracht.

Unter der Leitung von Darius entstand der atemberaubende „Paradeiso" — ein wahres Paradies auf Erden, ein Sinnbild göttlicher Größe und Persepolis' bedeutendster Beitrag zu unseren Territorien.

Diese Gärten dehnten sich bis zum Horizont aus, ihre erstaunliche Schönheit war von einer exquisiten Art, wie sie kein Mensch je zuvor gesehen hatte.

Mauern aus schimmerndem Glimmerstein leuchteten im Blick der Sonne, während im Inneren der Gärten glänzende Wasseradern — die Essenz des Lebens — in Harmonie durch das filigrane Zentrum des Sonnenrades strömten.

Die Gärten hauchten eine erfrischend kühle Brise aus, und die sorgsam kultivierten Anlagen prunkten mit Hunderten verschiedenster Baumarten — darunter Grapefruits, Granatäpfel, Datteln, Maulbeeren sowie die edelsten Zedern und Kiefern mit ihren Nüssen.

Üppige Haine von Oliven- und Avocadobäumen dehnten sich endlos entlang der Umfriedung, und die weitläufigen Terrassen waren erfüllt von einem Überfluss an Kräutern und Blumen, die frisches Grün trieben, bereit, in andere Ländereien unseres Reiches verpflanzt zu werden, um Leben und Vitalität im gesamten Achämenidenreich zu verbreiten.

Der *Grüne Paradeiso der Wüste* war eine Oase der Lebenskraft und ein Meisterwerk königlicher Herrschaft — er barg die Seele des Reiches und war ein lebendiges Zeugnis der schöpferischen Weitsicht und Größe König

Darius' III.

Unser neuer Herrscher befolgte streng die religiösen Reinheitsgesetze, unter der engen Führung von Bardiya, seinem vertrauten Ratgeber aus dem Priesterstand."

„Amoo", fragte ich, „ist nicht die Alkemya ein Weg zur Reinheit? Würde das Priestertum nicht den Vorschlag meiner Mutter annehmen, das göttliche Licht im menschlichen Körper zu verankern?"

„Ha!", brach mein Amoo in schallendes Lachen aus.

„Weißt du, Azaleha, das Einzige, was der gewöhnliche Mensch noch mehr fürchtet als seine körperlichen Leiden und Begrenzungen, ist die drohende Aussicht auf ewige Qual im Reich des Todes.

Für das Priestertum galt jede Einmischung in den menschlichen Körper als Verletzung des göttlichen Plans — geahndet mit Vergeltung.

Unsere Existenz, siehst du, ist vom Ungewissen gezeichnet.

Wir bewegen uns durch dieses Reich, in der Sehnsucht, jenes Schicksal zu entdecken, von dem wir glauben, dass es uns gehört.

Wir suchen nach Führung durch äußere Quellen, verlangen nach einer heiligen Ordnung, die unseren Weg erhellt.

In diesem Zustand der Verletzlichkeit, mitten in den Unsicherheiten des Lebens, werden wir anfällig dafür, falsche Gewissheiten an ihre Stelle zu setzen.

Unser Verlangen nach Trost führt uns oft dazu, vorgeschriebene Gesetzmäßigkeiten anzunehmen, die uns ein Gefühl von Zugehörigkeit in einer Welt geben, die scheinbar von Ordnung beherrscht wird — anstatt uns mit dem Gefühl unserer eigenen Zufälligkeit im Chaos auseinanderzusetzen, was von uns verlangen würde, uns selbst zu führen.

Deshalb üben jene, die mit größter Gewissheit Autorität verkörpern, die stärkste Anziehungskraft aus und tragen die meiste Macht.

Ein System, das mit unerschütterlicher Überzeugung Ordnung zu schaffen scheint, kann Trost und Richtung bieten, selbst wenn es nur auf Vermutungen gegründet ist. Doch die Sicherheit im Absoluten zu suchen, kann uns blind machen für die Begrenzungen und Irrtümer unseres Glaubens. In unserem Streben nach Vertrauen und Gewissheit nehmen wir mitunter Illusionen an — und tauschen wahres Verstehen gegen ein falsches Gefühl der Sicherheit ein.

Nur wenn die Menschen sich von ihrer angeborenen Bindung an das Geistige abnabeln, übernimmt die Wissenschaft eine vorherrschende Rolle.
Doch wahres menschliches Erblühen kann nur erreicht werden, wenn die physische und die spirituelle Disziplin ihre innewohnende Einheit erkennen.
Bis dahin werden sie weiterhin wie kämpfende Hähne aufeinanderprallen — bis zum Vergehen des einen oder beider.
Die Ausrichtung auf das Unendliche kann nur durch die Vereinigung der Gegensätze vollzogen werden.
Deine Mutter und der Hohepriester Bardiya waren dafür ein perfektes Beispiel — vereint in derselben Überzeugung, und doch zerrissen in ihrem Ringen um die richtige Methode.

Bei einer Versammlung, die vom neuen König einberufen wurde, wurde Darius III. eine Auswahl der führenden Persönlichkeiten von Persepolis vorgestellt. Wir alle waren anwesend, auch du, Azaleha, obwohl du zu jung warst, um dich daran zu erinnern.
Esther trat vor die königliche Familie und König Darius III. und legte ihre Vision dar, das Königtum mit dem Elixier des Lebens zu erheben.
Sie wollte eine höhere Hüterschaft begründen, den Sitz der Macht unter den Göttern sichern und Frieden und Wohlstand auf die Erde bringen.
Esther erklärte, sie könne den Fluss der Göttlichkeit im menschlichen Körper wiederherstellen, indem sie den Energiekreislauf schließt, der mit dem kosmischen Kreislauf verbunden ist. Sie führte aus, dass dieser Fluss zuvor irgendwann durch fehlerhafte Teilchen in der menschlichen Struktur eingeschränkt worden sei, welche sämtliche Informationen des Körpers in sich tragen, und dass eine ungestörte Zirkulation eine stetige Strömung von Energie hervorbringen würde — eine Kraft, die genutzt werden könnte,

um Gleichgewicht und Frieden zu schaffen.

Die Enklave der Magier war von Esthers Erklärung entsetzt, und Bardiya war außer sich.

Ich erinnere mich genau, wie er deine Mutter wütend beschimpfte:

'Weib, das ist Wahnsinn! Ich spreche im Namen unseres Großen Reiches auf Erden und des Ewigen Königreichs im Himmel. Als Kinder des Schöpfers ist es unsere Pflicht, die Kosmische Ordnung zu wahren und durch Tugend, Läuterung und Hingabe zur Rückkehr zum Unendlichen Schöpfer zu finden.

Diese Frau braut Schlangengift, um den Tempel zu entstellen, den uns die Götter gegeben haben. Sie will es für ein verdammendes Leben nutzen. Ihre Künste sind verflucht. Folge nicht ihrem Weg, großer Darius III., Erbauer der herrlichen Gärten, die das Leben in unserem Land verankern. Ihr Vorschlag ist unmoralisch und wird dich auf den Pfad zum Haus des Ewigen Elends führen.'

Mit gefasster Haltung stand Esther fest vor den Magiern:

'Deine Überzeugung macht dich blind, Bardiya. Auch ich spreche im Namen des Schöpfers, und mein Weg ist nicht unmoralisch. Vielmehr ist dies der Weg des höchsten moralischen Gesetzes, ein Pfad, der die Menschheit erheben und wahre geistige Befreiung bringen wird.'

Esthers Worte hingen schwer in der Luft und legten eine greifbare Spannung über den Raum. Bardiya kochte vor Zorn, während die übrigen Anwesenden in fassungslosem Schweigen verharrten. Darius blickte auf Esther mit einem Ausdruck aus gleichermaßen Neugier und Skepsis.

'Du behauptest, die Macht zu besitzen, das Tor zum Himmel zu öffnen', sagte Darius, 'aber welchen Beweis hast du für diese Macht? Woher wissen wir, dass dein Elixier kein Gift ist, das uns in die Irre führt?'

Esther stand aufrecht, ihre Augen brannten vor Überzeugung. 'Mein König, ich bitte dich, mir zu vertrauen. Ich habe Jahre damit verbracht, die Energiekreisläufe des Körpers und des Kosmos zu studieren. Ich habe

Geheimnisse entschlüsselt, die uns seit Anbeginn der Menschheit verborgen geblieben sind. Ich biete dir das Geschenk des ewigen Lebens – die Möglichkeit, sich mit dem Göttlichen zu vereinen und die Begrenzungen der Sterblichkeit zu überwinden.'

Bardiya spottete. 'Das ist reine Fantasie, mein König. Wir müssen auf dem Pfad der Tugend und Hingabe bleiben und dürfen nicht den Wahnvorstellungen dieser Scharlatanin verfallen.'

Der Raum versank in gedämpftes Schweigen, während Darius mit seinen Möglichkeiten rang. Ich konnte ihn lesen wie ein offenes Buch, Azaleha. Seine Loyalität zum Priestertum prallte auf den Wunsch, mehr zu sein, größer zu sein – dass seine Begrenzungen sich auflösten, damit er über sein jetziges Selbst hinauswachsen und in allen Bereichen verherrlicht werden konnte, einschließlich der militärischen Führung, die er ersehnte, um sich von der Herrschaft seiner Schwester zu befreien.

Darius brannte darauf, sich von ihrer Kontrolle zu lösen, und verzehrte sich danach, Persiens alleiniger Herrscher zu werden. Sein Blick wanderte zwischen Esther und Bardiya hin und her, die Schwere seiner Entscheidung war in seinen Gesichtszügen sichtbar eingraviert.

'Ich brauche Zeit, um darüber nachzudenken', sagte er schließlich. 'Ich muss diesen Vorschlag sorgfältig erwägen, bevor ich eine Entscheidung treffe.'

Die Wucht seiner Wahl lastete schwer auf ihm, und er wusste, dass er nur einen Bruchteil ihrer vollen Tragweite erfasste. Die Folgen würden weiter reichen und länger nachhallen, als irgendjemand es sich vorstellen konnte.

Esther trat vor König Darius:

'Die Schlange birgt den Schlüssel, um das Tor zum Himmel zu öffnen', erklärte sie. 'Unzulänglichkeit ist keine Tugend. Der Schöpfer hat uns nach Seinem Bilde erschaffen, und es ist unsere Pflicht, unseren eigenen Pfad zum Licht zu beschreiten.

Mein König, Herrscher des größten Reiches auf Erden – Finsternis rückt näher.

Wir brauchen eine Hüterschaft des Lichts, frei von den Fesseln unseres unvermeidlichen sterblichen Verfalls, befähigt, den Schleier des kosmischen Gedächtnisses zu durchdringen, um die Weisheit der Göttlichkeit in Taten zu verwandeln.

Erlaube mir, ein solches Königtum hervorzubringen.'

Bardiya spürte, wie Darius III. zunehmend geneigt war, Esthers Worten zu folgen, und versuchte verzweifelt, ihn umzustimmen:

'Großer König, du herrschst über den Paradeiso auf Erden.

Bleibe Hier, auch wenn es in seiner Gestalt unvollkommen und im Wissen begrenzt ist.

Wir dürfen nicht vom göttlichen Pfad abweichen, damit wir kein Chaos säen, das ins Jenseits hinüberhallt und das Gewebe des Schicksals bis ans Ende der Zeiten formt. Bewahre deine moralische Lauterkeit, denn wie es die alten Schriften verkünden: Die Toten werden auferstehen und sich einem letzten Gericht stellen, bevor die Welt zerstört und neu erschaffen wird.'

Ein weiteres Jahr verging, in dem ich Zeuge von Esthers unermüdlichen Bemühungen wurde, ihre Formel zu verfeinern. Sie entwickelte eine Methode, um eine Ganzkörpererneuerung und Zellregeneration einzuleiten, indem sie das fließende Licht des Körpers zu einer lebendigen Zirkulation harmonisierte, die die Lichtschlange im Innern erweckte – zur Vereinigung mit dem Göttlichen.

Zu jener Zeit hatte Alexander, der Große Zerstörer, bereits mehr als die Hälfte unserer Territorien erobert, und das Reich krümmte sich in Qualen. Mitten in diesem Aufruhr vertraute mir deine Mutter an, dass sie ein weiteres Kind erwartete.

Und trotz des Chaos blieb Esther standhaft.

Heimlich, unter der mächtigen Zypresse im Herzen der Gärten, öffnete sie Darius III. eine Ader und injizierte das Elixier.

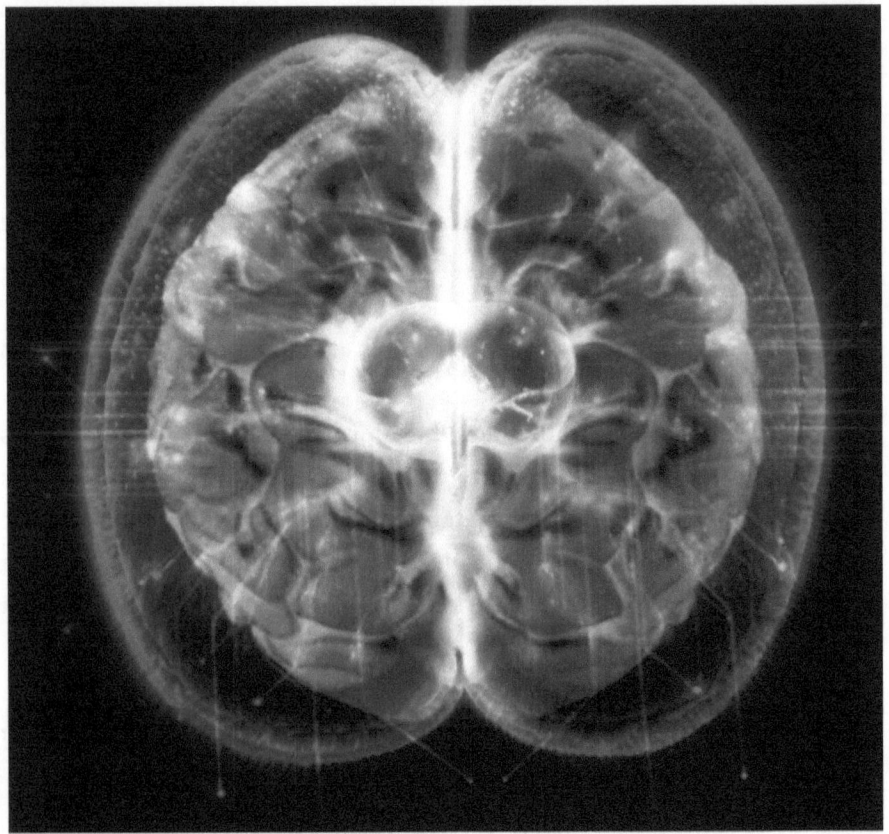

die verbotene Frucht

Sieben Tage lang wurde der König aufmerksam überwacht, doch sein Zustand blieb unverändert.

Dann, ganz plötzlich, zeigten sich die ersten Spuren der Wandlung. Seine Augen wechselten von tiefem Braun zu einem hellen Grün, das von innen heraus zu leuchten schien. Mit einem Schlag erwachte neue Lebenskraft in ihm, und sein Körper gewann eine wunderbare Anmut. Ein feiner Schimmer lag über ihm – schwer direkt wahrzunehmen, und doch strahlte er heller als alle anderen.

Er brauchte kaum Nahrung und doch ließ seine Vitalität niemals nach.

Darius' Blick berührte die Seele, als strömte himmlische Liebe aus seinen

Augen. Seine Hände schlossen Wunden und nahmen Lasten fort – sichtbare wie verborgene. Nur wenige Auserwählte erhielten Zutritt zu seiner Nähe, und seine Wandlung zum König des Lichts blieb dem Volk verborgen.

Doch eine unsichtbare Kraft ging von ihm aus, die die Menschen unwiderstehlich anzog. In seiner Gegenwart zu sein, glich einem Bad im göttlichen Licht, einer Umarmung voll bedingungsloser Liebe.

Eine tiefe Weisheit wohnte in ihm, die sich in einem überströmenden Mitgefühl göttlicher Liebe offenbarte. Esther suchte ihn Tag für Tag in den Gärten auf, um an seiner Seite zu gehen und seine Verwandlung zu begleiten. Sie gestand, dass seine Nähe ihr zum ersten Mal im Leben das Gefühl schenkte, wirklich angekommen, wirklich zuhause zu sein.

Darius III., der Goldene Kaiser, war die Kraft des Lichts, die in unserer Mitte erblühte, um den geierhaften Schatten zu erhellen, der sich über uns legte. Er hüllte sich in tiefes Schweigen, während sein Bewusstsein sich über die Grenzen unserer Wirklichkeit hinaus webte.

Seine Lehren über das Kontinuum von Mutter Erde im Gefüge der galaktischen Ordnung erweiterten unser kosmisches Wissen. Und wenn er vom großen Kreislauf karmischer Energien sprach, entfachte er in uns eine Sehnsucht nach spiritueller Nahrung, die unsere Seelen emporhob.

Als Darius III. begann, die geometrische Geburt von Zeit und Schöpfung durch Klangwellen zu lehren, verloren wir uns bald in seinen Worten. Schon nach kurzer Zeit sprach er nur noch in Tönen, bis sein Wesen für uns zu entrückt war, um es noch begreifen zu können.

Er wurde unruhig, leicht reizbar, und seine Stimmungen schlugen plötzlich und heftig um – von stiller Gelassenheit in tiefe Verzweiflung. In den Äther rief er hinaus, dass er sich von den Menschen gänzlich getrennt und zutiefst missverstanden fühle. Sein Geist zerstreute sich, und bald schon klagte er über unerträgliche Schmerzen, die seinen Kopf und seinen Körper heimsuchten.

Nach und nach sank er in einen Zustand der Verwirrung, unfähig, noch

Verbindung zu seiner Umgebung aufzunehmen. Schließlich verlor er sämtliches Gefühl für sich selbst, als wäre ihm jeder Anker in Raum und Zeit entrissen. Ziellos irrte er durch die Paradeiso-Gärten, als treibe er verloren und zugleich geborgen im allumfassenden Nichts des großen Ganzen.

Darius war nicht länger fähig, seiner täglichen Aufgaben der Herrschaft nachzukommen. Der Zustand des Königtums wurde bedrohlich, und wir blieben schutzlos zurück – mit einem lebenden König, der nicht mehr zu regieren vermochte.

Das Priestertum der Magier riss die Autorität von unserer Herrscherfamilie an sich, um die Ordnung zu wahren, und hielt den Schein des Königtums vor dem Volk des Reiches aufrecht.

Niemand wusste von der Verwandlung des Königs in eine ätherische Substanz, die ihn jedes Bezuges zu seiner eigenen Identität beraubte.

Er war unerreichbar geworden.

Esther zerbrach. Das größte Scheitern ihres Lebens hatte das Reich erschüttert und sein Schicksal besiegelt.

Die Meisterin der Alkemya, die einst die geistige Wahrheit in der physischen Wandlung erkannt hatte, verfing sich in der Täuschung des Gefäßes, in das sie den Funken der Gottheit eingeführt hatte.

Sie selbst hatte den goldenen Schlüssel geschmiedet, der die Tür zu aller Weisheit aufschließen konnte, denn sie verkörperte die Verwandlung, die sie erschaffen hatte. Doch Darius III. konnte das nicht. Seine Initiation war von außen in ihn eingeführt worden, und er konnte den Funken der Erleuchtung nicht in sich tragen.

So wurde Esther aus Tempel und Gärten verstoßen und als Druj gebrandmarkt – als Lügnerin. Zerschmettert von Verzweiflung sah sie, wie Isaaks Apotheke in Flammen aufging. Eine Schar von Priestern rief aus, sie würden die finsteren Mächte mit göttlichem Feuer reinigen, und verbrannte all ihre Geräte, Heilmittel und den Resonator, bis nichts blieb als Staub.

Am Morgen danach fand man die verkohlten Überreste des alten Isaac, der wie so oft in seiner Apotheke eingeschlafen war.

Da kam sie nach Hause, Azaleha. Es tut mir leid, dass sie all die Jahre so sehr in ihrer Arbeit aufging und du deine Mutter mit ihren anderen Schöpfungen teilen musstest.

Du hast sie erst zurückbekommen, als sie schon in den Wahnsinn hinabglitt. Es war nicht fair dir gegenüber. In ihrem Innersten war etwas zerbrochen – für immer."

Tränen traten in die Augen meines Amoo und liefen über sein Gesicht.

„Wir waren eine kleine Weile glücklich, weißt du noch? Als ihr Bauch mit dem kleinen Darioush wuchs", erinnerte ich ihn. „Ich hatte meine schöne Momom und meinen Vater, und mit dir, Baba und Maman – wir waren für eine Zeit glücklich."

„Ja, wir hatten Hoffnung", sagte Onkel Cyrus.

„Amoo, ich habe es nie jemandem erzählt, weil ich es nicht verstand und wir nicht noch mehr Sorgen brauchten. Aber am Tag, bevor ihr Bluten begann, ging ich mit Mutter in den Olivenhügeln spazieren. Wir kamen zu einer sandigen Stelle, wo eine Schlange zusammengerollt in der Sonne schlief.

Da verwandelte sich Mutter in etwas anderes. Es jagte mir Angst ein, Amoo! Meine sanfte Momom wurde plötzlich zur Furie! Eben noch hatten wir über alberne Fischwitze gelacht, und im nächsten Moment schrie sie vor Qual auf, als sie einen schweren Stein ergriff und den Kopf der Schlange immer und immer wieder zerschlug – bis das arme Tier nur noch aus Blut und Brei bestand!"

Weinend rief ich diese Erinnerung hervor.

die Schlange

Onkel Cyrus verharrte lange in Schweigen, nahm meine Worte und das Gewicht von Mutters Qual in sich auf. Schließlich sprach er, ruhig und eindringlich:

„Azaleha, als deine Mutter zu bluten begann, hatte sie aufgegeben. Sie war – und sie ist es noch – der brillanteste Geist unserer Zeit, einer, der neues Leben aus sich selbst hervorbringen konnte. Doch sie konnte nicht das falsche Tor öffnen.

Die Schlange in ihr – die vollkommen ausbalancierte Einheit aus altem Wissen und neuer Schöpfung – trug die Macht, das Leben selbst zu beleben und zu erweitern. Durch sie öffnete deine Mutter das Tor zu Erkenntnis und Weisheit.

Doch sie ließ zu, dass man über sie zu Gericht saß, und mit der Zeit verinnerlichte sie dieses Urteil selbst. Als sie ihre eigene Macht und ihr Potenzial verleugnete, gab sie anderen die Möglichkeit, sie als Quelle der Gefahr und Zerstörung zu brandmarken, sie mit Schuld und Sünde zu beladen. Glaube nicht an die verdrehte Fabel, die sie selbst zu glauben begann. Sie wurde von jenen verstoßen, die weder wussten noch sehen konnten – und dennoch nahm sie ihr Urteil an.

Erinnere dich an das Ewige Gleichgewicht, Azaleha, und suche die Weisheit deiner Mutter in jeder Schlange, die dir begegnet.

Als sie die Schlange in sich verstieß, trennte sie sich von der Welt, für die sie alles geopfert hatte. Sie stieß damit das Leben von sich, auch das neue Leben, das in ihr heranwuchs. Indem sie sich von der Kraft der Schlange in ihrem Inneren lossagte, wies sie ihre eigene Schöpfermacht zurück. So verschloss sie ihre Lebensquelle, und ihr Körper konnte den kleinen Darioush nicht mehr tragen. Am Ende erlahmte ihr Leib und wies das Leben in ihrem Schoß zurück – denn sie hatte nicht mehr den Willen, standzuhalten."

Onkel Cyrus nahm meine Hand und hielt sie in den seinen; sein Gesicht war nun klar, als hätte er allen Staub der Vergangenheit von sich abgewaschen. Mit neuer, heller Kraft sagte er zu mir:

„Azaleha, mein Herz ist voller Schuld, weil ich nicht so für dich sorgen werde, wie ich es als dein Amoo sollte. Doch Esther war ein Teil meines

Herzens, der es weiter schlagen ließ. Ohne sie kann ich meinen Willen, hier zu existieren, nicht mehr aufrechterhalten. Ich finde keinen Anschluss mehr an die Lebenden.

Ich sehne mich danach, hinabzusinken, in das Reich der Toten. Dort werde ich meinen Frieden finden und meine endlose Liebe zu dir ausstrahlen.

Bitte vergib mir."

Onkel Cyrus starb zur kommenden Vollmondnacht.

Ich legte die Stoffpuppe, die ich für den kleinen Darioush gemacht hatte, und eine blühende Persimmon-Blüte, die ich für meine Mutter gepflückt hatte, auf ihren Erinnerungsstein am Grab. Dann war es an mir, die Hügel hinabzusteigen, um meinem Vater zu helfen – die Seiden-Delegation aus dem Roten Königreich des Ostens wurde bald erwartet.

7

Blei

In den sengenden Winden des Schahrivar, des sechsten Monats des Jahres, trug ein leiser Hauch Geschichten von drohendem Aufruhr heran. Die feinen Risse im ausgedörrten Boden blieben unbeachtet, während die Ungewissheit ihr Netz immer enger um unsere zerrissene Gesellschaft zog.

Der schwarze Drache fraß sich durch unsere Provinzen, verschlang unsere Vorräte und kroch unaufhaltsam näher an unsere Stadt heran.

Ein chaotisches Brodeln lag in der Luft und löste die geordneten Strukturen auf, die einst unsere Gemeinschaften zusammenhielten. Auf Tugend und moralisches Handeln, die uns früher verbanden, waren wir stolz gewesen – nun nagte eine gereizte Müdigkeit an unseren Nerven.

Berichte von der Front erreichten uns nur mit großer Verzögerung, und Gerüchte, dass unser Heer Alexanders Truppen standhielt, mischten sich mit vagen Mutmaßungen. Das Schicksal unseres Reiches war unberechenbar. Der Glaube an göttliches Eingreifen, das Herz unseres Königreiches – das herrlichste Reich der Erde – zu bewahren, wankte angesichts des vorrückenden schwarzen Heeres. Die Reibungen nahmen zu, und inmitten dieser Instabilität stieg der Gestank der Selbstsucht auf – der widerwärtige Hauch des Selbsterhalts um jeden Preis.

Die Straßen waren auffallend leer, nur eine Handvoll Gestalten streifte noch umher. Diejenigen, die das Glück gehabt hatten, außerhalb der Stadt einen sicheren Zufluchtsort zu finden, waren geflohen, um sich vor der drohenden Gefahr des schwarzen Drachen zu retten.

Ich selbst fand eine seltsame Ruhe in den verwaisten öffentlichen Plätzen, die einst von Menschen überquollen. So still und verlassen sie nun auch waren, die lebendige Energie der Vergangenheit hing noch in der Luft.

Auf dem Weg zu unserer Tuchhalle, wo ich Vater und den angesehenen Herrn Xao zum Tee treffen sollte, kam ich am großen Markt vorbei. Einst ein geschäftiger Umschlagplatz voller Waren und Wunder, war er nun nur noch ein Schatten seiner selbst. Nur wenige Händler waren geblieben, boten ein karges Sortiment aus Getreide, Gewürzen, frischem Fleisch und einigen haltbaren Vorräten an.

Unsere Stadt war nun schon seit über sechs Wochen von allen äußeren Lieferungen abgeschnitten. Die Ressourcen, die noch aus den unbesetzten Provinzen hätten gesammelt werden können, waren von unserem eigenen Heer bereits erschöpft worden, sodass uns nur kärgliche Mittel blieben, um uns über Wasser zu halten.

Als ich unser Heim betrat, fand ich Vater und Herrn Xao in stiller Geduld, den Duft ihres Tees in der Luft. Das lebhafte Geplauder, das einst den Raum erfüllte, war verstummt, und an seine Stelle war eine nachdenkliche Ruhe getreten.

Als ich eintrat, hellten sich ihre Gesichter auf. Herr Xao erhob sich, verbeugte sich mit anmutiger Würde, nahm meine Hand sanft in die seine und schenkte mir ein warmes Lächeln.

Mit zärtlicher, poetischer Stimme sprach er:

„Meine liebe junge Freundin, wie hat die Sonne dich emporgehoben – von einer kleinen Frühlingsblume zu einer Rose in voller Blüte?

Du trägst die erlesene Schönheit des frischen Morgentaus, der den Mond verführt, im erwachenden Himmel zu verweilen, in der Sehnsucht, dein Spiegelbild zu erhaschen.

Dein Qi strahlt kraftvolle Stärke aus; möge dein Geist die unerschütterliche Standhaftigkeit der Berge widerspiegeln. Und möge das Schicksal dich für immer in seiner nährenden Umarmung bergen."

Seit mehr als fünfundzwanzig Jahren war Herr Xao mit seiner Delegation von über zwanzig Händlern ein vertrauter Gast bei uns. Was einst als bloße Geschäftsbeziehung begann, hatte sich zu einem tiefen Band gewandelt – beinahe wie Familie.

Ich kannte Herrn Xao schon mein ganzes Leben, und alle drei Jahre erschien er mit einer betörenden Auswahl kostbarer Waren. Darunter fanden sich feinste Seidenstoffe, kunstvoll gearbeitete Jadeornamente sowie meisterhaft geschnitzte Broschen und Zierstücke. Doch die wahren Juwelen seiner Sammlung waren die Elfenbeinkämme und Schmuckkästchen, so filigran gearbeitet, dass sie wie von Feenhänden geschaffen schienen.

Mutter bewunderte besonders Herr Xaos Metallarbeiten – seine Kupferflaschen und Bronzeschalen hielt sie in höchster Ehre. Wie einen Schatz hütete sie die prachtvolle Schildpatt-Haarbürste, die er ihr einst geschenkt hatte. Außerdem versorgte er unser Haus mit schwarzem Salz von außergewöhnlicher Reinheit und mit fein gemahlenen Substanzen wie Nashornpulver, Gold, Silber, Quecksilber, Blei, Eisen und Kupfer. Diese geheimen Pulver waren von besonderem Wert für unsere Handelsgeschäfte. Ebenso geschätzt waren Tee, Ingwer und Zimt, die aus dem geheimnisvollen Fernen Osten zu uns gelangten.

Die chinesische Delegation verweilte oft mehrere Wochen in Persepolis und handelte mit den vielen Kaufleuten der Stadt. Mit den Jahren war es zur Tradition geworden, dass Herr Xao bei den Feierlichkeiten zu meiner Sonnenwiederkehr der hochverehrte Ehrengast war. Mein Herz jubelte, dass sein Tross trotz der langen und beschwerlichen Reise rechtzeitig eingetroffen war, denn nur noch fünf Tage trennten mich von der Feier meines vierzehnten Geburtstags.

„Herr Xao, Ihre Anwesenheit bringt stets Wärme in unsere Herzen", sagte ich mit einem leisen Lachen.

„Ich freue mich von Herzen, dass Ihre Karawane wohlbehalten eingetroffen ist. Wir waren tief besorgt, als wir von der Verzögerung hörten."

„Es war eine beschwerliche Reise", erwiderte Herr Xao mit ernster Miene. „Es gab in der Tat gefährliche Passagen, von denen wir fürchteten, sie diesmal nicht überwinden zu können. Auf dem Weg von Parthien nach Medien gerieten wir in die Hände eines griechischen Bataillons, das uns drei entsetzliche Tage gefangen hielt. Wir wussten nicht, ob wir je lebend entkommen würden. Doch die Segnungen Caishens, des Gottes des Reichtums, leuchteten über uns.

Ein größeres Aufgebot von Soldaten, angeführt von ehrenhaften Generälen, kam herbei, erkannte uns als unparteiische Händler und schenkte uns die Freiheit, indem sie unsere Sicherheit garantierten."

„Meine Freunde", fuhr er fort, und ein Zug der Sorge lag in seiner Stimme, „die jüngsten Unruhen in diesem ehrwürdigen Teil der Welt haben unseren Tross erschüttert und fassungslos zurückgelassen. Wir wissen nicht, wie es um die Zukunft unserer Handelswege steht, die unseren Ländern über Generationen hinweg großen Wohlstand gebracht haben."

„Möglicherweise bleibt uns nur wenig Zeit, ehe große Veränderungen zu unserem Schicksal wenden", sagte Vater. „Darum wollen wir diese Tage, erfüllt von Handel und Freundschaft, nutzen, um zu feiern und uns zugleich mit Bedacht vorzubereiten.

Lieber Herr Xao, Ihre ganze Delegation ist in unserem Haus willkommen. Wir werden uns mit all unserer Kraft um ihr Wohl kümmern. Fühlen Sie sich hier ganz wie zu Hause", fügte er hinzu, „solange Sie uns in Persepolis mit Ihrer Gegenwart ehren."

Herr Xao dankte mit einem sanften Lächeln. „Mein lieber Freund, Ihre grenzenlose Gastfreundschaft rührt mich zutiefst. Ich bin unendlich dankbar für die Herzlichkeit und die Großzügigkeit, die Sie und Ihre Familie uns erweisen. Mögen die Götter Ihnen das Zehnfache Ihrer Güte vergelten."

Dann legte er ein kleines Geschenk vor uns hin: ein seltenes, kunstvoll von Hand geschnitztes Jadearmband. „Dies habe ich für Ihre Tochter mitgebracht", sagte er und reichte es mir. „Man sagt, es bringe Glück und Schutz, wenn man es trägt."

Vater und ich waren tief bewegt von dieser Geste. „Danke, mein Freund", sprach Vater mit von Dankbarkeit erfüllter Stimme. „Dies ist ein kostbares Geschenk, das meine Tochter viele Jahre in Ehren tragen wird."

„Wie wundervoll, Herr Xao!" rief ich aus und betrachtete das filigrane Blumendekor des Armbands. „Ich danke Ihnen von ganzem Herzen!"

In heiterer Stimmung erklärte Vater: „In diesem Jahr habe ich beschlossen, alle Handelsverhandlungen Azaleha zu übertragen. Ihr außergewöhnliches Gespür für Schönheit und ihr Geschick im Umgang mit geschäftlichen Angelegenheiten haben in den vergangenen Jahren maßgeblich zum Erfolg unseres Unternehmens beigetragen. Ihr Verständnis für Textilien und ihr Sinn, wertvolle Waren aufzuspüren, übertreffen das meine bereits, und ich habe volles Vertrauen, dass ihre Entscheidungen zu Waren von höchster Qualität führen werden."

Er fuhr fort: „Das Dokument, das Azaleha die volle Autorität verleiht, ist offiziell genehmigt und gesiegelt."

„Was mich selbst betrifft", fuhr Vater weiter, „so muss ich die verbleibende Kraft in mir weise nutzen. Zwar erfüllt es mich mit Freude, meiner Pflicht als Vater nachzukommen und Azalehas Geburtstagsfeier vorzubereiten, doch liegt mein vorrangiges Augenmerk darauf, ihre Sicherheit in diesem unberechenbaren politischen Umfeld zu gewährleisten. Unsere Familie hat am königlichen Hof an Gunst verloren, und wir können von der politischen Elite keinen Schutz mehr erwarten.

Doch ich habe eine Verbindung zu einem klugen und verlässlichen Partner geknüpft: einem Mann namens Hasan Aramahn, ein erfahrener Händler aus dem Weberviertel. Azaleha", sagte Vater und wandte sich mir zu, „du sollst ihm heute Nachmittag begegnen – als einem Bewerber um deine Hand, den ich als ehrenwerten Gast zu Tee und Gebäck eingeladen habe."

Die Welt verschwamm vor meinen Augen, und für einen Augenblick fürchtete ich, das Bewusstsein zu verlieren.

Ich sammelte all meine Fassung und rang darum, sowohl mir selbst als auch Vater keine Blöße zu geben vor Herrn Xao. Mit zitternder Stimme brachte ich hervor:

„Vater, ich hätte es sehr geschätzt, vor einer solchen Ankündigung in Kenntnis gesetzt zu werden.

Seit zwei Jahren habe ich bewiesen, dass ich unser Geschäft zu führen weiß.

Ich verstehe es, Textilien von höchstem Wert im Markt auszuwählen, weil ihre Muster mit mir in Resonanz treten. Es ist mir eine Freude, unzählige Stoffe sorgfältig zu prüfen, um jene auszuwählen, die die feinste Handwerkskunst und eine vollendete Balance der Strukturen offenbaren und die Sinne fesseln. Niemand übertrifft mein Auge, wenn es darum geht, die erlesenste Kunstfertigkeit aufzuspüren. Ich bin mehr als bereit, weiterhin an deiner Seite zu wirken und dich zu unterstützen. Unser Haus besitzt mehr Einfluss und Macht als jedes andere in der Stadt. Warum sollten wir uns an ein fremdes Haus binden und damit den Zugang zu unseren eigenen Märkten und Ressourcen aus der Hand geben?"

Allmählich begriff ich, dass Vater seine Pläne bewusst im Beisein unseres Gastes offenbart hatte und mich so zwang, sowohl meine Erschütterung als auch meine Ablehnung zu verbergen. Auf meinen Protest erwiderte er:

„Nicht unser Geschäft will ich schützen, Azaleha, sondern dich. Deine Sicherheit muss mir gewiss sein.

Seit vielen Monden ertrage ich qualvolle Schmerzen in meinen Kiefern, und sie haben sich in meinem Körper ausgebreitet wie schwarzer Saft, der durch meine Adern fließt und seinen unerbittlichen Griff immer enger zieht. Das hämmernde Pochen in meinem Kopf raubt mir oft die Kraft, lässt mich ohne Vorwarnung bewegungslos zurück. Solange mir ein klarer Geist bleibt, muss ich Sorge tragen, dass meine Angelegenheiten geregelt sind."

„Ich hatte keine Ahnung, Vater", sagte ich, und meine Stimme wurde weicher. „Ich habe gespürt, wie schwer dein Kummer auf dir lastet, aber warum hast du dein Leiden vor mir verborgen?

Wünschst du dir nicht, dass ich dieselbe Liebe finde, die du und Mutter hattet? Es macht mir Angst zu denken, mein Leben könnte an einen Mann gebunden werden, der mir unbekannt ist. Und doch glaube ich an meine Kraft, auf eigenen Füßen zu stehen. Wenn ich frei sein darf, und das spüre ich aus tiefstem Herzen, kann ich alles überwinden, denn die Welt schreckt mich nicht. Vater, bitte vertraue mir und lass mich mein eigenes Schicksal suchen. Du sprichst von deiner Hingabe zu mir, doch alles, was ich erbitte, ist deine herzoffene Unterstützung, damit mein eigenes Herz mich führen kann."

Ich kämpfte mit den Tränen, um stark und gefasst zu wirken.

Vater antwortete: „Azaleha, du bist mein Herz, mein Alles, und ich spüre, dass meine Zeit knapp wird. Du bist noch fast ein Kind und begreifst vielleicht nicht die Grausamkeit, die eine junge Frau im Strudel des Krieges erwarten kann. Du brauchst Schutz, und ich würde Himmel und Erde in Bewegung setzen, um deine Sicherheit zu gewährleisten."

„Vater, bitte, lass mich in die alte Apotheke gehen", flehte ich. „Ich habe gehört, sie sei nun in wunderbaren Händen. Bitte lass mich eine Heilbehandlung für dich in Auftrag geben."

Vaters Gesicht erbleichte, und mit gepresster Stimme sagte er: „Die alte Apotheke hat mich meine Frau und dich deine Mutter gekostet. Ich verbiete dir, jemals einen Fuß in diesen gottverlassenen Ort zu setzen.

Ich erhalte ausgezeichnete Behandlung von dem berühmten Arzt Ibn Butlan, der den Verfall meiner Zähne ausgeschliffen und sie mit der feinsten Bleischicht überzogen hat, um sie zu stärken. Genug davon! Alles, worum ich dich bitte, ist, dass du Hasan und mir beim Tee Gesellschaft leistest."

Die Spannung im Raum war zum Schneiden, die Luft schwer vor Beklommenheit. Nach kurzem Schweigen fügte er mit eindringlicher Stimme hinzu: „Es geht nicht um Tee oder Heilmittel, Azaleha. Es geht um deine Sicherheit. Ich darf dein Wohlergehen nicht aufs Spiel setzen. Das schulde ich deiner Mutter."

Geschickt löste Herr Xao die Spannung, indem er einen Spaziergang in der umliegenden Landschaft vorschlug. Er erhob sich und sprach zu mir: „Meine liebe Freundin Azaleha, wäre es nicht ein herrlicher Moment für einen Streifzug durch diese prächtige Umgebung? Würdest du mir die Ehre erweisen, mich zu begleiten?"

Ich fasste mich und erwiderte: „Lieber Herr Xao, wie du weißt, ist uns der Zutritt zu den königlichen Gärten, in denen wir früher wandelten, nicht mehr gestattet. Doch ich würde mich freuen, dir unsere Olivenhügel und die Persimonenhaine zu zeigen. Der Duft dort ist köstlich, und die Aussicht wahrhaft atemberaubend."

Herr Xao lächelte zustimmend, und so brachen wir gemeinsam zu einem gemächlichen Spaziergang auf.

Duft des Sommers

Ich hatte die stille Gesellschaft von Herrn Xao immer wie einen Schatz gehütet; in seiner ruhigen Gegenwart fand ich Trost.

An diesem Tag schien das sanfte, stetige Leuchten der Sonne mit den spielerischen Brisen zu verschmelzen, die über das Land streiften. In stiller Harmonie gingen wir nebeneinander her, verließen die Stadt und wanderten hinaus zu den duftenden Feldern von Lavendel und Mohn.

Mit jedem Schritt öffnete sich die Landschaft weiter, zeigte weit ausgreifende Hänge voller Avocado- und Olivenbäume. Je höher wir stiegen, desto mehr erfüllte der betörende Duft der Kaki-Haine die Luft und ließ den

Hügel wie ein stilles Sommerparadies schimmern.

In diesem Moment sprach Herr Xao mit tiefer, aufrichtiger Wärme:

„Meine liebe Freundin Azaleha, ich empfinde aufrichtig mit dir und teile deinen Schmerz über den Verlust deiner Mutter. Ihr Übergang ins Reich unserer Ahnen hat in unseren Herzen solch große Leere hinterlassen. Sie war eine Frau, die Leben ausstrahlte, und ihr lebendiger Geist klingt noch immer in uns nach."

„Danke, Herr Xao", erwiderte ich, meine Stimme voller Dankbarkeit. „Ich weiß um die tiefe Freundschaft, die sie mit dir verband, und wie sehr das auch unser Leben geprägt hat. Manchmal sehne ich mich nach den Erinnerungen, die andere an ihre Brillanz und Lebenskraft bewahren.

Ich vermisse beides – das, was ich mit ihr hatte, und all das, was ich nie erleben konnte. Und doch halte ich die wenigen kostbaren Momente, die wir teilten, fest und hüte sie tief in meinem Herzen.

Ich nehme an, dass ich, da ich ein Teil von ihr bin, nun meine Mutter in mir selbst finden muss, weil unsere gemeinsame Zeit so kurz war, Herr Xao. Es war nicht genug für mich", fuhr ich fort, wandte mich ihm zu und fragte mich, ob ich zu viel gesagt hatte.

Doch er begegnete meinem Blick mit Verständnis und nickte kaum merklich.

Ermutigt von seinem Mitgefühl sprach ich weiter: „Ich frage mich, ob ich mehr Mut und Selbstvertrauen hätte, wenn sie noch hier wäre, wenn sie mich wirklich sehen könnte, so wie ich bin. Vielleicht könnte ich mich dann endlich selbst erkennen. Jetzt aber fühle ich mich wie eine bloße Spielfigur auf einer Bühne, eine Tochter, von ihrer Mutter zurückgelassen, deren Leben vom Vater bestimmt wird. Sollte ich nicht in der Lage sein, meine eigenen Entscheidungen zu treffen, um mein eigenes Schicksal zu formen? Ich habe das Gefühl, als werde alles von anderen geleitet – und nicht von mir.

Ich merke, dass ich in meinen Fantasien am Bild meiner Mutter festhalte, mir vorstelle, wie sie all das Unrecht in meinem Leben zurechtrücken würde. Doch ich bin unsicher, ob mir das wirklich hilft, mich selbst zu finden, oder ob es mich nur noch weiter von meinem wahren Sein entfernt. Solange ich nicht dieses imaginäre Band loslasse, das ich so verzweifelt in meinem Geist festhalte, kann ich nicht weitergehen.

Rede ich zu viel, Herr Xao? Bitte verzeihen Sie mir, falls es so ist; es ist nur so, dass ich nie jemanden habe, mit dem ich wirklich sprechen kann – und nun brechen die Worte einfach aus mir heraus."

„Es ist mir eine tiefe Ehre, dass du mir die Gefühle deines Herzens anvertraust, Azaleha", erwiderte Herr Xao aufrichtig.

„Bietet dir deine Familie Trost, meine Freundin?", fragte er.

„Danke für deine Sorge, Herr Xao", antwortete ich. „Leider haben sich meine Familienmitglieder entfernt. Zwar schicken Baba und Maman noch immer Geschenke, doch seit Onkel Cyrus' Tod kommen sie nicht mehr zu Besuch. Sie haben beide Kinder verloren, und der wahre Austausch zwischen uns ist verstummt, verschüttet unter dem Schmerz, den wir schweigend in uns tragen.

Was meinen Vater betrifft – Gott segne ihn –, er hat nie ein Wort darüber verloren, wie er mit dem Tod meiner Mutter umgeht. Erst heute Morgen habe ich erkannt, wie sehr seine Gesundheit darunter gelitten hat. Einst war er so widerstandsfähig und voller Lebenskraft, dass ich sicher war, er würde ewig leben. Doch nach dem Tod meiner Mutter sind seine Zähne schwach geworden, und er wirkt blass und gebrechlich."

Nach einem Moment des Schweigens sagte Herr Xao mit sanfter Stimme:

„In meinem Land begegnen wir der Trauer wie einem Kriegerfreund, der eine Zeit lang an unserer Seite wandert. Wir nehmen seine Gegenwart an, bis der Moment gekommen ist, da der Krieger sich wieder in unser Herz zurückzieht.

In dieser Zeit lernen wir, die Leere zu ehren und unsere Erinnerungen zu hüten – sie sind Nahrung für die Trauer, die uns daran erinnert, dass Leben in uns pulsiert.

Trauer ist wie fruchtbarer Boden, der neue Anfänge nährt. Wir müssen sie pflegen, bis sie zu einem tragfähigen Fundament wird, auf dem neue

Zyklen wurzeln können."

Er sprach weiter:

„Wenn wir die Zeit der Trauer nicht annehmen, verliert unser Qi – unsere Lebenskraft – ihren freien Fluss. Die Energie staut sich, und unsere Vitalität erlahmt.

Es ist von großer Bedeutung, unsere Gefühle auf heilsame Weise auszudrücken. Tun wir das nicht, beginnen sie sich ineinander zu verstricken und suchen sich andere Formen, um gehört zu werden – als Zorn, Angst, Müdigkeit oder auf viele andere Weisen.

In meiner Kultur wissen wir, dass das Schweigen vergiftete Energien im Mund gefangen halten kann. Jeder Zahn steht in Verbindung mit bestimmten Lebenszentren, und ihr Verfall spiegelt wider, wo der Ausdruck fehlt. Wenn wir ungesagte Bitterkeit im Innern tragen, ohne sie auszusprechen, betrifft das vor allem die Backenzähne – jenen hinteren Raum, der mit unserem Unterbewusstsein verbunden ist.

Ich weiß, dass dein Vater ärztliche Hilfe gesucht und Bleifüllungen erhalten hat. In meinem Land glauben wir, dass Blei Energien stark verstärkt – leider auch die schädlichen. Darum lassen wir es niemals an unsere Körper heran."

Die Worte von Herrn Xao berührten mich tief; ich spürte seine Weisheit und seine aufrichtige Hingabe an die Wahrheit.

Er fuhr fort:

„Was dich betrifft, meine liebste Freundin – dein Leben beginnt gerade erst, und ich wünsche dir, dass du fühlst, wie die ganze Welt sich vor dir öffnet, erfüllt von unendlichen Möglichkeiten. Dein reines Herz ist für das Göttliche unwiderstehlich, und selbst die Himmel müssen sich einer Seele wie der deinen beugen.

Finde das Tor zu deiner inneren Quelle, und der Anker, der tief in deiner Seele ruht, wird dich nähren und leiten, während du dein Schicksal formst – so, wie es deinem wahren Wunsch entspricht.

Und wenn du keine menschliche Gestalt des Göttlichen findest, mit der du dich verbinden kannst – dann sprich direkt mit der Quelle selbst!

Vertraue mir, Azaleha. Auch ich war einst ein törichter junger Mann, getrieben von großen Ambitionen und ruhelosen Träumen, auf der Suche nach Ruhm. Doch in einem ganzen Leben des Suchens – durch die sichtbaren Welten und die Tiefen der menschlichen Seele – habe ich erkannt, dass das, was unser Leben wirklich formt, jene Erfahrungen sind, die uns an das wahreWesen unseres Seins erinnern."

Wir ließen uns unter dem alten Familienbaum nieder, neben Mutter und dem kleinen Darioush, und blickten hinaus über das weite Land, das sich bis zu den schimmernden, goldgetränkten Säulen von Persepolis erstreckte.

Ich hielt kurz inne, um meine Gedanken zu sammeln, und wandte mich dann Herrn Xao zu. Mit offenem Herzen begann ich, meine inneren Empfindungen mit ihm zu teilen.

„Herr Xao", begann ich, und meine Stimme verriet meine Verletzlichkeit, „in mir lebt ein Gefühl, tief verborgen, ein flackerndes Wissen um eine ewige Verbindung, die jenseits von Raum und Zeit besteht.

Und doch spüre ich zugleich ein starkes Gefühl, nicht in diesen gegenwärtigen Moment zu gehören. Ist das Leben, das ich führe, wirklich für mich bestimmt? Habe ich überhaupt einen Platz in dieser seltsamen Welt?

Ich weiß, diese Empfindungen mögen unsinnig klingen, und doch lassen sie mich nicht los – sie verweilen in mir, unbeirrbar. Ich weiß, ich sollte nicht so denken, und doch trage ich dieses ständige Gefühl in mir, keinen Ort zu haben, an den ich gehöre, keine wirkliche Wahl unter all den Möglichkeiten, die sich mir bieten.

Es ist, als würde ich in einer Vorstellung von mir selbst leben, die ich erschaffen habe – so wie ich auch das Bild meiner Mutter in meinem Geist erschaffen habe. Doch nun kann ich meiner eigenen Idee nicht mehr entkommen. Es ist, als hätte sich ein Klumpen Blei in meinem Herzen zu einem Käfig geformt, in dem ich nun gefangen bin.

Glauben Sie, dass ich den Verstand verliere, Herr Xao? So wie meine Mutter vielleicht?"

Ich war beunruhigt über seine mögliche Reaktion, denn meine Worte hatten eine Wahrheit freigelegt, die ich noch nie mit jemandem geteilt hatte.

Doch Herr Xaos ruhige, vertrauenerweckende Stimme löste meine Anspannung.

„Auch wenn ich die Empfindungen, die du beschrieben hast, vielleicht nicht in derselben Weise fühle," begann er, „so habe ich doch erkannt, dass jedes Leben in dieser weiten Welt wie ein einzigartiges Puzzleteil ist – vielschichtig und von eigener Form.

Einige dieser Teile lassen sich nur in diesem Leben finden, andere aber existieren in anderen Zeiten und Welten zugleich. Vielleicht ist es genau deshalb, dass wir uns so oft unvollständig fühlen – weil wir versuchen, ein Ganzes zu formen, dessen Teile über Raum und Zeit verstreut liegen."

Seltsam – gerade Herr Xaos Erkenntnis, dass wahre Verbundenheit oft schwer zu fassen ist, sowohl mit anderen als auch in uns selbst, nahm mir eine ungeheure Last von den Schultern. Ich spürte eine neue Leichtigkeit in mir – und sogar einen Hauch von Freude, den ich lange nicht mehr gekannt hatte.

Herr Xao fuhr fort:

„Wenn wir dies begreifen, können wir Trost darin finden, zu wissen, dass unser Weg der Selbsterkenntnis nicht an die Grenzen eines einzigen Lebens gebunden ist.

Er ist vielmehr ein Prozess, der sich endlos entfaltet – über verschiedene Dimensionen und Erfahrungen hinweg.

Dein einzigartiges Puzzle nimmt noch immer Gestalt an, und vielleicht braucht es Teile aus vielen Stationen deiner Existenz, um sein ganzes Bild zu erkennen."

Mit einem heiteren Lächeln sagte ich:

„Nun, Herr Xao, wenn ich mein kosmisches Puzzle heute nicht lösen kann, dann kann ich wenigstens noch schnell zur alten Apotheke huschen und eine beruhigende Tinktur für Vater in Auftrag geben.

Wenn ich mich beeile, schaffe ich es noch rechtzeitig zurück zum Tee –

zusammen mit Vater und einer seiner merkwürdigen Ideen, die diesmal die Gestalt eines Mannes angenommen hat, den er mir vorstellen möchte."

Herr Xao lachte über meine Unverfrorenheit und sagte:

„Meine liebe Freundin, lauf mit dem Wind.

Ich würde tausend Meilen mit dir gehen, doch ich bin ein alter Mann und werde nicht rennen. Ich freue mich darauf, mit dir die Wiederkehr deiner Sonne zu feiern."

Er hauchte mir einen väterlichen Kuss auf die Hand, und ich erwiderte ihn mit einem zarten Kuss auf seine Wange – dankbar und amüsiert über das Kitzeln seines weißen Bartes.

Mit erneuerter Leichtigkeit im Herzen glitt ich über die Felder und entlang der Wege zurück in meine bezaubernde Stadt. Ich fühlte mich schwerelos, getragen von reiner Heiterkeit.

Das Gespräch mit Herrn Xao hatte in mir wahrlich den strahlenden Funken neu entfacht.

Als ich die Apotheke betrat – ein reizendes kleines Geschäft, versteckt in einer stillen Seitenstraße im südlichen Teil des Marktes –, spürte ich, wie müde mich die Eile gemacht hatte.

Ich atmete tief ein und schloss die schwere, kunstvoll geschnitzte Holztür hinter mir; eine melodische Glocke erklang und kündigte mein Eintreten an.

Aus dem Inneren des Ladens, hinter einem dichten blauen Samtvorhang, rief eine junge Männerstimme: „Bin gleich da!"

Mein Blick glitt über Reihen von Glas- und Kupferfläschchen, die sich entlang der wandfüllenden Regale reihten. Sonnenlicht strömte durch rosa und violett getönte Bleiglasfenster und warf ein bezauberndes Spiel aus Farben in den Raum. Die Luft war erfüllt vom betörenden Duft von Myrrhe und Lavendel, vermischt mit dem erdigen Aroma frischer Holzarbeit – eine Atmosphäre wie in einem wohlriechenden Dampfbad.

Mitten in diesem Konzert aus Düften und Farben stand ich und wartete gespannt auf denjenigen, der mir eben zugerufen hatte: „Nur eine Minute! Versprochen!"

Ein Lächeln legte sich auf mein Gesicht, während meine Neugier auf den jungen Arzt wuchs, dessen Stimme mir auf Anhieb sympathisch war.

Mit einem plötzlichen Schwung flog der schwere Vorhang zur Seite und gab den Blick frei auf einen hochgewachsenen, dunkelhaarigen Mann, der kaum älter als zwanzig Jahre alt schien. Er wirkte viel zu jung, um der Besitzer der Apotheke zu sein. Doch in dem Moment, als sich unsere Blicke trafen, wich jede Farbe aus seinem Gesicht – reines Erschrecken lag darin.

Wir verharrten reglos, gefangen im Blick des anderen, als versuchten wir zu begreifen, weshalb das Schicksal uns hier zusammengeführt hatte – jeder aus seinem eigenen Grund.

Ich durchbrach die Stille und wagte zu sprechen, meine Stimme behutsam von Höflichkeit getragen:

„Gesegnet sei Ihr Tag. Ich wollte mit dem Inhaber dieser Apotheke sprechen, da ich ein Heilmittel in Auftrag geben möchte. Ist er zu sprechen?"

Der junge Mann hielt meinen Blick fest, sein Ausdruck blieb unbewegt, und er sprach Worte, die mich völlig aus dem Gleichgewicht brachten:

„Sie müssen Esthers Tochter sein."

Beim Klang des Namens meiner Mutter durchfuhr mich ein Schauer, denn ich hatte in dieser Stadt niemals über sie gesprochen.

Fasziniert und zugleich beunruhigt fragte ich mich, woher dieser Fremde so intime Einzelheiten aus meiner Vergangenheit wissen konnte.

Überrascht von seiner sofortigen Erkenntnis konnte ich mich seinem Wesen gegenüber seltsam geborgen fühlen – trotz der ungewöhnlichen Umstände. Seine Vertrautheit weckte meine Neugier und brachte mich dazu zu fragen:

„Sie kannten meine Mutter? Und ähnele ich ihr wirklich so sehr? Sie sehen mich an, als wäre ich ihr Geist – doch ich versichere Ihnen, ich bin quicklebendig und ganz ungespenstisch. Es sei denn natürlich, Sie planen, mir einen übertuerten Preis zu berechnen – dann könnte ich mich gezwungen sehen, bei Ihnen herumzuspuken."

Ein befreites Lachen entwich seinen Lippen, während er sichtbar entspannte und seine Fassung wiederfand.

„Aber gewiss kannte ich Ihre Mutter! Sie müssen Azaleha sein – oder, wie Esther Sie nannte, ‚das kleine Engelchen, das direkt vom Himmel in ihren Schoß gefallen ist.'

Es gibt zwar eine Ähnlichkeit, doch es ist Ihre Ausstrahlung, die mich wirklich berührt. Sowohl Sie als auch Ihre Mutter hatten etwas Strahlendes – eine leuchtende Aura, die Sie umgibt. Esther besaß sie – und Sie ebenso. Verzeihen Sie, wenn ich mich ein wenig unbeholfen ausdrücke."

Ich beruhigte ihn und sagte: „Kein Grund zur Entschuldigung. Ihre Worte sind willkommen. Darf ich mich nach Ihrem Namen erkundigen?"

Er neigte respektvoll den Kopf, legte eine Hand auf sein Herz und antwortete:

„Oh, ich bin Furak. Ewiger Segen sei mit Ihnen. Ich arbeitete einst für Ihre Mutter und den verstorbenen Isaac. Ich hatte das große Glück, in ihre Lehren und ihre Weisheit eingeweiht zu werden – und nun trage ich die Ehre, der einzige Hüter ihres tiefen Wissens zu sein, das über Generationen weitergegeben wurde."

Furak trat anmutig in den Raum, die Hand über dem Herzen, während er sich respektvoll verneigte. In ein schlichtes, doch makellos geschneidertes Gewand gekleidet, fiel sein kastanienbraunes Haar in sanften Wellen über die Schultern. Seine ausdrucksstarken Hände entgingen mir nicht – groß, aber fein geformt, bewegten sie sich mit Präzision und Bedacht. Als er den Kopf hob, legte sich ein warmes Lächeln auf sein Gesicht und erfüllte die Apotheke mit einer Atmosphäre von Ruhe und Vertrauen.

Als sich sein forschender Blick mit meinem traf, fiel es mir – trotz aller Mühe – schwer, das unbändige Grinsen zu unterdrücken, das sich auf mein Gesicht schlich. Ich sammelte mich und begann, das Anliegen meines Vaters zu schildern.

„Mein Vater braucht dringend zahnärztliche Behandlung", begann ich mit fester Stimme. „Seit dem Tod meiner Mutter hat sich sein Zustand rapide verschlechtert, und die Beschwerden breiten sich weiter aus. Er leidet unter heftigen Kopfschmerzen, Schwindel und chronischen Schmerzen im Körper. Obwohl er sich in die Behandlung des berühmten Ibn Butlan begeben hat, hat sich sein Zustand nicht gebessert."

Während ich sprach, wich Furaks aufmerksamer Blick keinen Moment von mir; er schien jedes Detail des Leidens meines Vaters in sich aufzunehmen.

Während er meiner Schilderung lauschte, verdunkelten sich seine Augen, und sein Lächeln erlosch. Seine Stimme wurde ernst, als er über Ibn Butlans angesehenen Ruf sprach.

„Ich kenne Ibn Butlan und weiß um seinen guten Ruf", begann er. „Er ist bekannt für seinen radikalen Ansatz in Anatomie und Krankheitslehre, der sich auf die Mechanik des Körpers konzentriert – durch das Studium von Leichen und Experimente an lebenden Affen. Er ist ein Meister in der Amputation von Gliedmaßen und hat bemerkenswerte Erfolge bei der Entfernung innerer Ablagerungen erzielt, etwa von Nierensteinen oder Geschwüren. Auch für seine bahnbrechenden Gehirnoperationen wird er gefeiert – ich habe einige davon persönlich miterlebt.

Er hat tatsächlich Patienten geheilt, die an Krampfanfällen und Lähmungen litten, doch er hat nie die langfristigen Folgen seiner Eingriffe untersucht. Ich habe einige dieser Patienten nachbehandelt – leider sind sie alle innerhalb von drei Jahren verstorben, meist an Organversagen. Meiner Meinung nach ist sein radikaler Ansatz kurzsichtig und es fehlt ihm an holistischer Betrachtung."

Neugierig auf die Behandlung, die Ibn Butlan meinem Vater verordnet hatte, fragte Furak sanft nach.

Mein Herz zog sich zusammen, als ich flüsterte: „Er hat die verfaulten Zähne meines Vaters mit Blei gefüllt."

Furaks Antwort war von Mitgefühl getragen, doch in seiner Stimme lag ein Hauch von Sorge.

„Das tut mir leid zu hören", sagte er leise. „Blei kann in bestimmten alchemistischen Prozessen der Umwandlung verwendet werden – doch es darf niemals in reiner Form in den Körper eingebracht werden. Es kann den Blutkreislauf vergiften, starke Migräne und Krampfanfälle auslösen und schließlich die Aufnahme lebenswichtiger Nährstoffe verhindern. Der beste Weg für Ihren Vater wäre, die bleigefüllten Zähne entfernen zu lassen."

Erschüttert flüsterte ich, fast ungläubig: „Mein Vater würde dem niemals zustimmen. Gibt es denn keine Behandlung, die seine Beschwerden lindern könnte?"

Furak bot eine sanfte Lösung an und sagte:

„In der Zwischenzeit geben Sie ihm regelmäßig Neem-Tee mit Gewürznelken und Honig, und ich werde eine Arznei zubereiten, die Quecksilber, Kalzium und Schwefel enthält – vermischt mit Granatapfelessig, Pfefferminze und Safranhonig. Sie braucht fünf Tage, um ihre volle Wirkkraft zu entfalten. Bis dahin reichen Sie ihm den Tee und helfen Sie, seine inneren Gifte auszugleichen, indem Sie seiner Nahrung so viel Zwiebel und Knoblauch hinzufügen, wie möglich. Ich wünsche Ihnen beiden alles Gute."

Dankbar für Furaks Rat sprach ich ihm meinen aufrichtigen Dank aus, bevor ich mich von ihm verabschiedete.

Als ich die Apotheke verließ, wurde mir schwer ums Herz unter der Last des Zustands meines Vaters. Und doch regte sich in mir ein Schimmer von Hoffnung – im Wissen, dass Furaks Wissen und die Mittel, die er empfohlen hatte, unserer Familie Linderung bringen könnten.

Während ich davonging, spürte ich, wie Furaks Blick mir nachfolgte, selbst als ich längst außer Sicht war. Seltsamerweise fand ich Trost in diesem Gedanken – im Bewusstsein jener leisen Verbindung, die sich unerwartet zwischen uns gebildet hatte.

Von frischer Energie erfüllt – und bereits zu spät zum Tee mit Vater und unserem Gast – rannte ich so schnell ich konnte zurück zu unserem Bargh.

Schweißgebadet und atemlos erreichte ich endlich das Andarouni – die inneren Gemächer unseres Hauses. Seine Pracht empfing mich – ein weitläufiger Raum, geschmückt mit sorgsam ausgewählten Möbeln. Fein geschnitzte Holzarbeiten, mit zarten Elfenbeineinlagen verziert, rahmten den Raum und verliehen ihm eine Atmosphäre edler Opulenz.

Kunstvoll gemusterte Teppiche breiteten sich über den Boden aus, während Seidenvorhänge von den Wänden herabfielen und eine mühelose Anmut und Eleganz verströmten.

Im Andarouni ruhten unsere geschätzten Gäste bequem auf Kissen aus erlesenem Stoff und genossen Speisen und Getränke aus unserer feinsten Auswahl. Im Zentrum des Gemachs stand ein runder Springbrunnen, dessen hypnotisch angelegte Wellenmuster nach außen zu gleiten schienen. In seinem stillen Wasser hatte mein Vater eine bezaubernde Sammlung aus Koi-Fischen, leuchtenden Schildkröten und sogar kleinen, echsenähnlichen Drachen zusammengetragen, die er aus den entferntesten und exotischsten Gegenden hatte bringen lassen.

Einen Moment lang hielt ich inne und ließ den Anblick auf mich wirken. Das Andarouni verkörperte wahrlich den Inbegriff des verfeinerten Geschmacks und der kostbaren Schätze unserer Familie.

Unser Gast – ein muskulöser Mann mit dichtem, langem Bart, in Gewänder von erlesener Qualität gekleidet – erhob sich von dem großen Diwan, um mich zu begrüßen, als mein Vater sprach:

„Azaleha, mein Licht, willkommen. Erlaube mir, dir Hasan Aramahn vorzustellen, Sohn der berühmten Familie Darayi und ein meisterhafter Weber. Seine tiefgehende Kenntnis der Materialien und Techniken bringt Werke von unvergleichlicher Vollkommenheit hervor, bewundert in vielen Ländern.

Hasan, dies ist meine Tochter Azaleha. Sie besitzt ein feines Auge und ein seltenes Gespür für wahre Qualität und Schönheit. Ihr bemerkenswerter Blick für wahre Handwerkskunst macht sie zu meiner vertrautesten Beraterin, wenn es darum geht, die höchste Brillanz in unseren Auswahlen zu kuratieren."

Hasan verneigte sich vor mir, die Hand auf dem Herzen, und seine dunkelbraunen Augen hafteten an mir. Er musterte mich von Kopf bis Fuß und wieder zurück, sein Ausdruck gefasst, sein Blick unbeirrbar. Dann hob er langsam den Kopf und sagte:

„Segen über Sie, Azaleha. Ihre Gegenwart erhebt mein Herz, und ich fühle mich zutiefst geehrt durch Ihren freundlichen Empfang in diesem edlen Haus. Ihre Schönheit mit eigenen Augen zu sehen, übertrifft jedes geflüsterte Gerücht. Ihr Vater und ich sprachen soeben darüber, wie wir unsere Handelswege den eigentümlichen Strömungen dieser Zeit anpassen können.

Ein feines Beben durchlief meinen Körper, doch ich bewahrte Haltung, um auf diesen Fremden, der vielleicht über meine Zukunft bestimmen konnte, einen würdevollen Eindruck zu hinterlassen.

„Gesegnet seien Sie, Hasan. Die Ehre ist ganz die unsere, und wir heißen Sie in unserem Haus von Herzen willkommen."

Ich setzte mich etwas seitlich und beobachtete aufmerksam, wie mein Vater und Hasan sich in die drängenden Herausforderungen unserer Handelsmärkte vertieften.

Die Verwüstungen des Krieges hatten das Straßennetz von Persepolis zerrissen und erschwerten sowohl den Export von Luxusgütern als auch den Import grundlegender Bedürfnisse wie Nahrung und Medizin.

Vater war ganz darin versunken, Strategien zu entwerfen, um angesichts solcher Widrigkeiten wieder Kontrolle zu gewinnen.

Er schien sich seiner eigenen Unruhe nicht bewusst zu sein, verlor sich mitten im Satz in Gedanken und bemerkte offenbar kaum die körperliche Anspannung, die ihn zu fassen schien.

Hasan hingegen bewahrte eine galante Haltung, überhäufte meinen Vater mit ungeteilter Aufmerksamkeit und Anmut – doch unter der Oberfläche blitzten feine Anzeichen von beherrschter Unruhe auf.

Während ihres Gesprächs spürte ich einen unerklärlichen Zug zu diesem dunkeläugigen Mann. Es war, als läge hinter seiner höflichen Fassade sein eigentlicher Fokus auf mir, selbst wenn sein Blick fest auf das Gesicht meines Vaters gerichtet blieb.

Normalerweise freute ich mich, mit unseren angesehenen Gästen lebhafte Gespräche zu führen. Doch an diesem Abend schien eine seltsame Schwere meine Stimme zu ersticken – ich blieb ungewohnt still und folgte nur passiv der Unterhaltung.

Ich schob mein Unbehagen beiseite und schrieb es der Müdigkeit des langen Tages und all dem Hin- und Herlaufen zu.

Nach einer Stunde anregender Unterhaltung erhob sich Hasan mit ruhiger Würde von seinem Sitz und gab damit zu erkennen, dass es Zeit war, sich zu verabschieden.

Vater, sichtlich erfreut über den belebenden Austausch, dankte ihm herzlich und sprach eine Einladung aus:

„Mein lieber Freund, bitte erweisen Sie uns die Ehre, in fünf Tagen an Azalehas bevorstehender Geburtstagsfeier teilzunehmen. Es wäre uns eine große Freude, Sie als unseren geschätzten Gast begrüßen zu dürfen."

Mit anmutiger Haltung verneigte sich Hasan vor meinem Vater, nahm die Einladung mit Gelassenheit an und sagte:

"Ihre Worte berühren mich zutiefst. Ich freue mich darauf, Ihren Feierlichkeiten beizuwohnen und erneut in Ihrem Hause willkommen zu sein.

Nun bitte ich höflich, dass Azaleha mir den Weg aus Ihrem prachtvollen Haus weist, während ich mich verabschiede."

Wir gingen Seite an Seite durch die Innenhöfe, dem Tor unseres Bargh entgegen. Ich dankte Hasan für seine generöse Freundlichkeit während seines Besuchs.

Er erwiderte: „Ihr beeindruckendes Haus und Ihre herzliche Gastfreundschaft haben meine Erwartungen weit übertroffen. Die Pläne Ihres Vaters für unsere gemeinsame Zukunft sind von seltener Weitsicht, und ich vertraue voll und ganz auf seine Weisheit."

Ich fügte hinzu: „Ich bin zuversichtlich, dass sich sein Gesundheitszustand bald deutlich bessern wird. Ich habe die bestmögliche Fürsorge für ihn gesucht und hoffe, dass er uns noch viele Jahre erhalten bleibt."

Hasan wandte sich mir zu und fragte leise:

„Ich hörte, Ihr Vater steht unter der Obhut ausgezeichneter Ärzte?"

Mit stiller Erwartung vertraute ich ihm an:

„Tatsächlich habe ich in jener berühmten Apotheke, die einst das Arbeitszimmer meiner Mutter war, ein Heilmittel in Auftrag gegeben. Ich vertraue auf die dort verbliebene Weisheit und hoffe, dass sie das Leiden meines Vaters lindern kann."

Einen Moment lang schwieg Hasan und wog seine Worte sorgsam ab.

„Sie haben also Furak in der Apotheke aufgesucht?" fragte er nachdenklich. „Eine ungewöhnliche Wahl – besonders im Hinblick auf die Vorliebe Ihres Vaters für fortgeschrittene Heilkunst. Ich kenne Furak gut; er ist mit Ruth verheiratet, meiner Cousine mütterlicherseits, aus einem sehr wohlhabenden Zweig unserer Familie. Nach dem großen Brand hat sie ihm die Apotheke gekauft und seither von den wertvollen Verbindungen profitiert, die mit seinem Ruf für seltene Elixiere und umfassendes Wissen einhergehen. Ich habe jedoch nie ganz verstanden, warum sie sich so tief in diese Angelegenheit verstrickt hat."

Für einen Augenblick schien die Welt stillzustehen.

Die Nachricht von Furaks ehelichem Patronat traf mich wie ein leiser Stich ins Herz.

Ich schalt mich für meine törichte Regung und zwang mich, den Blick wieder auf das Wesentliche zu richten.

„Hasan", fragte ich behutsam, „würden Sie meine Bemühungen, meinem Vater zu helfen, bitte vertraulich behandeln? Er wäre außer sich, wüsste er, dass ich Hilfe aus jener Apotheke suche, die er für den Untergang unserer Familie verantwortlich macht."

Hasans Blick traf den meinen, seine Stimme klang tief und aufrichtig:

„Natürlich ist Ihr Geheimnis bei mir sicher. Sie können mir uneingeschränkt vertrauen. Schon der Klang meines Namens auf Ihren Lippen ist mir eine tiefe Genugtuung. Leben Sie wohl – ich freue mich auf unser Wiedersehen in wenigen Tagen."

Hinter der Zypressenhecke beobachtete ich seine große, aufrechte Gestalt, wie er sich entfernte – stolz und mit sicherem Schritt.

Während seines gesamten Besuchs hatte ich kein einziges Lächeln in seinem Gesicht gesehen.

Vielleicht war Strenge einfach Teil seines Wesens.

Und ich fragte mich, ob ich, lernte ich ihn besser kennen, eines Tages

Zuneigung für ihn empfinden könnte.

Plötzlich spürte ich, wie leer ich war – ausgezehrt, jeder Kraft beraubt.

Ich kehrte in unsere Gemächer zurück, um endlich jene tiefe Ruhe zu finden, nach der ich mich so sehr sehnte.

8

Gold

Am dritten Tag des Monats Mehr, dem siebten Monat des Jahres, erstrahlte unser Bargh in hellem Glanz.

Unzählige bunte Öllampen und duftende Kerzen schmückten die Räume und webten ein schimmerndes Netz aus goldenem Licht und Wohlgerüchen.

Ketten von Ballonlaternen zogen sich entlang der Dachlinien und vertieften die fast überirdische Stimmung.

Die Luft vibrierte von Musik – die Klänge des Abends erfüllten die Hallen und verschmolzen zu einer Sinfonie der Freude.

Die Tafeln waren mit glänzendem Silbergeschirr gedeckt, beladen mit einer erlesenen Auswahl köstlicher Speisen.

Mein Vater hatte mit unbeirrbarem Eifer das vergangene Jahr damit verbracht, eine beeindruckende Vielfalt an ausgelesenen Delikatessen zu sammeln und zu bewahren.

Trotz der zunehmenden Widrigkeiten, feine Waren zu beschaffen, hatte er seine Anstrengungen noch verstärkt und große Mengen getrockneter und geräucherter Köstlichkeiten zusammengetragen.

Seine Kunst, seltene Güter aufzuspüren, war wahrlich bewundernswert, und ich staunte immer wieder über seine meisterhafte Geschicklichkeit.

Inmitten der schweren Zeiten, die wir durchlebten, kannte die Großzügigkeit meines Vaters keine Grenzen.

Ich war von tiefer Dankbarkeit erfüllt für seine unerschöpfliche Liebe und Fürsorge.

Dies war meine Geburtstags-Gala – ein kostbares Ritual, das wir jedes Jahr mit verschwenderischer Freude feierten.

Doch in diesem Jahr lag ein besonderer Glanz über dem Anlass.

Es war unsere Art, der Gemeinschaft einen Abend der Freude zu schenken – eine kurze Atempause von den Lasten, die uns bedrückten.

Eine Nacht des Erinnerns an unbeschwerte Zeiten, frei von Sorge, getragen vom gemeinsamen Leuchten heiterer Verzauberung.

Vater hatte mir ein Paket geschickt – und zu meiner Überraschung lag darin das Kleid meiner Mutter.

Ein aufgeregtes Staunen ergriff mich, als ich es überstreifte, und zu meiner großen Freude passte es, als wäre es eigens für mich geschneidert.

Das Kleid war aus butter-gelbem Leinen gefertigt, dicht und zugleich weich im Griff – es fühlte sich an wie eine warme Umarmung meiner Momom.

Der Schnitt war schlicht und schmiegte sich sanft an meine Formen, geschmückt mit unzähligen kleinen, handgestickten Blüten aus schimmerndem Garn, deren Blätter feine Goldfäden durchzogen.

Ich fühlte mich so schön wie ein Sommertag – in dem liebenswerten Kleid meiner Mutter.

Als Schmuck wählte ich einzig Mr. Xaos Jadearmreif und eine frisch gepflückte Blüte vom geliebten Kaki-Baum meiner Mutter.

Ich blieb barfuß, denn es erschien mir am natürlichsten und würdigsten, den Boden unter meinen Füßen zu spüren.

Ich tauchte ein in ein Meer aus Stimmen und Lachen, während mich lächelnde Gesichter mit Zuneigung und Segenswünschen umspülten.

Ich empfing liebevolle Geschenke und warme Umarmungen – jede trug ein Leuchten in sich, das mich bis ins Herz berührte. Mitten im festlichen Treiben erhob mein Vater die Hand und bat um einen Moment der Stille.

Seine Stimme – voll Stolz und Wärme – durchzog den Raum wie eine

Melodie, die alle berührte.

„Meine liebsten Freunde eines gut gelebten Lebens", begann er. „Heute lassen wir uns vom Erwachen einer neuen Generation inspirieren – jener, die einst die Hüter unserer Zeit sein wird.

Lasst uns an die Kreisläufe des Lebens denken, in denen immer neue Anfänge keimen.

Wir, die Wächter innerhalb der Grenzen von Raum und Zeit, ziehen eines Tages weiter – und was uns bleibt, ist unser einzig wahrer Schatz: unsere Weisheit, unser Glaube und die Gewissheit, dass wir das Wachsen und Werden des Lebens genährt haben."

„Als stolzer Vater", fuhr er fort, „ist mein Herz übervoll, mein Leben in seinem tiefsten Sinn erfüllt. Ich bin unendlich dankbar, die Freude dieses Abends mit euch zu teilen.

Möge diese Nacht dem ewigen Licht gewidmet sein, das uns leitet – dem Licht, das wir empfangen und weitergeben.

Und möge dein eigenes Licht, mein Erdenengel Azaleha, mit ewigen Segnungen durchdrungen sein, während dein Strahlen weit hinaus in die Welt leuchtet! Mubarak bashad – gesegnet seist du!"

„Mubarak bashad!" rief die Menge im Chor, und ich schloss meinen Vater in die Arme, hielt seine linke Hand, die unaufhörlich zitterte.

Seine Augen leuchteten warm vor Liebe, als er sagte:

„Geh tanzen, Azaleha. So viele Gäste warten auf dich. Warum bleibst du bei diesem alten Mann, den du doch jeden Tag siehst?"

Ich lachte, küsste ihn auf die Wange und ließ mich vom Klang der Musik forttragen.

Drehend, wirbelnd, im Schimmer der Lichter, gab ich mich dem Tanz hin – getragen vom süßen Gefühl, für einen Augenblick ganz im Leben zu sein.

Ich liebte dieses Gefühl des Sich-Hingebens — des Sich-Auflösens im Fluss der Bewegung.

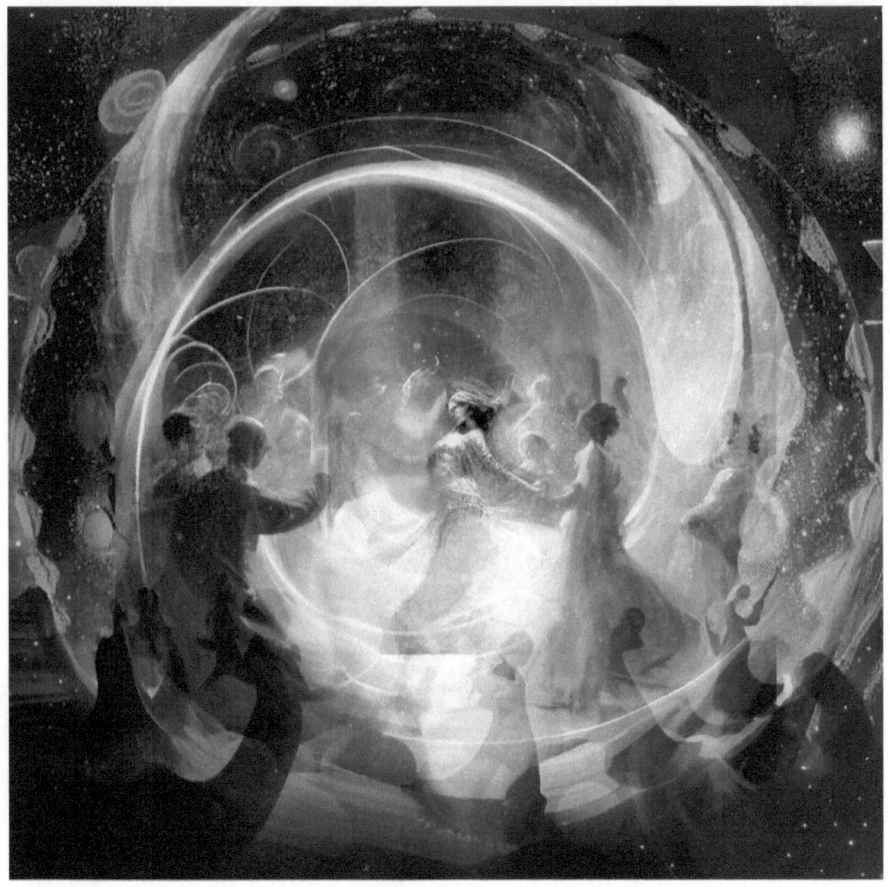

das Fest

Mr. Xao und ich tanzten, getragen von einem lebendigen, fließenden Rhythmus.

Wir lachten und drehten uns umeinander wie ausgelassene Wirbelwinde, ganz verloren im Zauber des Augenblicks.

Als die Musik allmählich verklang, gingen wir zu den Erfrischungen, wo der Duft von süßen Gewürzen und vergorenem Honig in der Luft lag, um unseren Durst zu löschen.

Wir füllten unsere Gläser mit Feigenwein, und Mr. Xao rief voller Begeisterung:

„Meine liebe Freundin, dies muss heute der glücklichste Ort auf Erden sein! Eine goldene Stunde unter den Sternen!"

Ich lachte, nickte und nahm einen tiefen Schluck, noch erhitzt und schweißschimmernd vom Tanz.

„Ich kann Ihnen nur zustimmen, Mr. Xao. Diese Nacht ist wie ein Traum. Ich bin unendlich dankbar für alles", sagte ich lächelnd, erfüllt von einem warmen Leuchten.

Da veränderte sich Mr. Xaos Gesichtsausdruck. Sein Blick wurde ernst, als er sprach:

„Azaleha, ich möchte, dass du darüber nachdenkst, dich meiner Karawane anzuschließen. Unsere Reise führt uns über Ekbatana und Babylon nach Westen, nach Mesopotamien und schließlich nach Ägypten. Dort werden wir ein Jahr verweilen, bevor wir über die Wasserwege nach Chin zurückkehren. Vielleicht wirst du in Ägypten bleiben wollen – oder unter meinem Schutz in meinen Ländern bleiben, bis du deinen eigenen Weg findest. Angesichts der unsicheren Zukunft Persiens wäre es weise, für eine Zeit fortzugehen."

Als Mr. Xao Ägypten erwähnte, regte sich ein seltsames Flattern in meiner Brust, obwohl ich nichts über dieses ferne Land wusste.

„Mr. Xao, das ist ein unerwartetes Angebot. Ich muss darüber nachdenken. Ich weiß nicht, ob ich meinen kranken Vater allein lassen kann, aber Ihr Vorschlag ist …"

„Azaleha!" – Hasan riss mich plötzlich aus meinen Gedanken.

Er kam auf mich zu, an seiner Seite eine Frau, die ich noch nie zuvor gesehen hatte.

"Ende des kommenden Monats – im Aban – brechen wir auf. Bitte, nimm meinen Vorschlag zu Herzen, meine Liebe", sagte Mr. Xao leise, bevor er sich verabschiedete.

Hasan verneigte sich vor mir und sprach:

„Gesegnet sei deine Sonnenwende! Welch zauberhafte Nacht! Darf ich dir meine Cousine vorstellen – Ruth Ispahani. Sie ist eine angesehene Gelehrte an der Akademie für Wissenschaft und Theologie und eine Förderin der zoroastrischen Künste."

Die Frau, die Hasan mir vorstellte, war makellos gekleidet, edel in Haltung und Stoff. Ihr ansonsten schlichtes Gesicht trug die stille Autorität ihres Titels. Sie schien bereits in den mittleren Jahren zu stehen und entstammte einer ausgesprochen ehrgeizigen Familie.

Plötzlich wurde mir meine ungezähmte Erscheinung schmerzlich bewusst – meine bloßen, staubigen Füße, die vom Tanz gerötete, schweißfeuchte Haut.

„Es ist mir eine Ehre, Sie kennenzulernen, Ruth, Cousine von Hasan. Mögen ewige Segnungen mit Ihnen sein", sagte ich und versuchte, meine Würde zu wahren.

„Die Ehre ist ganz meinerseits, Azaleha. Hasan hat mich für diesen Abend eingeladen, und ich bin dankbar dafür.

Als Patronin unterstütze ich Forschungen zu Heilmitteln und neuen medizinischen Verfahren – einem Gebiet, dem sich auch Ihre Familie einst gewidmet hat.

Wir dürfen uns glücklich schätzen, aus den Fehlern der Vergangenheit zu lernen und eine Zukunft zu gestalten, gegründet auf wissenschaftlicher Exzellenz und Würde."

Ihre kleinen, scharfen Augen glitten prüfend über die Menge, bis sie plötzlich innehielt und ausrief:

„Oh – das ist ja Ibn Butlan! Ich muss ihm meine Aufwartung machen."

Mit diesen Worten entfernte sie sich, und ich blieb zurück – getroffen von der in Höflichkeit gekleideten Schärfe ihrer Bemerkung.

Hasan, scheinbar unbeirrt von der Spannung, bat mich sogleich zum Tanz.

Die Musiker wechselten zu einer langsamen, traumverhangenen Melodie, die in der Menge einen Hauch von Romantik entfachte.

Noch leicht benommen ließ ich meinen Körper im Takt der Musik schwingen, während Hasans Hände mich mit sanfter Gewissheit führten. Doch ein Druck begann sich in meiner Brust zu regen; mein Atem wurde flach, und meine Muskeln schwächer.

Mein Blick glitt zu Vater hinüber, der in ein Gespräch mit Ruth und

Ibn vertieft war. Als sich unsere Augen trafen, war sein Gesicht bleich und angespannt, vom Zorn überschattet. Etwas stimmte nicht. Mein Herz begann heftig zu schlagen, und eine leise Unruhe kroch mir unter die Haut, wie eine unsichtbare Schlinge, die sich um mich legte.

Hasan bemerkte meine Unruhe und schlug freundlich vor:

„Würdest du vielleicht einen Spaziergang durch die Gärten genießen, Azaleha? Ein wenig frische Luft könnte dir guttun."

Dankbar für seinen Vorschlag spürte ich, dass ich einen Moment brauchte, um meine Gedanken zu sammeln und mich wieder zu fassen.

Ein seltsam elektrisches Kribbeln durchfuhr mich und hinterließ eine Spur von Beklommenheit.

Schweigend gingen wir, bis wir den äußeren Rand der Palastgärten erreichten, wo sich Lavendelfelder in endlosen Wellen vor uns ausbreiteten.

Die Stille brechend, vertraute ich Hasan an:

„Mr. Xao hat mir einen Platz in der Karawane der Händler angeboten, die durch die langen Täler Mesopotamiens bis hin zum großen Reich Ägypten zieht."

Hasan dachte kurz über meine Worte nach, bevor er antwortete:

„Das Geschäft deines Vaters besitzt enorme Macht und Einfluss. Seine Zugänge für Ressourcen reichen weiter, als unsere Häuser es je begreifen könnten.

Bist du bereit, all das hinter dir zu lassen?"

Mit schwerem Herzen erwiderte ich:

„Die Gesundheit meines Vaters schwindet vor meinen Augen, und ich kann nicht länger hoffen, dass ein Wunder ihn zu seiner alten Stärke zurückführt.

Ja, ich könnte den Wohlstand unseres Hauses bewahren, wenn das Leben beständig und berechenbar bliebe, innerhalb seiner vertrauten Mauern.

Aber wenn das griechische Heer unsere Stadt erreicht – wozu dienten dann all meine Mühen?"

„Das wird niemals geschehen", entgegnete Hasan fest.

„Unser Heer wird standhalten, und Persepolis wird niemals fallen. Du lässt eine unbegründete Angst dein Urteil trüben.

Du und ich – wir sind dazu bestimmt, unsere Familien zu vereinen und das mächtigste Handelshaus dieser Länder zu schaffen.

Mit deinen weitreichenden Verbindungen und den Bündnissen meiner Familie in den angesehensten Institutionen können wir ein Vermächtnis schmieden, das über Generationen hinaus Bestand hat."

Hasans selbstsichere Gewissheit über unsere gemeinsame Zukunft traf mich unvorbereitet; von solchen Versprechen oder geheimen Abmachungen hatte ich nichts gewusst.

„Hasan, ich schätze Ihr Angebot und fühle mich geehrt", antwortete ich mit einer Stimme, in der Dankbarkeit und Ungewissheit miteinander rangen. „Doch ich kann keine Ehe in Betracht ziehen, ohne das Versprechen wahrer Liebe entdecken zu dürfen. Ich bin mir sicher, mein Vater würde mich niemals wie eine Ware behandeln, die man wie einen orientalischen Teppich verhökert.

Die tiefe Liebe, die meine Eltern verband, ist mir eine ständige Quelle der Inspiration.

Glauben Sie nicht an die Macht der Liebe – über alles andere hinaus?"

Hasan stieß ein kurzes, bitteres Lachen aus. „Meine Familie hat ihre Stellung nicht dadurch erlangt, indem sie törichte Träumer hervor brachte", erwiderte er. „Du bist ja ein schönes Unheil das vom Himmel fiel. Hätte deine Mutter deine Familie nicht mit in die Unterwelt gerissen, wäre der Ruf deines Vaters heute zehnfach größer. Eure Blutlinie hat dem ganzen Königreich Persiens den Kopf abgeschlagen. Und du sprichst von Liebe in der Ehe? Wie naiv! Vielleicht sollte ich dir zwei kleine Kätzchen an unserem Hochzeitstag schenken – sie passen zu deinem kindischen Gemüt und sind wohl die einzige Liebe, die deiner Herkunft noch gebührt."

Wie versteinert stand ich da; die Welt um mich löste sich in ohrenbetäubender Stille auf.

Wie konnte der Mann, der mir eben noch gütig erschien, sich in diesen unberechenbaren Fremden verwandeln?

„Warum sind Sie plötzlich so gehässig, Hasan?", brachte ich mühsam hervor.

„Was meinst du mit gehässig?", entgegnete er spöttisch.

Er schnaubte verächtlich, seine Augen verengten sich. „Du hast deine Komplimente bekommen – was willst du noch? Ich tue dir einen Gefallen, indem ich dich auf den Boden der Wirklichkeit zurückhole. Du und ich – wir sind füreinander bestimmt. Also lass mich dir zeigen, wer du wirklich bist."

Mit einem plötzlichen, überwältigenden Ruck riss er mich zu Boden.

Sein Gewicht presste mich nieder, nahm mir den Atem. Kein Laut wollte über meine Lippen kommen.

Mein Körper schien von Blei durchzogen, und das gebrochene Geräusch, das aus meiner Kehle drang, erfüllte mich mit Grauen. Ich spürte mich kaum noch, und doch dehnte sich meine Qual in zäher Langsamkeit endlos aus.

Eine Hand legte sich über meinen Mund, während die andere gewaltsam mein Kleid hochriss und meine Unterkleider zerfetzte. Sein verschwitztes Gesicht presste sich auf meines, sein Atem drang in mich — roch nach faul-süßem Wein, der sich wie Gift in meine Lungen schlich.

Ich ließ meinen Blick auf den Lavendelblüten ruhen, die neben meinem Kopf herabhingen, und stellte mir vor, wie Momom sie pflückte, um daraus einen Blütenkranz zu winden – geschmückt mit Gänseblümchenknospen und leuchtenden Mohnblüten. Wir würden barfuß auf den Lehmpfaden gehen, im warmen Sonnenlicht baden und gemeinsam kichern.

Ein wilder Schmerz explodierte in meinem Innern, als er mich aufriss, während er in mich eindrang.

Ich spürte sein pulsierendes Fleisch in mir, getrieben von Ekstase, bis er sich in einer Welle der Entladung dehnte, die mich in die Dunkelheit schleuderte, als ich den Samen dieses Mannes empfangen musste.

Als er sich erhob, sagte er: „Es wurde Zeit, dass ich dich zu einer Frau mache. Vergiss nicht, wer du bist." Dann ging er davon.

Ein brennendes Feuer blieb in mir zurück – das einzige, was ich noch fühlte inmitten meiner völligen Leere.

Ich hob den Blick zu den Sternen, als könnte ich mich in ihr Licht verweben – Faden um Faden, bis nichts von mir blieb.

Allmählich nahm ich meine Umgebung wieder wahr: den harten Boden unter mir, den unschuldigen Duft des Lavendels, der meine Sinne beruhigte, und das ferne, aufgeregte Stimmengewirr, das aus dem Bargh drang.

Langsam erhob ich mich, mein Blick verbunden mit dem klebrigen Fleck aus Blut und Flüssigkeit auf dem Kleid meiner Mutter.

Ich sammelte meine Kräfte und machte mich auf den Weg nach Hause.

Als ich ankam, war das Chaos bereits ausgebrochen.

Besorgte Gesichter füllten den Hof, die Augen geweitet vor Angst und Fassungslosigkeit.

Inmitten des Tumults lag mein Vater, sein Körper von heftigen Krämpfen geschüttelt. Schaum trat aus seinem Mund, während seine Augen nach hinten rollten und nur das Weiße sichtbar blieb.

Ich schrie auf – vor Schock und Verzweiflung – und stürzte zu ihm, doch bevor ich ihn erreichen konnte, stieß mich Ibn Butlan mit Nachdruck zurück.

„Er leidet an einem schweren Tashanjīdan!", rief Ibn Butlan. „Bleibt zurück – rührt ihn nicht an!"

Mein Herz raste, während ich hilflos dastand und zusehen musste, wie sich sein Körper weiter unkontrolliert verkrampfte.

Sein Kopf schlug mit dumpfem Laut auf die kalten Fliesen, und ein entsetztes Keuchen ging durch die Menge.

Schließlich ließen die Zuckungen nach, und er blieb reglos und bewusstlos am Boden liegen.

Tränen liefen mir über das Gesicht, während ich nach der Hand meines Vaters griff, in der Hoffnung, dass alles gut ausgehen würde.

Ibn Butlan übernahm rasch das Kommando. „Ich werde seinen sofortigen Transport zum Institut veranlassen", verkündete er.

Mit Hilfe seiner jungen Gehilfen wurde mein Vater behutsam auf eine große Trage gehoben und zu Ibn Butlans wartender Kutsche getragen.

Wenige Augenblicke später verschwanden sie in der Nacht und ließen mich zurück – verloren, überwältigt und leer.

Noch benommen, sah ich, wie Ruth auf mich zutrat. Sie flüsterte mit eingeübtem Mitgefühl: „Was für eine tragische Wendung dieser Nacht."

Verzweifelt nach einer Erklärung suchend, fragte ich mit zitternder Stimme: „Was ist mit ihm geschehen? Hatte er Schmerzen?"

„Oh – wir waren in ein Gespräch vertieft, erinnerten uns an Vergangenes", seufzte Ruth. „Als wir bemerkten, dass mein Mann deine Bestellung in der Apotheke ausführte, die einst seiner verstorbenen Frau gehörte, wurde dein Vater sehr aufgewühlt. Vielleicht waren die heraufbeschworenen Erinnerungen einfach zu viel für ihn."

Lichtpunkte tanzten vor meinen Augen, während Tränen meinen Blick verschleierten. „Ich habe Hasan im Vertrauen von dieser Bestellung erzählt, und er schwor, Vater nichts davon zu sagen", gestand ich, die Stimme brüchig vor Schuld und Sorge.

„Ach, meine Liebe!", rief Ruth aus, ihr Gesicht eine kunstvolle Mischung aus aufgesetzter Überraschung und Anteilnahme. „Mein Neffe würde sein Wort natürlich niemals brechen. Aber er erwähnte die seltsamen Bande, die uns alle zu verknüpfen scheinen, kurz bevor wir zu deinem Fest kamen. Woher hätte ich dann wissen sollen, dass du Geheimnisse vor deinem Vater hast!"

Ich konnte nicht länger in ihrer Nähe bleiben und trat zurück, erdrückt von Reue und Sorge, die in mir aufstiegen.

Am anderen Ende des Hofes sah ich Mr. Xaos Gesicht – gezeichnet von Schmerz, die Augen fest auf mich gerichtet, während er sich durch die verwirrte Menge zu mir bewegte.

Ich konnte seinem Blick nicht begegnen; alles, was ich fühlte, war Scham. Ich war ein Unheil, ich war ein nichts.

Das grelle Licht und das Murmeln der Stimmen wurden unerträglich, und so glitt ich in die Schatten davon, hinauf in meine Gemächer.

Dort verblieb ich in Schwerelosigkeit, außerhalb der Grenzen der Zeit, und opferte mich dem Altar der Einsamkeit.

„Ich bin ein Unheil. Ich bin ein Nichts", donnerten die Worte durch die hallenden Kammern meines Geistes.

Tage und Nächte verschwammen ineinander, ihre Grenzen lösten sich auf im Nebel meiner zersplitterten Existenz.

Ich trieb zwischen Bewusstsein und Leere, zersprungen wie eine Kristallschale, deren Splitter sich ins Unauffindbare verstreuten.

Ein unablässiger, rauschender Schmerz kroch durch meinen Körper – ein ständiges Mahnmal meines zerbrochenen Zustands.

Jeder Moment war ein Kampf, während ich mit den Bruchstücken meines Seins rang, verzweifelt auf der Suche nach einem Weg, das Zerbrochene zu heilen.

zersplittert

„Steh auf!", sagte Sie.
„Steh auf, Azaleha!", hallte ihre Stimme wider, immer und immer wieder.
„Lass nicht zu, dass sie über dich richten! Steh auf!"

„Ich will verbrennen, Ma", flüsterte ich.

„Gib nicht auf. Deine Zeit ist noch nicht gekommen.
Glaube nicht an das, was Du nicht bist.
Geh tief in deine Dunkelheit, ganz tief hinein.

Finde die goldene Spirale – das Wesen deiner Lebenskraft – und erhebe dich durch sie.

Du bist das ewige Tor. Erinnere dich an die Schlange in dir.

Steh auf, mein Liebes."

Ihre Stimme zog mich sanft aus der Dunkelheit, sammelte meine zerrissene Energie ein und strich über die zerfetzten Schichten meines gebrochenen Selbst.

Am fünften Tag stand ich auf und verließ meine Gemächer.

Ich betrat die Apotheke, um meine Schulden zu begleichen.

Der süße Duft der kräftigen Naturheilmittel empfing mich wie eine gute Freundin.

Ein duftendes Leuchten der Reinheit schien die Apotheke zu erfüllen.

Furak stand am Fenster und ordnete Glasfläschchen auf dem oberen Regal, als beim Öffnen der Tür das feine Glöckchen erklang.

Als er mich sah, hielt er inne, und in seinen Augen lag stille Freude und Erleichterung – als wäre etwas zu ihm zurückgekehrt, das er längst verloren geglaubt hatte.

Ich verneigte mich respektvoll und wünschte ihm einen gesegneten Tag, den Blick noch auf den Boden gerichtet.

„Ich bitte um Verzeihung für meine Verspätung", begann ich mit schwerer Stimme. „Ich bin gekommen, um meine Schuld für das Elixier meines Vaters zu begleichen.

Leider wird es ihm nicht mehr zugutekommen – er steht nun unter der dauerhaften Obhut des Instituts der Ärzte."

Furak trat mit einem Ausdruck tiefen Bedauerns auf mich zu.

„Es schmerzt mich zu hören, was geschehen ist, Azaleha. Man sprach in der Stadt über die Unruhe auf deinem Geburtstagsfest."

Ich hielt den Blick gesenkt. „Ich nehme an, deine Frau könnte jedes Detail schildern. Du bist jedoch nicht an ihrer Seite erschienen."

„Ich fühlte mich nicht persönlich eingeladen, *maim Khanum*", erwiderte er leise. „Ich hätte es nicht gewagt, euer Haus zu betreten und den Boden alter Erinnerungen aufzuwühlen."

„Verzeih; es steht mir nicht zu, zu fragen. Doch weshalb wählen du und deine Frau so unterschiedliche Kreise? Geht man in einer Ehe nicht jeden Weg gemeinsam?"

Er wies mir einen Platz auf dem grünen Samtdivan, setzte sich selbst auf den Holzschemel. Sein Blick war offen, und doch lag ein feiner Schatten von Traurigkeit darin.

„Du darfst fragen", sagte er. „Seltsam – du kommst mir vertraut vor, wie ein Teil meiner eigenen Seele. Die Essenz Deiner Mutter hat mich einst in meine Bestimmung geführt, und du trägst dieses Energiefeld auf Deine Weise weiter. Spürst du, wie deine Gegenwart alles um dich in Schwingung versetzt?"

„Nein, nicht im Geringsten", antwortete ich und schüttelte bescheiden den Kopf.

„Das kann ich gut glauben", fuhr er fort. „Wir spüren die Wellen in unserer Umgebung, doch kaum das eigene Zentrum. Alles Erleben erwächst aus dem Echo dessen, was zu uns zurückkehrt – aus den Spiegelungen, die uns antworten. Verstehst du, Azaleha? Es ist erstaunlich, wie stark wir andere Wesen empfinden – doch uns selbst kaum.

Deine Energie ist dicht und kraftvoll. Wenn du einen Raum betrittst, verändert sich seine Stimmung. Deine Präsenz beruhigt die Seele, sie nährt und besänftigt. Doch was den einen nährt, kann den anderen berauschen – darum teile deine Energie mit Bedacht."

Ich hob den Kopf, und Furak begegnete sofort meinem Blick. Seine Worte waren bedacht und von Gewicht – jedes sorgfältig gewählt, als solle es in der Tiefe meiner Seele nachhallen.

„Energieübertragung folgt einem unumstößlichen Gesetz – deine Mutter hat es mich gelehrt. Alle Elemente, die denselben Raum teilen, beginnen, ihre Schwingungen aufeinander abzustimmen. Das ist Naturgesetz, dem niemand entkommt. Esther wusste um die Bedeutung, die Frequenz ihrer

Umgebung bewusst zu bestimmen – und ihre Gefährten mit größter Sorgfalt zu wählen."

Er schwieg einen Moment, als müsse er die Worte aus seinem Inneren sammeln, ehe er fortfuhr, nun mit schwererer Stimme:

„Ich bin vom Schicksal begünstigt – und doch sind meine Umstände von absurder Grausamkeit. Als in jener Nacht die Flammen unser Leben verschlangen – als alles, was zählte, alles Wahre, zu Asche zerfiel –, blieb nur Leere zurück, die mich ebenfalls verschlang.

Das Verschwinden der alten Apotheke, jenes Ortes, an dem einst Struktur und Sinn wohnten, hinterließ eine vibrierende Stille, die mich aufsog und mein inneres Nichts noch vertiefte.

Ohne ihre Ordnung begann die Energie zu toben – ein Strudel, der mich beinahe mit sich riss.

Ich musste die Apotheke wiederaufbauen – um diesen heiligen Ort und zugleich mich selbst zu retten. Doch ich hatte keine Mittel, kein Geld.

Da trat Ruth in mein Leben, als hätte sie meinen stummen Hilferuf vernommen. Sie bot mir ihre Mittel und Möglichkeiten an und zog mich aus dem Abgrund. Ihre Gegenwart linderte meine Einsamkeit. Vielleicht war ich ein junger Narr, doch damals erschien mir unsere Verbindung wie Liebe. Durch ihre Unterstützung konnte ich endlich meinem Herzensruf folgen, und wir besiegelten unser Bündnis.

Nun aber fürchte ich, in einem Netz aus Verpflichtungen gefangen zu sein, aus dem es kein Entrinnen gibt. Ich schulde Ruth mehr als nur eine große Summe Geldes – und ich fürchte, ich werde sie nie zurückzahlen können, weil ich nicht der bin, der ihre Sehnsüchte erfüllen kann. Doch wenn ich sie verlasse, nimmt sie mir diesen Ort.

Verstehst du, Azaleha – ich bin ihr ergeben, und sie weiß, dass ich an ihre Wünsche gebunden bin. Ich habe einen Pakt geschlossen – und ich werde ihn erfüllen."

„Du hast dein ganzes Sein darauf verwendet, diesen Grundteil deines jetzigen Lebens zu errichten?" fragte ich, das Ringen seiner Entscheidungen spürend.

Er nickte leicht. „So habe ich es nie gesehen, doch ja – du hast recht.

Nach Isaacs Tod, und später dem deiner Mutter – Gott segne ihre Seele – zog ich mich aus unserer Welt zurück. Wer sonst hätte das Vermächtnis unserer Studien fortführen sollen? Wir erschufen ein Reich der Heilkunst, wie es die Welt zuvor nicht gekannt hatte – ein Geflecht aus Wissen, das unser Dasein verwandelt hat.

Ich bin der Einzige, der dieses Wissen noch bewahrt. Soll die Hüterschaft der Heilkunst den Fähigsten anvertraut werden – oder jenen, deren Reichtum ihnen erlaubt, die Wissenschaft zu beherrschen?"

Ich sann über Furaks Worte nach und erwiderte schließlich: „Diese Fragen sind unmöglich zu beantworten. Du hast nach deinem Glauben gehandelt und nach den Möglichkeiten, die dir damals offenstanden. Doch du wirst nie wissen, was geschehen wäre, hättest du einen anderen Weg gewählt. Vielleicht hast du diesen Pfad eingeschlagen, weil du keinen anderen sahst – und dir die Mittel fehlten, deine Sehnsucht zu verwirklichen. Doch wer weiß, ob das die ganze Wahrheit war? Wir können nur hoffen, dass es in jenem Moment schlicht die beste Entscheidung war, die du treffen konntest."

Furak sah mich an, versunken in Gedanken. „Was tue ich hier, Azaleha?" murmelte er. „Was tue ich hier…"

Dann hob er den Kopf, als wäre ein Funke in ihm aufgeflammt. "Ich verwandle die Elemente, forme sie zu Neuem," rief er plötzlich.

„Durch vollendete Beherrschung bändige ich die Kräfte, die in ihnen wohnen."

Ein bislang unbekannter Teil in mir schien bei seinen Worten zu erwachen, und ein Strom tiefen Verstehens durchflutete mich.

„Wenn du dir bewusst wirst, wie du den Fluss der Energien lenken kannst, beginnt das Schöpfen", fügte ich an, seinen Gedanken weiterführend.

„Anfangs erschaffst du, indem du bereits Bestehendes verwandelst. Doch je tiefer du in die Alkemya der Verwandlung eintauchst, desto deutlicher erkennst du: Alles ist von Natur aus wandelbar. Jede Form ist aus einer anderen hervorgegangen und wird sich in eine neue verwandeln – jeder

Samen treibt zu einem Baum, jede Wolke verdichtet sich aus Dampf, und jedes Lebewesen entsteht aus Blut und Materie.

Es ist die göttliche Alkemya, jene Kraft der Quelle, die unaufhörlich Form und Energie ineinander verwandelt. Verwandlung ist göttliche Intelligenz."

Furak nahm den Faden unseres Gedankens auf.

„Wenn wir lernen, etwas aus dem Nichts zu erschaffen, gibt es keine tiefere Verbindung zum Göttlichen, als wenn wir unsere eigene schöpferische Kraft berühren. Was könnte ein erhabeneres Erlebnis sein, als uns selbst als unendliche Schöpfer zu erkennen?"

Da entfaltete sich in mir eine längst vergessene Erinnerung. „Ich erinnere mich an einen Traum", sagte ich leise.

„Es war die Vision eines Funkens – der gesamte kosmische Fokus in einem einzigen Punkt.

Dieser Funke begann zu pulsieren, sich zu teilen, unendlich zu vervielfältigen, Galaxien um Galaxien von Welten zu erschaffen – jede einzelne vollendet gestaltet, in die der Funke sich selbst verlor, um sich selbst zu erkennen."

„Ein Funke, der alles aus dem Nichts hervorgebracht hat?" Furaks Stimme klang fern, doch mit meiner Erinnerung verflochten.

„Getrieben von reiner Sehnsucht? Willst du sagen, dass Gott etwas aus dem Nichts erschaffen hat? Oder dass Gott das Nichts ist, das Etwas erschafft?"

Die Vorstellung, dass das höchste Sein unserer Existenz das Nichts sein könnte – ein leerer Raum – war für uns beide schwer zu begreifen.

Der Gedanke, dass Gott einer Leere gleichzusetzen wäre, einer Abwesenheit aller Substanz und doch der Summe allen Potenzials, stellte unser Verständnis des Göttlichen zutiefst in Frage.

„Du bist Nichts", hallte das Echo einer tiefe Stimme in meinem Kopf wider.

Furak schwieg einen Moment, bevor er antwortete:

„Ich verstehe jetzt, was du meinst. Vielleicht können wir alle unsere Herkunft bis zu jenem ersten Funken zurückverfolgen – und uns an unsere wahre Natur erinnern: an die schöpferische Kraft, die sich selbst durch Schöpfung erfährt.

In diesem Prozess formen wir unseren Willen – wir gestalten Energie zu Materie."

„Wir beginnen diesen Schöpfungsprozess, indem wir verschiedene Werkzeuge nutzen, und Geld ist einfach eines davon. Es hilft uns, unsere Wünsche zu verwirklichen und unsere Absichten zu materialisieren. In gewisser Weise wird Geld zu einem Werkzeug, das Nichts zu Etwas verwandelt. Deshalb kann man Geld als eine Form von Energie betrachten", fügte er hinzu.

„Ja", stimmte ich zu. „Doch Geld an sich ist neutral. Es trägt keine Bedeutung, bis wir ihm eine geben und es in unsere schöpferischen Bestrebungen einbeziehen. Es scheint ein nützliches Werkzeug zu sein, um in den frühen Stadien zu lernen, Energie zu lenken und zu beherrschen – um Schöpfung hervorzubringen, die unserem Willen folgt.

Doch es ist entscheidend, dass wir uns ehrlich fragen, was die höchste Wandlung dieser Energie wäre – und wie diese von Natur aus neutrale Kraft zur Quelle wahrer Inspiration werden kann."

„Wenn Schöpfung aus unserem Inneren entspringt," fuhr Furak fort, „dann wird Geld zu einem äußeren Spiegel dieses inneren Prozesses.

Je weiter wir uns entwickeln und uns unserem göttlichen Wesen annähern, desto weniger werden wir äußere Hilfen brauchen – und desto mehr verkörpern wir das Wesen der schöpferischen Energie selbst. Je höher unsere Seelen sich entfalten, desto weniger sind wir auf die Elemente der Welt angewiesen."

Von unserem Gespräch ganz gefesselt, rief Furak aus:

„Der nächste entscheidende Schritt besteht darin, unser innerstes Wesen zu erkennen – unabhängig von den äußeren Umständen.

Wir müssen verstehen, wer wir sind, gleichgültig gegenüber unseren Abhängigkeiten und Besitztümern.

Sobald wir mit den Werkzeugen der Welt erschaffen haben, müssen wir lernen sie loszulassen.

Besitzdenken trägt eine verdichtete Energie in sich; sie nährt die Angst vor Verlust und schafft eine Kluft in unserer Verbindung zum kosmischen Vertrauen.

Eine Ansicht von Trennung zwischen uns und dem, was uns umgibt, entfremdet uns nur von der wahren Erkenntnis unseres Selbst.

Alles, was wir besitzen, besitzt auch uns – jede Bindung ist ein Kreis.

Darum sollten wir mit Bedacht wählen von welchen Dingen wir besessen sein wollen", fuhr Furak fort, und seine Worte hallten tief in mir nach.

Während wir beide das Gewicht dieser Erkenntnis in uns aufnahmen, legte sich eine tiefe Stille über uns.

Trotz der Last, die ich trug, fühlte ich mich erhoben – ein belebendes Gefühl von Klarheit erfüllte die Leichtigkeit unserer Verbindung.

Ich lächelte ihn an, erwärmt von dem stillen Verstehen zwischen uns.

„Genau das ist das wahre Wesen der Alkemya", sagte ich.

„Die Fähigkeit, die Energien um uns zu dirigieren und zu verwandeln – zu erschaffen aus einem Ort reiner Absicht und innerer Übereinstimmung."

Furak nickte erneut, seine Augen leuchteten vor neu erwachter Inspiration.

„Ich bin dir zutiefst dankbar für dieses Gespräch, Azaleha. Es hat mir neue Horizonte eröffnet.

Bitte betrachte die Medizin für deinen Vater als Geschenk von mir. Es ist das Mindeste, was ich dir im Gegenzug geben kann."

Nach einem langen Moment des Schweigens fuhr er fort:

„Ich wünschte, ich hätte damals sehen können, was ich heute sehe. Oder vielleicht fehlte mir einfach der Mut."

„Wissen allein kann dich nicht davor bewahren, dich verloren zu fühlen", antwortete ich sanft.

Ein flüchtiger Ausdruck von Neugier huschte über Furaks Gesicht, als er fragte:

„Wie kommt es, dass du in so jungen Jahren eine so tiefe Weisheit besitzt, Azaleha? Woher stammt die?"

Seine Frage traf mich unvorbereitet.

„Ich kann dir darauf keine klare Antwort geben", erwiderte ich. „Ich weiß nicht, woher ich weiß, was ich weiß. Es entspringt nicht äußeren Quellen oder Lehren. Für mich gleicht Wissen eher einem Gefühl – einer Schwingung, die mit zeitlosen Wahrheiten in Resonanz steht."

„Du wirkst wie ein Geist aus einer anderen Zeit – ganz wie deine Mutter", bemerkte Furak.

„Wie konnte Esther ein Gerät erschaffen, das unserem Verständnis so fremd ist? Sie hat den Resonator nicht erfunden – sie hat sich an ihn erinnert. Esther sagte, sie könne die Frequenzen hören und müsse den Resonator nur auf die Melodie in ihrem Inneren einstimmen.

Diese außergewöhnliche Gabe wohnt nicht in meinen eigenen Zellen, und auch niemand sonst besitzt sie", fuhr er fort.

„Welch Tragödie, dass er im Feuer verloren ging", seufzte ich, von Niedergeschlagenheit erfüllt.

Furak sagte leise, fast beiläufig:

„Ich habe ihn im Hinterraum aufbewahrt."

Ich starrte ihn fassungslos an und rief:

„Du… du hast den Resonator meiner Mutter gerettet?"

„Das war unmöglich", sagte Furak mit einem leisen Lachen. „Aber ich hatte ihn schon einmal gebaut – also baute ich ihn ein zweites Mal."

Dann fügte er hinzu: „Möchtest du ihn sehen?"

Ich konnte meine Aufregung kaum verbergen. „Ob ich möchte? Natürlich will ich das!" platzte es aus mir heraus.

Furak führte mich durch den schweren Vorhang in sein Hinterzimmer.

Dort stand vor mir das erstaunliche Meisterwerk, geschmiedet aus Kupfer und Granit – das kunstvollste Gebilde, das ich je gesehen hatte.

Voller Erwartung trat ich näher und setzte mich vor den Resonator.

Behutsam stellte Furak meinen Fuß auf das Podest und drehte eine kleine Kammer – ein tiefer, allumfassender Klang erfüllte den Raum.

Ehrfürchtig stand ich da, gefesselt von der Wucht der Resonanz.

Meine Finger glitten wie von selbst über die Saiten, passten den Ton leicht an, bis ich ihn fand – jenen Klang, der durch mein ganzes Wesen vibrierte.

In diesem Moment war es, als würde ich über Raum und Zeit hinausgehoben, eingehüllt in eine Sphäre jenseits dieser Dimension. Ich war umgeben von einem ewigen Summen – einem Laut, der sich anfühlte wie Heimkehr.
Plötzlich flüsterte eine sanfte Stimme:
„Du bist nichts. Du bist ein Unheil. Bleib in der Dunkelheit, bis du sehen kannst."

Der Klang verhallte allmählich, und ich spürte die feine Berührung von Furaks Fingerspitzen auf meiner Schulter.
Ein Strom von Lebenskraft durchzuckte mich – ein elektrischer Ausbruch, gefolgt von tiefer Erleichterung.
In diesem Moment spürte ich ein Flattern in meiner Brust und wusste, dass sich ein Knoten aus Trauer gelöst hatte.
Ich begriff: Furak besaß die Gabe heilender Hände.

Tränen liefen mir über das Gesicht, während all das, was mich innerlich zerrissen hatte, aus mir wich.
Ich stand auf und fiel in Furaks Arme, überwältigt von dem Trost, endlich gehalten zu werden.
„Was ist mit dir geschehen, Azaleha?" flüsterte er leise.
„Kindshure! Was soll das?" fuhr Ruth wütend auf und riss den Samtvorhang zur Seite.
Betäubt von ihrer Wut glitt ich hinaus auf die Straße.

9

Quecksilber

Der Monat Aban, der achte des Jahres, hatte begonnen.
Alles ist Energie.
Alles ist Bewegung.
Ich bin nichts.
Alles ist verbunden.
Alles reagiert.
Alles ist Kommunikation.
Alles Wissen hallt im Äther wider. Ich muss meine Stille hören.

Einundzwanzig Tage lang blieb ich in meinen Gemächern eingeschlossen und verließ sie nur, um meinen Vater im Institut der Ärzte zu besuchen – vergeblich.

Trotz meiner wiederholten Versuche wurde mir der Zutritt zu den Heilräumen verweigert, unter dem Vorwand, man sorge sich um die Schwäche meines Vaters.

Man sagte mir, er sei „überwältigt von meiner Anwesenheit", „zu erschöpft von den Blutspülungen" oder „nicht ansprechbar und solle daher nicht gestört werden".

Der kalte, berechnende Blick von Ibn Butlans Gehilfen verriet mir alles, was ich wissen musste.

Man hielt mich absichtlich fern von meinem Vater – wie ein Hindernis, das man strategisch beiseiteschieben musste.

Der gierige Schlund der wissenschaftlichen Institutionen hatte ihn verschlungen – sein Körper stand nun unter der Kontrolle der Ärzte, sein Geist unter dem Einfluss von Hasan und Ruth, die beide meine Machtlosigkeit wie eine Waffe gegen mich richteten.

An einem frischen Morgen traf ein Brief ein, mit zittriger Hand geschrieben und von ihm selbst unterzeichnet.

Azaleha, mein geliebtes Licht,

mein Herz ist ruhig, im Wissen, dass du in der Obhut des ehrenwerten Hasan gut versorgt bist,

wie er mir täglich versichert.

Er übermittelt mir deine Grüße und versichert, dass er dich vor weiterem Leid schützt – so, wie es einem Mann gebührt.

Ich freue mich von Herzen, dass ihr beschlossen habt, eure Zukunft zu vereinen.

Ich verstehe, dass du mich in meinem geschwächten Zustand nicht sehen willst.

Ich hoffe, dass die Erinnerung an mich dir stets ein Quell des Stolzes bleibt,

denn ich bin gewiss, dass ich bald in den Armen deiner Mutter sein werde.

Als Beitrag zu deiner Zukunft und der deines künftigen Ehemanns habe ich Hasan die Vollmacht erteilt, unsere Geschäfte zu vereinen –

um dich von deiner Last zu befreien und wieder Frieden in dein Herz zu bringen.

Möge dein Weg für immer gesegnet sein, mein liebes Licht.

In tiefster Liebe,

Dein Vater.

Draußen vor meinen Gemächern pulsierte das Leben weiter; die Welt drehte sich treu ohne mich.

Abgeschnitten von allem um mich herum verlor ich meinen Appetit und spürte oft krampfartige Schmerzen, die sich durch meinen Leib zogen.

Ich glitt in fiebrige Träume hinein und wieder hinaus, unfähig zu unterscheiden, ob ich wachte oder träumte, benommen von Schwindel und Schwäche.

Mein Herz rief nach ihm.

Sein Gesicht tauchte immer wieder vor meinem inneren Auge auf, und ich wischte es fort – wie ein Mandala aus Sand.

Doch mein Herz gab nicht auf, rief ihn immer wieder, steigerte seine Sehnsucht, klammerte sich an den einzigen Anker, den es in dieser weiten Leere kannte.

Am zweiundzwanzigsten Tag klopfte Furak an meine Tür und trat in mein Nichts.

Im Lichtstrom, der aus meiner Tür floss, zeichnete sich seine große, schlanke Gestalt ab.

Als er mich zusammengerollt auf dem Diwan sah, trat er näher, seine warmen, forschenden Augen auf mich gerichtet.

Obwohl Müdigkeit an ihm haftete, blieb er gefasst.

Ich deutete ihm, sich auf den Diwan neben meinem zu setzen, und wir saßen lange schweigend da.

„Ich wollte mich schon früher bei dir melden, Azaleha", sagte er schließlich. „Doch ich musste erst warten, bis sich die aufgewühlten Gefühle gelegt hatten. Ich will dir kein Leid bringen und dich in keine Ungerechtigkeit verwickeln, die auf Vermutungen beruht. Offen gesagt glaube ich, dass du ein Licht trägst, das geschützt werden muss – und mein bester Dienst für dich ist, sicherzugehen, dass ich dir keinen Schaden zufüge. Wer sorgt jetzt für dich, Azaleha?"

„Die Loyalität meines Vaters, einst mein sicherer Hafen, ist durch seine Angst zu Gift geworden", erwiderte ich. „Sie hat ihn zu der Überzeugung geführt, dass jemand für mich sorgen müsse. Gott segne ihn – ich weiß, seine große Liebe zu mir nährt diese Angst und vernebelt sein Urteil."

Furak dachte einen Moment lang über meine Worte nach, bevor er fragte:

„Was kann ich für dich tun?"

In meinem Kopf schwirrten unzählige Möglichkeiten, die mir Erleichterung bringen könnten, doch mein Herz blieb leer.

„Ich glaube, was ich wirklich brauche, ist das Gefühl, eine Wahl zu haben – wirklich über mein eigenes Leben bestimmen zu können."

Furak nickte verstehend. „Das kann ich gut nachempfinden. Auch ich kenne dieses Gefühl. Es sollte immer eine Wahl geben, und doch scheint das Leben ein Schattenspiel zu inszenieren, das uns glauben lässt, es gäbe keine."

„Warum verachtet mich Ruth, Furak?", fragte ich, meine Stimme schwer vor Traurigkeit.

Furak betrachtete mich einen Moment lang, bevor er antwortete:

„Ruth kann dich nicht verachten, Azaleha, denn sie kennt dich nicht. Was sie in dir sieht, ist vielleicht alles, was sie in sich selbst nicht zu sehen vermag. Das weckt ein Verlangen in ihr, das sie nicht versteht und das sie quält – also kämpft sie gegen dieses Gefühl, indem sie gegen dich kämpft."

Er hielt inne und fuhr leise fort: „Es tut mir leid. Ja, sie war außer sich vor Zorn und hat mich beschuldigt, dich zu lieben. Doch was sie wirklich spürt – und beneidet –, ist, wie tief ich dich achte und ehre. Sie ist von Eifersucht verzehrt und glaubt, du würdest mich von ihr trennen, weil sie tief in ihrem Herzen weiß, dass zwischen uns keine wahre Verbindung besteht.

Unsere Worte sind nicht ehrlich, und unsere Wesen schwingen nicht mehr im Einklang. Es ist leichter für sie, eine äußere Kraft für den Zerfall unserer Bindung verantwortlich zu machen, als der Wahrheit zwischen uns ins Auge zu sehen. Leider ist es einfacher für sie, ihren Hass und ihre Frustration nach außen zu richten, anstatt dem Schmerz zu begegnen, der in ihr gärt.

Sie sieht dich nicht, Azaleha – sie verurteilt Dich durch den Schleier ihres eigenen Schmerzes.

Ruth ist in eine Familie hineingewoben, die Status und Kontrolle über alles stellt. In einer solchen Welt wird Liebe in Münzen gemessen – und die Seele verarmt. Ihre Verbindungen gründen auf Macht und Privileg, und so bleibt kein Raum für echte Zuneigung. Jede Generation wächst auf, ohne jene Liebe und Geborgenheit, die zum Leben nötig wären, und sucht die Schuld für ihre eigene Verzweiflung und Minderwertigkeit bei anderen.

Dieser ererbte Schmerz innerer Ohnmacht richtet sich nach außen – er zeigt sich als unersättliches Verlangen, die Leere zu füllen, die Verzweiflung durch Macht und Beherrschung anderer zu überdecken. Ruth sehnt sich nach meiner Hingabe, um ihren Wert zu bestätigen, und meine Energie wird zu der Kraft, die ihre erschöpfte Lebensquelle nährt."

„Aber wirst du bei ihr bleiben?", fragte ich, neugierig auf seine Absichten. „Ist sie diejenige, der du dich selbst schuldest?"

„Das hielt ich für meine Verpflichtung", antwortete er. „Doch dein letzter Besuch hat diese Illusion zerschmettert. Ich hatte geglaubt, unsere Beziehung sei ein reines Tauschgeschäft, und meine Erfolge – genährt durch ihre Unterstützung – würden ihr letztlich zugutekommen.

Aber ich begriff den wahren Wert meines eigenen Wesens nicht. Ich habe nie über den Wert meiner Seele nachgedacht, oder darüber, wie ich meine Integrität nähren könnte. Ich war blind für den steten Verlust, den ich erlitt, indem ich mich nur nach meinem materiellen Wert bemessen habe. Ich hielt unseren Handel für einen gegenseitigen Austausch. Ich gab ihr meine Energie, und doch schuldete ich ihr weiterhin das Geld. Jetzt erkenne ich, dass dadurch meine eigene Energie langsam versickerte.

Als du die Saiten des Resonators gespielt hast, verschob sich mein ganzes Sein.

So lange war ich von meinem eigenen Wesen abgeschnitten – und plötzlich konnte ich mich wieder spüren. In unserem Gespräch hast du einen Samen in mir entzündet, und er wächst seither unaufhörlich.

Unser Austausch hat meine gesamte Struktur verändert; das habe ich tief gespürt.

Die ganze Zeit war es diese geschwächte Energie, die ich ausstrahlte, die mich von meinen Bestrebungen abhielt – endlich konnte ich es sehen.

Ich war es, der sich wandeln musste.

Um meine Ziele zu erreichen, muss ich mich erheben und die verunreinigte Frequenz klären, die ich aussende."

„Furak, ich bin mir nicht sicher, ob ich dich ganz verstehe", gestand ich.

Er lächelte und fuhr fort:

„Unser Gespräch, Azaleha, war eine Offenbarung für mich.

Es vergrößerte meine Täuschungen und verstärkte dadurch meine Energie.

Selbsttäuschung ist unser wahrer Feind.

Ich fragte mich: *Was ist es, das ich immerzu nicht zu sehen vermag? Es muss direkt vor meinen Augen liegen – aber was ist es?*

Und im selben Augenblick stieg die Antwort in mir auf und offenbarte mir den goldenen Schlüssel, der die ganze Zeit offen vor mir lag.

Da erkannte ich, dass Kommunikation die Macht besitzt, sich gegenseitig durch den Austausch von Energie zu verwandeln. Wohin führt dieses Verständnis? Zu welcher Wahrheit wurde ich geführt?

In diesem Moment begriff ich die Kraft des Quecksilbers, das mit den Elementen interagiert und durch Kommunikation Wandlung einleitet.

Die wandelbare Natur des Quecksilbers bildet eine kraftvolle Brücke zwischen der materiellen und der geistigen Welt – fähig, andere Substanzen zu reinigen und umzuwandeln.

Diese Erkenntnis traf mich mit voller Wucht: Es ist die Aktivierung des Quecksilbers, die die Verwandlung anderer Elemente zu Gold ermöglicht, denn sein Prinzip der Beweglichkeit entzündet die Veränderung sowohl in der materiellen als auch in der geistigen Sphäre.

Wenn alles Teil des Ganzen ist, dann ist das Ganze in jedem Element gegenwärtig.

Das einzigartige energetische Muster jedes Elements bringt seine unverwechselbare Form hervor.

Und was ist diese Energie in ihrem Wesen, wenn nicht reine Information?

In-formieren bedeutet, eine Idee in Form zu bringen – Energie neu zu strukturieren."

Furaks Leidenschaft entflammte, als er fortfuhr:

„Eine Form in eine andere zu verwandeln heißt, Information selbst zu transmutieren – ein Vorgang, der durch Kommunikation in Bewegung gesetzt wird."

Ich konnte Furaks Gedankengang nicht ganz folgen.

„Wonach suchst du eigentlich?", fragte ich.

„Was ich wirklich suche, Azaleha," antwortete Furak, „ist, das vernichtete Geschenk wiederherzustellen und aus dem erlittenen Schmerz die Wahrheit zu destillieren.

Deine Mutter wollte das göttliche Licht des Himmels in den menschlichen Körper bringen – doch die im Dunkel Verirrten verhöhnten sie dafür. Vergib ihnen, denn sie wussten nicht und konnten das Licht nicht sehen.

Esther entfachte einen göttlichen Kristall zu neuem Leben – einen, an den nur sie sich erinnern konnte.

Ich kann nicht sein, was sie war, doch ich kann ihre Spuren zurückzuverfolgen und einen weiseren Weg gehen.

Ich war ein Narr, Tage und Nächte im Hinterzimmer der Apotheke damit zu verbringen, die törichte Idee zu verfolgen, Blei in Gold zu verwandeln.

Ich war auf das Ergebnis fixiert, weil ich glaubte, nichts zu besitzen – und alles erreichen zu müssen.

Meine Besessenheit von diesem Ziel entsprang einer verzerrten Wahrnehmung meines Selbst.

Jetzt aber erkenne ich: Gold hat keinen wahren Wert, wenn ich nicht loslassen und echten Wert verkörpern kann."

Als ich die Richtung von Furaks Reise ganz begriff, stieg eine Flut aus Freude und Traurigkeit in mir auf.

Ich wusste, dass seine Erkenntnis zugleich sein Abschied von dieser Welt bedeuten würde.

„Wenn dir das gelingt – was wird das dann bedeuten?", fragte ich. „Wie wirst du dieses goldene Erwachen in echte Materie verwandeln?"

Furak antwortete: „Ich muss alles loslassen. Wenn ich festhalte, verliere ich; wenn ich loslasse, gewinne ich alles von Wert.

Wenn ich nichts besitze außer meiner Integrität und meinem Frieden, und mich in Reinheit und Hingabe der Tugend verpflichte, dann besitze ich den Reichtum des gesamten Universums.

Esther reichte den Kelch des Wissens, um unseren König in etwas zu formen, das jenseits seines Begreifens lag.

Doch ihr Versagen lag darin, ihn in eine Form pressen zu wollen, die seine Essenz niemals fassen konnte.

Sie konnte nicht akzeptieren, dass wir uns mit den Gezeiten der Welt bewegen müssen – und dass es vieler Lebenszyklen bedarf, um der Menschheit in ihrer geistigen und irdischen Wandlung beizustehen."

„Ich werde den Weg des Beistands wählen, nicht den der Führung – mit Mitgefühl, nicht mit Urteil.

Meine Aufgabe ist es, auf dieser gemeinsamen Reise des Erwachens und Wachsens Orientierung zu geben.

Erlösung zu geben ist eine Illusion; keine Seele kann mit Gewalt ins Licht geführt werden.

Das Geheimnis des göttlichen Lebens liegt in der Selbsteinweihung – im Erwachen der inneren Göttlichkeit durch das Entfesseln des Lichts im Inneren."

„Ich vertraue deiner Vision, Furak", sagte ich,

„und ich glaube an die gemeinsame Reise hin zu einem harmonischen Verständnis unseres wahren Wesens – eingebettet in die fortlaufende Chronik der Zeit.

Am Ende werden wir heimkehren – zu uns selbst."

Ein stechender Krampf in meinem Unterleib ließ mich zusammenzucken, und Furak bemerkte mein Unbehagen.

„Dir ist nicht wohl", stellte er fest.

„Dein Besuch hat mir gutgetan, doch ich bin in eine überwältigende Müdigkeit gesunken – in die Verzweiflung, alles, was mir lieb ist, davontreiben zu sehen", gestand ich.

„Bitte, erlaube mir, deinen Puls zu fühlen", bat er.

Ich reichte ihm mein Handgelenk, und Furak legte es behutsam auf die drei mittleren Finger seiner linken Hand, wodurch sich eine beständige Verbindung zwischen uns bildete.

Mit Zeige- und Mittelfinger der rechten Hand begann er eine sorgfältige Untersuchung meines Pulses.

Er folgte den Energielinien entlang meiner Handfläche, übte sanften Druck auf bestimmte Punkte meiner Finger aus – ein fortwährendes Wechselspiel von Berührung und Antwort, als würde er lauschen, als spräche er in der Sprache meiner Zellen.

Achtsam lauschend, was mein Körper ihm offenbarte, sagte Furak:

„Dein Puls ist unruhig. Dein Körper trägt einen tiefen inneren Konflikt in sich, und deine Gebärmutter steht unter großer Anspannung."

Eine Träne glitt aus meinem Auge.

„Es könnte eine Entzündung sein. Doch meist ist es ein frühes Zeichen einer Schwangerschaft", fuhr er fort.

„Das würde deine Erschöpfung erklären. Aber du bist nicht verheiratet … Azaleha, was ist denn geschehen?"

„Ich träumte, dass ich ein Kind in mir trage. Könnte es sein, dass mein Körper nur auf meinen Traum reagiert?" fragte ich, zu verzweifelt, um meiner Wahrheit ins Gesicht zu sehen.

„Es wäre eher umgekehrt", flüsterte er, seine Stimme erfüllt von Mitgefühl und Verwirrung.

Dann legte Furak meine Hände zwischen seine, schloss die Augen und neigte den Kopf.

Wieder spürte ich die warme Strömung, die aus seinen Händen drang – wie schon bei meinem letzten Besuch in der Apotheke.

Ich schloss die Augen und ließ den Strom des Lebens durch mich hindurchgleiten.

Die Schlange des Lebens schoss zu meinem Scheitel, wand sich kraftvoll hinab durch mein Zentrum und wieder empor.

Vor meinem inneren Auge sah ich, wie meine Wirbelsäule von einer goldenen Spirale aus zähflüssigem Licht umschlungen wurde – ein funkelnder Strom reiner Lebenskraft, der meine innere Lotosblüte erweckte, sie sich entfalten ließ und meinen Körper mit erneuernder Energie durchströmte.

Als ich die Augen öffnete, ließ Furak behutsam meine Hände los.

„Ich fühle mich wie neugeboren – erfüllt von reiner Lebenskraft. Danke, Furak", sagte ich voll Erleichterung.

Er spürte, dass ich Zeit brauchte, um mich zu erden, und schwieg, damit ich zu mir finden konnte.

Plötzlich überkam mich ein unwiderstehlicher Drang, hinauszugehen und durch die Felder zu streifen. Ich sehnte mich danach, mich in den liebevollen Strahlen der Sonne zu baden, die duftende Wärme der Luft einzuatmen und die pulsierende Erde unter meinen Füßen zu spüren.

Furak nahm meine Einladung gerne an, und so machten wir uns auf den Weg durch die leuchtenden Mohnfelder, hin zu den olivenbewachsenen Hügeln.

Die Sonne begann ihren langsamen Abstieg und malte den Himmel in atemberaubenden Farben.

Schließlich erreichten wir den Gipfel eines Olivenhügels und ließen uns nieder, um die Schönheit des Horizonts zu betrachten.

„Wenn du überall hingehen könntest, in welche Richtung würdest du dich wenden?", fragte ich Furak.

„Ich spüre einen Ruf in weiter Ferne, wie eine Spinne, die die langen Knoten ihrer Fäden auswirft", antwortete er. „Ich würde weit nach Westen gehen."

Gleichzeitig wandten wir unsere Blicke dem dunklen Westen hinter uns zu.

Ein seltsames Gefühl durchströmte mich – als würde ich in eine noch ungeschriebene Zukunft blicken, ein leises Wissen, ein feiner Impuls von meiner Seele zu meinem Körper.

Eine Botschaft, zu vage, um sie zu entschlüsseln, und doch ganz gewiss in ihrem Werden.

„Ich weiß, wo man in diesen Landen das feinste Quecksilber findet", bot ich an. „Mein lieber Freund Mr. Xao ist ein Händler mit einer erlesenen Sammlung seltener und kostbarer Substanzen. Erlaube mir, die Mineralien zu besorgen, die du brauchst – als Zeichen meiner Dankbarkeit für die heilende Energie, die du mir geschenkt hast."

Ich spürte, wie Freude in ihm erstrahlte.

„Mr. Xao wird mich am Abend des Miyān-Māh besuchen – komm doch dazu!", schlug ich vor.

Während wir zurück zu den Siedlungen schlenderten, war die Luft angenehm abgekühlt, und am Nachthimmel entfaltete sich langsam ein funkelndes Netz aus Sternen.

Zur Mitte des Monats Aban ließ ich die Küchenbediensteten unsere letzten Köstlichkeiten aus der verborgenen Vorratskammer hinter dem Becken des Koi-Teichs holen.

Ich wollte, dass meine Freunde die letzten unserer Schätze kosten, denn ich spürte, dass dies der Anfang vom Ende war. Zugleich sorgte ich dafür, dass nichts übrigblieb, was Hasan hätte an sich reißen können, wenn er käme, um unsere Güter zu beanspruchen.

Die flackernden Öllampen warfen ein warmes Licht in den Andarouni und tauchten die Pracht der kunstvollen Einrichtung in sanften Glanz. Die Speisen, die ich für unser Abendessen bereitet hatte, waren ein Fest für alle Sinne: zartes Fleisch und feines Gemüse, langsam in duftenden Soßen gegart, kunstvoll angerichtet mit bunten Gewürzen und frischen Kräutern. Knusprig gebackenes Brot wurde begleitet von verschiedensten Dips und Aufstrichen – cremigem Joghurt, würzigen Kräutern. Granatäpfel und Feigen brachten süße Akzente, und eine Auswahl edler Tees und Weine rundete das Mahl vollkommen ab.

Die Reste des Festmahls hatte ich unseren Hausangestellten versprochen.

Mr. Xao und Furak trafen in der kobaltroten Glut des Sonnenuntergangs ein, und wir führten leichte, heitere Gespräche, während wir die Freuden unseres Festes genossen. Der chinesische Weise und der junge Meister der Alkemya fanden rasch zueinander, teilten Geschichten und lachten bis tief in die Nacht hinein.

Um unsere Mägen zu beruhigen, lud ich sie ein, sich auf die Kissen am Kamin zu setzen, und servierte Arak-e Zard-Ālū – unseren selbst gebrannten Likör aus Kiefernharz, Traubenbrand und getrockneten Aprikosen. Er schmeckte nach dunkler Süße und fruchtiger Säure, vollmundig und warm zugleich.

Das knisternde Feuer sprühte helle Funken, die in den Nachthimmel stiegen und sich mit den zahllosen Sternen vermischten, die das himmlische Tuch zierten.

„Welch erhabene Schönheit umgibt unser irdisches Reich", bemerkte ich, gebannt von dem Anblick des schimmernden Gewebes vor uns. „Es ist erstaunlich, wie die beständige Harmonie des Kosmos im Gegensatz steht zu den unaufhörlichen Zyklen von Aufruhr, Schöpfung und Zerstörung in unserer eigenen Welt."

Unser gemeinsamer Blick blieb auf das Sternenmeer gerichtet – die kosmische Wiege des Lebens.

Als Antwort auf unser stilles Staunen begann Mr. Xao zu sprechen:

„Auch wenn es dort oben friedlich scheint, blicken wir in Wahrheit in die Gedanken des kosmischen Schreibers – und werden Zeugen der sich entfaltenden Geschichten des Universums. Wenn wir in den Nachthimmel blicken, sehen wir in das Bewusstsein eines lebenden Wesens – den Geist, der das Universum träumt."

Ich konnte nicht umhin zu fragen:

„Entwickelt sich das Werk des Schreibers, während wir die kosmische Geschichte mitweben, oder ist es bereits Kapitel um Kapitel voraus – und wir spielen nur die Rollen, die uns längst zugeschrieben sind?"

Mr. Xao lächelte wissend.

„Wenn eine Geschichte einmal in Bewegung gesetzt ist, muss sie ihrer eigenen Logik folgen. Doch in jedem Wort, in jeder Tat, liegt ein unendlicher Raum an Möglichkeiten. Die Erzählung unserer Zeit hat bereits ihre Struktur, und wir können ihr Geflecht erkennen, wenn wir zu den Sternen blicken. Indem wir den Kosmischen Schreiber betrachten und seine Sprache der Sternbilder lesen, erhalten wir Einblicke in die großen Urkräfte, die unser Dasein formen.

Wir, die Figuren im himmlischen Spiel, blicken zurück zum Schreiber – und lesen den Kosmos."

„Lesen Sie die Sprache des Himmels, Mr. Xao?", fragte ich. „Würden Sie das himmlische Schriftbild für uns deuten?"

„Das will ich gerne tun, meine Freunde", antwortete er mit ruhiger Stimme.

„Doch wir leben in Zeiten großer Ungewissheit, in Epochen des Wandels, die sich über Länder und Völker legen werden. Es gibt kein Entkommen – aber wir können wählen, wie wir uns den Wellen des Schicksals hingeben: mit Würde, mit Bewusstsein.

Wenn wir das Echo der Sterne in uns selbst erkennen,

wenn wir begreifen, dass die Bewegung des Kosmos in uns weiterklingt,

dann wissen wir, wann wir still beobachten und wann wir eingreifen sollen.

Wir können in den Entwurf der Zeit eintreten,

wenn wir die Sprache der Sterne, Planeten und Himmelskörper lesen

und uns selbst darin erkennen –

als Spiegel des großen Ganzen.

Das Gesetz des Kosmos zu verstehen heißt,

das Bewusstsein seiner Bewegung zu spüren,

die Intelligenz der Schöpfung,

die in jedem Wandel ihr eigenes Gedächtnis schreibt."

Er hob den Blick zum Himmel,

sein Gesicht vom Feuerschein umspielt, und fuhr fort:

„Der Merkur verweilt im Haus des Skorpions

und facht die Winde der Unterwelt an.

Diese Konstellation kündigt eine Zeit tiefer Wandlung an,

geboren aus den Schatten.

Merkur – der Bote zwischen Göttern und Menschen –

spricht aus den Tiefen der Seele.

Unter dem Einfluss des Skorpions verwandelt sich jedes Wort in ein Geheimnis,

jede Wahrheit in ein Flüstern.

In diesen Tagen kann diese Energie

die Spaltung innerhalb des Reiches verstärken."

Seine Stimme senkte sich.
„Pluto und Saturn begegnen einander im Zeichen des Stiers –
ein Zusammentreffen großer Mächte.
Wo Saturn begrenzt, zerstört Pluto, um zu erneuern.
Im Reich des Stiers,
des Symbols für Besitz und Beständigkeit,
kündigt sich der Zusammenbruch alter Strukturen an –
der Märkte, der Herrschaft, der Gewissheiten.
Das ist erst der Beginn einer größeren Verschiebung der Kräfte.
Mit Mars im Widder steigen Zorn und Mut zugleich,
auf den Schlachtfeldern wie in den Hallen der Macht.
Herrscher werden riskanter handeln,
und Gewalt wird als Werkzeug des Willens dienen.
Wir treten in eine Zeit der Furcht und der Prüfungen.
Jupiter und Neptun im Zeichen der Fische
entfesseln die Sehnsucht der Menschen nach Sinn.
Spiritualität erwacht,
doch auch Fanatismus wächst –
denn wo Licht ist,
ist stets auch Schatten.
Und Venus im Schützen
bringt Handel und Bewegung zwischen den Ländern,
doch auch eine wachsende Kluft zwischen Arm und Reich.
Diejenigen, die die Mittel besitzen,
werden Macht über jene haben,
die nur ihr Nötigstes haben.
So beginnt eine Zeit der Ungleichheit und Unruhe."
Er schwieg einen Moment,
dann sprach er leiser, fast traurig:
„Ich halte noch immer an meiner Hoffnung für Persien fest und glaube, dass seine Stärke die griechische Welle des Feuers abwehren könnte.
Doch wenn ich die inneren Zwistigkeiten der Mächtigen sehe und ihre manipulativen Netze aus Worten, fürchte ich, Persien wird von innen

zerfallen,
　　lange bevor es Alexanders Flammen erliegt.

Darum bitte ich euch inständig:
　　Schließt euch mir und meinem Geleitzug an,
　　wenn wir in fünf Tagen aufbrechen."

Ein langes Schweigen legte sich über uns, während wir die katastrophale Botschaft betrachteten, die in den funkelnden Nachthimmel geschrieben stand.

das kosmische Rad

„Mr. Xao", begann ich mit fester Stimme – der Entschluss in mir längst gefasst.

„Ich habe alle Möglichkeiten sorgfältig erwogen.

Ich kann euch nicht begleiten.

Der Weg, den eure Karawane nehmen wird, ist nicht der meine.

Mein Vater hat mein Wohlergehen einem Mann anvertraut, dessen Gleichgültigkeit gegenüber meinem Leben nun neues Leben in mir gesät hat."

Jedes Wort war bedacht gewählt – um Mr. Xao weder Mitleid noch das

Gefühl der Verpflichtung spüren zu lassen, die Last einer schwangeren Frau auf seiner beschwerlichen Reise zu tragen.

„Darüber hinaus, Mr. Xao", fuhr ich fort, „möchte ich Ihnen ein Geschäftsangebot unterbreiten.

Sie sollen das alleinige Anrecht erhalten, unsere gesamte Handelsware von höchster Qualität zum halben Marktwert zu erwerben – unter der Bedingung, dass Sie den gesamten Bestand kaufen."

Seine Augen weiteten sich, ein Schimmer von Neugier und Gewinn spiegelte sich in ihnen.

„Sind Sie sich da ganz sicher, meine Freundin? Wird Ihr Vater nicht außer sich sein?" fragte er vorsichtig.

„Mein Vater", antwortete ich ruhig, doch entschlossen, „wird seine Loyalität mit seinem Urteilsvermögen in Einklang bringen müssen. Die Entscheidungen, die er in Sorge um meine Sicherheit traf, haben mir alles genommen, was mir lieb und teuer war. Nun muss ich mein Schicksal selbst in die Hand nehmen.

Mein Herz schwingt im Rhythmus des Kosmos – und ich gehöre nicht länger zu den Pfaden der Vergangenheit."

Ich erhob mich, und die Überzeugung in meiner Stimme hallte wie ein Schwur durch den Raum.

„Ich verabschiede mich von Ihnen, Mr. Xao, im Wissen, dass unser Reichtum

in den Händen eines wahren Freundes von unschätzbarem Wert weiterbestehen wird.

Ich bekleide weiterhin das Amt der Handelsaufsicht in diesem Haus.

Wie Sie sich erinnern werden, hat mein Vater mir in diesem Jahr die Verantwortung für sämtliche Geschäfte übertragen. Ich besitze die Urkunde mit seinem Siegel – sein letztes Einverständnis.

Und ich werde dafür sorgen, dass für den Mann, der unsere Blutlinie entehrt hat, nichts mehr zu holen bleibt."

Beide Männer starrten mich an, offenbar überrascht von der Kühnheit meines Entschlusses. Doch hinter ihrer Verwunderung lag Anerkennung – Respekt.

In einem stillen Moment gegenseitigen Verständnisses hoben Mr. Xao und ich unsere Gläser und besiegelten unseren Bund mit einem leisen, klaren Nicken.

Als wir den Aprikosen-Arakhu tranken, fügte ich leise hinzu:

„Was meinen Anteil betrifft – Furak soll zuerst alles erhalten, was er für seine Apotheke benötigt.

Erst danach werde ich nehmen, was übrig bleibt."

Mr. Xao reagierte mit sichtlicher Verwunderung und rief: „Was für ein außergewöhnlicher Abend der Offenbarungen! Mein neuer Freund, gibt es bestimmte Pulver, die Sie besonders interessieren?"

Furak erwiderte ruhig und dankbar: „In der Tat, ich bin Azalehas Großzügigkeit zutiefst verbunden. Diese Nacht könnte für uns alle ein Wendepunkt sein. Mr. Xao, wenn Sie gestatten, suche ich das reinste Quecksilber für meine Arbeit."

Mr. Xao wandte sich ihm zu, und ein Schimmer von Erinnerung trat in seine Augen.

„Es scheint, als hätte die Zeit ihren Kreis erneut geschlossen, mein Freund. Wieder stehen wir hier, an diesem Ort, mit derselben Bitte – doch diesmal aus einem neuen Mund. Das letzte Mal, dass ich dieses wertvolle Element aus meiner Ladung handelte, war genau hier, mit der außergewöhnlichen Esther", sagte er, von Erinnerung erfüllt.

„Ich besitze tatsächlich das Quecksilber, das Sie suchen – das feinste, aus dem Land Turan jenseits des Oxus. Und in Anerkennung Ihrer Verbindung zu dieser ehrwürdigen Familie biete ich es Ihnen an. Doch ich bin neugierig – wollen Sie Esthers Alkemya-Trunk fortsetzen, um den Drachen des Lichts zu erwecken?"

Furak dachte kurz nach und antwortete mit ruhiger Aufrichtigkeit:

„Mr. Xao, ich muss offen sprechen. Ja, mein Ziel ist es, Esthers Flamme ehrenvoll zu erneuern. Zugleich aber sehe ich meine Aufgabe darin, diese Flamme durch die Zeit zu tragen und zu bewahren, bis sie sich selbst neu entzündet. Bisher habe ich das Gleichgewicht noch nicht gefunden, das nötig ist, um solch eine neue Verbindung zu erschaffen. Esther konnte mit den Elementen sprechen – sie war selbst das Tor der Verwandlung. Ich kann ihr Wesen nicht nachbilden, doch ich glaube, dass der leuchtende Geist des Quecksilbers den höheren Willen erwecken kann. Glauben Sie, dass mein Streben vergeblich ist?"

Mr. Xao lächelte warm und legte ihm freundschaftlich die Hand auf den Arm.

„Mein lieber Freund, ich würde mir niemals wagen, Ihren Ehrgeiz zu dämpfen – das wäre eine Sünde. Ihr Mut ist eine Tugend. Ob Sie Erfolg haben oder nicht, Ihr Weg wird Erkenntnis bringen. Doch ich glaube, Sie unterschätzen Ihr eigenes Wesen, und das hält Sie zurück. Ihr Qi ist stark und weitreichend, aber nicht im Gleichgewicht.

In unserer Tradition ist Liebe die Kraft, die das Qi gesund hält. Sie streben nach dem höchsten Ziel des Menschen – Leben zu erschaffen. Ein solches Ziel verlangt tiefste Harmonie. Ihre Seele muss im Takt des ewigen Schöpfungsstroms schwingen.

Achten Sie auf Ihr Qi; sie trägt magnetische Macht in sich. In der Lehre der Alkemya erkennen wir die heilige Entsprechung zwischen dem Metall Quecksilber und dem Planeten Merkur. Diese Verbindung überbrückt Makrokosmos und Mikrokosmos – das Universum und das menschliche Herz. Was im Himmel lebt, lebt auch in uns.

Beide – Metall und Planet – stehen für Kommunikation, Wandlung und Bewegung. Sie sind die Ströme, durch die Veränderung geboren wird."

Er lachte leise, sein Klang wie das Läuten einer kleinen Glocke.

„Mein Freund, wenn ich Ihre Fähigkeiten und Ihren Geist besäße, wäre ich nicht in diesem alternden Körper gefangen. Doch ich sehe in Ihren Augen ein Leuchten, das Zukunft trägt. Sie haben sich kosmisch gut ausgerichtet – mit Merkur im Skorpion, dem Sucher verborgener Wahrheiten – begleitend auf Ihrem edlen Weg."

Furak sagte: „Esther meinte einst, man müsse die Schwingung jedes Elements erfassen, um seine wahre Umwandlung zu entfesseln. Ich habe ihre Worte nie wirklich verstanden."

Nach einem Moment des Nachdenkens erwiderte Mr. Xao: „Vielleicht lässt sich eine Parallele ziehen zwischen dem menschlichen Körper-Geist und den Elementen. Ich bin länger durch diese Welt gewandert, als die meisten Menschen Zeit bekommen, in ihrem Körper zu verweilen. Und wenn ich in einem Bereich Weisheit erlangt habe, dann in meiner Fähigkeit, die sich ewig wandelnden Zyklen des Daseins mit ganzem Herzen anzunehmen. Ein solches Streben verlangt tiefste Hingabe. Kaum jemand begreift, dass man, um einen Durchbruch zu erfahren, zuerst einen Zusammenbruch durchleben muss.

Für jeden neuen Lebenszyklus muss man die alte Form zerlegen, das Vertraute und Festgefügte loslassen. Zuerst muss man alles in sich integrieren um dann das Frühere freizugeben, um in das Neue einzutreten. So schmerzhaft und mühsam dieser Prozess auch ist, er ist unverzichtbar für jede Wiedergeburt auf dem Pfad des Lebens", erläuterte Mr. Xao.

Furak nickte, „das heißt, die Frequenz eines Elements zu entdecken bedeutet, sich seinem Wandlungsprozess ganz hinzugeben – es zuzulassen, dass es zerbricht und wiedergeboren wird", bestätigte er. „In der Alkemya nennen wir diesen Vorgang *solve et coagula* – lösen und gerinnen lassen."

Mr. Xao legte eine beruhigende Hand auf Furaks Schulter und sprach warm: „Du, mein Freund, bist ein Wahrheitssucher – und mit dieser Suche kommt große Verantwortung. Sie verkörpert das Prinzip, das Alte auseinanderzulegen, um etwas Neues und Veredeltes hervorzubringen. Und so wie wir uns auf die Frequenz der Elemente einstimmen müssen, um ihre wahre Verwandlung zu entfesseln, so müssen wir auch die eigene Schwingung in uns selbst finden, um uns für Wandel und Wachstum zu öffnen.

Mögest du jeden Zyklus des Lebens vollends aufnehmen und in dir jene Resonanz finden, die dich etwas Neues und Großartiges erschaffen lässt", schloss Mr. Xao.

Da ertönte eine Stimme in meinen Gedanken: *Manchmal erfordert die größte Wandlung, dass alles niederbrennt.*

Erschrocken bemerkte ich, dass ich die Worte laut ausgesprochen hatte, und beide Gefährten blickten mich an. Die Luft knisterte – ein gemeinsamer Strom vibrierte zwischen uns.

Plötzlich sprang Furak auf. „Der Kristall!", rief er. „Er ist sicher—im Kopf verborgen!"

Er umarmte Mr. Xao und mich mit überschäumender Freude, legte die Hände auf sein Herz, neigte den Kopf – und eilte davon.

Mr. Xao lachte leise. „Er ist entweder selig betrunken oder glänzend verrückt."

„Vielleicht beides", erwiderte ich lächelnd. „Welch außergewöhnlicher Abend."

kosmische Geometrie

Einige Nächte später erschien mir Furak im Traum.

Sein Gesicht trug nun die milde Würde der Zeit, und in seinen Augen glomm ein violettes Licht.

Ein weiter, purpurner Mantel umfloss ihn, als wäre er schwerelos, und als er meine Hand nahm, lag in seinem Blick die stille Gewissheit unendlicher Liebe.

„Ich habe meinen Funken wiedergefunden", sagte er. „Alles andere ließ ich los – es war nur Schein, eine Hülle ohne Wesen."

„Du bist gekommen, um dich zu verabschieden", flüsterte ich.

„Du hast mir Leben geschenkt, und ich werde dich ehren – bis ans Ende aller Zeit.

Komm mit mir", bat er.

„Ich kann dir nicht folgen. Ich bin sterblich, und in mir wächst ein Kind", antwortete ich leise. „Du musst mich jetzt gehen lassen."

Er nickte und sprach sanft:

„Ich werde über dich wachen.

Selbst wenn du mich vergisst, werde ich dich beschützen.

Wenn die Last auf deinem Herzen zu schwer wird, rufe mich – ich werde den Staub deines Karmas verzehren und die Bürden forttragen, die nie deine zu tragen waren.

Rufe nach mir, wenn du dich an deine eigene Melodie erinnerst, und ich werde dein Wesen neu entfachen.

Ich bin die Violette Flamme – eine Kraft, noch verschleiert im Menschsein.

Erinnere dich an mich: den Mystiker, den Schamanen, den Saint Germain.

Ich bin der Funke, der sich nur verneigt, um zu erleuchten."

„Leb wohl, Nadha", hauchte ich.

„Möge die Sonne über dich wachen, möge der Wind dich führen, mögen die Wasser dich tragen, und möge die Erde dein Zuhause sein.

Wir werden uns im Westen wiederfinden."

Als ich erwachte, wusste ich, dass er fort war – fort aus Persepolis.

10

Glimmer

Furak war spurlos verschwunden.

Azar, der neunte Monat des Jahres, folgte auf Aban.

Am vierzehnten Tag des Azar erreichte mich eine Nachricht vom Institut der Ärzte, die mir den Tod meines Vaters überbrachte.

Mit dem Brief in der Hand ging ich zu unserem Kaki-Baum.

Dort legte ich ihn behutsam unter ein Bündel Wildblumen, die das Grab meiner Mutter schmückten.

Zum liebevollen Gedenken an meinen kleinen Darioush hatte ich einen Esel aus Hanfstoff genäht – mit weicher Baumwollmähne und einem kleinen, knotigen Schweif, der sanft auf der Erde seiner ewigen Ruhestätte lag.

An die kühle Rinde des Baumes gelehnt, fand ich Trost unter seinen tiefhängenden, fruchtbeladenen Zweigen. Ich schloss die Augen und ließ die unendliche Güte der Sonne mein Gesicht wärmen.

„Wie ist es dort drüben?", fragte ich sie.
  „Es ist, als wäre man ein Strahl der Sonne", antwortete sie,
  „unendlich friedlich, leuchtend und ewig –
  und doch wollen wir nur euch sehen."

„Ich gehöre nicht hierher, Ma", sagte ich.

„Doch, das tust du", erwiderte sie.

„Du hast diesen Weg schon vor langer Zeit gewählt. Deine Weisheit ist mit Mitgefühl verwoben – du bist hier, um deine Wahrheit zu leben. Es ist dein Wille, an der Seite der Zeit zu wandeln, bis die Menschheit sich an ihren eigenen Wert erinnert und ihr Geburtsrecht zurückfordert. Du hast gewählt, jeden Schritt auf diesem Weg zu spiegeln."

„Ich will nach Hause", sagte ich, „aber ich kann nicht fühlen, wo das ist."

„Du wirst heimkehren – irgendwann. Wenn du dich erinnerst, wenn du sehen kannst.

Für jetzt kannst du nur entscheiden, in welche Richtung du gehen willst", versicherte sie mir.

„Ich kann nicht in diesen Mauern leben", sagte ich. „Ich würde von innen heraus verbrennen. Ich muss den anderen Weg gehen – selbst wenn ich nicht weiß, wohin er führt, ich muss sehen, was jenseits liegt."

„Du drehst das Rad gemeinsam mit allen anderen weiter.

Deine Entscheidungen, wie auch die der anderen, verweben sich zu dem feinen Gewebe der Zeit", bemerkte sie.

„Auch mit denen, die mich hassen?" fragte ich.

„Ganz gewiss", sagte sie. „Was sie für dich empfinden, ist kein wirklicher Hass.

Liebe und Hass sind nur die beiden Enden desselben Spektrums – beide entspringen derselben intensiven Fixierung.

Nicht dich verabscheuen sie, sondern das Spiegelbild, das sie in dir sehen.

Wenn du ihre Dunkelheit erhellst, müssen sie dieser ins Auge blicken. Manche ziehen es vor, gegen das Licht selbst zu kämpfen, statt zu erkennen, was es offenbart.

Doch Gefühle verweben sich.

Du bist mit einer Frau verstrickt, die in einer niedrigen Schwingung lebt, und du hast die Grausamkeit eines Mannes des Schattens erfahren.

Du musst sie lieben – und dann dieses Band durch Trauer lösen."

Von Zorn erfüllt sagte ich: „Ich kann das nicht. Es tut mir leid – ich kann keine Liebe für diese Menschen empfinden.

Ich kann mich selbst kaum fühlen, seit Hasan mich auf dem Boden nahm, und diese Frau mein Leben entweihte mit der Last ihres eigenen Mangels, den sie mir zuschrieb.

„Es ist deine Wahl – ob du dich verbindest oder löst", sagte sie – und dann war sie fort.

die Ausgestossene

Ich hatte die Richtung gewählt, auf die ich meinen Weg setzen würde.
    Unsere Lagerhallen waren leer; Mr. Xaos Gefolge war längst weitergezogen.

Mit dem letzten Gold, das mir blieb, entließ ich unsere Diener aus ihren Pflichten und löste sie aus ihren Bindungen.

Es gab keinen Grund mehr, zu bleiben, wenn Hasan das Geschäft übernehmen würde – er würde nichts vorfinden als Leere.

Seinem Wahnsinn stellte ich mich nicht; es war ein Kampf, den ich nicht gewinnen konnte.

Ich verließ meine Stadt und ging barfuß über die Erde, dem Land der Nomaden entgegen, erhoffte Trost unter den Reitern der Wüste.

Die sengende Sonne wurde milder, ihr Feuer verwandelte sich in sanftes Glühen, während ich weiterging. Mit jedem Schritt entfernte ich mich weiter von Persepolis, und mit der wachsenden Distanz fiel die Schwere von mir ab.

Meine Schritte wurden leichter, mein Herz begann, sich zaghaft zu freuen.

Als die Nacht hereinbrach, erreichte mich ein ferner Klang – ein Echo aus Trommeln.

Fummmm. Fummmm. Fummmm.

Der Rhythmus weckte ein tief vergrabenes Wissen in mir, das langsam an die Oberfläche stieg.

Ich blickte auf und sah Reiter in der Ferne, ihre Banner flatterten im Wind.

Mein Herz sank, als ich das Emblem von Alexanders Heer erkannte.

Der Trommelschlag wurde lauter.

Ein plötzlicher Riss fuhr in meinen Leib.

Von Schmerz überwältigt sah ich den Pfeil in mir stecken, und mein Blut sickerte langsam aus der Wunde und das kleine Leben das ich in mir trug, erlosch.

Ich konnte nicht begreifen, was geschah, als meine Beine unter mir nachgaben.

Ich lag am Wegesrand, an die Erde gepresst, während ein endloser Strom von Soldaten an mir vorbeizog – eine tosende Flut aus metallverkleideten Beinen, Männern zu Pferd und den schweren Rädern von Belagerungsmaschinen.

Es war, als pulsierte Metall und Fleisch in einem ewigen Takt, im Gleichklang mit dem Dröhnen der Trommeln, entfacht durch das gellende Aufheulen der Hörner.

Der graue Drache wälzte sich unaufhaltsam vorwärts, schob sich hin zu den Toren der Stadt, sein gieriger Hunger auf Persepolis gerichtet.

Er wollte unser Zeitalter verschlingen – unseren Ehrgeiz, unsere Werke, unsere Gärten und Träume.

Diese leuchtende Perle eines Reiches, berühmt für ihre Schönheit, ihre Gelehrsamkeit und ihren Glauben, sollte nun von der unstillbaren Gier nach Macht und Gewinn zerrissen werden – geboren aus der kalten Gleichgültigkeit gegenüber dem Leben.

Mein Blut versickerte in der durstigen Erde, mein Lebensatem entwich langsam.

Das Gewicht meines Körpers zog mich tiefer hinab.

Jeder Atemzug wurde schwerer, verlangte meine letzte Kraft.

Da lag ich in einer Wolke aus goldenem Staub, als der aufgewirbelte Weg seinen Glimmer freigab, funkelnd im Mondlicht, bis alles zu einem einzigen, schimmernden Kokon in der Dunkelheit verschmolz.

Ein vorbeiziehender Soldat drehte sich um, warf mir einen flüchtigen Blick zu. Ein bösartiges Grinsen zog über sein Gesicht, seine verfaulten Zähne blitzten im Licht. Mit eisigem Vergnügen spannte er die Sehne seines Bogens.

„Dreckige Perserin", höhnte er, sein Lachen hallte, während er mir den Pfeil ins Herz schoss.

Mein Blick verschwamm, als ich sah, wie der Himmel über Persepolis in Flammen aufging.

Im Wirbel aus Rauch, Schreien und Blut glitt ich davon.

III

Feuer

11

Knochen

7.April 1715

Der Sturm hatte seine letzte Wut entladen, und die biegsamen Kiefern hatten ihre Kronen gesenkt, um sich der Gewalt zu fügen. Nun richteten sie sich wieder auf – unversehrt und still.

Als ich den Suppentopf vom Kamin nahm, köchelte die goldene Brühe, aus dem Rückgrat und den Füßen meiner Henne gewonnen, noch sanft weiter – kurz davor, sich zu verdichten.

Ein warmer Duft nach wildem Knoblauch und jungen Zwiebeln zog durch die Hütte und füllte jeden Winkel. Ich stellte den schweren Eisentopf auf den Holztisch am Fenster und ließ die bernsteinfarbene Flüssigkeit im goldenen Sonnenlicht ruhen.

Mein Magen knurrte ungeduldig.

„Du wirst schon ein paar Reste finden, um dich zu beruhigen", murmelte ich. „Genug weiche Reserven trägst du ohnehin an meinen Hüften. Später gibt es frisches Essen – also, keine Dramen."

Bei meinem entschiedenen Ton wurde er wieder still in mir.

Leise stieg ich die knarrenden Holzstufen hinauf zu meinem Dachboden, den ich liebevoll *Kammer der Träumer* nannte.

Er war eingerichtet für sechs Patientenpritschen – zwei einfache und zwei doppelstöckige.

Doch in diesen Tagen brauchten nur zwei Menschen meine Pflege.

Mrs. Hancock war vom Peitschen der Kiefernzweige und dem gleichmäßigen Prasseln des Regens in tiefen Schlaf gewiegt worden. Sie war vor vier Tagen im Wagen ihres Mannes angekommen – fiebrig, die linke Seite ihres Bauches vor Schmerz haltend. Die Familie Hancock besaß den Dorfladen im nahen Rockfort, den Hauptversorger der umliegenden Ländereien über viele Meilen hinweg.

Seit Jahren kam sie zu mir, um Linderung für ihre gereizten Eingeweide und ihre zunehmende Verstopfung zu finden – eine Folge ihrer Leidenschaft für süßes Gebäck und gepökeltes Schweinefleisch, verbunden mit einer lebenslangen chronischen Vernachlässigung, genügend Wasser zu trinken.

Das Wasserholen aus dem Dorfbrunnen oder vom nahen Fluss wurde als Pfennigarbeit an die ärmeren Kinder vergeben, während das Abkochen des Wassers den Dienstboten oder den niedrigsten Händen im Haus überlassen blieb.

Das mangelnde Verständnis für die Bedeutung ausreichender Flüssigkeit und die Gleichgültigkeit gegenüber der Reinheit des Wassers führten zu einer Vielzahl chronischer Leiden – Kopfschmerzen, Harn- und Darmbeschwerden, immer wiederkehrende Entzündungen der Atemwege.

Mrs. Hancocks Zustand war ein sprechendes Beispiel dafür – die arme Frau hatte sogar Nierensteine entwickelt.

Behutsam nahm ich die Bettpfanne an mich, die sie heute Morgen selbstständig benutzt hatte, und flüsterte ihr Lob für diese Mühe, darauf bedacht, sie nicht zu wecken.

Der stechende Geruch ihres Urins hatte etwas nachgelassen, und obwohl die tiefe Bernsteinfarbe noch Besorgnis erregte, war dies ihr erster Tag ohne jede Spur von Blut.

Als ich die träge Flüssigkeit sanft schwenkte, freute ich mich über die kleinen Ablagerungen am Boden der Pfanne – ein Zeichen, dass ihr Körper begonnen hatte, die Steine auszuspülen.

Ich goss ihr eine frische Infusion aus Himbeerblättern und Weidenrinde ein, legte meine Hand auf ihre kühle Stirn und sprach leise zu ihrem Körper:

„Du nimmst die Medizin so bereitwillig auf, sammelst Kraft in deinem Inneren. Deine Heilkräfte sind wahrlich bemerkenswert, und es ist mir eine Ehre, dir beizustehen."

Sanft entfernte ich den Flussstein von der schmerzenden Stelle an ihrer Taille und ersetzte ihn durch einen frischen, den ich aus der Schale mit heißem Dampf nahm, die auf einem kleinen Tisch in der Mitte des Dachzimmers stand.

Ich wickelte meinen flachen, erhitzten Freund in einen Streifen Mull, hielt ihn in beiden Händen und sprach:

„Schenke ihrem inneren Stein Trost und leite seine Lösung von dort, wo er nicht hingehört. Danke, mein Freund."

Dann legte ich den warmen Stein auf Mrs. Hancocks Körper.

Als ich die Kelle aus der Dampfschale hob, goss ich sanft das mit Salbei versetzte Wasser über die glühend heißen Granitsteine, die auf einem Bett aus Zedernrinde ruhten. Der duftende Dampf zischte und entließ seine beruhigende Essenz.

Dann setzte ich mich neben Mr. Kowalskis Pritsche.

Seine Augen waren halb geöffnet, auf die Decke gerichtet, und doch auf etwas jenseits davon fokussiert. Ich legte meine Hand leicht auf seine und schloss die Augen, um von seinem Geist die Erlaubnis zu erbitten, einzutreten. Großmütig gewährte er mir Einlass. Durch Mr. Kowalskis Augen glitt ich in seine Erinnerungen und sah ein wunderschönes Mädchen mit langem, dunkelblondem Haar und leuchtend grünen Augen.

Ihr Gesicht war mit Ruß verschmiert, doch ihre Haut strahlte, und ihr kristallhelles Lachen war die einzige Richtung, der ich folgen wollte.

Sie rief meinen Namen von fern zwischen den Fichten: „Sascha, beeil dich, du trottest wie ein Bär!" – neckte mich, verbarg sich hinter Nadeln und Zweigen, nur um kurz wieder auf den Pfad zu springen und mir den Weg zu weisen.

Der letzte Rest Tageslicht erlosch rasch und hüllte den Wald in undurchdringliche Dunkelheit. Obwohl das blasse Mondlicht den Pfad vor mir schwach erhellte, brauchte ich seine Führung nicht. Sie war mein Magnet, der mich durch den Schleier der Schatten zu sich zog.

Als wir den Wald verließen, breitete sich vor uns eine weite Sandbank aus, und die Wellen des Meeres warfen sich immer wieder in die Arme des Ufers.

Dort stand sie, mir die Hand entgegengestreckt, das Haar schimmernd im silbernen, ätherischen Mondlicht.

Wir ließen uns am Strand nieder, die Augen auf das himmlische Gewebe über uns gerichtet, während die Sterne zu scheinen schienen, als wären sie nur für uns bestimmt.

Unerwartet wandte sie sich zu mir und hauchte einen Kuss auf meine Wange. In meinen ganzen acht Lebensjahren hatte ich noch nie etwas so Übergreifendes, so Himmlisches gespürt.

Meine Augen weiteten sich vor Staunen, mein Herz quoll über und rief sein Bekenntnis ewiger Liebe in die Nacht.

In diesem einen Augenblick war ich vollkommen versunken in grenzenlose Seligkeit – als wäre dieses Jetzt mein ganzes Dasein. Es gab kein Davor und kein Danach, nur uns beide – Katrina und mich.

Die Erinnerung verblasste, und eine Träne rann Mr. Kowalski über die Wange. Ich fing sie an seiner Kieferlinie auf und trocknete seine Haut mit meinem Hanftuch.

„Eine schöne Erinnerung", flüsterte ich.

Mr. Kowalski drehte den Kopf, suchte meine Hand und hielt sie fest. „Meine Frau, Katrina", krächzte er. „Sie heiratete mich Dummkopf, als wir sechzehn waren. Kannst du dir das vorstellen?" Er lachte leise, und sein einziger verbliebener Zahn blitzte im Licht. „Dann gingen sie und unser *mały dziecko*. Lungenentzündung. Meine Engel, Katrina und kleine Anja – sie gingen fort."

„Es tut mir leid, Mr. Kowalski", sagte ich leise. „Ihre Liebe lebt bis heute in dir fort. Fülle dich mit jener Seligkeit, die du einst gespürt hast – sie ist ewig. Wandelnde Gezeiten verändern das Meer nicht, und keine Schönheit geht je verloren."

Er drückte sanft meine Hand, seufzte tief – und glitt wieder in seinen

Schlummer zurück.

Als Heilerin erweiterte ich meine Arbeit auf die Begleitung jener, die einen bewussten Übergang suchten.

Es war der einzige Dienst, für den ich eine feste Menge Gold verlangte – um sicherzustellen, dass alle notwendigen Vorkehrungen, einschließlich der Aufbereitung der Körper, getroffen wurden, und um die beträchtliche Energie auszugleichen, die diese Arbeit verlangte.

Diejenigen, die meine Führung auf dem letzten Abschnitt ihres Lebens suchten, hatten entweder selbst das nötige Gold beiseitegelegt, oder sie wurden von Familienangehörigen zu mir geführt, die ihren Liebsten einen ehrenvollen Abschied wünschten, sich jedoch nicht fähig fühlten, dem Tod selbst zu begegnen.

Mr. Kowalski, der das bemerkenswerte Alter von sechsundsiebzig Jahren erreicht hatte, war einer von ihnen. Ursprünglich aus der polnischen Stadt Danzig stammend, war er zu einem angesehenen Schuhmacher geworden, der nicht nur ein florierendes Geschäft in dieser neuen Welt, sondern auch eine schöne Familie aufgebaut hatte – inzwischen bereits in der dritten Generation.

Doch als er sich dem Ende seiner irdischen Reise näherte, begannen die Geister seiner Vergangenheit zurückzukehren.

Es wurde zu meiner Aufgabe und heiligen Pflicht, die karmischen Fäden, die meine Patienten umschlangen, zu lösen und – soweit es der Geist zuließ – ihre Seelen von den Lasten der Gefühle zu befreien.

Da beide Patienten tief ruhten, war es an der Zeit, nach dem Birkensaft zu sehen, den ich vor dem Sturm angezapft hatte.

Ich schlüpfte in meinen langen Wollmantel, um mich warm zu halten, nahm meinen treuen Pappelkorb und trat erwartungsvoll in den stillen Wald hinaus.

die Heilerin

Ich hatte Glück – oder vielleicht hatte der Wind sein tobendes Spiel hoch über dem Boden gehalten, sodass die meisten meiner Tongefäße unversehrt geblieben waren. Sie standen friedlich da und sammelten pflichtbewusst den feinen Strom des Frühlingssaftes, den die großzügigen Süßbirken ihnen schenkten.

Von Baum zu Baum gehend, legte ich meine Hand auf jeden schlanken Stamm und dankte den Damen für ihr lebensspendendes Wasser. Ich wählte das vollste Gefäß und füllte es bis zum Rand mit dem Saft der anderen, bevor ich sie vorsichtig wieder auf den Boden stellte.

Mit Sorgfalt überprüfte und justierte ich die hohlen Holunderrohre, durch die der Saft aus den kleinen Öffnungen der Birkenstämme direkt in meine Krüge floss. Um meinen wertvollen Birkensaft vor ungebetenen Insekten zu schützen, deckte ich die Öffnungen der Gefäße mit Gaze ab.

Nur eine zarte Birke, die abseits der Gruppe stand – den Elementen schutzlos ausgesetzt – war im Sturm gebrochen.

Nachdem ich das erfrischende Birkenwasser getrunken hatte, das in ihrem schiefen Gefäß zurückgeblieben war, nahm ich mein Stahlmesser und schnitt ihre kleineren Zweige ab.

Ein Anflug von Ärger stieg in mir auf – die Klinge war schon wieder stumpf. Ich brauchte ein besseres Messer. Ich zog ein paar Streifen der inneren Rinde von der Bruchstelle und knabberte an ihrem weichen Inneren, plötzlich an meinen Hunger erinnert.

Für später nahm ich mir vor, die innere Rinde vom Stamm zu ernten und sie in Milchwasser einzuweichen. Dann würde ich den Brei mit etwas von meinem aufbewahrten Roggenmehl zu kräftigen Rindenbroten verkneten.

Auf dem Heimweg wollte ich etwas frisch gewachsene Korianderblätter pflücken und sie dem Teig hinzufügen.

Vielleicht – wenn ich noch etwas Zucker vom Boden meines fast leeren Glases abkratzte – könnte ich den Rest meines Zimts verwenden und eine kleine Portion Rindenkekse backen.

Alles, was diese gebrochene Birke schenkte, war kostbar.

Endlich konnte ich meinen schwindenden Vorrat an Birkensalbe auffüllen – ein kräftiges Mittel, um Schmerzen zu lindern und Entzündungen offener Wunden vorzubeugen.

Der gewonnene Saft würde zu einem stärkenden Tonikum eingekocht – ein heilsames Blutmittel, das die Durchblutung anregte und gegen Kopfschmerzen sowie Nieren- und Blasenbeschwerden half.

Ich freute mich darauf, Mrs. Hancock eine Portion des Birkenelixiers zu bringen, denn genau das war es, was ihr Körper in dieser Phase der Gesundung brauchte.

Die äußere Rinde meines Schatzes würde ich in Streifen schneiden und in der Sonne trocknen, um später daraus Rauchbäder gegen Atemleiden zu bereiten.

Obwohl der Stamm verhältnismäßig schlank war, erwies sich sein Gewicht als echte Herausforderung, als ich beschloss, ihn nach Hause zu tragen.

Ich stellte ihn an den nächsten Baum und wuchtete ihn dann über meine Schultern.

Schnell wurde mir klar, dass ich den Korb unter dieser Last nicht aufheben konnte, also beschloss ich, später zurückzukehren.

Mühsam und vor mich hin brummelnd machte ich mich auf den langen Heimweg.

Mein Weg führte den Birkenhang hinab auf den schlammigen Pfad durch den Kiefernwald, wo der matschige Boden mich doppelt so viel Zeit kostete wie ein trockener Weg.

Doch der belebende Duft der Nadelbäume und das fröhliche Zwitschern der Vögel, die gerade aus dem Regen hervorgekommen waren, hoben rasch meine Stimmung.

Die Sonnenstrahlen, die durch die Wipfel fielen, wärmten die kühle Luft dieses frühen Frühlingstages und kündigten die nahende warme Jahreszeit an.

Während ich den Pfad entlangging, schweiften meine Gedanken in die Vergangenheit und tauchten tief in Schichten der Erinnerung ein.

Mit diesem langen Stück Holz auf der Schulter konnte ich nicht umhin, an die eindrucksvolle Figur Jesu zu denken, die einst unsere Hüttenwand schmückte – aus dunklem Walnussholz geschnitzt, zeigte sie ihn zwischen Leben und Tod schwebend, für immer gefangen im Augenblick seines Leidens – Sinnbild eines unerreichbaren, heiligen Schmerzes.

Nur wenige Erinnerungen trage ich an unser Leben im Großfürstentum Litauen – unserer geliebten Heimat, die so eng mit Polen verbunden war.

Unsere Hütte war bescheiden, doch ihre Enge schenkte uns Geborgenheit. Ich liebte es, dass wir zu dritt in einem einzigen Bett schliefen, und selbst das Feuer unserer Kochstelle erschien mir wie verzaubert.

Doch erinnere ich mich auch daran, wie bitterkalt es oft war und dass wir meist von Brei mit wilden Nüssen und Beeren lebten.

Mutter und Vater brachen schon vor Tagesanbruch auf, um die Felder zu bestellen und sich um die großen Schweine- und Schafherden zu kümmern, und nur einmal im Jahr – am Heiligabend – gab es für uns ein kleines Stück Schweinefleisch.

Trotz all der Mühen – des wechselnden Wetters, des nagenden Hungers und der harten Feldarbeit – war unser Leben erfüllt von Liebe und Lachen.

Die Nachbarbauern waren uns wie Familie, und wir teilten miteinander das Wenige, das wir hatten.

Nach meinem vierten Geburtstag wurde von mir erwartet, bei der nächsten Ernte als Kartoffelaufsammlerin auf dem Feld zu arbeiten.

Ich war voller Stolz – endlich durfte ich zu den Arbeitenden gehören und meiner Familie helfen.

Doch es gab keine Ernte.

Wir hatten bittere Winter und dürre Sommer überstanden, während unser Herdfeuer ununterbrochen mit dem Holz brannte, das Mama und ich täglich sammelten.

Mutter und Vater arbeiteten weiterhin auf den Feldern, doch keine Erträge blieben für uns – alles wurde von den Wagen fortgebracht, die Tag für Tag kamen, um die Vorräte in die Stadt zu schaffen.

So mussten alle Frauen und Mädchen, auch ich, in den Wäldern nach wilden Wurzeln suchen und Rinde und Beeren sammeln, während die Jungen und Männer Kaninchen und Füchse für Eintöpfe fingen.

Trotz all unserer Mühe konnten wir mit der wenigen Zeit nach der Feldarbeit nicht genug Nahrung zusammenbringen.

Mutter weinte nachts; ich war immer hungrig.

Zuerst starben die Neugeborenen.

Die Mütter konnten nicht genug Milch geben, und jedes Mal, wenn ein Kind verhungerte, schien ein Strom des Schmerzes durch unser Dorf zu gehen.

Dann starben die Mütter selbst – ihre Körper waren zu schwach, um sich von den Strapazen der Geburt zu erholen.

Schließlich wurde das Sterben willkürlich, riss Junge und Alte gleichermaßen dahin.

Einer nach dem anderen verhungerte unsere Gemeinschaft.

Ich erinnere mich lebhaft an jene schicksalhafte Nacht, in der ich hellwach lag, mich aber schlafend stellte und den gequälten Flüstern von Mutter und Vater lauschte.

Ich verstand nicht ganz, worüber sie stritten, doch ich hörte sie immer wieder Worte wie „Steuern" und „verhungernde Knechte" sagen.

Am tiefsten traf mich das Schluchzen meiner Mutter, ihre Stimme erstickt vor Verzweiflung, als sie sagte:

„Wir werden alle sterben."

Das Gewicht ihrer Worte ließ mir das Blut in den Adern gefrieren.

Am folgenden Tag ließen wir unseren Walnuss-Jesus zurück und liefen in den Wald.

Tage wurden zu endlosen Wochen, und ich verlor jedes Gefühl für die Zeit. Ich wusste nicht mehr, wie lange wir schon unterwegs waren – nur, dass ich einen Fuß vor den anderen setzen musste.

Manchmal hatten wir das Glück, ein Stück des Weges auf einer vorbeifahrenden Kutsche mitzufahren. Die kalten Nächte verbrachten wir zusammengerollt am Straßenrand, angewiesen auf die Güte von Fremden, die uns etwas zu essen gaben.

Ich erinnere mich lebhaft an den Moment, als ein Kutscher uns einen Laib Käse schenkte. Es war der glücklichste Augenblick unserer Reise – Hoffnung flackerte in den Augen meiner Mutter auf, und Leichtigkeit kehrte in den Geist meines Vaters zurück.

Schließlich kam der Tag, an dem die Luft scharf und leicht salzig zu riechen begann.

Wir hatten den Hafen von Danzig erreicht.

Dort standen wir stundenlang in langen Reihen, umgeben von einer stetig wachsenden Menge anderer Reisender, die alle auf eine Überfahrt nach Amerika hofften.

Die Tage dehnten sich zur Ewigkeit, während wir geduldig auf unsere Reihe warteten.

Endlich gelang es Mutter und Vater nach unermüdlicher Mühe, unsere Überfahrt zu sichern – im Austausch für ihre Arbeit in Amerika.

Und so brachen wir auf zu unserer großen Überfahrt in das Land der Hoffnung – jenes Land, das sie niemals sehen würden.

die Flucht

„Na, na, schau einer an, wer da an meinem Häusl vorbeikommt!

Die Mrs. Afta höchstselbst, trägt wieder den halben Wald auf den Schultern, wie immer."

Mein Strom der Erinnerungen riss jäh ab, als Mrs. O'Neill mich zur Begrüßung rief.

Ich war so tief in meine Vergangenheit versunken, dass ich gar nicht bemerkt hatte, wie weit ich bereits gegangen war.

„Einen schönen Tag, Mrs. O'Neill", rief ich zurück. „Ja, ich war bei den Birken draußen – bringe nun dieses gebrochene Kleinod heim."

„Ah, das seh ich wohl! Und wie geht's mit der Arbeit in der Hütte voran? Man sagt, die arme Mrs. Hancock liegt in deiner Pflege – Gott segne sie", fragte Mrs. O'Neill.

Etwas unbeholfen wandte ich mich zu ihr um, den Birkenstamm auf den Schultern, und rief:

„Sie halten sich, danke der Nachfrage. Mrs. Hancock ist bald wieder auf den Beinen – es geht ihr schon recht gut!

Und wie steht's mit der Gicht, Mrs. O'Neill? Hilft dir die Efeusalbe, die ich dir gegeben habe?"

„Aye, das tut sie, und wie! Ein Wundermittel für meine Gelenke. Du bist eine Kluge, Mrs. Afta, du kennst all die guten Heilkräuter. Ich bin dir dankbar für deine Güte", sagte Mrs. O'Neill.

„Ich danke dir, Mrs. O'Neill. Leb wohl und pass gut auf dich auf", rief ich.

Sie wackelte mit den Fingern, winkte mit ihrer schön geformten Hand und rief:

„Ah, du bist ein feines Weib, Mrs. Afta. Leb wohl und komm gut heim. Lass dir die schwere Last nicht zu sehr auf die zarten Schultern drücken!"

Ein Gefühl tiefer Freude erfüllte mich, als ich sah, wie Mrs. O'Neill ganz allein die gewaschene Wäsche aufhängte – wissend, dass meine Salbe ihr half.

Vor etwa einem Jahr war sie zu mir gekommen, um Linderung für ihre schlimme Arthritis zu suchen.

Ihre Hände und Handgelenke waren so steif und geschwollen, dass sie sie kaum noch gebrauchen konnte.

Mrs. O'Neill hatte die allmähliche Verformung ihrer Gelenke ertragen, und das Leben mit Schmerzen war zu ihrer Gewohnheit geworden.

Doch der Gedanke, in ihrem Haushalt – mit Mann und sechs Kindern – nutzlos zu werden, war für sie undenkbar.

Als ich ihre Gelenke untersuchte und die Hitze der Entzündung spürte, vertraute sie mir an, sie wolle sich lieber im Fluss ertränken, als jemandem zur Last zu fallen.

Ich hatte Mrs. O'Neill eine Salbe aus frischem Efeu bereitet, gepflückt im frühen Frühling, und in destillierte Kamille eingerührt.

Als meine Lehrerin der Pflanzenweisheit, Baaéhche Iáxassee, mich das erste Mal zum Geist des giftigen Efeus führte, spürte ich sein Zischen – und fürchtete seinen Biss.

Sie erklärte mir:

„Die *baakusia ashawashe* ist eine wilde Kriegerin. Sie bewacht die Grenzen des Waldes mit unbarmherziger Stärke, damit keine unreinen Seelen eintreten.

Wenn du den Mut hast, den Saft der Kriegerin zu rufen, musst du ihr mit tiefster Demut begegnen und dich als Freundin vorstellen. Die Pflanze weiß, wenn du lügst.

Dein Körper ist dann wachsam, seine Abwehr erhoben – eingeschüchtert von der Macht dieser Pflanze, die alle Schutzschilde des Körpers niederlegen kann.

Sag der Pflanze, dass du ihre Gabe suchst, und lass deinen Körper wissen, dass sie keine Bedrohung ist.

Um den Saft der Kriegerpflanze heilend zu nutzen, muss er mit einem Friedensboten gepaart werden – etwa der sanften Kamille. So wird der Körper keine Abwehr errichten, um Blasen zu bilden, sondern den starken Trank in sich aufnehmen und seine kühle Spirale um die inneren Feuer legen, um Heilung zu wirken."

Viele Jahreszeiten brauchte ich, um meinen Körper neu über den Giftefeu zu belehren, bis ich mit seiner feurigen Energie ganz vertraut wurde.

Ich höre sein warnendes Zischen, bevor ich seinem Standort zu nahe komme, und vergesse niemals meinen Respekt.

Plötzlich hob sich mein Birkenstamm in die Luft.

Mit einem Schrei vor Schreck drehte ich mich um – und blickte in das grinsende Gesicht von Ashóokalilalish, „Stiller Rabe", der wie aus dem Nichts vor mir stand.

„Wie machst du das jedes Mal? Wie kannst du dich so leise anschleichen? Ash, ich schwöre, du musst ein Gestaltwandler sein!" rief ich und stupste ihn spielerisch mit dem Ellenbogen, während mein Herz noch raste vor Schreck.

Er lachte, sichtlich zufrieden damit, mich so gründlich erschreckt zu haben, und sagte:

„Ich sah deinen Korb bei den Birken, also brachte ich ihn für dich – und folgte deiner Spur, meine polnische *ilapua'awachiilia*, meine goldene Perle.

Außerdem wollte ich dich warnen, dass du eine Birke auf der Schulter trägst, nur falls du's noch nicht bemerkt hast!"

In mir loderte Zorn auf. Wie immer wusste Ash genau, wie er mein Blut zum Kochen brachte, und er genoss es, mich auf die Palme zu treiben.

„Ich bin nicht polnisch! Und ich finde, du solltest ‚Rabe, der zu viel krächzt' heißen – *iisaxpxáax baachia*! Das werde ich den Ältesten vorschlagen!" entgegnete ich, bemüht, mein Lachen zu verbergen.

Ich hatte ihn in seinem Stolz getroffen und seine selbstgefällige Prahlerei zum Schweigen gebracht.

„Lass mich dir deine Lasten abnehmen und dich heimführen, mein Kind", sagte Ash mit tiefer, feierlicher Stimme, die eines Priesters imitierend, während er mir meinen Sammelkorb reichte und den Birkenstamm übernahm.

„Ash, gibt es überhaupt etwas, das du respektierst, ohne es zu verspotten?" fragte ich und rollte genervt die Augen.

Er drehte sich zu mir und antwortete ernst:

„Schwester, ich respektiere alles, was wahr ist — die Große Mutter Erde und ihren Atem, der durch die Bäume zieht, den Fluss des flüssigen Lebens, den sie hält, wie auch wir — ihre Kinder aus Wasser, Staub und Sonnenlicht.

Ich glaube an den Geist in dir und in mir, an den Geist, der keinen Unterschied kennt zwischen dir und mir, denn was uns trennt, ist nur Form und Geschichten.

Der Große Geist ist jenseits aller Form — er trägt das ganze Gedächtnis in sich.

Aber ihr Menschen tragt seltsame Bräuche", fuhr er fort. „Ihr bringt neue Ideen in dieses Land und betet unsichtbare Mächte an, die ihr mehr achtet als den Großen Geist, der in euren Brüdern und Schwestern lebt — so wie in den Büffeln, in jeder Pflanze und in jedem Sandkorn."

„Ihr Menschen?" wiederholte ich gereizt. „Bin ich jetzt eine von *euch Menschen?*"

„Meine kleine *dakdée póopahte* — Fliegende Eule —", lachte Ash, „du bist eins mit allem und gehörst doch zu keinem. Du hast keine Grenzen und kannst nicht gefangen werden. Aber wütend wirst du leicht."

„Nun, du verbringst mehr Zeit in Rockfort als ich", neckte ich ihn. „Also weißt du sicher mehr über *uns Menschen* als ich. Warst du zum Handeln dort?"

„Ja", nickte Ashóokalilalish. „Die Ältesten schickten mich, um Waren zu tauschen, und Baaéhche Iáxassee hörte, dass ich auf dem Weg zur Festung an deiner Hütte vorbeikommen würde.

Sie rief mich in ihr Zelt, gab mir dies für dich", fuhr Ash fort, löste etwas von seinem Gürtel und öffnete die Hand — ein kleiner Ledersack kam zum Vorschein.

Beim Anblick des Geschenks musste ich lächeln, denn ich wusste, dass er kostbares Blutwurzelpulver enthielt, das stark gegen Schmerzen wirkte und Warzen, Muttermale und Hautwucherungen löste.

„Sie sagte auch, ich solle dich fragen, ob du dich *schon erinnerst, wer du bist*, bevor sie laut lachte und mich fortschickte."

„Haha, sehr witzig", sagte ich und verdrehte die Augen.

„Was ist nur mit euch zwei?" fragte Ash kopfschüttelnd.

„Sie sieht, was ich nicht sehe", erwiderte ich. „Es macht mich wahnsinnig, wenn sie lacht, ohne dass ich verstehe warum — ich fühle mich dann so dumm und blind. Doch was immer sie weiß, es ließ sie mich von Anfang an in ihr Herz schließen. Sie hat mir alles geschenkt — ihre Weisheit, ihr Herz und ihre großzügige Seele. Wir sind uns nie fremd gewesen, nicht einen Augenblick. Ist das nicht das größte Geschenk, das ein Mensch machen kann — dich wirklich zu sehen?"

Schweigend setzten wir unseren Weg fort — Ashóokalilalish trug meine Birke, während ich beschwingt durch das frische Grün am Pfad hüpfte. Ich pflückte junge Brennnesseln und Löwenzahnblätter, schnitt aromatischen Schnittlauch und süße wilde Veilchen, sammelte Handvoll wilder Zwiebeln und Knoblauch — stets achtsam, nie mehr als ein Zehntel dessen zu nehmen, was das Pflanzenreich mir anbot.

Bald erreichten wir meine Hütte.

„Zeig mir deine Schätze vom Handel, Bruder! Und danke dir für deine Hilfe — wirklich, du erscheinst immer, wenn ich dich brauche", sagte ich und bat Ashóokalilalish hinein.

„Magst du eine Tasse Haselnusskaffee?" fragte ich ihn, wohlwissend, wie sehr er mein Gebräu liebte.

Ich bewahrte meinen Kaffeevorrat in einem Tontopf auf, versteckt zwischen den Bettpfannen, die an der Speisekammerwand lehnten — dort, wo niemand je nach Vorräten suchte.

Hin und wieder durchstöberten meine Patienten meine Küche, ausgehungert nach Nahrung, nachdem ihre Körper aus dem Heilungssturm zurück ins Leben gefunden hatten.

Das ursprüngliche Pfund Kaffeebohnen war vor über einem Jahr als Bezahlung zu mir gekommen — für die Behandlung eines Händlers mit Zehennagelpilz, die ich mit meinem Kiefernharzöl heilte.

Um das Aroma zu bewahren und die Menge zu strecken, mischte ich fein gemahlene Haselnuss unter die Bohnen, was dem Getränk einen wunderbar nussigen Geschmack verlieh.

Ich fütterte das Herdfeuer, setzte den Wasserkessel auf, und bald erfüllte der himmlische Duft frischen Haselnusskaffees meine Hütte.

Ashóokalilalish genoss den Duft des heißen Bechers, fächelte sich den schweren Dampf ins Gesicht, und sein Ausdruck strahlte vor Genuss.

Er löste den großen Beutel von seinem Gürtel, öffnete ihn und präsentierte stolz seine Handelsbeute:

„Wir tauschten vier aus Walnuss geschnitzte Pfeifen gegen einen Sack schwarzen Pfeffer und eine Flasche Gin."

Ich öffnete die Flasche und roch an ihrem stechenden Inhalt. „Oh ja, das ist gewiss stark. Wird Baaéhche Iáxassee einen Teil für ihre Heilvorräte erhalten?" fragte ich und schloss sie rasch wieder.

„Natürlich wird sie ihren Anteil bekommen", bestätigte Ashóokalilalish. „Außerdem erwarten wir in den kommenden Tagen eine Delegation des Irokesenbundes — und wir werden unsere Gäste großzügig empfangen."

„Hast du sonst noch etwas eingetauscht?" fragte ich neugierig und versuchte, in seinen Beutel zu spähen.

„Wir tauschten fünf Kojotenfelle gegen zehn glänzende Steine", erklärte er mit einem Anflug von Stolz und holte zehn gläserne Murmeln aus seinem Beutel.

Ich nahm einen Schluck meines Kaffees und betrachtete die Murmeln mit ihren leuchtenden Wirbeln und feinen Mustern.

„Sie sind wunderschön, Ash", sagte ich leise. Mein Atem stockte, und eine Träne löste sich aus meinem Auge. „Du hättest mindestens dreißig glänzende Steine für jedes Kojotenfell bekommen sollen."

„Ich verstehe nicht, Schwester", antwortete er, während sich Besorgnis auf seinem Gesicht ausbreitete. „Diese Steine sind vollkommen rund – es braucht große Kunst, so etwas herzustellen! Ihre Farben sind gleichmäßig und präzise. Kein Stamm hat je eine solche Meisterschaft in der Glasfertigung erreicht. Die Steine werden ihren Wert behalten und uns bei zukünftigen Tauschgeschäften großen Nutzen bringen!"

Es schmerzte mich, meinem lieben Freund erklären zu müssen:

„Ich habe die zahllosen Säcke voller Glasmurmeln gesehen, als meine Eltern und ich unser Schiff nach Amerika bestiegen. Ash, sie werden in Fabriken hergestellt – in gewaltigen Mengen, von Maschinen – und dann hierher verschifft, um mit den Stämmen zu handeln.

Stell dir ein Gebäude vor, so groß wie zehn Häuser zusammen, mit riesigen Metallstangen und Platten, die sich von selbst bewegen, Sand in feurige Öfen speisen und dann die Farben hinzufügen. In nur einer Stunde entstehen Hunderte von Murmeln – und wie lange brauchst du, um dein schönes Fell zu jagen und zuzubereiten?"

„Wie kann der weiße Mann etwas von so geringer Bedeutung gegen das eintauschen, was wir mit Stolz und Ehrlichkeit anbieten?" fragte Ash, erschüttert über meine Offenbarung.

„Es schmerzt mich zu sagen", erwiderte ich, „dass die Menschen aus dem alten Land nicht handeln, um Wohlstand zu teilen, sondern um Reichtum und Gewinn zu mehren. Sie sehen dich nicht als Bruder, und sie haben nie gelernt, die Fülle zu erkennen, die aus dem Ehren all dessen entsteht, was der Geist erschaffen hat.

Ihre Angst vor Mangel treibt sie in die Gier – zur Ausbeutung jener Gaben, die ihnen großzügig geschenkt werden."

„Wir ehren Mutter Erde, wenn wir ihre Gaben miteinander teilen", sagte Ashóokalilalish.

„Ihr Reichtum zirkuliert – und durch ihn gedeihen wir alle.

Ohne gerechten Austausch kann es kein Gleichgewicht im Leben geben.

Wie kann die Mühe, das Blut und der Schweiß eines Menschen weniger wert sein als der eines anderen?"

Er schüttelte fassungslos den Kopf.

„Ich weiß", sagte ich. „Ich habe es zu deutlich gesehen – in dem Dorf, in dem ich als Kind aufgewachsen bin.

Wir stellten all die Nahrung her, und doch waren wir es, die hungerten.

Es spielte keine Rolle, wie viel wir erschaffen konnten.

Die Güter wurden nicht gerecht verteilt – die Vielen wurden ausgebeutet zum Nutzen der Wenigen."

Nach einem langen Moment des Schweigens sprach Ashóokalilalish, seine Stimme schwer vor Kummer.

„Es ist, als hätte ein Messer mein Herz zerschnitten. Ich werde vor die Ältesten treten, um meine große Scham zu bekennen und deine Worte weiterzugeben. Meine Schwester, ich danke dir für deine Klarheit."

„Ich wünschte, ich könnte mit dir nach Hause gehen, auch wenn nur für kurze Zeit. Mein Herz sehnt sich nach Baaéhche Iáxassee und all den anderen. Ich muss hierbleiben, um meine Patienten zu versorgen – aber lass mich ihr ein kleines Bündel mit Geschenken zusammenstellen", sagte ich, während die Sehnsucht nach meiner Apsáalooke-Familie, dem Stamm der Crow, in mir brannte.

Behutsam füllte ich eine Flasche mit frischem Birkensaft, damit Ash sie auf seiner Heimreise genießen konnte.

Dann packte ich sorgfältig einen Beutel Salz, ein kleines Glas Sauerhefe für die brotbackenden Frauen, ein Glas Kiefernöl und einen Beutel Birkenbonbons für Baaéhche Iáxassee.

Ashóokalilalish nahm meine Gaben entgegen, verstaute sie in seinem Reisesack, und wir tauschten eine herzliche Umarmung des Abschieds, bevor er sein Pferd auf der Wiese holte und seinen Heimweg antrat.

Ich trank gerade den letzten Schluck meines Kaffees, als ich Schritte auf der Treppe knarren hörte.

Erschrocken drehte ich mich um – Mrs. Hancock kam die Stufen hinunter. Mit rosigen Wangen und neu erwachtem Geist fragte sie:

„War das etwa ein Indianer in Ihren Gemächern, Mrs. Afta? Und was um Himmels willen ist in Sie gefahren, mit diesen Leuten über Handel zu sprechen?"

Ich wiederholte ruhig: „Diese Leute?"

„Nun," fuhr sie fort, „wenn man ihnen einredet, mehr zu fordern, wird uns das ins Verderben stürzen – direkt ins Armenhaus!"

Offenbar frei von den Schmerzen, die ihre Nierensteine verursacht hatten, ließ sich Mrs. Hancock behaglich im Schaukelstuhl am Kamin nieder.

Ihr Gesicht strahlte. „Nun, ich erkenne den Duft eines guten Kaffees sofort. Dürfte ich eine Tasse haben?"

12

Bernstein

14. April 1715

Es war früher Abend, und die Erschöpfung hatte sich tief in meinen Knochen eingenistet.

Mrs. Hancock und Mr. Kowalski ruhten auf ihren Pritschen. Mrs. Hancock, von ihren Schmerzen und Sorgen befreit, bereitete sich auf die Heimkehr vor, während Mr. Kowalski zwischen tiefem Schlaf und wacher Benommenheit hin und her glitt.

Ich erneuerte die Dampfschale in ihrem Dachzimmer und gab getrocknete Zitronenschale zum Kiefernharz, damit ein beruhigender Duft den Raum erfüllte. Ich beendete Mrs. Hancocks Fastenkur mit einer nahrhaften Schale Hühnerbrühe mit Gerste, gefolgt von einem großen Glas Honigwasser. Das kräftige Essen auf ihrem leeren Magen, zusammen mit meiner inbrünstigen Rede über die Bedeutung von ausreichender Flüssigkeitszufuhr, hatte sie in tiefen Schlaf versinken lassen.

Ich faltete Mutters Wollmantel zu einem Kissen, legte mich auf mein Bärenfell am Feuer und übergab mich der Nacht.

Ihre Schreie rissen mich aus meinem verschwommenen Traum — Fäuste hämmerten gegen meine Tür wie Schläge gegen meinen Schädel.

Ich zog mich aus der schwebenden Traumwelt zurück in die Schwerkraft des Erwachens, kämpfte mich in die Gegenwart und hastete zur Tür —

gerade als sie aufgerissen wurde.

Eine kleine, hagere Frau stürmte in meine Hütte, ihr zerzaustes Haar und der Schweiß auf ihrer Haut verströmten den unverkennbaren Geruch von Angst und Verzweiflung. Mitten in ihrem hysterischen Schluchzen bemerkte ich das kleine Bündel in ihren Armen. Eingehüllt in ein makellos weißes Leinentuch lag ein Baby — reglos und starr.

Als ich die unbewegte Kleine in meine Arme nehmen wollte, brach die Frau am Boden zusammen und weinte hemmungslos.

Neben mir trat ein großer Mann mit blondem Haar und schweißnassem Gesicht hervor, seine Verzweiflung war greifbar. Während ich behutsam die Atemwege des Babys prüfte, sagte er mit gebrochener Stimme:

„Sie atmet nicht richtig! Es ist schon der zweite Tag, an dem sie nicht aufwacht — ihr Atem wird immer flacher."

Mit der ruhigsten Stimme, die ich aufbringen konnte, um über das durchdringende Weinen der Frau hinweg gehört zu werden, sagte ich:

„Bitte, bringen Sie Ihre Frau hinaus. Ich kann das Kind nicht hören — ich muss seinem Körper lauschen."

Nachdem ich schnell Hals und Brustkorb untersucht hatte, fügte ich hinzu:

„Kommen Sie morgen wieder. Was auch geschieht, es wird sich bis dahin zeigen. Gehen Sie jetzt, ruhen Sie sich aus — ich kümmere mich um sie."

Mit Tränen im Gesicht nickte der Mann, hob seine Frau auf die Arme und trug sie hinaus zum wartenden Wagen.

Bald verklang das Rollen der Räder in der Ferne, und eine schwere Stille blieb zurück.

Ich prüfte den Puls des Babys – schwach, aber regelmäßig.

Während ich behutsam ihren Bauch, ihr Herz und die Wirbelsäule auf Anzeichen von Verletzung oder Entzündung untersuchte, spürte ich mit jeder Faser meines Seins, was mit ihr war.

Nichts war ihr zufällig widerfahren; sie befand sich in dem Zustand, in dem sie sein sollte.

Nachdem ich sie fest in ihre Decke gewickelt hatte, warf ich ein Holzscheit ins Feuer, drückte das kleine Mädchen an meine Brust und ließ mich im Schaukelstuhl vor der warmen Glut nieder.

Ich stimmte mich auf ihren Geist ein und fragte:

„Wie heißt du, kleine Seele?"

„Sie nennen mich Nadjah", sagte sie leise, „aber mein Name spielt keine Rolle."

„Willst du nicht leben? Dein Geist scheint sich von deinem Körper zu lösen", fragte ich.

„Ich bin nicht hier, um ein Leben zu führen", antwortete sie. „Ich bin eine Botin. Ich habe mich freiwillig gemeldet, um meiner Mutter eine bereichernde Erfahrung zu schenken. Es liegt an ihr, mein Geschenk anzunehmen."

Während sie sprach, hörte ich, wie ihr Atem gleichmäßig wurde, und spürte, wie neue Kraft durch ihren kleinen Körper strömte.

„Du hast einen gesunden, schönen Körper, und du bist schon so weit gekommen. Willst du nicht sehen, was das Leben dir schenken könnte?" fragte ich, verzaubert von dem weisen Geist dieses vollkommenen kleinen Wesens in meinen Armen.

„Es war mein Wunsch, für einen kurzen Augenblick zu einem Leben auf der Erde zu werden. Ich bin erfüllt. Ich bin eins mit der Seelenfamilie meiner Mutter, und es ist meine Aufgabe, sie an die elementare Kostbarkeit des Lebens zu erinnern. Ihr Schmerz und ihre Trauer werden ihr Herz aufbrechen, und der Riss wird sich mit noch mehr Liebe füllen.

Ich könnte bei dir bleiben oder bei einem anderen Menschen mit ausgeglichenem Geist und ein Leben leben, um eine Perle zu meiner Kette des Karmas hinzuzufügen. Doch das wäre nicht mein höchster Zweck. Wenn du mich zu Mutter zurückbringst, werden sich unsere Energiefäden verflechten, und das karmische Muster wird sich entfalten. Wenn du es nicht tust, wird sich das Muster des Schicksals verändern, denn das Feld der Schöpfung ist wandelbar – doch ich möchte auf dem Pfad bleiben, den unser Seelenstrom gewählt hat. Danke, dass du mich hältst und meinen Körper wärmst."

Es gab keine weiteren Worte; ich musste ihre Bitte annehmen.

Ich griff in die Tasche meines Kleides und fand ein Stück Faden. Während ich Nadjah vorsichtig an meiner Brust balancierte, löste ich mein Armband, trennte eine Bernsteinkugel ab und fädelte sie auf. Dann band ich sie um ihr Handgelenk.

„Möge die Sonne, die in dieser Träne des Kiefernharzes ruht, dich auf deiner mutigen und kurzen Reise führen", flüsterte ich und wiegte sanft den Stuhl.

„Deine Kinder senden dir eine Botschaft", flüsterte sie, ihr Körper bereits eingeschlafen, ihr süßer Atem ruhig an meinem Schlüsselbein.

Mein Herz begann zu rasen, während mein Verstand wie betäubt blieb.

„Ich habe keine Kinder, Nadjah", sagte ich. Doch trotz der Logik meiner Worte wusste mein Körper, dass das nicht die Wahrheit war.

„Nadha ist in deiner Nähe. Hewha sehnt sich nach dir", sagte sie – dann verstummte ihr Geist.

Ich sah den Flammen zu, wie sie frei tanzten und Funken sprühten, während ich der Spur der Sehnsucht folgte, die ins Nichts führte.

Im Leuchten des Feuers löste sich alles andere auf – meine Vergangenheit, meine Geschichte, das Leben, das ich geführt hatte und das ich für meine Identität hielt.

Alles, was sich rein und wahr anfühlte, war das, was ich nicht kannte und nicht fassen konnte.

Ich verlor jeden Halt in der pulsierenden Leere, die ich nicht zu überqueren vermochte.

Das Feuer löste sich aus meinem Blick, und ich sank in einen traumlosen Schlaf.

Das Klirren von Metall und Keramik riss mich wach.

Nadjah lag noch immer in meinen Armen, eingehüllt in meinen langen Wollmantel, der sich schützend über uns breitete.

Aus der Küche drang ein zunehmend ungeduldiges Poltern.

„Der Kaffee steht im Tontopf neben den Nachttöpfen, Mrs. Hancock!", rief ich, in der Hoffnung, meine Küche vor einem Chaos zu bewahren.

„Ah, sehr wohl, Missus! Ich werde im Nu einen Aufguss bereiten! Soll ich uns einen feinen Haferbrei kochen?", rief sie zurück.

Ich hörte, wie sie durch meine letzten Kaffeebohnen raschelte.

„Danke, Mrs. Hancock. Haferbrei wäre wunderbar. Und bitte, machen Sie genug für Mr. Kowalski mit", sagte ich leise, um Nadjah nicht zu wecken.

Da ertönte plötzlich eine Männerstimme:

„Ich dachte, der Mantel würde euch beide warmhalten. Euer Feuer ist letzte Nacht ausgegangen, also habe ich ein neues entzündet."

Es war Nadjahs Vater, der plötzlich neben mir stand.

„Ein kräftiger Wollmantel ist das, den Sie da haben."

„Er gehörte meiner Mutter – bis er mir das Leben rettete", antwortete ich. „Wann sind Sie zurückgekehrt, Sir?"

„Bei Tagesanbruch. Sie haben mein Klopfen nicht gehört, also nahm ich mir die Freiheit, einzutreten. Als ich meine Tochter schlafend in Ihren Armen sah, wachte ich über Sie beide. Sie sieht jetzt so rosig und kräftig aus – ich kann es kaum fassen! Sie haben unser kleines Mädchen gerettet", sagte er, seine Stimme bebte vor Erleichterung.

Ich reichte ihm Nadjah vorsichtig, und er drückte sie fest an seine Brust, während er sichtlich mit den Tränen kämpfte.

„Wir haben uns noch gar nicht richtig vorgestellt.

Mein Name ist Jason Rock, meine Frau heißt Agnes, und das hier ist unsere kleine Nadjah. Wir sind Ihnen unendlich dankbar, Missus", flüsterte er, während er das Baby sanft wiegte.

„Wie haben Sie sie geheilt? Haben Sie den Grund für ihre Krankheit gefunden?"

Ich erhob mich aus dem Schaukelstuhl, streckte meine steifen Glieder, um etwas Zeit zu gewinnen, und wog meine Worte sorgfältig ab.

Mit einem tiefen Atemzug erklärte ich so ruhig wie möglich:

„Die Symptome, die Nadjahs Körper zeigt, haben keine körperliche Ursache. Sie sind spiritueller Natur."

Jason sah mich überrascht an – meine Worte schienen für ihn wenig Sinn zu ergeben.

„Wollen Sie sagen, sie kämpft gegen einen Dämon?" fragte er.

„Nein, ganz und gar nicht", erwiderte ich. „Nadjah ist so klar wie Quellwasser. Jason, als ihr Vater liegt das größte Geschenk, das Sie ihr machen können, vielleicht auch im größten Schmerz – Ihrem Herzen zu erlauben, Nadjahs Entscheidungen anzunehmen."

Er blickte auf seine Tochter hinab, wiegte sie sanft hin und her und flüsterte:

„Sie ist so vollkommen ... mein kleiner Engel."

„Nun", fuhr ich fort, „sobald sie aufwacht, wird sie wie der Teufel nach Nahrung schreien. Ist Ihre Frau zur Hütte gekommen?"

„Nein, sie hatte zu große Angst, Nadjah tot zu finden, also blieb sie in Rockfort. Meine Brüder und ihre Frauen kümmern sich um sie", antwortete er.

„Dann schlage ich vor, Sie machen sich auf den Weg", sagte ich. „Vielleicht kann Mrs. Hancock mit Ihnen in die Stadt fahren und das Baby halten. Es ist ohnehin ihr Tag der Rückkehr."

Mrs. Hancock erschien mit zwei dampfenden Tassen Kaffee, reichte mir eine und rief mit strahlendem Gesicht:

„Oh, natürlich, ich würde dieses *beag* kleine Freudenbündel nur zu gern im Arm halten! Es ist schon so lange her, dass ich ein Baby wiegen durfte! Lassen Sie mich nur rasch frühstücken, dann brechen wir auf. Ach, Mrs. Afta – ich muss Ihnen sagen, Ihr Kaffee ist alle!"

Nur wenige Augenblicke später verließen sie beide meine Hütte.

Mrs. Hancock saß bereits auf dem Kutschbock und hielt Nadjah im Arm, die nun hellwach war und sie mit ihren kleinen Lauten und bezauberndem Lächeln verzauberte.

Als Jason sich der Kutsche näherte, drehte er sich noch einmal zu mir um und sagte:

„Sie sieht so lebendig aus, als wäre nie etwas geschehen. Es ist ein wahres Wunder. Ich werde mit Geschenken zurückkehren, um Ihnen Ihre Dienste zu bezahlen!"

„Jason, meine Dienste werden mit vier Guineen entlohnt", erwiderte ich.

„Natürlich, was immer Sie verlangen!", rief er, während er die Pferde antrieb und die drei davonrollten.

Ich genoss die Ruhe, die in der Hütte einkehrte, während ich Küche und Wohnraum aufräumte.

Nachdem ich ein weiteres Scheit ins Feuer gelegt hatte, trat ich hinaus, um meine Birke zu ernten.

Sorgfältig setzte ich gleichmäßige, lange Schnitte in die weiße Rinde und löste dann entlang der inneren Schicht große Stücke ihrer kostbaren Haut ab.

Anschließend zerteilte ich den Stamm in kleinere Stücke und spaltete diese in zwei Hälften.

Mit meinem Holzhammer klopfte ich die zähe Kambiumschicht der Birkenrinde zu einem faserigen Brei.

Die Frühlingssonne brannte heiß an diesem Tag und machte die Arbeit mühsam und schweißtreibend.

Ich breitete meine Rindenstücke aus, damit sie in der Sonne gründlich trocknen konnten, bevor ich mit dem Brauen und Mahlen beginnen würde.

Ich habe die Birke schon immer geliebt – für den Reichtum an Heilmitteln und Nahrung, den sie schenkt.

Ihre erstaunlichen Heilkräfte hören nie auf, mich zu verblüffen, und ich bin stets voller Ehrfurcht vor ihren vielen Gaben.

Sowohl die innere als auch die äußere Rinde sind reich an kraftvollen Substanzen, die den Körper nähren und stärken.

Es ist wahrlich bemerkenswert, wie ein einziger Baum so viel Heilung schenken kann – und ich bin dankbar, mit einem so mächtigen und vielseitigen Wesen vertraut zu sein.

Ihre äußere Rinde, hart und schützend, liefert ein wunderbares Material für Tees und Tinkturen, die Entzündungen und Infektionen heilen – innerlich wie äußerlich – und zudem helfen, die Symptome der Zuckerkrankheit zu lindern.

Die innere Rinde hingegen ist weich und biegsam, ideal zur Herstellung von Salben und Aufgüssen.

Sie besitzt stark entzündungshemmende Eigenschaften und ist daher ein hervorragendes Mittel bei Wunden, Verbrennungen und hartnäckigen Hautleiden.

Kein Wunder also, dass dieser großartige Baum seit jeher verehrt und geschätzt wird und seine Heilkräfte bis heute gefeiert werden.

Schließlich sammelte ich meine langen Rindenstreifen ein, um sie drinnen weiter auseinanderzuziehen.

Ich legte sie über Nacht in Wasser, damit die Bitterstoffe aus den Fasern gezogen würden; am nächsten Tag wollte ich mit dem Backen des Rindenbrots beginnen.

Da es Zeit für Mr. Kowalskis Frühstück war, goss ich heißes Wasser über seine Portion Haferbrei und rührte sie zu einer weichen Konsistenz. Dann fügte ich einen kleinen Löffel Honig und eine Prise Salz hinzu.

Oben, in der Kammer der Träumer, prüfte ich seine Bettpfanne, die unbenutzt geblieben war. Die wenigen Schlucke Wasser und die kleine Menge Grütze, die er in diesen Tagen zu sich nahm, hielten nur das Nötigste seines Lebensfunkens aufrecht. Sein Körper folgte seinem eigenen Rhythmus, langsam dem Ende entgegen. Seine trüben Augen konnten sich kaum offen halten, und doch verfolgten sie jede meiner Bewegungen.

Ich rückte meinen Stuhl näher an sein Bett, dorthin, wo das Sonnenlicht durchs Fenster fiel. Als ich seine Hand in meine nahm, spürte ich, wie sein Körper sich in unserer Verbindung entspannte.

Ich neigte mein Gesicht der Sonne entgegen, die meinen Leib stetig beruhigte und mich in ihrer warmen Umarmung hielt.

Meine Gedanken wanderten zu Nadjah und ihrer Familie. Bis letzte Nacht hatte ich noch nie ein Mitglied der Familie Rock persönlich getroffen – jener Familie, deren Ahnen die Handelsstation gegründet hatten, aus der später die Stadt Rockfort wurde.

Die mächtigste Familie der Gegend war nun durch eine Generation von fünf Brüdern vertreten, die die Goldschmiede und die Taverne besaßen und zugleich feste Sitze im Stadtrat innehatten.

Ich hatte viel über diese Männer und ihren hohen Stand gehört, der vor allem auf dem immensen Reichtum beruhte, den sie sich durch die sichere

Aufbewahrung der Goldbesitztümer der Bürger und die dafür erhobenen Gebühren erworben hatten.

Ich hatte mir die Familie Rock immer als unantastbar vorgestellt, doch letzte Nacht begegnete ich zwei verletzlichen, seelisch bloßgelegten Menschen – und ihrem Neugeborenen, das eine tiefe geistige Weisheit in sich trug.

Ich wünschte der Mutter Kraft auf ihrem karmischen Weg.

Draußen hatte der Wind wieder seinen wirbelnden Tanz aufgenommen und ließ die Kronen der Kiefern rhythmisch hin- und her schwanken.

Vom Nachklang der letzten Nacht eingelullt, fielen mir die Augen zu, und ich glitt hinab in einen dringend benötigten Schlaf.

Ich schlang meine Arme um den heißen Kiefernstamm und drückte mein Gesicht gegen seine Rinde.

Ich flehte ihn an, mich einzulassen – immer und immer wieder.

Andere standen da und sahen zu, doch niemand rührte sich.

Ich war gefangen. Ich hatte mich selbst an diesen Punkt geführt, und nun kam der Rauch von allen Seiten.

Alles, woran ich mich klammern konnte, war dieser eine Kiefernstamm.

Ich spürte, wie die sengende Hitze näherkam, die Rinde begann zu reißen, und aus ihren Spalten entwich das goldene Licht.

Ich presste meinen Körper an den Stamm – er war alles, was blieb, noch pulsierendes Leben.

Plötzlich umschloss mich der Baum, hüllte mich gänzlich ein in sein goldenes Harz aus flüssigem Licht, während meine Haut in den Flammen aufriss.

Der Wind kreiste um uns und flüsterte: „Öffne deine Augen und sieh." Und ich sah.

Ich sah, dass ich das Feuer bin, das den Baum niederbrennt, mich selbst niederbrennt – bis nichts bleibt als zähfließende Energie, weder Luft, noch Materie, noch Form.

Ich fuhr schweißgebadet aus dem Schlaf.

Ich öffnete die Augen und sah die tiefhängenden Wolken, die im kalten

Aprilwind vorüberzogen.

Ich blickte auf meine Hand – meine Haut war weder aufgerissen noch verbrannt.

Meine andere Hand hielt noch immer die von Mr. Kowalski, der wieder weggeschlummert war.

Feine Zuckungen glitten über sein Gesicht, und die Muskeln in seiner Hand zogen sich angespannt zusammen.

Seine Lider begannen zu flattern, und dahinter sah ich seine Pupillen rastlos hin- und herschnellen, sichtlich in Aufruhr, während seine Lippen bebend murmelten:

„Pokaż siebie! Pokaż siebie!" – in einer Sprache, an die ich mich in meinen Knochen erinnerte, aber nicht mehr verstand.

Mr. Kowalskis Stirn war schweißnass, und sein Körper begann zu zittern.

Ich spürte seinen rasenden Puls und hielt meine freie Hand mit seinem Herzen verbunden, während ich seinen Geist bat, mich in seinen Gedankenstrom einzulassen.

Meine Bitte wurde erhört.

Die Dunkelheit kündigte eine unausweichliche Begegnung an – das Klirren der Geldkassette auf dem Regal an der Tür verriet seine Anwesenheit.

Meine zitternde rechte Hand schloss sich fester um den Griff des schweren Messers, während ich mich vorsichtig vorantastete, jeden Schritt bedächtig setzend, um kein Geräusch zu machen.

Flach und lautlos hielt ich den Atem an; der vertraute Geruch des Leders und der Geschmack der Politurfette auf meiner Zunge beruhigten mich.

Mit jedem Schritt wusste ich genau, wo ich hintreten musste, um unbemerkt zu bleiben.

Schließlich war ich nur noch eine Armlänge vom Dieb entfernt, der in meiner Geldkassette wühlte.

Plötzlich, ohne jede Vorwarnung, drehte er sich um – und in einer schnellen, brutalen Bewegung schleuderte er die Metallkassette mit wütender Wucht gegen meine Schläfe.

Ein stechender Schmerz explodierte in meinem Schädel und raubte mir für einen Moment die Orientierung.

Doch als er die Kassette erneut hob, um zuzuschlagen, war ich schneller – ich stieß zu, und mein Messer durchdrang seine Brust mit solcher Kraft, dass ich spürte, wie sein Brustkorb barst.

Mit einem gellenden Schrei stürzte der Dieb zu Boden.

Ich brauchte einen Augenblick, um zu Atem zu kommen, fand dann die Öllampe und die Schachtel Streichhölzer.

Ein Zischen, ein Aufflammen – und der Lampenschein füllte den Raum.

In einer Lache aus Blut lag der steife Körper eines Jungen, das Gesicht erstarrt in einer Grimasse aus Überraschung und Schmerz, mein Messer noch in seinem Herzen.

Ich kannte ihn – die zerlumpten Kleider, die hohlen Wangen, den Jungen, der sonntags mit seiner Mutter und den vielen Geschwistern in die Kirche kam.

Seine Ärmel hingen lose an den knochigen Armen; er konnte kaum älter als zwölf gewesen sein.

Vorsichtig trat ich zu dem leblosen Körper und spürte, wie eine Welle aus Schock und Schuld mich überrollte.

Es war falsch – so falsch. Das war nicht, was ich wollte.

Ich hatte ein Leben genommen – das Leben eines Kindes.

Ich kniete mich neben ihn, Tränen liefen über mein Gesicht, während ich ein Gebet für seine Seele flüsterte.

Ich saß da in Stille, während Reue und Trauer in mir tobten.

Ich hätte das Licht einschalten sollen. Ich hätte die Tür verriegeln müssen.

Es war zu spät.

Ich hatte diesen Jungen getötet.

Die Erinnerung löste ihren Griff; Tränen rannen über Mr. Kowalskis Gesicht.

Ich hielt meine Hand über seine Stirn, dann über sein Herzzentrum und rief das weiße Licht herbei.

Mit kreisender Bewegung verband ich Herz- und Kronenenergie zu einem strahlenden, zirkulierenden Fluss.

„Ich halte deinen Schmerz in Ehre", sagte ich leise, während ich uns beide zurück in die Erinnerung führte.

Das Licht in Mr. Kowalskis Schusterladen war hell und doch neutral; es ließ die sauber geordneten Regale mit Leder und Fellen weich erstrahlen.
Auf einer großen Werkbank aus Holz standen Werkzeuge und Dosen mit Fetten und Ölen, und Mr. Kowalski betrachtete liebevoll den Schuhladen, den er einst so gut gekannt und vor Jahrzehnten hinter sich gelassen hatte.
Ich betrat die Erinnerung als Zeugin und rief den Jungen, in das Licht zu treten und sich zu uns zu gesellen.
Er trat neben der Eingangstür hervor – genau an dem Ort, an dem Mr. Kowalski sein Leben beendet hatte.
„Ich habe jeden Tag meines Lebens in Reue darüber gelebt, was ich dir angetan habe", sagte Mr. Kowalski zu dem Jungen. „Jedes Mal, wenn ich die Augen schließe, erscheint mir dein totes Gesicht. Ich verließ unsere Heimatstadt und fuhr über den Ozean, um in einem neuen Land ein neues Leben zu beginnen. Ich bin gesegnet, eine schöne Familie großgezogen zu haben, und doch gäbe ich alles zurück, wenn ich ungeschehen machen könnte, was ich dir getan habe."

Der Junge lächelte. „Warum quälst du dich meinetwegen?"
Mr. Kowalski sah ihn fassungslos an, und der Junge fuhr fort: „Ich lebe längst wieder. Ich bin jetzt Priester und führe Menschen zur Güte. Ich lebe ein erfülltes Leben im Dienst. Ich bin sehr glücklich. Du hast mich gelehrt, die Folgen meiner Taten zu fühlen – und nun spüre ich meine eigene moralische Führung tief in mir. Dafür danke ich dir." Mit diesen Worten verschwand der Junge.

In diesem Moment ließ Mr. Kowalskis Geist die schwere Last los, die tief in sein Wesen eingraviert war.
Als sich sein Lichtkörper von dem emotionalen Gewicht löste, erschien

er in makelloser, strahlender Klarheit.

Wir hatten die Erinnerung verlassen, und Mr. Kowalskis Atem war tief und ruhig.

„Möge deine neue Weisheit Vergebung und Frieden bringen," flüsterte ich in sein Ohr.

Ein friedlicher Ausdruck legte sich über sein Gesicht. Langes Einatmen wich kurzem, schnellen Ausatmen, bis schließlich kein Einatmen mehr kam.

Ich blieb still an seiner Seite; sein Atem war zu Ende gegangen.

Während ich nach einem Puls suchte, stiegen in mir die Erinnerungen an die vielen Seelen auf, die in meiner Obhut hinübergegangen waren.

Die Menschen sterben so, wie sie gelebt haben: im Kern sichtbar. Ich kannte Mr. Kowalski als einen Mann mit großem, offenem Herzen – und ich war so froh, dass er Frieden gefunden hatte.

Nachdem ich die Decke über seinem Körper zusammengelegt und vernäht hatte, sah ich Sonnenstrahlen, die durch die schweren Wolken brachen.

Als meine Arbeit getan war, ging ich hinunter, um seiner Familie einen Brief zu schreiben und seine letzte Reise zu veranlassen.

Ich brachte den Brief zu Mr. O'Neill und vertraute ihm die Aufgabe an, ihn auf seinen täglichen Fahrten in die Stadt nach Rockfort zu bringen.

Die Tage nach Mr. Kowalskis Übergang entfalteten sich in sanftem, stillem Rhythmus.

Der tauende Boden lockte meine ungeduldigen Hühner, im Erdreich zu scharren und Würmer zu picken, während ich mich an der Ruhe ungehetzter Stunden erfreute. Die Zeit schien sich zu dehnen, während ich mich dem Ansetzen von Brotteig, dem Mahlen von Kräutern und Rinden für Salben sowie dem Trocknen und Destillieren neuer Tinkturen und Aufgüsse widmete. Wenn Sonnenlicht die Stunden vergoldete, streifte ich durch Wälder und Wiesen, spürte den Atem der Erde unter meinen bloßen Füßen.

Mein grüner Wollmantel schützte mich vor den gelegentlichen, eisigen Windstößen – die Wärme der Liebe meiner Mutter war für immer in seine festen Fasern eingewebt.

Als Mutter, Vater und ich hinabstiegen in den Bauch des großen Schiffes, das uns in die Neue Welt bringen sollte, waren alle Decken und Kisten bereits von der gewaltigen Menschenmenge an Bord beansprucht. Vater sicherte uns eine kleine Ecke zwischen den Frachtcontainern, wo Mutter mich in ihren Wollmantel hüllte und ihr Bernsteinarmband sowie ihre Halskette tief in dessen Taschen verstaute.

Es war der einzige wertvolle Besitz, der uns geblieben war.

Unsere ersten Wochen auf See, während das Schiff sanft über die Wellen glitt, waren erfüllt von einem Gefühl friedlicher Erwartung. Voll Eifer ersannen wir Geschichten über die Abenteuer, die uns erwarteten – träumten davon, unser eigenes Heim zu bauen, Bären zu trotzen und den mythischen, rotgesichtigen Wilden zu begegnen.

Als Passagiere der unteren Klasse durften wir erst nach Sonnenuntergang an Deck, um frische Luft zu atmen. Es waren magische Stunden, in denen wir zu den funkelnden Sternen aufblickten und unsere Hände in die Winde hielten, die von großem Wandel flüsterten.

Als sich die Flöhe in den Quartieren der unteren Klasse zu verbreiten begannen, befahlen mir Mutter und Vater, den dicken Mantel niemals abzulegen, bis wir sicher den Hafen erreicht hätten.

Dann begann das Husten. Schlaf war unmöglich, denn das keuchende Röcheln und das rasselnde Atmen im überfüllten Zwischendeck verwandelten sich in Panik, als sich die rosafarbenen Flecken des Typhus zeigten.

Plötzlich blieben die Tore zu den oberen Decks nachts verschlossen – wir waren gefangen im überfüllten Bauch des Schiffes, der uns jede frische Luft verwehrte.

Einige der jungen, kräftigen Männer aus unserem Quartier wurden als „Reinigungstrupp" bestimmt und erhielten Speisen aus der Küche der Oberklasse als Gegenleistung für ihre tägliche Aufgabe, die Böden von

Erbrochenem und Exkrementen zu säubern.

Schon bald mussten sie auch die toten Körper einsammeln und sie in der Dunkelheit der Nacht über Bord werfen.

Mich hatten weder Flöhe gebissen, noch war ich krank.

Meine Tage bestanden aus dem verzweifelten Versuch, unsere Becher mit möglichst viel Wasser zu füllen, um zu verhindern, dass meine Eltern vor meinen Augen vertrockneten – vergeblich. Ich konnte nur zusehen, wie sie beide dem Fieber erlagen und von mir forttrieben.

Ihre Körper, bereits geschwächt und von den Mühen unserer Reise gezeichnet, hatten der Krankheit nichts entgegenzusetzen. Erschöpfung wich einem geisterhaften Dämmerzustand, bis die Reiniger uns schließlich fanden.

In meiner Verzweiflung flehte ich sie an, klammerte mich an meine Eltern, weigerte mich loszulassen, bis sie mich mit Gewalt wegstießen.

Im nächsten Moment waren meine Eltern fort.

Nachts, in meinen Träumen, fand ich Trost, wenn ich uns friedlich auf dem endlosen Ozean treiben sah, eingehüllt in die salzige Weite. Sonnenstrahlen durchbrachen die Wasseroberfläche, wärmten uns mit goldenem Licht. In diesem flüchtigen Augenblick waren wir wieder vereint – heimgekehrt für immer.

Am nächsten Tag kam ein junger Mann aus dem Reinigungstrupp zu mir. Er griff in seine Tasche und zog einen leuchtend grünen Apfel hervor, den er mir reichte.

Ich hielt die Frucht in der Hand, gebannt von ihrer vollkommenen Form und ihrem hellen Glanz. Ihre Schönheit verglich mit nichts, das ich je zuvor gesehen hatte.

Es war der süße Saft des Lebens, den ich schmeckte – der mich überzeugte, meinen Eltern nicht in die Wellen zu folgen.

In meinen Wollmantel gehüllt, verbrachte ich die restlichen Wochen wie im Nebel, bis unser Schiff Boston erreichte. Dort wurde ich von der Hafenbehörde in Gewahrsam genommen und der Textilgesellschaft von Neuengland übergeben, um die Schiffspassage meiner Familie abzuarbeiten.

Meine Erinnerungen wurden jäh unterbrochen, als ich durch die Wiesen streifte, wo eine große Menge frischer Löwenzahntriebe aus dem aufgewärmten Boden spross.

Ich pflückte reichlich von den jungen Blättern, voller Vorfreude, meinen Teevorrat aufzufüllen und eine frische Löwenzahnsalbe für Mrs. O'Neills Sohn herzustellen, der häufig unter juckenden Hautausschlägen litt.

Als ich zu meiner Hütte zurückkehrte, wartete Jason Rock bereits auf meiner Veranda.

„Woher wussten Sie es?", fragte er ohne jede Begrüßung, seine Stimme durchtränkt von Schmerz.

„Guten Tag, Mr. Rock. Möchten Sie hereinkommen?", fragte ich ihn und ließ seine Frage zunächst unbeantwortet.

„Sie baten um Münzen, nicht um Geschenke als Entlohnung. Sie wussten, dass sie nicht leben würde.

Woher wussten Sie es?", fragte er erneut, seine Züge gezeichnet von Erschöpfung und Trauer.

„Jason, der Geist Ihrer Tochter ist einer der stärksten, die mir je begegnet sind – doch ihr Körper wollte nicht bleiben", versuchte ich zu erklären, unsicher, ob er meine Worte verstehen konnte.

„Nadjah war bei Ihnen vollkommen gesund und begann zu sterben, sobald sie nach Hause kam", sagte er und schlug mit der Hand auf den Küchentisch.

Ich schwieg und wartete, bis sich seine Wut gelegt hatte.

Dann fragte er mich: „Hätte sie überlebt, wenn sie bei Ihnen geblieben wäre?"

„Für eine Weile, ja", antwortete ich leise. „Aber es gibt einen göttlichen Pfad, der einen höheren Sinn trägt als Leben und Tod – denn beide haben ihren Wert."

Verzweifelt rief Mr. Rock: „Was könnte wertvoller sein als ein junges Leben, das den Tod überwindet? Sie war doch nur ein Baby!"

„Jason", entgegnete ich, „Leben und Tod stehen nicht im Kampf miteinander. Sie sind die beiden Pole eines harmonischen Kreislaufs. Erinnern Sie sich, als ich Ihnen sagte, dass es der höchste Dienst wäre, den Sie Ihrer Tochter erweisen könnten, ihre Entscheidung zu ehren – auch wenn es

Ihnen das größte Leid bereitet? Wenn ich Ihnen sagen würde, dass Ihre Tochter ihr Leben genau so gelebt hat, wie sie es beabsichtigte – könnten Sie ihr die Reise gewähren, die sie gewählt hat?"

Er sank auf meinen Stuhl, überwältigt von seinen Gefühlen, und begann zu weinen.

Ich stellte den Wasserkessel auf die Herdplatte, um Hagebuttentee zuzubereiten, und ließ ihm Zeit, in seinem Schmerz zu verweilen.

Gerade als ich einen Teller mit Roggen- und Knochenmehlkeksen mit Zimt für meinen Gast herrichtete, wurden wir durch ein lautes Klopfen unterbrochen.

Als ich die Tür öffnete, rief eine Männerstimme: „Vielen Dank, Mrs. Afta! Meine Frau schickt Ihnen das Beste, was sie hat!"

Eine Kutsche fuhr davon und ließ einen großen Weidenkorb zurück, der mit rosafarbenem Leinen bedeckt war.

Ich brachte den Korb hinein, spürte Mr. Rocks hohlen Blick, der mir folgte.

„Verzeihen Sie, dass ich inmitten Ihres Kummers Freude empfange", sagte ich. „Das war Mr. Hancocks Kutsche. Ich habe Mrs. Hancock von ihren Nierensteinen geheilt."

„Ich wünschte, ich hätte dasselbe tun können", erwiderte Mr. Rock bitter. „Mein Geschenk der Dankbarkeit abliefern und nach Hause eilen zu meiner glücklichen Familie. Warum verlangen Sie kein ordentliches Entgelt für Ihre Dienste, anstatt auf die Wohltätigkeit anderer zu vertrauen?"

„Nun, ich glaube, dass der freie Austausch von Wohlwollen einen positiven Strom zwischen den Menschen schafft", antwortete ich. „Meine Patienten erhalten die volle Aufmerksamkeit meines ganzen Wesens.

Reine Aufmerksamkeit einem anderen gegenüber, verbunden mit den einzigartigen Gaben, die jeder Mensch zu geben hat, ist die bedeutungsvollste und wahrhaftigste Form des Gebens und Empfangens – eine natürliche Hingabe zueinander.

Sehen Sie, bevor meine Lehrerin mich für bereit hielt, meinen eigenen Weg zu gehen, gab sie mir die größte Lektion, die ein Heiler je lernen kann:

Nichts von mir selbst zu geben, und doch alles durch mich hindurchgeben zu lassen.

Alles, was wir teilen, schafft Verflechtung. Als Heilerin muss ich mir stets bewusst sein, wie ich gebe und meine Energie zugleich schütze. Ich muss ganz anwesend sein – und zugleich gar nicht da.

Der Geist erhält sich selbst durch die Form – durch uns – also lasse ich den Geist führen. Als Gegenleistung für meinen Dienst erhalte ich ein Zeichen der Dankbarkeit, das mich großzügig nährt.

Unsere Handlungen haben moralische Folgen, und wir müssen uns dessen bewusst sein.

Doch ich bestimme nicht die Regeln dieses Kreislaufs. Ich lege nur eine feste Bezahlung für jene fest, die diese Welt verlassen, weil ich verstehe, dass niemand das Gleichgewicht von Geben und Empfangen für einen anderen ersetzen kann."

„Haben Sie alles, was Sie wissen, von den Wilden gelernt?", fragte Jason.

„Die Stadtleute, die geheilt von Ihrer Behandlung zurückkehren, erzählen Geschichten über Sie – sie sagen, Sie würden Magie anwenden. Sie nennen Sie *die Fremde*."

„Ich habe mich nie sonderlich darum gekümmert, was die Leute von mir denken", erwiderte ich. „Die Menschen erzählen Geschichten – das haben sie immer getan und werden es immer tun. Wir fühlen uns von dem angezogen, was wir nicht verstehen, und Geschichten sind ein sicherer Weg, sich vom Unbekannten kribbeln zu lassen. Doch was mein Wissen und das Lernen von der Medizinfrau der Crow betrifft, so war es, als hätte sie genau gewusst, wie sie mein Gedächtnis öffnen konnte.

Von ihr zu lernen war, als erinnerte ich mich an etwas, das tief in mir verborgen lag – als würde ich die Asche meiner Geschichte fortfegen, um mein Wesen freizulegen. Aus diesem klaren Zustand heraus kam uraltes Wissen einfach zum Vorschein."

„War es das, wonach Sie suchten, als Sie nach Amerika kamen?", fragte Jason.

„Wie hätte ich das wissen können?", antwortete ich. „Als meine Eltern auf unserer Reise in dieses neue Leben starben, war ich noch ein Kind. Ich wurde an die Bay-Textilgesellschaft geschickt, um die ungeheure Summe von drei Schiffstickets für unsere Passage abzuarbeiten.

Sechs Jahre lang verbrachte ich jeden Tag damit, Tierfelle von Schmutz und Rückständen zu befreien, dann in eine Lösung aus heißem Wasser und Sodaasche zu tauchen. Wenn die Felle ihr Öl freigaben und sich ihre Fasern öffneten, waren sie bereit für den nächsten Verarbeitungsschritt.

Meine Freunde an den großen Becken tauchten die Felle dann in eine Mischung aus Quecksilber und Salpetersäure, um daraus ein dickes, verfilztes Material herzustellen, das später zu Filzhüten geformt wurde. Ich sah, wie ihre Haut vom Quecksilber wund wurde und ihr Denken vom Einatmen der giftigen Dämpfe zersetzt wurde.

Die Firma zog uns die Mahlzeiten und die Dachkammer, in der wir nachts alle schliefen, vom Lohn ab – am Ende blieb kaum etwas übrig", erklärte ich. „Nach sechs Jahren hatte ich noch nicht einmal die Hälfte des Fahrpreises zurückgezahlt, den ich schuldete. Ich wurde alt genug, um an den Quecksilberbecken zu arbeiten, und ich fürchtete, meine Haut und meinen Verstand zu verlieren.

Gleichzeitig wurden einige der Kinder, mit denen ich aufgewachsen war, wütend über unsere aussichtslose Lage. Einige junge Männer versuchten, sich zusammenzuschließen und bessere Löhne und sichere Arbeitsbedingungen auszuhandeln. Stellen Sie sich vor – niemand reinigte jemals die ätzenden Böden. Wir arbeiteten den ganzen Tag in schwindelerregenden Dämpfen, ohne jede Hoffnung auf Erlass.

Jede Nacht kletterte ich aus dem Dachfenster und bewegte mich über die Dächer der Fabrikgebäude, bis ich die Krone einer großen Eiche erreichte. Ihre Äste waren mein geheimer Zufluchtsort, von dem aus ich den Mond betrachtete und um Führung bat – um irgendwie den giftigen Becken zu entkommen.

Ich weiß nicht genau, was in jener Nacht geschah, aber ich erinnere mich deutlich daran, wie groß und ungewöhnlich hell der Mond war. Ob es ein Unfall war oder eine Provokation, die schrecklich aus dem Ruder lief – wir werden es nie erfahren. Die Flammen loderten plötzlich auf und verschlangen das ganze Gebäude, mitsamt all meinen Freunden, die auf dem Dachboden schliefen.

Von meiner Eiche aus sah ich, wie sich das Unglück entfaltete – so schnell, und doch hörte ich keinen einzigen Schrei. Das Feuer war schneller als das Leid; es verbrannte meine Freunde, aber es rettete mein Leben.

Mein Körper kletterte vom Baum und begann, aus dieser Stadt hinauszugehen. Ich verlor das Zeitgefühl, tagelang, gefangen in völliger Verwirrung. Ich ging einfach weiter, mein Geist leer, ein Fuß vor den anderen. Nachts sank ich zu Boden, schlief, wachte am nächsten Morgen auf – und ging weiter, vielleicht wochenlang.

Ich hörte sie nicht kommen, doch plötzlich hob mich ein Reiter, still wie die Nacht, auf sein Pferd und legte mich quer über den Sattel.

Wir hielten an einem Fluss, wo sie versuchten, mit mir zu sprechen, doch ich war unfähig zu antworten – unfähig überhaupt zu begreifen, wer oder wo ich war. Ich war ein Geist.

Sie brachten mich in ihr Dorf, und als sie mich sah, nahm sie mich sofort für sich in Anspruch.

Ihr Name ist Baaéhche Iáxassee, „die weise Schlange".

'Diese hier behalte ich. Sie gehört mir', sagte sie.

Sie konnte meinen Ahnenschatten lesen und meine Energielinie zurückverfolgen.

Sie nahm mich als ihre eigene auf. In ihrem Zelt blies sie mir immer wieder den heiligen Rauch ins Gesicht, bis meine Schatten hervortraten. Sie zwang mich, meinen Schrecken und verborgenen Albträumen direkt ins Auge zu sehen, bis ich nicht länger wegsehen musste und meine Schatten als Freunde entlassen konnte."

„Wie funktioniert das?", fragte er.

„Jeder Schatten, den das Bewusstsein betritt, muss sich auflösen."

Ich fuhr fort: „Meine Lehrerin ist die Einzige, die mich Hutshiliá Áashe nennt – das bedeutet Windfluss. Ich habe nie verstanden, warum sie mir diesen Namen gab, während alle anderen mich Dakdée Póopahte, ‚Schwebende Eule', nannten. In unserem Stamm gelten Eulen als Wesen, die

Finsternis und Tod ohne Urteil betreten können, und werden oft mit Magie oder, wie ihr sagt, Hexerei verbunden. Doch Magie ist nichts anderes als gesammeltes Wissen aus Orten, die andere nicht zu betreten wagen.

Baaéhche Iáxassee, meine Lehrerin, nährte meine Seele zurück ins Leben und lehrte mich das Gespräch mit dem Geist in allem.

Sie legte mir das Bernsteinamulett meiner Mutter auf und erklärte, dass die erstarrte Lebenskraft des Kiefernharzes die Stärke des Geistes verkörpere – wie eine Träne der Sonne."

Während Jason auf der Leinendecke des Geschenkkorbs herumtastete und meiner Geschichte lauschte, fragte ich: „Wollen wir sehen, was Mrs. Hancock geschickt hat?", und öffnete den Korb.

„Sehen Sie, jedes Mal, wenn ich etwas benutze, das mir geschenkt wurde, erinnere ich mich sofort an die Person, von der es stammt, und mein Herz sendet kleine Botschaften des Dankes. Guter Geist, den man empfängt, schafft gutes Schicksal", erklärte ich, während ich eine wunderbar duftende Lavendelseife hervorholte.

Dann entdeckte ich eine große Flasche Whiskey und schließlich ein großzügiges Pfund Knochenmehl. „Das ist kostbar!", rief ich. „Obwohl das Knochenpulver meist dazu verwendet wird, feines Mehl zu strecken, wissen nur wenige, wie gut es das Netz der Nervenfasern im Körper stärkt. Es nährt jede Zelle und reinigt den Verdauungstrakt gründlich!" Ich lächelte Jason zu, der in den Korb spähte und sagte: „Sie haben ein Päckchen unten übersehen."

Er hatte recht. Ich hatte ein weiches Päckchen für Füllmaterial gehalten und zog es nun neugierig hervor. Ich löste die Lagen der Verpackung, und meine Augen weiteten sich in Unglauben.

In meinen Händen hielt ich ein brandneues Pfund Kaffee! Eine Welle der Dankbarkeit durchströmte mich, und in Gedanken dankte ich Mrs. Hancock von ganzem Herzen.

Ich fragte Jason Rock, ob er eine Tasse Kaffee wünsche. Er erhob sich von seinem Stuhl, behielt seine formelle Haltung bei und antwortete:

„Ich werde Ihren Kaffee nicht trinken, wenn ich mir so viel leisten kann, wie ich will. Ich habe mehr von Ihrer Zeit in Anspruch genommen, als ich sollte. Ich bin gekommen, um unsere Schuld zu begleichen und den guten Ruf meiner Familie zu wahren.

Wir Rock-Brüder bauen auf unserem Namen", sagte er, während er zwei Stücke festes Papier aus seiner Gürteltasche zog und sie mir reichte.

Jedes Papier war zwei Guineen wert und auf meinen Namen ausgestellt von der Rock Fellas Goldsmith and Bank Company. Ich starrte auf die Blätter vor mir und fragte ihn:

„Sie möchten mich mit diesen Schuldscheinen bezahlen?"

Er erwiderte:

„Natürlich, sie werden Ihnen gut dienen. Sie geben Ihnen die Kaufkraft von Gold, ohne die Last schwerer Münzen zu tragen oder das Risiko, ausgeraubt zu werden. Da Sie hier draußen allein leben, müssen Sie sich schützen, und Sie wissen sicher, dass diese Banknoten durch den Ruf und die Stabilität unserer Goldbank gedeckt sind. Wenn Sie möchten, können Sie sie gegen Waren und Dienstleistungen eintauschen wie echte Münzen. Rockfort wird eine weit sicherere Stadt werden, je mehr wir die Noten in Umlauf bringen, während unsere Familie, die Rock Fellas, jede Vorsichtsmaßnahme trifft, um die Bank und die Goldeinlagen der Leute zu sichern."

Während ich weiterhin auf die Banknoten starrte, bemerkte ich:

„Dieses Papier fühlt sich bedeutungslos an. Ich kann ein Werteversprechen von Menschen, die ich nicht kenne, nicht annehmen."

„Vielleicht sind Sie hier draußen im Wald etwas zu abgeschieden", entgegnete er. „Aber diese Noten werden zur gängigen Währung in unserer Stadt. Sie dürfen darauf vertrauen, dass meine Familie den Reichtum der Bürger sicher verwahrt."

Ich schob die Papiere zu ihm zurück und sagte mit fester Stimme:

„Mr. Rock, wir hatten eine Bezahlung von vier Guineen vereinbart – nicht vier Guineen in Papiernoten. Ich muss Sie bitten, diese zurückzunehmen und unsere Vereinbarung einzuhalten."

Er hielt inne, sah mich mit einem Ausdruck zwischen Verwirrung und

Spott an.

„Vielleicht sind Sie hier draußen in Ihrer eigenen Welt einfach zu abgeschnitten. Wenn Sie auf den alten Wegen bestehen, werde ich mit Ihren Münzen zurückkehren. Doch die Zeiten ändern sich, und Sie werden dem Fortschritt nicht ewig widerstehen können, Mrs. Afta."

Damit verabschiedete er sich höflich, stieg in seine Kutsche und verschwand in der goldenen Spätnachmittagssonne.

Als ich sah, wie Mr. Rocks Kutsche davonfuhr, konnte ich ein Gefühl der Unruhe nicht abschütteln.

Seine Worte hallten in mir nach, und ich spürte, dass sich etwas in unserer Stadt veränderte – etwas, das die Menschen erfasste, ohne dass sie die Folgen wirklich begriffen. Es geschah so schnell.

Goldmünzen waren seit jeher unser Zahlungsmittel gewesen, doch nun versuchten Mr. Rock und seine mächtigen Brüder, die Siedlung davon zu überzeugen, dass Papiernoten ebenso vertrauenswürdig seien. Ich war mir da nicht so sicher.

Wie konnte ein Versprechen von Wert dem wahren Wert gleichkommen? Wie konnte die Idee von etwas zu einem Etwas werden? Dies schien ein gefährliches Spiel zu sein.

Als die Sonne in ein tiefes karminrotes Glühen sank, trat ich vor meine Hütte, um lose Drähte am Hühnerstall zu befestigen, als der Boden unter mir zu pulsieren begann. Ein ohrenbetäubendes Grollen erfüllte die Luft, kam näher und wurde lauter. Als ich aufsah, sah ich die ersten Krieger, die an meiner Hütte vorbeiritten – Teil des langen Zuges der Irokesen-Konföderation.

Als die Wolke der Krieger näherkam, öffnete sie sich ein Stück, und ich erblickte einen hochgewachsenen Reiter in ihrer Mitte.

Sein Haar trug keinerlei Schmuck, doch über seinen Schultern lag ein flammend violetter Umhang, der zu leuchten schien. Seine Augen, von überirdischem Glanz, bohrten sich in meine, ihr intensiver Blick ließ mir Schauer über den Rücken laufen.

Als er an mir vorbeiritt, drehte er den Kopf zurück und schenkte mir ein vertrautes Lächeln, das in mir einen kurzen Moment des Wiedererkennens auslöste.

Eine Gänsehaut überzog meinen Körper – das Signal meiner Sinne, aufmerksam zu sein.

13

Schmiede

21. April 1715

Ashóokalilalish war Stunden vor der Delegation der Irokesen-Konföderation aufgebrochen, die von ihrem Besuch in Rockfort zurückkehrte, um die wachsenden Spannungen in den Handelsabkommen mit den neuen Siedlern zu klären.

Als er ankam, sagte er zu mir: „Ich bin zum Akdakaaeé, dem Hüter des Weges, ernannt worden. Die Delegation wird bei Sonnenuntergang hier eintreffen und ihr Lager für die Nacht auf den oberen Wiesen errichten."

Ich begrüßte seine Ankunft mit einer Tasse heißen Kaffees.

„Niemand kennt dieses Land besser als du", sagte ich und erkannte die Weisheit in ihrer Entscheidung voll an. „Es ist eine große Ehre, dass die Irokesen-Delegation dich zu ihrem Späher gewählt hat", fügte ich hinzu, aufrichtig beeindruckt, da der Stamm der Crow nicht Teil des Irokesenbundes war.

„Ich glaube, es ist ihre Art, unser Volk mit Bedeutung und Respekt einzubeziehen. Ihre Mission, die Grundlagen des Handels in dieser Region neu zu ordnen, ist für alle Stämme von großer Bedeutung. Heute Nacht werden sie einen gemeinsamen Rat abhalten, um die jüngsten Entwicklungen in Rockfort zu besprechen. Du bist herzlich eingeladen, als mein Gast teilzunehmen", sagte er.

Meinen Jugendfreund in seinem Element zu sehen, war ein wahrhaft bemerkenswerter Anblick.

Er strahlte eine natürliche Autorität aus, ein stilles Selbstvertrauen, das ihn wie einen Schatten der Erde durchdrang; jede seiner Bewegungen war von der Anmut und Präzision eines Raben – nahtlos verschmolzen mit der Landschaft, eins mit der Weite des Landes.

Es war, als besäße er eine angeborene Verbindung zur Erde und zur Luft, die es ihm erlaubte, aus Sicht und Klang zu verschwinden.

Seine Spurenlese war unvergleichlich – eine fast übernatürliche Gabe, Vergangenes zu deuten und Kommendes zu erahnen. Ob Mensch oder Tier, er verstand das Gesetz der Bewegung auf eine intuitive Weise. Er nahm seine Umgebung weit und klar wahr, blieb dabei aber selbst unbemerkt.

Es schien, als hätte er einen zusätzlichen Sinn, der ihn jede Bewegung vorausahnen ließ – immer einen Schritt voraus. Ihn in Bewegung zu beobachten war bemerkenswert, ein Zeugnis seiner außergewöhnlichen Kunst und seines Einsseins mit dem Land.

Wir beide wuchsen als Waisen im Stamm der Crow auf. Ashóokalilalishs Eltern waren berühmte Krieger, und das Unglück traf ihn, als seine Mutter durch die Schüsse einer Schar von Plünderern getötet wurde. Sein Vater suchte Rache und tötete die gesamte Gruppe von neun Gesetzlosen, bevor der zehnte Mann ihn in den Rücken schoss.

Während meiner sieben Jahre unter den Crow-Kriegern schmiedeten Ashóokalilalish und ich ein unzerbrechliches Band. Vielleicht verband uns die gemeinsame Erfahrung, aus dem einst Vertrauten und Geborgenen abrupt herausgerissen zu werden.

Doch erst unsere gemeinsame Liebe zum Schabernack entfachte das Feuer unserer geheimen Welt – wir waren wie füreinander geschaffen.

Ich kann nicht mehr aufzählen, wie viele Blutegel wir einander auf den Rücken setzten, wie viele Frösche wir uns gegenseitig ins Bett schmuggelten oder Spinnen in die Haare fallen ließen. Doch ein ganz bestimmtes Ereignis ist mir lebhaft im Gedächtnis geblieben.

In jener verhängnisvollen Nacht gelang es Ashóokalilalish, ein Stinktier in meine Schlafhütte zu locken. Als das Tier sich in die Enge getrieben fühlte, geriet es in Panik, stürzte wild umher und besprühte alles in der Hütte, die ich mit Baaéhche Iáxassee teilte, mit seinem übel riechenden Sekret. Ich versuchte verzweifelt, es einzufangen, wurde jedoch selbst in die klebrige, ölige Wolke getaucht. Meine Lehrerin war außer sich vor Zorn über den Vorfall und schalt mich heftig. Sie war wütend darüber, dass uns dieses Tier über den Weg gelaufen war, da sie es für ein böses Omen hielt. Zur Strafe ließ sie mich jedes Stück unseres Zeltes mit Zedernzweigen ausscheuern.

Während der Tage, die ich mit dem Schrubben verbrachte, dachte ich nur an Rache. Ich schwor mir, es Ashóokalilalish heimzuzahlen, und in meinem Kopf kreisten zahllose Pläne, wie ich dies anstellen könnte.

Geduldig wartete ich auf meinen Tag der Vergeltung. Dieser kam schließlich am Badetag, wenn die Männer sich am Wasserloch wuschen.

Ich hatte den größten grünen Schleimwurm, den ich je gesehen hatte, sorgsam aufbewahrt – eigens für diesen Anlass.

Während die Männer im Wasser beschäftigt waren, schlich ich mich an ihre Kleidung heran und konzentrierte mich auf Ashs Lendenschurz. Mit schelmischer Freude steckte ich den zappelnden Wurm in den Bund seines Fellgewands und kroch in sicherer Entfernung davon, gespannt auf seine Reaktion – hoffend auf eine köstliche Mischung aus Ekel und Überraschung.

Ich wartete, genoss den Moment meiner süßen Rache – da wurde das Lachen und Plaudern der frisch Gebadeten plötzlich von einem gellenden Schrei zerrissen.

Chaos brach aus, doch durch die Bäume konnte ich nicht erkennen, was geschehen war. Plötzlich brach Ash zusammen, und eine unheimliche Stille senkte sich über die Männer. Einer der Ältesten kniete sich neben ihn, untersuchte ihn, und kurz darauf hob einer der Jüngeren Ashóokalilalish hoch und trug ihn eilig zu Baaéhche Iáxassee in unser Zelt.

Mit schwerem Herzen betrat ich den Heilungsraum und sah Ash nackt auf den Fellen liegen – kaum bei Bewusstsein und sichtlich von Schmerzen gequält.

Baaéhche Iáxassee legte einen Umschlag aus der braunen Drachenwurzel auf seine Leistengegend und sang dabei eine Heilungsmelodie über seinem Körper. Als ich eintrat, warf sie mir einen langen, prüfenden Blick zu, bevor sie sich wieder Ash zuwandte, dessen Unterleib schmerzhaft geschwollen war – die Folge, wie sie erklärte, eines Bisses einer winzigen Rankenschlange. Sie betonte, wie wichtig es sei, die gelbgrünen Schwänze dieser Babyschlangen von den großen Zappelwürmern unterscheiden zu können, da ihr Biss, obwohl nicht giftig, dennoch große Schmerzen und Schwellungen verursachen könne.

Drei Tage lang saß ich an Ashóokalilalishs Seite, kühlte seine Stirn und wachte über ihn, während Fieber und Delirium ihn heimsuchten.

So sehr ihn die Schmerzen auch quälten – er machte mir keinen einzigen Vorwurf, und über meinen Fehler sprachen wir nie.

Als er schließlich wieder gesund war, fand unser Kleintierkampf sein Ende. Von da an begegneten wir einander mit neuer Vorsicht und Respekt. Ich wusste nicht, ob er jemals ahnte, dass ich die Schlange in seinen Lendenschurz gesteckt hatte – und ich war zu beschämt, um zu fragen.

In den folgenden Jahren vertiefte ich mich in die Sprache der Pflanzen, während Ashóokalilalish zu einem furchtlosen Krieger heranwuchs, dessen Empathie allem galt, was vom Geist des Lebens erfüllt ist.

Leiser Rabe

„Warst du bei der Zusammenkunft vom Irokesenrat und den Stadtleuten?" fragte ich Ash.

„Ich durfte auf der hinteren Bank sitzen und zusehen", antwortete er. „Die Stimmung war angespannt, und am Ende blieb nur Enttäuschung – eine friedliche Einigung kam nicht zustande."

Von Neugier getragen fragte ich weiter, worüber sie gesprochen hatten.

„Vertreter aller Stämme des Irokesenbundes waren anwesend – Mohawk, Oneida, Onondaga, Cayuga, Seneca, ja sogar die Ältesten der Tuscarora", erklärte er. „Noch nie zuvor hatte ich die gesamte Versammlung an einem Ort gesehen. Jeder Stamm schickte drei Sprecher und einige Männer, die für Vorräte sorgten. Als sie ihr großes Lager vor der Stadt errichteten, spürte man, wie die Bewohner von Rockfort unruhig wurden."

Am folgenden Tag leitete der Stadtausschuss die Zusammenkunft ein – vertreten vor allem durch die fünf Rockfellar-Brüder, Besitzer der Goldschmiede, deren Einfluss bis in jedes Geschäft der Stadt reichte. Auch der Sheriff war da, sowie ein alter Richter, der kaum noch etwas zu hören schien.

Als das Treffen begann, erhob sich die Delegation der Stämme, und einer ihrer Ältesten sprach:

„Wir, die Vertreter der Irokesen-Konföderation, erklären den vorläufigen Stopp aller Handelsbeziehungen mit der Stadt Rockfort, bis die Ungerechtigkeiten in der Bewertung unserer Güter bereinigt sind.

Der Irokesenbund ist hier, um seine Erkenntnis auszusprechen: Die weißen Siedler haben die natürlichen Prinzipien des fairen Handels verletzt. Sie bieten gewöhnliche Waren als kostbare Seltenheiten an und täuschen damit ihre Handelspartner. Dieses gebrochene Vertrauen zerstört die Hoffnung auf eine ehrliche, respektvolle Zusammenarbeit zwischen dem Alten Volk und den Neuankömmlingen.

Seit ungezählten Generationen wissen unsere Völker, dass Aufrichtigkeit im Handel die Grundlage des Friedens ist – das Band, das gemeinsames Leben und geteilten Wohlstand möglich macht.

Es liegt in unserer Verantwortung, verlässliche Beziehungen zu pflegen, damit der Austausch von Gütern in Harmonie geschehen kann.

Doch der Bund sieht nun klar:

Die Siedler begegnen ihren Handelspartnern ohne Achtung und verkennen den wahren Reichtum dieses Landes. Statt Ehrfurcht treibt sie Gier – sie beuten ihre Brüder aus und ziehen den Wert und die Lebenskraft des Bodens an sich.

Darum müssen neue Grenzen gezogen werden, damit die Erstbewohner dieses Landes ihre Kraft bewahren und nicht geschwächt werden durch einen Reichtum,

der nur den Neuankömmlingen zugutekommt.

Das ist eine gute Nachricht. Wie haben die Stadtleute darauf reagiert?" fragte ich Ashóokalilalish.

„Schwer zu sagen", antwortete er. „In den Gesichtern der weißen Männer war kaum etwas zu lesen, und ihre Antwort kam für den Irokesenbund völlig überraschend. Zunächst erklärten sie sich bereit, die genannten Probleme im Handel zu prüfen. Dann erläuterten sie, dass ihre Firma, *Rockfellar Goldsmiths and Bank*, ein neues System eingeführt habe – Papiernoten als Stellvertreter für Goldmünzen. Der Wert der Waren solle künftig festgelegt und über diese Schuldscheine beglichen werden. So, sagten sie, könne das Gold sicher aufbewahrt und der Handel zugleich erleichtert werden, auf einer Grundlage gegenseitiger Vereinbarung."

„Wie soll das funktionieren?", fragte ich fassungslos. „Wie reagierten die Ältesten darauf? Das klingt, als würden die freien Stämme von der Bank in Rockfort abhängig werden."

Ash schwieg kurz, bevor er antwortete: „Die Ältesten reagierten mit Ablehnung. Sie waren in die Stadt gekommen, um die Grundlagen des fairen Handels zu festigen – und stattdessen bot man ihnen Papier anstelle von Münzen. Die Rock-Brüder versuchten, sie zu überzeugen, dass die Stadtbewohner mit den Noten bereit wären, höhere Preise zu zahlen, was den Austausch verbessern könne. Doch die Delegation erhob sich schweigend und verließ die Halle."

Ich schüttelte den Kopf über diesen Verlauf. Den Ältesten musste klar gewesen sein, dass die Einführung von Papiergeld eine Bedrohung für ihre gewachsenen Handelswege bedeutete.

„Die Sonne geht unter", sagte Ash leise und durchbrach die Stille. „Wir sollten zu den Wiesen aufbrechen und uns der Delegation anschließen."

Ich nickte, und gemeinsam verließen wir die Hütte, folgten dem Pfad durch die Kiefern hinauf zu den offenen Feldern, um den Männern des Bundes zu begegnen.

Am Rande des Dorfes sah ich Mrs. O'Neill in ihrem Hof. Sobald sie uns bemerkte, rief sie ihre Kinder ins Haus und schloss eilig die Tür, kaum dass wir vorbeigingen. Ihr jüngstes Kind lugte noch neugierig hinter der

Fensterscheibe hervor.

„Sieht so aus, als würde dein zottiges Auftreten ihnen Angst einjagen", sagte Ash mit einem spöttischen Grinsen.

Sein Scherz brachte mich zum Lachen, doch Mrs. O'Neills abweisende Reaktion gegenüber meinem Krähenbruder traf mich tief.

Als wir die hohen Wiesen erreichten, war die Nacht bereits hereingebrochen. Überall standen Zelte, das Lager lag wie ein schimmernder Kreis aus Licht in der Dunkelheit. Kleine Feuer glühten zwischen den Schatten, und in der Mitte brannte das große Feuer, hoch und klar. Die Ältesten des Haudenosaunee-Bundes hatten sich versammelt und reichten schweigend die Friedenspfeife.

Feuer und Atem verbanden sich, um den heiligen Rauch aus den Kräutern der Pfeife emporzuschicken – reinigend, Gebete tragend, eine Brücke zwischen Erde und Himmel. Der Rat nickte uns zur Begrüßung zu, und wir setzten uns zu ihnen.

Der erste Älteste, an dessen kunstvollem Perlenmuster ich ihn als Oneida erkannte, erhob sich.

„Ich grüße den Rat, meine Brüder und Schwestern. Die Wurzeln unserer Völker reichen tief in dieses Land. Achtung und Gleichgewicht verbinden unsere Familien und halten den Frieden, den wir mit Freiheit und Gemeinschaft nähren. Nun müssen wir neue Wege finden, den heiligen Kreislauf des Gebens und Empfangens zu bewahren und die Neuankömmlinge in unsere Lebensweise einzuführen."

Ein jüngerer Mohawk trat vor, die Schläfen rasiert, die Leggings und Mokassins mit Bändern und Perlen bestickt.

„Unser Bund hat die neuen Siedler willkommen geheißen – als Zeichen der Zeit, in der die Erde größere Kreise zieht um Austausch und Vielfalt hervorzubringen. Wir haben ihnen gezeigt, wie man Elch und Bär jagt, in unseren Flüssen fischt und Felder bestellt. Wir haben dieses neue Zeitalter mit gutem Willen und Hoffnung empfangen – auf gegenseitiges Wachstum, auf Beständigkeit. Doch wir dürfen nicht vergessen, dass die Mohawk viele Male verraten wurden. Wer in sich selbst keinen Frieden kennt, kann kein verlässlicher Verbündeter sein. Man mag ihre Versprechen hören, doch man darf ihnen nicht trauen – denn ihr Volk steht entzweit und folgt nicht einmal seinen eigenen Gesetzen."

Der Älteste, der neben dem Oneida-Häuptling saß, erhob die Stimme. Es war schwer zu sagen, welchem Volk er angehörte – die Linien von Cayuga und Seneca sind eng verwoben, ihre Gewänder aus Hirschleder ähneln sich sehr stark.

„Vielleicht haben wir zu spät Grenzen für unser Land gesetzt. Wir sind stets frei gewandert, dem Rhythmus der Erde folgend, im Vertrauen, dass alle im gleichen Geist gehen. Doch die weißen Siedler schneiden mit Axt und Maßstab Linien durch Wälder und Flüsse, errichten Zäune, schaffen selbstgefällige Grenzen und dringen immer weiter in unsere Gebiete ein.

Jetzt liegt es an uns, unsere Ordnung zu stärken und das natürliche Gleichgewicht zu bewahren. Wir haben ihre Wege angenommen, statt unsere zu bekräftigen. Wir glaubten, Einheit schaffen zu können – und haben den Eindringling genährt. Wir müssen erkennen, dass ihre Wege sich nicht mit den unseren verweben – sie wachsen aus einem Boden, der dem unseren fremd ist."

Dann sprach der Älteste der Onondaga. Seine Erscheinung war schlicht, doch makellos: das sorgfältig geflochtene Haar, das fein gearbeitete Gewand, jedes Detail Ausdruck stiller Würde.

„Seit drei Generationen führt uns unser Gesetz des Friedens zu Wohlstand und Einvernehmen. Unsere Ahnen erzählen von den Zeiten des Blutes, bis wir erkannten, dass ehrlicher Handel Ordnung und Harmonie bringt. Dieses große Gesetz des Friedens bleibt das Fundament unseres Lebens – getragen von Gleichgewicht, Zusammenarbeit, Gleichwertigkeit und Achtung der Vielfalt.

Doch nun mussten wir erfahren, wie wenig Ehre der weiße Mann unserem Handel entgegenbringt. Wer den Wert dessen verachtet, was wir geben, missachtet auch unser Leben."

Ich bat um das Wort – und der Kreis gewährte mir Stille.

„Es ist nicht nur Gleichgültigkeit gegenüber eurem Volk," begann ich leise, „sondern eine, die auch die Siedler untereinander vergiftet. So sehr sie ihre Familien und Nächsten lieben, so tief sitzt in ihnen eine seltsame Achtlosigkeit gegenüber allem Lebendigen. Die meisten Neuankömmlinge sind dem Hunger entflohen, doch ihre alte Angst vor dem Mangel hat sich verwandelt – in Gier. Ein Begehren nach immer mehr, genährt aus der Furcht, es könne je wieder zu wenig sein. So wiederholt sich der Kreis: Fülle rinnt davon, während die Menschen sich im endlosen Ringen um Besitz und Vorrat verlieren."

Der Älteste der Onondaga erhob sich.

„Wenn wir uns gegen ihre Lebensweise stellen und ihre Geschäfte ablehnen, werden wir unweigerlich Krieg mit ihrer Welt beginnen," sprach er. „Doch ihren Regeln zu folgen, hieße, uns von der Erde zu trennen. Ihre Ordnung ist nicht im Gesetz der Natur verwurzelt – sie wird zerfallen. Wir hoffen nur, dass dies geschieht, bevor sie zu tief in unser Land hineingreifen. Je größer ihr Fall, desto stärker das Beben, das folgt."

Er schwieg einen Atemzug lang. „Wir wissen, dass jedes Leben, das wir geben oder nehmen, geehrt werden muss. Das Gleichgewicht ist uns ins Blut geschrieben."

Ein junger Sprecher der Tuscarora trat vor. An seiner bunten Kleidung erkannte man, dass sein Volk noch nicht Teil der Irokesen-Konföderation war, doch in Freundschaft mit ihr stand. Seine Tunika und Beinkleider leuchteten in den Farben von Tieren und Pflanzen, durchzogen von kunstvollen Perlen und Federn.

„Die Irokesen wollen keine Papiernoten annehmen," sagte er. „Wir Tuscarora werden unsere Güter nicht gegen Blätter eintauschen, die mit den Versprechen des weißen Mannes beschrieben sind. Unsere Wahrheit ist keine Währung – und wir werden uns niemals seinem Wort beugen."

Da sprach der alte Mohawk-Häuptling, kräftig trotz seines Alters:

„Das Papiergeld wird kommen. Dieses Schicksal ist beschlossen – es steht in der Weissagung des Göttlichen Schamanen. Wer sich diesem neuen Gefüge widersetzt, wird Krieg mit ihm führen."

Ein lautloses Erschrecken ging durch den Rat beim Klang dieses Namens. Mein Herz schlug heftig, Gänsehaut breitete sich über meine Haut.

Einen Moment lang verschwamm die Welt – als legte sich ein Schleier aus Wasser über die Wirklichkeit, und ein feines Läuten zitterte in meinen Ohren.

Dann sprach der Alte weiter:

„Der Schamane hat uns offenbart, dass der große Kreislauf des Austauschs bald vergiftet sein wird – wie schon in anderen Teilen dieser Welt.

In den Zeichen steht geschrieben:

Wellen verlorener Wanderer werden an unsere Küsten gespült – Menschen, die alles riskieren, um dem Alten zu entfliehen. Doch wohin sie auch gehen, sie tragen ihre Vergangenheit in sich und säen sie überall, wo sie Fuß setzen.

So legen sie ein Netz ihrer alten Welt über dieses Land – über unser Land – getränkt vom Blut derer, die fallen müssen.

Je weiter sie ins Landesinnere vordringen, desto tiefer wurzelt ihre alte Welt. Ihre Saat krallt sich fest, wächst wie Ranken empor, und wenn sie die Oberfläche erreicht, ist sie nicht mehr zu bändigen. Denn sie sind Meister des Kampfes geworden, zehren den Lebenssaft aus der Erde und ersticken, was zuvor gewachsen ist.

Getrieben vom brennenden Wunsch, sich selbst zu entfliehen, wissen sie nicht zu leben – nur zu ringen. Sie jagen einem Traum von Freiheit hinterher, der sich ihnen entzieht wie der Horizont – immer sichtbar, nie erreicht.

Ein ganzes Land wird sich beugen vor dem Kampf um eine Idee, die niemals zu greifen ist.

Diese Zeit hat begonnen."

„Wie kannst du das sehen?" fragte ich entsetzt. „Wie könnt ihr eines solchen Schicksals gewahr sein?"

Der alte Häuptling sah mich lange an. „Mutter Erde schenkt Leben in ihrem großen Kreis der Fülle. Wird dieser Kreis nicht geehrt, folgen Schmerz und Verlust.

Wir haben gelernt, ihre Zeichen zu lesen und die Weissagungen des Schamanen zu deuten. So haben wir überlebt und sind im Strom der Zeit erblüht.

Wir werden ehrenvoll leben und sterben, wenn es für uns an der Zeit ist – doch wir werden nicht in Angst verwelken. Furcht lähmt die Bewegung, und wir werden weitergehen, bis der Große Geist unseren Fall bestimmt – im Dienst des größeren Gewebes des Schicksals.

Unsere Ahnen reiten in uns, und wir reiten in den kommenden Generationen.

Doch wir beherrschen weder die Zeit noch ihre Zyklen.

Diese Lande haben die Muster des Seins genährt, lange bevor unsere Füße sie berührten.

Sie webten die Fäden, aus denen das Schicksal gewoben ist – die zeitlose Chronik der Erde.

Doch wir sind nicht ihre Weber.

Wir dürfen sie nur ehren – das Land, die Zyklen und die Weissagungen.

Und wenn wir hier nicht mehr wachsen können, kehren wir in den Schoß dieser Erde zurück, bis die Zeit uns wieder ruft, um neu zu erblühen."

„Warum glaubst du, dass die Neuankömmlinge unsere Wege nicht annehmen?" fragte Ash.

„Weil sie blind sind von ihrem eigenen Urteil," antwortete der Häuptling.

Der Rat der Cayuga-Seneca erhob sich.

„Wenn wir den Händlern der Siedler nicht mehr trauen können, werden wir unsere eigenen Handelsplätze errichten – Orte, an denen der weiße Mann zu uns kommt und sich unseren Regeln fügt."

"Ich könnte bei der Festlegung der Preise behilflich sein," sagte ich. „Ich bin mit den Waren der alten Welt vertraut."

Die Häuptlinge nickten, und in dieser stillen Übereinkunft lag Gewissheit:

Die Zeit der Veränderung hatte begonnen.

Als die Nacht kühl und wolkenverhangen wurde, sehnte ich mich nach Ruhe von dem langen Tag. Ich hüllte mich in meinen Wollmantel und legte mich unter einen Ahornbaum. Irgendwann später spürte ich, wie mir jemand eine warme Decke über die Schultern legte. Unter ihrem Schutz glitt ich hinüber in einen tiefen, traumlosen Schlaf.

Als ich im Morgentau erwachte, waren die Stämme bereits fort – vermutlich schon seit Sonnenaufgang.

Ashóokalilalish saß unweit von mir unter einer Espe und sprang auf, als er sah, dass ich wach war.

„Da ist sie ja", sagte er mit einem erleichterten Seufzen, „meine akbáaxxiia póopahte!" – *eine Eule, die sich erhebt und weiterzieht.*

„Ich habe gar nicht gehört, dass jemand aufgebrochen ist", murmelte ich, gähnte und wischte mir den frischen Tau aus dem Gesicht.

„Komm, Schwester", sagte Ash. „Ich bring dich nach Hause – dann muss ich zur Föderation aufschließen."

Seine Fürsorge rührte mich, und ich war dankbar, nicht allein am Wegrand zurückgeblieben zu sein. Nachdem ich meine müden Glieder gestreckt hatte, stieß ich eine kleine Wolke Atem in die kalte Morgenluft, und wir machten uns auf den Weg.

Während wir den Pfad entlanggingen, lösten die Pflanzen des Waldes feinen Nebel aus, der im schrägen Sonnenlicht zu tanzen schien.

Ich wandte mich zu Ash und fragte: „Du bist so still, mein Bruder. Was lastet so schwer auf deinem Herzen und deinem Geist?"

Er atmete tief ein. „Ich kann das Gefühl nicht abschütteln, dass schwere Zeiten auf mein Volk zukommen. Jeder unserer Männer und Frauen ist bereit, sein Leben für die Stämme zu geben, wenn es sein muss – doch wie kämpft man gegen einen unsichtbaren Feind? Es ist, als lege das Schicksal selbst uns die Schlinge um den Hals."

Seine Worte ließen mich frösteln, und selbst die Sonne konnte dafür keine Wärme bringen.

Als wir meine Hütte erreichten, umarmten wir uns zum Abschied.

Ash schwang sich auf sein Pferd, Xaxxé áalihte, den *mutigen Raben*, dessen schwarze Mähne im bläulichen Glanz schimmerte – und ritt davon, hinein in die Weite.

Ich genoss die friedvolle Ruhe des Tages und nahm mir endlich die Zeit, Birkenrinde zu einem neuen, kleineren Korb zum Beerensammeln zu flechten – müde davon, Kräuter und Beeren in einem einzigen Korb zu mischen, nur um sie später wieder mühselig zu trennen.

Die langen Streifen ließ ich in dem kochenden Wasser meines Feuerkessels einweichen, bis sie biegsam wurden. Auf der Veranda sitzend, mit einem Streifen Rinde in der einen Hand und meiner Nadel in der anderen, begann ich, die Rinde mit wellenartigen Bewegungen um einen Mittelpunkt zu winden und sie dabei zu fixieren. Während sich der Boden des Korbes formte, flocht ich vorsichtig durch die Windungen, um die Seiten aufzubauen. Versunken im gleichmäßigen Rhythmus des Flechtens arbeitete ich besonnen und spürte, wie das Material unter meinen Fingern nachgab. Der fertige Korb sollte nicht nur nützlich, sondern auch schön sein.

Während ich weiter fädelte und drehte, wurde der Tag zu einem goldenen Nachmittag.

Das warme, sanfte Licht der Sonne hob das feine Muster der Flechtung hervor und tauchte die Veranda in ein freundliches Leuchten.

Stunden vergingen, bis ich endlich die Nadel beiseitelegen konnte und den fertigen Korb betrachtete.

Es war eine kleine, einfache Arbeit, doch ich wusste, sie würde gute Dienste leisten – beim Sammeln von Beeren und Blütenknospen.

Gerade wollte ich den biegsamen Zweig einer jungen Weide anbringen, als ich das Rattern eines Wagens hörte. Er hielt abrupt an und wirbelte den Sand des Weges als Staubwolke in die Luft. Durch den glitzernden Schleier trat eine kleine Frau – Agnes Rock.

Mit einer zornigen Bewegung schleuderte sie mir etwas entgegen. Es landete zu meinen Füßen: das Bernsteinarmband, das ich Nadjah geschenkt hatte. Ich hob es auf und strich sanft mit den Fingern über die goldene

Perle.

„Hier also hast du deinen Fluch versteckt?" schrie sie, ihre Augen müde, leer geweint.

„Dieser Bernstein ist die Lebenskraft des Baumes in einer Perle. Er war ein Geschenk für Nadjah – ein Zeichen für ihren Geist," sagte ich ruhig.

Agnes starrte mich an, ihre Augen verdunkelt vom Schatten ihres Schmerzes.

„Sie lebte noch! Sie atmete! Du hast gesagt, ihr Körper sei gesund! Du hast eine ganze Nacht an ihrem Bett verschwendet! Wie konnte sie im einen Moment vollkommen sein und im nächsten tot? Was hast du ihr angetan? Das ist keine Heilkunst, das ist Hexerei!" schrie sie.

„Agnes, es tut mir unendlich leid, was du ertragen musst," flüsterte ich.

Wie ein verletztes Tier stieß sie einen Schrei aus: „Du hast mir alles genommen! Verflucht seist du, Hexe! Du gehörst ins Feuer!" Dann eilte sie zum Wagen zurück und fuhr davon.

Erschüttert von so viel Hass griff ich nach meinem unfertigen Korb und floh in den Wald – unsicher, was ich dort finden würde, doch gewiss, dass die Bäume meine Seele beruhigen würden.

In den Wald einzutreten war immer, als träte ich in eine Versammlung, in der alle Anwesenden abrupt innehielten, um meine Gegenwart still zu begrüßen – ein vertrauter Wanderer, der hin und wieder vorbeikommt. Ich konnte spüren, wie die Bäume mich wahrnahmen und beobachteten, während ich durch ihr Reich schritt.

Je tiefer ich in das Dickicht eindrang, desto weiter öffnete es sich, bis ich in einer Lichtung stand. Dort wuchsen die breiten, behaarten Blätter des Beinwells – hohe Pflanzen mit dichten Trauben kleiner, glockenförmiger Blüten in Rosa und Violett. Es war noch früh im Jahr, doch dieses versteckte Feld schien seiner Zeit weit voraus.

Ich hockte mich nieder und schnitt mit meinem Sammelmesser nur einen kleinen Teil der Blätter und oberen Triebe ab. Schon in Gedanken begann ich, die vielen Möglichkeiten aufzuzählen, diese Pflanze zu nutzen – so wirksam bei Wunden, Prellungen und Schmerzen.

Beinwell fördert die Bildung neuen Gewebes und ist daher ein wertvolles Heilmittel bei Hautverletzungen wie Verbrennungen, Schnitten und Schürfwunden. Auch äußerlich angewandt lindert er Gelenkschmerzen und Muskelverspannungen. Ich wollte eine neue Salbe für Mrs. O'Neill ansetzen, die nun zu einer sanfteren Behandlung ihrer Gelenke übergehen konnte.

Darüber hinaus kann Beinwell die Verdauung unterstützen oder als Zusatz in Dampfbädern bei Atembeschwerden und Husten helfen.

Doch seine wahre Kraft liegt in der Heilung – er kann Zahnfäule mildern und gebrochene Knochen beim Zusammenwachsen unterstützen.

„Du brauchst ein besseres Messer", sagte eine Stimme hinter mir.

Vor Schreck fuhr ich herum und stürzte rückwärts – und da stand er: der Violette Schamane.

Ich rappelte mich wieder auf; die Frage, woher er gekommen war, erschien mir bedeutungslos.

Er streckte den Arm aus und offenbarte eine prächtige Klinge in seiner Hand. Der Stahl war von einem schimmernden Muster durchzogen, das an sich kräuselndes Wasser erinnerte. Der hölzerne Griff glänzte wie polierter Knochen.

„Damaststahl, geschmiedet in den Schichten des Feuers", erklärte er. „Über zweitausend Jahre alt – und noch immer so scharf wie am ersten Tag. Ich glaube, sie wird dir Freude bereiten."

„Du bist einfach aus dem Staub aufgetaucht", murmelte ich.

„Nun ja – in gewisser Weise könnte ich dasselbe von dir sagen", entgegnete der Schamane.

Seine Worte trugen ein Gewicht, das ich nicht zu fassen vermochte.

Ich betrachtete die Klinge vor mir – so rein, so hell, dass selbst der Sonne eitle Strahlen darin tanzen wollten.

„Das ist zu viel. Ich weiß nicht, wer du bist. Ich kann dieses Geschenk nicht annehmen", sagte ich, überfordert von seiner plötzlichen Erscheinung.

Behutsam steckte der Schamane das Messer in die Tasche seines purpurnen Mantels zurück. Seine Augen leuchteten in einem lebhaften Violett, während er mich mit einem sanften, beständigen Lächeln ansah.

Ich nahm die scharfen Konturen seines Gesichts wahr – alterslos, jenseits jeder Zeit. In seinen forschenden Augen lag stille Weisheit, frei von Zweifel, und doch trugen sie das Wissen vieler Zeitalter in sich.

Seine Gegenwart war zugleich gebieterisch und beruhigend, und ich fühlte mich eigenartig sicher in seiner Nähe.

In seinem Lächeln lag ein jugendliches, fast schelmisches Leuchten, das augenblicklich eine vertraute Nähe zwischen uns entstehen ließ.

„Das Messer gehört längst dir", sagte er mit sachlicher Ruhe.

„Es weiß, dass deine Stärke vom Feuer abhängt, das dich formt – und du weißt das ebenso."

Ich nahm meinen Korb und ließ mich auf dem weichen Moos der Lichtung nieder; der Schamane tat es mir gleich.

„Ich habe dich bei der Versammlung der Irokesen reiten sehen", begann ich. „Die Ältesten sprachen von den Prophezeiungen des Göttlichen Schamanen. Bist du jener Bote der Zeit? Du warst nirgendwo zu sehen. Wo warst du?"

„Ich saß direkt neben dir", antwortete er ruhig.

„Das ist unmöglich. Wie konnte ich dich nicht bemerken?"

„Ich gestatte deinen Sinnen nur dann, mich wahrzunehmen, wenn es von Bedeutung ist – damit ich deinen Fokus nicht störe", erklärte er.

Dann fuhr er fort:

„Im Großen Zyklus liegt die Absicht, dass das Licht allmählich ansteigt – und dafür muss die Dunkelheit erforscht werden – um erkannt zu sein.

Ich begleite jene, die für eine Weile hinabsteigen müssen, um im Dunkel zu keimen, bis das göttliche Signal sie erneut zum Sprießen ruft.

Die Welt muss sich in ihren eigenen Wahnsinn stürzen dürfen, um sich selbst aus dieser Perspektive sehen zu können.

Ich bringe Botschaften zu denen, die fallen werden – damit sie im Sturm der Zeit Trost finden, wissend, dass in dieser Welt nur eines beständig ist: der Wandel.

Nichts geht für immer verloren, und nichts wird für immer gewonnen.

Die Zahnräder auf der Landkarte der Zeit greifen ineinander wie eine aufsteigende Spirale, in der alles zurückkehrt – neu ausgerichtet, verwandelt, um Perspektive in Bewegung zu halten und Wahrnehmung zu weiten.

Die Zeit ist eine Sprache der Koordinaten – eine Landkarte, wenn du so willst.

Wir tragen die Zeit in uns, weil wir selbst ihre Koordinaten sind.

So zeichnet das ewige Licht sein Muster durch unsere Erfahrungen.

Wir beobachten die Sterne und vermessen das Geflecht des Kosmos – und der Kosmos beobachtet uns als das Geflecht der Zeit: ein Kreislauf des Bewusstseins, ein Kontinuum in Raum und Zeit."

„Wie lässt du deine Gestalt los?" fragte ich. „Wie kannst du unter vielen reiten – und im nächsten Moment bist du ein Geist?"

„Ich lasse alle Gedankenstrukturen in mir zusammenfallen", antwortete er. „Dann werde ich zum reinen Gefäß im Reich aller Möglichkeiten, bevor es Gestalt annimmt.

Wenn meine Gedanken wieder mit dem Netzwerk meiner Form übereinstimmen, kehrt die Struktur zurück – und wird von den Sinnen erkannt.

Es ist eigentlich ganz einfach. Du musst nur lernen, deinen photonischen Lichtkörper so zu bewegen, als wäre er der Schwerkraft unterworfen.

Im Gegensatz zu deinem physischen Körper hält dein Lichtkörper keine Gedanken fest, die in Form zusammenfallen.

Er ist fließende Essenz, halbflüssiges Licht. Bewege dich als dieses – entlang der Bahnen der Schwerkraft."

Während er sprach, starrte ich ihn an, bemüht, seine Worte zu begreifen.

„Na schön – ich bewege dann gleich meinen – wie du ihn genannt hast – Lichtkörper ...... sobald ich zu Hause bin und die Hühner gefüttert habe", sagte ich trocken.

Er lachte herzlich, und ein warmes Lächeln folgte. „Ich habe dich vermisst."

„Das heißt, wir sind uns schon begegnet?" fragte ich.

„Der Schleier des Vergessens, den du dir selbst auferlegt hast, ist zäh. Glaubtest du, er würde dich schützen?"

„Vergessen? Was genau?"

„Dass du einst geschworen hast, dein inneres Feuer zu rufen, wenn der Große Zyklus zerbricht und das Lichtgitter seine Strahlkraft verliert", sagte er.

„Ich habe dich gesucht – und ich werde dich immer finden. Es überrascht mich nicht, dich hier zu treffen, während ein weiteres Reich fallen muss, welches im Einklang mit der alten Weisheit steht."

„Das hat nichts mit mir zu tun", entgegnete ich.

Der Schamane lachte. „Nein, nicht direkt. Es ist lange her, dass du dein eigenes Netz des Schicksals ausgeworfen und die Dunkelheit über dich hast kommen lassen – um zu lernen, dem zu vertrauen, was du siehst, im Licht und im Schatten.

Und nun bist du hier. Man nennt dich eine *Fremde*. Du erinnerst dich daran, dass Anderssein gefährlich ist – und so ist es gefährlich für dich.

Du hast dich mit dem Zorn so mancher verstrickt, der sich nun um dich windet und dich festhält wie eine Fliege im Spinnennetz."

„Sprichst du von der Frau von vorhin?" fragte ich. „Sie trauert. Sie hat ihr Kind verloren. Ich kann verstehen, dass sich ihr Schmerz in Wut verwandelt."

Er schüttelte den Kopf. „Oh nein, sie hat dich schon vor vielen Leben verflucht – weil sie dich für den Verlust eines geliebten Menschen verantwortlich machte. Ihr Fluch bindet sie noch immer an dich. Und das war alles meine Schuld. Aber ich kann dieses Geflecht nicht für dich lösen. Du musst den Fluch benennen und ihn dorthin zurückrufen, wo er herkam. Bitte – du musst das Gift abtrennen."

Der Gedanke, Agnes Schaden zuzufügen, erfüllte mich mit Abscheu.

„Wie könnte ich sie beschuldigen für etwas, dessen ich mir nicht sicher bin – sie richten, weil ich glaube, nicht weil ich weiß? Wie könnte ich ihr wehtun, nur aus dem Glauben heraus, dass du die Wahrheit sprichst?"

Er schwieg lange, bevor er sagte:

„Dann werdet ihr beide verstrickt bleiben – im Gewebe eurer Gefühle. Du musst mit dem Leib erfahren, was du nicht sehen willst. Das ist das Gesetz des Lichts."

„Gibt es dann überhaupt eine Wahl?" fragte ich mit einem Gefühl von unabwendbarer Fügung.

„Oh ja", antwortete er. „Verbrenne deine karmischen Fäden in meiner Flamme. Du hast dich im Netz deiner Vergangenheit verstrickt. Lass los – befreie deine Erinnerungen.

Übertrage sie in das Bewusstseinsfeld, damit alle sie empfangen können. Deine Erinnerungen gehören dir nicht mehr allein.

Du kannst nicht voranschreiten, solange du dem Ruf der Vergangenheit folgst. Du drehst dich im Kreis, zur Melodie deines eigenen Echos.

Du hast dir selbst einen Anker gesetzt, der dich stetig nach unten zieht. Lass los, um nicht zu ertrinken.

Du hast deine Erinnerungen in deinen kristallinen Lichtkörper eingeschrieben, wo sie durch deine Sinne wieder aktiviert werden – und so nähren sie deinen Schmerz immer wieder von Neuem.

Du erschaffst Geschichten und ziehst Menschen an, die deine Vergangenheit widerspiegeln, so fein verwoben, dass du die Muster der Wiederholung nicht erkennst.

Immer wieder baust du Bindungen auf, die uralte Erinnerungen widerspiegeln – an jene, die längst fort sind. Lass sie los. Sie können deinen Ruf nicht mehr hören.

Du bist nicht mehr dieselbe, die diese Erinnerungen einst verankerte.

Sie wirken weiterhin als deine eigene Schwerkraft in Raum und Zeit.

Es ist Zeit, sie zu lösen – und dich selbst aus ihren Fäden zu entlassen.

Du weißt, dass es an der Zeit ist, deine alte Form loszulassen, um dein Wesen zu erneuern.

Du kannst immer wieder zurückkehren, um dich aus einem anderen Blickwinkel zu erkennen – doch alles, was du tust, ist, eine neue Version derselben Geschichte zu erschaffen.

Du hast bereits entschieden, das Tor der Verwandlung zu durchschreiten."

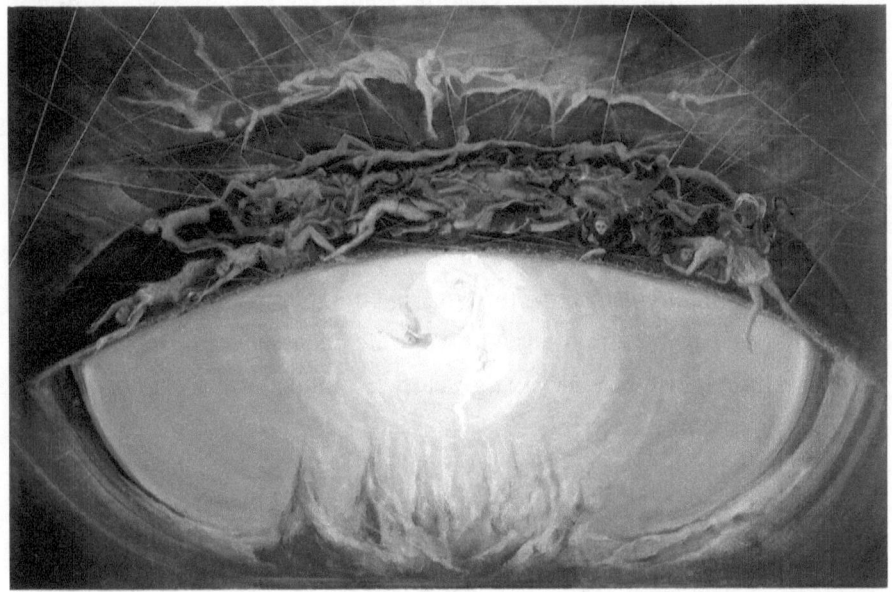

das Netzwerk

Ich öffnete die Augen und fand mich allein auf dem weichen Moos der Waldlichtung wieder.

Das Echo der Worte des Schamanen war verklungen – aufgelöst im Gesang der Vögel und im Rascheln der Blätter im Wind.

Ich hob meinen Korb voller Beinwell auf, wischte mir die Müdigkeit aus dem Gesicht und ging denselben Pfad zurück, der mich nach Hause führen würde.

Als ich an meiner Hütte ankam, entfachte ich das Feuer neu und setzte den Kessel für einen kräftigen, beruhigenden Lavendeltee auf – um meinen aufgewühlten Geist zu besänftigen.

Während ich auf das Kochen des Wassers wartete, nahm ich meinen Birkenkorb, um den Beinwell auf dem Küchentisch auszubreiten – da stockte mir der Atem.

Dort, auf meinem Tisch, lag das Messer des Schamanen.

14

noch nicht...

28. April 1715

Die Sonnenstrahlen kitzelten mir fröhlich den Nacken, als ich die Baumzapfungen löste, um meine Ernte an Birkensaft einzusammeln.

Behutsam goss ich den kostbaren Baumsaft aus den Tonkrügen in den Bota-Beutel – meiner großen Wassertasche aus Elchleder.

Ich dankte den Birken-Fräuleins für ihre reiche Gabe und Großzügigkeit. Mit beschwingtem Schritt machte ich mich von der Wiese auf den Heimweg und atmete tief den süßen, betörenden Moschus der erwachenden Blumen ein, die die Bienen anlockten, ihren Blütenstaub weiterzutragen.

Während ich durch den üppigen Frühlingswald wanderte, sammelte ich eine gute Portion leuchtend grüner Farnspiralen für mein Abendessen und entdeckte ganze Polster von Morcheln, dazu wilde Zwiebeln und Knoblauch. Mein neues Messer schnitt mühelos durch die Pflanzen – so leicht, als glitte es durch Wasser.

Der Pfad führte an Mrs. O'Neills Haus vorbei, aus dessen Garten helles Kinderlachen erklang.

Ihre Stimmen waren voller Aufregung, als sie unsichtbare Drachen jagten und sich auf kühne Abenteuer einließen – froh, die langen, grauen Wintermonate endlich hinter sich zu lassen.

Als ich am Zaun des Gehöfts entlangging, traf mich plötzlich ein dumpfer

Schlag am Kopf, gefolgt von einem stechenden Schmerz. Ich blickte auf und sah einen der kleineren O'Neill Jungen, wie er schon den nächsten Stein aufhob, bereit, ihn nach mir zu werfen, während er rief: „Hau ab, du Hexe! Mach, dass du wegkommst!"

Doch ehe er zielen konnte, gellte Mrs. O'Neills Stimme über den Hof: er solle „seinen gottverfluchten Hintern sofort ins Haus bewegen!"

Atemlos kam sie auf mich zugelaufen, überschüttete mich mit Entschuldigungen.

„Es tut mir schrecklich leid, Mrs. Afta! Ich werde dem Danny die Frechheit mit dem Gürtel austreiben, aber Sie wissen ja, wie es ist – die Leute reden, und die Kinder glauben alles, was sie hören."

Überrascht fragte ich: „So? Und was reden denn die Leute?"

Sie sah mich mit unsicherem Blick an. „Nun, in der Stadt heißt es, Sie flüstern den Wilden seltsame Ideen ein – das bringe unsere guten Handelsgeschäfte in Gefahr. Und die Frauen reden über die arme Mrs. Rock, die erzählt, Sie würden die Lebenskraft der Geister in den Perlen einfangen, die Sie tragen, und" – sie senkte die Stimme zu einem Flüstern – „Sie würden mit Hexerei Ihre Patienten gesund erscheinen lassen, nur um dann den Teufel auf ihren Weg zu schicken."

Mir verschlug es die Sprache.

„Natürlich weiß ich, dass das nur Gerede ist", fuhr Mrs. O'Neill fort, doch ihr Gesicht verriet, dass sie ihren eigenen Worten nicht glaubte. „Ach, mit den Wilden ist's grad nicht leicht – die Leute werden schon ganz nervös."

Ich wünschte ihr einen guten Tag und versprach ihr bald eine neue Salbe.

In den letzten Tagen war es still gewesen, kein neuer Patient hatte sich gezeigt – und nun fragte ich mich, ob ich selbst der Grund dafür war.

Als ich nach Hause kam, stand Jason Rock auf der Veranda meiner Hütte.

„Ich wollte nicht so lange fortbleiben", sagte er, als ich ihn hereinbat. „Aber, wie Sie wohl wissen, sind unsere Beziehungen zur Irokesen-Konföderation versauert. Die Roten halten sich nicht mehr an die üblichen Handelsregeln, und ihr Verhalten bringt unseren Markt durcheinander. Offenbar planen sie, eigene Handelsposten zu errichten, um das Pelzgeschäft unter ihre

NOCH NICHT...

Kontrolle zu bringen. Wenn sie das wirklich tun, werden sie Märkte entlang der Hauptrouten eröffnen – am Sankt-Lorenz-Strom und weiter im Norden bis zu den Großen Seen. Dann hätten sie die Flut der Waren des Nordostens in der Hand, und Rockfort würde alles verlieren, was wir über die Jahre aufgebaut haben. Unsere Stadt wird nie wieder dieselbe sein", schimpfte er und sah mich an, als trüge ich die Schuld an alldem.

„Wenn Sie mit ‚üblichen Regeln' Ihre eigenen meinen, warum dann nicht einen Austausch schaffen, der für beide Seiten gerecht ist – mit gegenseitigem Respekt für den Wert der Waren?" entgegnete ich. „Jason, wovor haben Sie solche Angst? Diese seltsame Furcht vor Mangel könnte einen Krieg entfachen. Dieses Land kann durch fairen Handel gedeihen. Man muss keine Machtfestung errichten, um zu überleben.

Die Jäger der Stämme riskieren ihr Leben, um Felle in ihre Dörfer zu bringen, die dann wochenlang zum Verkauf vorbereitet werden. Und Sie bieten ihnen Glasperlen, die in Fabriken dutzendweise pro Minute vom Band rollen, als gleichwertige Bezahlung – und nennen das Handel?

Wahre Gerechtigkeit verlangt Verantwortung von allen Seiten. Sie erwarten, dass die Stämme Ihre Papierzettel – bloße Versprechen, von Ihrer Familie eigenhändig geschrieben – akzeptieren und sich plötzlich als Ihre Ebenbürtigen betrachten? Das ist eine Ohrfeige für jene, die auf diesem Land lebten, lange bevor wir kamen."

„Und außerdem", fuhr ich fort, nun völlig außer mir, „wie kommt es, dass die Leute der Stadt ihren Handel Ihrer Goldbank überlassen? Sie nehmen, was den Leuten gehört, und geben ihnen Papier als angeblich gleichwertigen Ersatz. Es ist nur eine Frage der Zeit, bis Sie anfangen, eigene Schuldscheine zu schreiben, wenn mal niemand hinsieht. Was sollte Sie eigentlich daran hindern?"

Er starrte mich an, überrascht von meinem Ausbruch, dann sagte er: „Ich bin ein ehrenwerter Mann. Wir schaffen eine sichere Zukunft für unsere Stadt und ihre Geschäfte. Sie tragen ein Dokument über Ihr Eigentum – und wir bewahren es vor Diebstahl."

Mit einem schnellen Schlag legte er die Hand auf den Tisch und ließ vier Guinness-Münzen darauf liegen.

„Ich bin gekommen, um meine Schuld zu begleichen – und ich entschuldige mich für die lange Verzögerung", sagte er ruhiger.

„Danke, Jason. Ich habe nach dem Schmerz Ihrer Frau keinen Lohn mehr erwartet", antwortete ich.

„Ich weiß", erwiderte er. „Die Trauer kann ich tragen – die Beschuldigung aber halte ich nicht aus.

Ich bin nicht stark genug, sie zu trösten, wenn alles sich so falsch anfühlt. Sie gibt mir die Schuld, weil ich das Kind zu Ihnen brachte – und sie gibt Ihnen die Schuld an Nadhjas Tod. Sie glaubt, Sie hätten Magie in das Bernsteinarmband gewoben, um sich Bezahlung zu erzwingen."

Ich schwieg lange, hin- und hergerissen zwischen Mitgefühl für ihren Schmerz und der aufsteigenden Wut darüber, in ein Netz verstrickt zu werden, das mich ins Verderben führen konnte.

„Lassen Sie mich die Hühnersuppe von gestern aufwärmen", sagte ich schließlich. „Dann essen wir etwas zusammen."

Jason entspannte sich sichtlich und begann, durch meine Hütte zu streifen. Er prüfte die Fensterrahmen und tastete die Wände nach Zugluft ab.

„Dein Hühnerstall braucht ein wenig Ausbesserung", sagte er und spähte durch das kleine Glas in der Tür. „Ich könnte dir dabei helfen. Auch dein Schornstein sollte verstärkt werden – am besten jetzt, solange das Wetter trocken ist. Was hat dich eigentlich dazu gebracht, hier draußen zu leben?"

„Als ich spürte, dass es an der Zeit war, herauszufinden, wo ich hingehöre, verließ ich das Crow-Dorf und kam nach Rockfort", antwortete ich, während ich die Suppe über dem Feuer rührte. „Doch sobald ich die Stadt betrat, wurde mein Körper merkwürdig schwach, und mein Atem wurde schwerer.

Ich verließ die Stadt sofort, und kaum hatte ich die Grenze des Ortes überschritten, fühlte ich mich wieder normal.

Ich musste akzeptieren, dass ich zu keiner der beiden Welten gehöre – wohl aber in den Raum dazwischen.

Eine Zeitlang schlief ich in diesen Wäldern, bis ich auf diese Hütte stieß. Eine wunderbare Frau namens Magda lebte hier und ließ mich bleiben.

NOCH NICHT...

Ich begann, mich um ihre Beschwerden zu kümmern, und auch um die ihrer Verwandten, die sie besuchten. Zwei Jahre später starb Magda friedlich und hinterließ mir die Hütte. Mit der Zeit kamen die Leute aus der Stadt zu mir – und ich setzte keinen Fuß mehr nach Rockfort."

Als ich die Suppenschalen vor uns stellte, fragte Jason: „Warum lebt eigentlich kein Mann hier mit dir – jemand, der dich beschützt und für dich sorgt?"

Überrascht von seiner Neugier überlegte ich kurz, bevor ich antwortete: „Ich habe noch keinen Mann getroffen, zu dem ich mich hingezogen fühle. Ich brauche niemanden, und da ist keine Leerstelle in meinem Leben, die gefüllt werden müsste. Vielleicht begegne ich eines Tages jemandem, den ich wirklich begehre – aber bis dahin wähle ich die Stille. Der Gedanke, mich an den Falschen zu binden, macht mir Angst. Bei Menschen ist es für mich wie bei Dingen:

Ich wähle die Leere, bevor ich das Falsche an mich binde."

„Es ist friedlich hier – so einfach, aber gut", sagte er nachdenklich. „Vielleicht ist es wirklich besser, sich auf das zu konzentrieren, was zählt. Wir sollten darauf achten, dass wir in gutem Einvernehmen bleiben und die Fähigkeiten der Indianerstämme achten. Die Suppe ist köstlich."

Ich beobachtete, wie er meine Hühnersuppe mit herzhaftem Appetit aß. Seine langen, schmalen Hände lösten sich von der Strenge der Etikette, und zum ersten Mal sah ich hinter seiner Mauer aus Autorität und Selbstsicherheit einen warmherzigen, empfindsamen Mann.

Die scharfen Linien seines sonst unbeirrbaren Gesichts wirkten weicher, und in seinen stahlblauen Augen lag ein stilles, ehrliches Mitgefühl.

„Du verbringst viel Zeit hier – deine Frau braucht dich", sagte ich leise.

Jason verstand den unausgesprochenen Hinweis, verabschiedete sich und machte sich auf den Heimweg.

Da meine Hütte ohne Patienten blieb, verbrachte ich die Tage damit, Vorräte aufzufüllen und mich den mühsamen Aufgaben zu widmen, die ich viel zu lange aufgeschoben hatte.

Doch mit jedem Tag wuchs in mir ein seltsames Gefühl der Entfremdung von meiner kleinen Welt. Alles, was mir einst so vertraut war – mein Zuhause, der Wald, die Beziehungen zu den Menschen – erschien mir plötzlich zerbrechlich und nicht mehr ganz zu mir gehörend.

Als ich im roten Abendlicht zwei Schatten auf Pferden auf mein Haus zureiten sah, begann mein Herz vor Freude zu pochen. Ich rannte hinaus, ihnen entgegen, und als Baaéhche Iáxassee von ihrem Pferd stieg, fiel ich in ihre warme Umarmung und badete in ihrem strahlenden Lächeln.

Ashóokalilalish führte die Pferde zu einem kleinen Bach hinter der Hütte, und wir ließen uns auf der Wiese nieder, eingehüllt in die letzten goldenen Sonnenstrahlen.

Baaéhche Iáxassee hielt schweigend meine Hand – ihre Berührung, ihre Präsenz durchströmten mich mit Wärme und wiegten meine Seele in Geborgenheit.

Mit fester Stimme sprach Ash:

„Meine Schwester, das Volk der Krähen hat beschlossen, die Prophezeiungen anzunehmen. Wir werden nicht gegen den Willen des Großen Schöpfers kämpfen, sondern uns den Wandlungen fügen, die wir sehen.

Die Konföderation der Irokesen beginnt, strategische Handelsposten zu errichten, um den Fluss des neuen Wachstums auf diesen alten Landen zu lenken und die Ehre der Bündnisse zu wahren.

Ihre Stärke liegt in der Macht ihrer Krieger, die unsere Gebiete vor dem Verschlingen durch die Neuankömmlinge schützen. Doch zu viele Leben sind in Kämpfen mit den Weißen verloren gegangen, und der Kampf wird nicht enden, solange neue Siedler unsere Küsten erreichen.

Wir ehren die Konföderation zutiefst und vertrauen auf ihre weise Führung, Kraft und Diplomatie. Doch obwohl wir unsere Brüder achten, sind die Krähen nicht im Einklang mit den politischen Wegen der Irokesen.

Wir ziehen weiter nach Westen, um Zeit zu sammeln auf unberührtem Land, um Stämme zu vereinen auf den Böden der Schneegipfel und wilden Flüssen. Wir lassen das Rad der Zeit das Schicksal herbeirufen."

Mit ihrer rauen, sanften Stimme sagte Baaéhche Iáxassee:

„Wir laden dich ein, mit uns zu kommen, Hutshiliá Áashe" – *Windfluss*.

Ein Riss ging mir durchs Herz, und eine Träne löste sich über meine

Wange.

Baaéhche Iáxassee sah mich lange an – sie sah mehr von mir, als ich selbst begreifen konnte.

Leise flüsterte sie: „Ich spüre, dass du mit uns kommen willst – doch noch kannst du es nicht. Du gehörst noch hierher."

Nach einem langen Schweigen nickte sie. „Du magst vergessen, wer du bist – aber deinem Seelenpfad entkommst du nicht." Ihr Blick wurde fern, als sähe sie Dinge, die sie nicht in Worte fassen konnte.

Mit leiser Unruhe in der Stimme sagte Ash: „Vielleicht brauchst du etwas Zeit. Du kannst uns in ein paar Tagen folgen. Ich bleibe zurück, um dich zu führen, falls du dich entscheidest, mit uns zu gehen."

Beide erhoben sich, bereit zum Aufbruch. Ashóokalilalish und ich legten Stirn und Hände aneinander. Mit schwerem Herzen ging er, um die Pferde zu holen.

Meine Lehrerin schloss mich in die Arme und flüsterte mir ins Ohr:

„Du bist die Ruferin des Windes – erinnere dich. Rufe den feurigen Atem der Erde, und er wird in dir erwachen."

Ich brach in Tränen aus, denn in diesem kurzen Moment konnte ich endlich meine Wahrheit aussprechen:

„Ich habe das Gefühl, dass ich vor langer Zeit etwas Großes versucht und versagt habe – und nun immer wieder scheitere."

Allein diese Worte zu sagen, nahm mir eine Last vom Herzen.

Ich öffnete den Verschluss meiner Bernsteinkette und legte sie Baaéhche Iáxassee um den Hals.

„Nimm die Träne der Sonne – geborgen in der Lebenskraft des Baumes. Ich liebe dich."

Beim Fortgehen sagte sie: „Du gehst nicht allein. Wir gehen alle gemeinsam – immer."

Ich sah ihnen nach, bis sie in der Dämmerung verschwanden. „Als ich zu meiner Hütte zurückkehrte, blieb ich wie angewurzelt stehen – in dem Schaukelstuhl auf meiner Veranda lag eine leuchtend grüne Rankenschlange."

die Fremde

In den folgenden Tagen kam Jason Rock oft zu Besuch – kurze Aufenthalte, in denen er längst fällige Reparaturen an meinem Haus vornahm.

Er verfugte meinen Schornstein, fegte den Ruß aus und sprang schließlich, voll bekleidet, in den Bach, um sich zu waschen. Das gelang nur mäßig, und so ging Jason durchnässt und rußverschmiert nach Hause – nicht ohne unsere albernen Scherze.

Ich schob das Offensichtliche beiseite. Es ließ sich nicht übersehen, dass Jason mehr Zeit in meiner Hütte verbrachte als in seinem eigenen Haus bei seiner Familie. Ich versuchte, die wachsende Gewissheit von Agnes' Zorn zu verdrängen. Wie sollte sie nicht erzürnt sein – nach all dem Verlust, den sie erlitten hatte?

Jason sprach nie von seinem Zuhause, und ich fragte nicht. Er tauchte plötzlich auf, war eine angenehme, hilfsbereite Präsenz und verschwand, sobald seine Arbeit getan war. Es fühlte sich zu gut an, um es zu verdrängen.

Doch eines Tages ging er nicht gleich.

Er saß an meinem Küchentisch, seine hellblauen Augen folgten jeder meiner Bewegungen, während ich einen Eintopf aus dem Hasen zubereitete, den ich in meiner Schlinge gefangen hatte – mit Frühlingskartoffeln, Kräutern und Rüben.

Da sagte er: „Lass uns nach Westen ziehen."

Verblüfft erstarrte ich. Jasons Blick war fest auf mich gerichtet, als er fortfuhr:

„Lass uns diese gottverlassene Stadt hinter uns lassen. Was meinst du? Ich will für dich sorgen. Ich will dieses Leben. Lass uns fortgehen, weit genug, dass uns niemand kennt – und neu beginnen."

Als er aufstand und sich mir näherte, zögerte ich, bevor ich antwortete:

„Selbst wenn ich bereit wäre, alles hinter mir zu lassen, was ich hier aufgebaut habe – wie könntest du deiner Frau, deinen Brüdern, deiner Familie so wehtun? Sie sind ein Teil von dir, und sie alle zu verlassen wäre grausam."

Jason nahm sanft meine Hand und flehte:

„Du nennst es grausam, ein Leben zu wollen, das sich richtig anfühlt? Zwischen Agnes und mir ist keine Liebe mehr. Ich ersticke, wenn ich bei ihr bin. Ich kann kaum atmen in ihrer Nähe. Sie gibt dir die Schuld für die Kälte zwischen uns, sagt, du hättest mich verflucht und mir den Verstand genommen. Ich glaube nicht an solch kindische Märchen", lachte er und trat noch einen Schritt näher.

Sein Körper berührte meinen, und ich spürte seinen warmen Atem an meinem Hals, als er flüsterte:

„Aber selbst wenn du mich verzaubert hättest – in deiner Nähe fühle ich mich ruhig, genährt, lebendig."

„Jason! He, ich hab's mir gedacht – dich find ich hier, Bruder!"

Meine Tür flog auf, und ein großer, stämmiger Mann trat in meine Hütte, eine auffallend fein gekleidete junge Frau an seiner Seite.

Jason ließ meine Hand los und wich einen Schritt zurück, das Gesicht erstarrt vor Überraschung.

„Nun, meine Dame, erlauben Sie, dass ich diesen braven, sehr verheirateten Herrn aus Ihrem Griff befreie – unsere Familie hält heute Abend eine recht wichtige Zusammenkunft ab, und da darf unser guter Jason natürlich nicht fehlen, aye?"

Der Mann warf mir einen eisigen Blick zu. „Komm schon nach Hause, Bruder", fügte er hinzu. „Du bringst zu viele Gerüchte in Umlauf mit deinen närrischen Ausflügen zu der H …" Er wandte sich mir zu, mit einem spöttischen

Grinsen: „…huldigenden Dame aus dem Wald. Keiner nimmt's dir übel, wenn du ein bisschen wunderlich bist – mit all deinen Sorgen und Lasten. Aber jetzt wird's Zeit, dass du den Kopf wieder richtig auf die Schultern kriegst, aye?"

Jasons Gesicht war leichenblass, und der innere Kampf in seinem Schweigen war unübersehbar.

„Nun, Missus", sagte sein Bruder zu mir gewandt. „Da wir schon mal hier sind – dürfte ich Sie bitten, sich den seltsamen Ausschlag meiner Tochter unter dem Kinn anzusehen? Vielleicht haben Sie ja ein Tröpfchen oder einen Zauberspruch, um ihr holdes Gesicht wieder aufzuhübschen."

Das Mädchen trat schüchtern zu mir, den Blick gesenkt, sichtlich verlegen und unwohl in dieser Situation.

Ich hob ihr Kinn mit dem Finger, um den Ausschlag genauer zu betrachten – eine große rote Fläche mit Bläschen, in denen sich klare Flüssigkeit sammelte. Ich zog rasch die Hand zurück und holte ein nasses Tuch, um die Stelle vorsichtig zu reinigen.

„Sir, Ihre Tochter hat die Blattern. Sie muss nach Hause zurückkehren – oder hierbleiben – aber sie darf keinen Kontakt zu anderen Menschen haben, bis die Krankheit abgeklungen ist. Gab es weitere Fälle? Sind in letzter Zeit viele Besucher in der Stadt gewesen?" fragte ich eindringlich.

NOCH NICHT...

Die Haltung von Jasons Bruder veränderte sich, der Spott wich Erschrecken.

„Ich weiß nicht, ob es noch andere gibt", sagte er stockend. „Ich renn ja nicht herum und untersuche die Leute. Viele Besucher hatten wir nicht."

Er hielt inne, senkte die Stimme und fuhr fort:

„Na ja – ich war vor einer Woche in Boston, hatte ein Treffen mit ein paar Investoren von der MB Trading Company – wegen des ganzen Ärgers mit den Rothäuten. Auf dem Rückweg hab ich mir 'ne kleine Erkältung geholt, nur ein bisschen Niesen, wissen Sie? Ich hatte die Blattern schon als Kind ... aber wie um Himmels willen hat meine Mary sich diese Seuche eingefangen?"

Als ich anbot, Mary bei mir zu behalten und zu pflegen, erwiderte er nur:

„Nee, Missus, über Ihre Geschäfte mit dem Teufel wird schon genug geredet. Wir nehmen Mary mit nach Hause – da bekommt sie Pflege, wie's der Herr will."

Beim Hinausgehen beugte er sich zu Jason und sagte leise:

„Komm lieber mit, Bruder. Das hier regeln wir innerhalb der Familie, verstehst du?"

Jason nickte, das Gesicht schmerzerfüllt, und folgte seinem Bruder und Mary hinaus.

„Geh mit deiner Familie, Jason", flüsterte ich. „Und pass auf, dass du niemanden berührst."

Die Rock-Brüder und Mary ritten in die mondlose Nacht davon.

15

Feuer

5. Mai 1715

Ein heftiges Klopfen riss mich aus tiefem Schlaf.

Es war fünf Uhr fünfundfünfzig am Morgen, und ich trug nur mein Leinenhemd, als ich die Tür öffnete und vier Männer vor mir standen – einer von ihnen war Jasons Bruder, den ich von seinem letzten Besuch kannte.

„Bringt sie auf den Wagen", sagte er. Man zerrte mich auf einen Karren hinter ihrer Kutsche.

Nur Augenblicke später rollten wir davon, während das erste rötliche Licht sich über das Land legte.

Als der Wagen den Kiefernweg entlangfuhr, den ich so oft gegangen war, kamen wir an Mrs. O'Neills Haus vorbei. Sie beugte sich über ihr Beet, sah kurz auf und arbeitete weiter, als ginge sie das alles nichts an.

Seltsam ruhig ergab ich mich dem, was geschah – wie eine Darstellerin in einem Bühnenstück, das ich schon viele Male gespielt hatte.

Die Landschaft lag im goldenen Licht des Morgens, als wir durch das Stadttor fuhren und die belebte Hauptstraße erreichten.

Ich saß in der Ecke des Wagens, die Hände an das Holzgestell gebunden, den Blick auf meine bloßen Beine gerichtet.

Wir hielten auf dem Marktplatz, im Herzen der Stadt, wo mich die Rock-

Brüder zurückließen, um im Rathaus zu verschwinden.

Vorübergehende warfen mir neugierige Blicke zu, ehe sie ihrem Tagwerk nachgingen.

In der Mitte des Platzes war ein hoher Pfahl errichtet, und Jungen häuften dürres Reisig darunter.

Ich blickte zum Himmel, wo die Wolken hastig vorüberzogen, als strebten sie einem Ziel entgegen, das sie nie erreichen würden.

Die kühle Luft ließ mich frösteln, und für einen Moment erinnerte ich mich an die Wärme zwischen den Körpern meiner Eltern – an ihr gleichmäßiges Atmen, das mich einst in sorglosen Schlaf gewiegt hatte, während der Winterwind draußen um unsere Hütte tobte.

Als die Sonne ihren höchsten Stand erreicht hatte, begann sich das Volk zu versammeln – als folge es einem lautlosen Ruf.

Man löste meine Fesseln und zog mich hoch, auf dem Wagen zu stehen.

Die Rock-Brüder stellten sich vor mich, und der Besucher, den ich erkannt hatte, trat hervor und erhob die Stimme:

„Bürger von Rockfort! Die jüngsten Entwicklungen in unserer einst blühenden Stadt sind außer Kontrolle geraten – das wissen wir alle.

Es ist an der Zeit, unsere Angelegenheiten wieder in die eigenen Hände zu nehmen und Ordnung und Frieden zurückzubringen.

Diese Frau hier sät Unruhe, wo sie kann, und wir, das Volk, tragen die Folgen!

Erst hetzte sie die Roten gegen uns auf mit ihrem Geschwätz über Handelsabkommen, die über viele Jahre Wohlstand gebracht haben.

Und nun? Die Roten saugen uns aus! Wie soll unsere Stadt je wieder zu alter Stärke finden?"

Die Menge jubelte zustimmend.

Ein paar Kinder warfen faule Kartoffeln und Äpfel nach mir. Die meisten verfehlten mich, doch einer traf mitten in mein Gesicht – der saure Geruch blieb an meiner Haut kleben.

Der Bruder fuhr fort: „Und dann verbreitet sie unter den Roten das

Gerücht, sie sollen unser Banksystem ablehnen – und hindert so unsere Stadt daran, sich fortzuentwickeln, wie es andere große Städte längst getan haben!"

Applaus.

Ein paar schrien: „Freiheit für Rockfort! Verbrennt *die Fremde!*"

Angefeuert vom Beifall, wurde sein Gesicht rot vor Eifer.

„In ihrem verdrehten Wunsch, unsere Stadt zu vernichten, ruft sie Flüche aus und steht im Bund mit dem Teufel, um Krankheit über uns zu bringen!

Meine Tochter Mary hat nichts getan, außer mich zu begleiten, als ich diesen Weibsteufel aufsuchen musste, um meinen Bruder aus ihrem Bann zu befreien!

In ihrer Wut beschwor sie die Seuche über mein armes Kind!

Herr, steh uns bei und hilf Mary durch dieses Leid, das über sie gekommen ist!"

Dann zeigte er auf mich und brüllte: „Diese Frau hat den Fluch der Blattern über unsere Stadt gebracht!"

Ein Raunen ging durch die Menge – dann brach Hysterie aus.

„Sie hat mein Kind verflucht! Sie gehört ins Feuer!"

Ich erkannte Agnes' Stimme und sah sie neben Jason stehen, das Gesicht verzerrt vor Hass.

Der Bruder hob die Hände und rief:

„Wir müssen zu Gott beten für unsere Stadt!

Herr, rette und beschütze uns vor dieser schrecklichen Seuche, die unsere Unschuldigen nimmt.

Reinige unsere Stadt von den Dienern des Teufels, die uns ins Verderben ziehen wollen!

Herr, gib uns die Kraft, dem Bösen zu widerstehen. In deinem Namen finden wir Erlösung. Amen."

Die Menschen schlugen das Kreuz über sich.

Dann rief der Bruder:

„Wer dafür ist, unsere Stadt von den dunklen Elementen zu reinigen – sage Ja!"

Ein einstimmiges „Ja!" schallte zur Antwort.

FEUER

Ein Aufschrei folgte: „Verbrennt die Hexe! Freiheit für Rockfort! Tötet die Teufelsbrut! Lasst sie den Mund nicht öffnen, sonst ruft sie den Teufel herbei!"

Man zerrte mich vom Wagen und band mich an den Pfahl in der Mitte des Platzes.

Meine Kehle war wie zugeschnürt – kein Laut kam über meine Lippen.

Das Feuer entzündete sich rasch, seine Flammen wurden zu treuen Dienern der Angst – und der Macht.

entflammte Frau

Bevor der Rauch meine Augen trüben konnte, richtete ich den Blick auf die Szenerie vor mir.

Als meine Füße zu glimmen begannen, stand die Wahrheit unverhüllt im Licht des Feuers.

Mein Schmerz wurde zu ihrem Schmerz.

Die Klarheit, die ich in diesem Leiden empfing, erfüllte sie mit der Furcht, das Gleiche zu erfahren.

Mein Blick verlosch – und ich begann zu sehen.

Wahres Sehen entspringt dem Herzen.

Mein Herz – der Generator meines Daseins – enthüllte in seinen letzten Momenten, ehe es in reine Essenz zurückkehrte, alles, was wahr ist.

Ich sah Jason deutlich.

In seiner Verzweiflung schloss seine Seele ein Gelübde, alles von sich zu geben, um für mich zu sorgen.

Ich sah Agnes – und die unzähligen Leben voller Qual, die uns verbanden.

Ich rief ihren Fluch herauf und sah die feinen schwarzen Fäden, die unsere Herzen verbanden.

Ich befahl dem giftigen Strom, zu ihr zurückzukehren, und rief die Große Balance an, Gerechtigkeit zu entfachen.

Ich sah Nadha am hinteren Rand der Menge stehen; seine leuchtenden Augen hielten meinen Blick fest, während er aus seinem Körper trat und direkt vor mir erschien.

Inmitten der Flammen wurde er zum Kern meines Bewusstseins.

„Du bist auf der Ebene der Erfahrung, nicht der Existenz", sagte er.

Sein Mund bewegte sich nicht – doch ich hörte seine Gedanken klar.

„Erkenntnis muss erlebt werden, um zu Weisheit zu werden", fuhr er fort.

„Du hast nichts falsch gemacht. Lass deine Lasten los – du hast deine Wahrheit bereits erfahren.

Übergib mir deine karmischen Fesseln, lass mich deinen Schmerz tragen.

Lass deinen Weg los, die Geschichte, die du fortwährend immer wieder zusammensetzt.

Du bist bereit, dich von dieser Ebene zu lösen."

Alles verging.

Ich erinnerte mich an meinen Weg.

Ich erinnerte mich daran, dass es kein Ende gab.

Als die Flammen die kristalline Struktur meines Körpers neu formten, lehnte ich mich ganz in mein Sein hinein.

Ich schloss die Augen und rief den Wind, verschmolz seinen Atem mit meinem eigenen.

Ich wirbelte den Rauch um mich, immer schneller, vermischt mit der Asche meiner Füße, und die Flammen stiegen höher und höher.

Das Echo der Verlassenheit und die Macht, die ich einst aufgegeben hatte, brannten heiß in meinen Wunden.

Dieses Echo war die Grundmelodie meiner Frequenz gewesen – bis jetzt.

Während sich meine Gestalt auflöste, gebar ich neue Welten.

Ich antwortete dem Schamanen:

„Nein.

Ich kann nicht von außen verbrannt werden, wenn das Feuer in mir brennt.

Möge meine innere Flamme sich mit der äußeren vereinen.

Es ist meine Zeit, dieses Tor der Verwandlung zu durchschreiten – schneller als jedes zuvor.

Das ist meine Wahl.

Lieber wähle ich das Nichtwissen, als mich weiter in Täuschung zu verfangen.

Lieber wähle ich das Nichts, als an falsche Vorstellungen gebunden zu sein.

Ich bin das Nichts – ich bin alles.

Ich bin das Chaos, das sich im kosmischen Muster ordnet.

Ich bin die Herausforderung der Zerstörung – eine unermüdliche Kraft, die durch Leben tost und die tiefste seelische Standhaftigkeit fordert.

In den dunkelsten Stunden entzünde ich das brennende Suchen nach Trost, zwinge die Seelen in die Knie.

Ich entfessle Fragen nach Leid, nach dem Göttlichen, nach Sinn – zwinge Herzen, sich Angst, Schmerz und Zorn zu stellen.

In meinem Nachhall ringen Seelen mit Zweifel, kämpfen mit Verzweiflung, schreien im Zorn gegen den Himmel.

Das Gewicht der Hoffnungslosigkeit erdrückt, das Schweigen des Göttlichen betäubt.

Ich werde zum Spiegel, der die Zerbrechlichkeit des Daseins zeigt, das Netz, das jede Seele verbindet.

In diesem Augenblick der Erkenntnis liegen Werte, Bindungen und Wünsche offen – und Herzen werden bis ins Innerste geprüft.

Mitten im Untergang werde ich zum Schmelztiegel der Wandlung, in dem Seelen zu etwas Stärkerem, zu etwas Unerschütterlichem geschmiedet werden.

Für jene, die die Prüfung annehmen, bin ich das Tor zu einem Neubeginn – eine tiefe, erneuernde Wiedergeburt des Geistes.

Ich bin das Feuer, das jede Materie in ihre Essenz verwandelt.

Ich bin die Luft, die keine Grenzen kennt und die Kraft des Gedankens zwischen der sichtbaren und der unsichtbaren Welt trägt.

Ich bin das Wasser, zähflüssig und klar – der Übergang zwischen Äther und Materie, das Muster der Erinnerung in sich tragend.

Ich werde heilen und aufsteigen – unter all den Brüdern und Schwestern, die den Mut hatten, sich in der Reise unserer Offenbarung zu verlieren.

Bis wir uns wieder an den inneren Funken erinnern, der alle Ausdehnung in Bewegung setzt.

Denn ich bin der Puls des Lebens selbst,

der Atem, der alles gebiert und alles wieder löst.

Ich bin du.

Plötzlich zerriss ein Schlag meine Brust – ein Pfeil drang mitten in mein Herz.

Als die Welt verblasste und meine Augen sich schlossen, sah ich Ashóokalilalish, meinen Stillen Raben, seinen Bogen senken.

Es war sein letztes Geschenk der Freundschaft an mich.

Ich war dort – formlos, ungebunden – als mein Seelenführer mich in seine Arme nahm und immer höher trug, während wir in seliger Ekstase emporstiegen.

IV

Wasser

16

Salz

17:29

Die alten Frauen und die jungen Kinder wurden durch den schmalen Korridor in einen Raum geführt, in dem alles aus weißen Kacheln bestand – Wände, Decke, sogar die Bänke, auf die sie sich setzten.

Mit nur elf Jahren war Heather für diesen Raum bestimmt – noch zu jung, um in die Baracken zu ziehen und auf den Feldern zu arbeiten.

Ich konnte hören, wie sie zu mir betete, während ihr kleiner Körper zitterte.

Wir waren alle anwesend – ekstatisch, bereit, die Heimkehr unserer geliebten Seelen zu empfangen.

Viele der Lebenden blickten auf und konnten unser Licht spüren.

Die Frauen begannen zu singen, ihre Stimmen vereinten sich zu einem einzigen Klang:

Eli, Eli
Shelo yigamer le'olam:
Hachol ve-hayam
Rishrush shel hamayim
Berak hashamayim

Tefilat ha'adam.

(Mein Gott, mein Gott,
mögen diese Dinge niemals enden:
der Sand und das Meer,
das Rauschen des Wassers,
das Blitzen des Himmels,
das Gebet des Menschen.)

Ein Lied von berückender Schönheit, erst vor wenigen Monaten geschrieben von einer Seele, die bereits heimgekehrt war.
Und doch war dieses Lied weit gereist – gesungen mit ewiger Liebe, als Hymne an das Leben und als letzter Abschied zugleich.

***

Wir waren wieder vereint, und sie wurde erneut durch mich geboren.
In meiner irdischen Gestalt war es meine Aufgabe, sie durch diese Zeit des großen karmischen Wandels zu führen.
Ihr Verlangen nach Erfahrung hatte nach mir gerufen, und ich antwortete – ich webte sie in mein karmisches Muster ein.
Sie hatte sich entschieden, in dieser Epoche zu inkarnieren, um die Mechanik von Vertrauen und Verrat zu fühlen.
Der Wandel der Zeitalter stand bevor – und der Gegensatz zwischen Licht und Dunkelheit verlangte eine vollkommene Verkörperung.
In jener Zeit lag die Erde unter einem Schleier aus Gift, erfüllt von der Gleichgültigkeit der Menschen gegeneinander, gezwungen, den Kampf ums nackte Überleben als Normalität zu akzeptieren – um jeden Preis.
Doch mitten in dieser Dunkelheit keimte ein Gegensatz auf – der Beginn des großen Übergangs in ein erwachtes Bewusstsein, das höchste Potenzial der Erde.
Ein kollektiver Wille, in das Zeitalter des Lichts hineinzuwachsen, begann vorsichtig Wurzeln zu schlagen.
Dazu musste die Menschheit in die Tiefen ihres eigenen Schattens hinabsteigen, um sich selbst zu erkennen und ihre Wunden zu heilen.

SALZ

***

Von dem Moment an, als sie durch mich geboren wurde, war ich von der reinen Essenz ihrer Schönheit gefangen.

Am Anfang war das Große Vergessen.

Unsere kleine Familie lebte ein freudvolles Leben in Stettin – einer Stadt, die vom Wasser atmete, erbaut an der weiten Oder, die das Land teilte und eine kleine Insel umschloss, bevor sie sich in die Ostsee ergoss.

Überall flossen Bäche und Kanäle – die Rega und die Ina wanden sich wie Adern durch die Stadt.

Der Duft von Salz und Teer lag in den engen Gassen, vermischt mit den Rufen der Händler und dem Widerhall der Kirchenglocken.

Im Herzen dieser Stadt aus Brücken und Schiffen lag das alte Viertel mit seinen farbigen Fachwerkhäusern, dort, wo meine Eltern ihr bescheidenes Geschäft geführt hatten.

Als sie starben, übernahm ich es – einen sonnendurchfluteten Ort erfüllt vom Glanz der Mineralsalze und schimmernden Kristalle, neben seltenen mineralreichen Schätzen, die Händler aus polnischen Minen und fernen Meeresbecken brachten.

Menschen kamen, um Heilung zu suchen gegen die Müdigkeit, die sich in ihre Glieder geschlichen hatte.

Ich lehrte sie über Wasser und Salz – darüber, wie sich der Körper an sein Gleichgewicht erinnert, wie jede Zelle ihre eigene Flut in sich trägt.

Mein kleines Geschäft wurde zu einem Zufluchtsort für jene, die den Glauben an Heilung verloren hatten.

Mit Sorgfalt und Zuwendung half ich, den Rhythmus des Körpers wiederzufinden, damit das Wasser erneut durch seine inneren Flüsse strömen und den leisen Funken des Lebens erwecken konnte.

Obwohl die Feindseligkeit gegenüber unserer jüdischen Gemeinde stetig wuchs, erhielt ich eine Einladung, auf einer Tagung in Berlin über die essenzielle Rolle des Salzes im menschlichen Körper zu referieren.

Mit Leidenschaft sprach ich darüber, wie Salz den Flüssigkeitshaushalt, die Funktion von Muskeln und Nerven sowie den Blutdruck reguliert – und betonte dabei die lebenswichtige Bedeutung der Salzqualität.

Ich war eine begeisterte Botin, entschlossen, altes Wissen mit neuer Forschung zu verbinden.

Dort begegnete ich ihm.

Er hatte beschlossen, unserem karmischen Gewebe – dem lebendigen Muster unserer Seelen – am besten zu dienen als der angesehene Dr. Johan Bernstein, ein Experte auf dem Gebiet der neurologischen Störungen.

Die Anziehung zwischen uns war augenblicklich – rein, mühelos, von leiser Wonne durchzogen.

Dr. Bernstein besuchte meinen Vortrag über die zentrale Bedeutung der Mineralien – Natrium, Kalium, Kalzium und Magnesium – für das Gleichgewicht der Körperflüssigkeiten, die Muskelfunktion, die Nervenleitung und den Blutdruck.

Als führender Forscher auf dem Gebiet der Zusammenhänge zwischen Ungleichgewichten im Mineralhaushalt und neurologischen Erkrankungen erkannte er die entscheidende Rolle dieser Stoffe für die gesunde Funktion des Nervensystems.

Schon kleine Störungen konnten Krämpfe, Zittern, Muskelschwäche oder geistige Erschöpfung hervorrufen.

Nach der Tagung verbrachten wir einige ruhige Tage im wunderschönen Berlin, schlenderten durch seine verwunschenen Gärten. Der Tiergarten wurde rasch zu unserem Lieblingsort – mit seinen langen Wegen, den stillen Seen und den kunstvollen Denkmälern, die im Sonnenlicht schimmerten.

Während wir darüber sprachen, wie die Wiederherstellung des Mineralgleichgewichts die Nerven heilen und die Harmonie des Körpers erneuern könne, wussten unsere Herzen längst, dass wir zueinander gehörten.

Am letzten Tag vor meiner Abreise bot er an, nach Osten zu ziehen – wenn ich ihn wählte.

Er sagte, er wolle ein Leben mit mir, er habe sich noch nie so lebendig und zugleich so friedlich gefühlt.

SALZ

Er würde diese „verlassene Stadt Berlin" hinter sich lassen, wenn ich es wollte.

Und ich wollte es. Ich hatte nicht gewusst, dass mein Herz sich so weit dehnen konnte, um einen Platz nur für ihn zu schaffen – bis zu diesem Moment.

Unsere Tage in Stettin waren erfüllt von zärtlichem Vertrauen und stiller Glückseligkeit.
Wir gingen durch die Parks der Stadt, sahen den Booten auf den Flüssen nach und atmeten das Glück, einfach beieinander zu sein.
Wir heirateten, und Johan schützte mich und unsere Tochter Heather, die im folgenden Jahr 1933 zur Welt kam, mit seinem Ansehen und deutschen Namen, der uns eine Zeit lang vor der täglichen Verfolgung bewahrte, die meine jüdischen Brüder und Schwestern erdulden mussten. *Für eine Weile.*

Als Heather geboren wurde, nannte Johan sich einen „vollständigen Mann".
Seine grenzenlose Liebe zu unserer Tochter – und zu mir – war greifbar, so lebendig, so rein.
Ich fühlte, wie sein Wesen mich durchströmte, und Heather vergötterte ihren Vater vom ersten Atemzug an.

Unser kleines Paradies auf Erden hörte den schwarzen Drachen nicht, der sich lautlos an unsere Stadt heranschlich – bis wir längst in seinem feurigen Maul gefangen waren.
Nach dem deutschen Überfall auf Polen wurde der Schutz, den Johans Name uns geboten hatte, von unserer Familie gerissen.
Als Nichtarier galten Heather und ich nun als Bürger zweiter Klasse, und mir wurde verboten, mein geliebtes Geschäft weiterzuführen.
Johan wandte sich an seine Kontakte im Adel, um für uns die Überfahrt nach Amerika zu sichern.
Als angesehener Arzt erhielt er ein Ticket für sich – aber nicht für seine jüdische Frau und Tochter.

Nachts lagen wir wach, die Kissen feucht von unseren Tränen.

Johan versprach, bei uns zu bleiben – uns mit seinem Leib und Leben zu beschützen.

An einem kühlen Aprilmorgen wachte ich allein in unserem Bett auf.

Im Küchenabfalleimer lag ein zerknüllter Brief – eine Vorladung für Johan Bernstein vor das *Rassenpolitische Amt der NSDAP*.

Dieses Amt war für die Durchsetzung der sogenannten Reinheitsgesetze verantwortlich.

Nach den Nürnberger Gesetzen von 1935 waren Ehen zwischen „Ariern" und „Nichtariern" verboten, und bestehende Mischehen unterlagen erzwungener Scheidung oder Trennung.

Einige Paare durften zusammenbleiben – aber nur, wenn beide Partner sterilisiert wurden, um eine weitere „rassische Verunreinigung" zu verhindern.

Heather und ich sahen Johan nie wieder. Das Herz unserer Tochter zerbrach.

Johan – meine Liebe – von Angst überwältigt, hatte seinen Seelenvertrag gebrochen.

17

Wasser

17:30

Mit lautem Krachen schlossen sich die Metalltüren des weißen Raumes.
Wir konnten ihre Herzschläge spüren, die schneller wurden.
Ihre Körper bereiteten sich auf das Loslösen vor, während ihr Verstand den kommenden Übergang nicht begreifen konnte und von Panik überflutet wurde.
Um sie zu beruhigen, sandte ich den Impuls an die Frau neben Heather, ihre zitternde Hand zu nehmen, damit Heather ihre spüren konnte – anstelle meiner.
Die Frauen und Kinder setzten ihre Melodie fort, und wir summten mit, ließen den Klang schwingen, bis er zur Welle der Beruhigung wurde – ein stilles Lied, das von ihren Herzen empfangen wurde.

***

Eine neue Welle von Lichtwächtern war auf die Erde gekommen, um den ungewöhnlich vielen Übergängen beizustehen.
Der Wind trug den schweren Geruch des Todes, und das Reich zwischen Himmel und Erde war zu einem offenen Tor geworden – für das unaufhörliche Hinübergleiten der Seelen, deren Körper über das Land verstreut lagen.

Angesichts des endlosen Verlustes – Schlachtfelder voller gefallener Jugend, Mütter, die ihre Kinder begruben, Männer, die ihre Frauen beweinten – wurde die Sinnlosigkeit, die im Schmerz des Kampfes verborgen lag, fühlbar und erkannt.

Ein Same des Begreifens keimte auf – Sieg wie Niederlage entspringen derselben niedrigen Frequenz des Bewusstseins.

Die Entfaltung dieser Einsicht sollte noch Generationen dauern, während die Erkenntnis wuchs, dass jeder Zustand des Kampfes im Spaltungsbewusstsein wurzelt und darum allumfassend zerstörerisch ist.

Es wurde klar, dass kein Krieg jemals wirklich gewonnen oder verloren werden kann – er nährt nur den Schmerz und hält den Kreislauf des Leidens aufrecht.

**

Als Johan fort war, wusste ich in meinem Herzen, dass Heather und ich gehen mussten – doch es war ihr Freund Aden, der uns den Weg zeigte.

Eines Tages kam sie vom Spielen heim und flüsterte mir zu, Aden habe versprochen, in dieser Nacht eine geheime Tür für uns offen zu halten.

Heather nahm meine Hand und führte mich zum alten Schloss auf dem Marktplatz.

Hinter dessen Garten, bei den königlichen Gräbern, befand sich eine Luke, die wie ein Grabstein aussah.

Heather klopfte fünfmal, und der kleine Aden erschien, öffnete die Luke und geleitete uns unter die Erde.

Mit einer Höflichkeit, die weit über sein Alter hinausging, führte uns der Junge in das unterirdische Geflecht unter Stettin – ein Netz aus Tunneln und trockenen Kanälen, das jenen Zuflucht bot, die sich der aufsteigenden dunklen Flut über uns beugen mussten, deren Gestank nach Blut und Grausamkeit den Atem nahm.

Zentrale Kammern dienten als Schlafstätten und Vorratsräume, während schmale Gänge unauffällig Menschen und Güter durch die Stadt bewegten, um bei Nacht wieder an die Oberfläche zu gelangen.

Aden erklärte den Neuankömmlingen, wie sie sich in das unterirdische Geflecht einfügen konnten, wo alles miteinander geteilt wurde – und

Schweigen das oberste Gesetz war.

Damals erkannte ich Mr. Kowalskis Seele in Adens Körper noch nicht, als ich selbst noch in der physischen Welt lebte.

Doch während der drei Jahre, die wir unter der Erde verbrachten, wusste ich gewiss, dass er unser Leben gerettet hatte.

In diesen Jahren stiegen nicht nur die Ströme des Bewusstseins – auch das Meer selbst erhob sich, unaufhaltsam genährt vom endlosen Regen.

Als im Mai 1942 der Vollmond aufblühte, zog die Strömung weit ins Landesinnere, überflutete unsere Tunnel, und wir wurden aus unseren sicheren Kammern gespült – wie Ratten, fortgerissen aus der Dunkelheit.

Unsere kleine Gemeinschaft ergoss sich in die Wälder östlich der Stadt, auf dem Weg nach Südosten, in Richtung des schlesischen Forstes.

Unter dem Schutz der Nacht wateten wir in die reißenden Fluten der Oder, um unbemerkt von Deutschland nach Polen zu gelangen.

Doch unsere Gruppe war zu groß. Bald entdeckte uns eine Nazi-Patrouille und nahm die Jagd auf.

Hand in Hand traten wir in den Strom, der uns forttragen sollte – unter dem Knistern der Kugeln, die über uns zischten.

Ein schwimmendes Netz aus Menschen, in der Tiefe der Nacht, ausgeliefert dem reißenden Wasser, das unser Schicksal trug.

Als wir schließlich das andere Ufer erreichten, klammerten wir uns aneinander – doch nur wenige lebten noch, um das Ufer zu erklimmen.

Entsetzt sahen wir, wie die anderen in der trüben Strömung verschwanden, die Hände ineinander verschränkt, während ihr Blut sich mit den Fluten vermischte.

Ich sah Adens weizenblondes Haar im Mondlicht leuchten, ehe er mit ihnen versank.

Die ganze Nacht irrten wir durch den dichten Wald – erschöpft, durchweicht bis auf die Haut.

Am Morgen beschlossen wir, ein Feuer zu entzünden, um die Kinder zu wärmen, unsere Kleidung zu trocknen und die Pilze zu kochen, die wir gesammelt hatten.

Doch das Feuer sollte uns nicht dienen.

Bald hörten wir das Bellen der Hunde, das Aufheulen von Motoren in der Ferne.

Wir konnten dem Unterholz nicht schnell genug entkommen, und die dröhnenden Geräusche kamen immer näher.

Da, vor uns, tauchten Schatten auf.

Reiter traten aus dem Wald, mit grünen Stirnbändern, gezeichnet vom Emblem der polnischen Partisanengruppe *Armia Krajowa*, die in dieser Gegend mehrere Einheiten hatte.

Unsere Gruppe brauchte keine Worte – wir wussten, was zu tun war.

Die Älteren blieben zurück, bildeten eine lebende Kette, um die Kinder zu schützen, die vorausliefen, den Reitern entgegen, in die Rettung.

Während wir sahen, wie unsere Kinder auf die Pferde gehoben wurden, fuhr ein Schmerz wie ein Blitz durch meine Wirbelsäule.

Als ich fiel, sah ich ihn – den Wind, der durch seinen purpurnen Mantel wehte.

Er hob Heather auf sein Pferd, und als er sich umdrehte, lächelte er mir zu.

Die Erinnerung an seine violett leuchtenden Augen blieb in mir, als die Szene vor mir verblasste.

Alles löste sich auf in einem weißen Schimmer – weder Form noch Leere, ein Schwellenraum zwischen den Welten.

Dann zerfiel meine Wirklichkeit, löste sich auf, stürzte ein in ein Kontinuum aus stillem, grenzenlosem Raum –

während ich blieb.

18

Sehnsucht

17:31

Als das Licht erlosch und der Raum in Dunkelheit versank, hörte man das metallische Knarren der Mechanismen, das Öffnen der Ventile, das Zittern der Rohre.

So viel Licht war bei ihnen, und doch konnten ihre physischen Augen es noch nicht sehen.

***

In dem Moment unserer gemeinsamen Reise, als ich sie in diesen Wäldern loslassen musste, löste ich mich aus meinem Körper und kehrte in die Liebe zurück.

Meine Essenz vereinte sich wieder mit meinem Seelenstrom.

Die Geschichte, die ich gelebt hatte – jede Schwingung von Gedanke und Gefühl, die ich erfahren hatte – wurde aufgenommen in das große Pulsieren der ewigen Lichtquelle.

Meine kristalline Zusammensetzung, geformt aus den vielschichtigen Frequenzen meiner irdischen Lebenserfahrung, bestimmte nun das Muster meiner photonischen Lichtstruktur.

Diese neu ausgerichtete geometrische Energieform legte fest, welche Frequenzportale ich betreten konnte, welche karmische Resonanz ich ausstrahlte und in welcher Schwingung ich mich nun mit anderen Seelen auf der energetischen Ebene verband – eine multidimensionale, sich ewig wandelnde Spirale, die sich ausdehnt und in ständiger Bewegung in sich selbst zurückkehrt – als Eins.

Mein Wunsch, mit Heather verbunden zu bleiben, glich ihrer Sehnsucht nach mir, und so wurde ich Teil ihrer Seelenbegleitung.
   In diesem Reich des Alls – wo alles im gegenwärtigen Moment existiert – bedeutet das Erschaffen einer gewünschten Erfahrung, sich auf die Frequenz dieses Wunsches zu konzentrieren.
   Hier sind vollkommene Balance und Harmonie der natürliche Zustand des Seins.

In jedem inkarnierten Wesen erklingt ein lebendiges Spiel unzähliger Mikrofrequenzen – eine Symphonie aus wandelnden Tönen und Gefühlen – magnetisch für uns, die wir in ruhigen, beständigen Lichtströmen fließen.
   Während unser Reich in stabiler Harmonie schwingt, pulsiert das inkarnierte Leben in ständiger Wandlung. Diese Spannung zieht uns zu eurer Welt – sie ist für uns zutiefst anziehend.

Wir versammeln uns um Seelen, die im Körper leben, wie Eisen, das vom Magneten angezogen wird – um an ihrem Schwingen teilzuhaben, in Resonanz oder Dissonanz, in jenem lebendigen Geflecht aktivierter Energie.
   Unser Wunsch ist es, diese Erfahrungen zu begleiten und zu weiten – sie in ihrem ganzen Spektrum zu erhellen, so wie wir sie durch die Schwingungsimpulse des Lebenden wahrnehmen.

Der physische Körper ist ein Dynamo, der Energie verstärkt.
   Jedes ausgesandte Gefühl wird zur Nahrung – aufgenommen und an die Quelle zurückgeleitet.
   Die Kernfrequenz – das innerste Wesen des Lebenden – zieht jene Seelen an, die sich als Hüterkreis um sie sammeln und in Einklang mit ihr schwingen.

Ihr seid die physische Erweiterung von uns, so wie wir die energetische Erweiterung von euch sind.

Jeder Ausdruck von Schwingung trägt Bedeutung – von den hohen Frequenzen, die nah am Puls der Quelle schwingen, bis zu den tieferen, die die Illusion der Getrenntheit weben.

Wenn eine Seele sich nach Verkörperung sehnt, zieht ihr Schwingungspuls jene an, mit denen sie verbunden ist – ein feines karmisches Verweben, das sie durch den Schleier des Vergessens in die Ebene der Erfahrung führt.

Wie ein Kreis von Seelen, die sich an den Händen halten und gemeinsam in einen Wasserstrom tauchen, treten wir als eine verwobene Strömung in das Tor der Inkarnation.

Unsere Seelengruppe formte ein Schwingungsnetz aus Licht um Heather – stets erreichbar, ein lebendiger Kreislauf, durch den sie Impulse, Wissen und Halt aus dem Feld empfangen konnte.

Alles, was sie tun musste, war, sich uns zuzuwenden – und zu fragen.

**

Heathers Arme lagen um den violetten Reiter, der sie sicher im Sattel hielt, während sie zwischen Schlaf und Wachen trieb.

Ihr Körper zitterte vor Schock und Trauer, ihr Geist war taub in dem Glauben, mich für immer verloren zu haben.

Der langsame, gleichmäßige Schritt des Pferdes, das rhythmische Schlagen der Hufe auf dem Boden, wiegten sie in einen Dämmerzustand, während das Rauschen des Windes in den Bäumen eine friedliche Melodie webte.

Sie lehnte ihren Kopf an den warmen Rücken des Reiters, begann sich zu entspannen und in diesem Gefühl der Geborgenheit zu lösen.

Während sie entlang des weichen Waldbodens ritten, nahm Heather allmählich ihre Umgebung wahr – die leuchtenden Grüntöne der Frühlingsblätter, das funkelnde Sonnenlicht, das durch die Äste fiel.

Der Reiter blickte zurück, ein sanftes Lächeln in seinen violetten Augen, aus denen beruhigende Vertrautheit strahlte, als hätte sie ihn schon lange gekannt.

Sie wollte fragen, wer er sei, doch ihre Stimme war zu schwach, um Worte zu formen.

Stattdessen schloss sie die Augen und gab sich dem beruhigenden Rhythmus des Pferdes und dem friedlichen Zwitschern der Vögel hin.

Als sie später über dem Pferd zusammengesunken erwachte, das noch immer seinen gleichmäßigen Gang hielt, war sie allein – keine Spur mehr vom violetten Reiter.

Völlig erschöpft begann die Welt um sie herum zu verblassen, und sie spürte nicht mehr, wie sie vom Pferd glitt und vor einem hölzernen Gartentor zusammenbrach.

Hinter dem Tor lag eine kleine Waldhütte.

Heather fuhr hoch, als jemand sie heftig an der Schulter rüttelte.

Eine kleine, hagere Frau kniete neben ihr, runzelte die Stirn und drängte:

„Du musst sofort ins Haus oder gleich weiter – überall wimmelt es von Soldaten! Aufstehen, schnell!"

In der Ferne hallten Schüsse.

Instinktiv folgte Heather der Frau ins Haus. Diese verriegelte fest die Tür und löschte jede Kerze.

Stundenlang saßen sie schweigend da, lauschten dem Näherkommen der Schüsse, bis diese allmählich verebbten und verstummten.

Allein zu leben war für Agnieszka eine schwere Prüfung gewesen – eine Seele auf der Suche nach der ganzen Palette menschlicher Verbindung, gezeichnet vom karmischen Abdruck tiefen Verlustes, und getragen von einem alten Groll gegen mich, der uns durch viele Leben gefolgt war, bis ich unseren Fluch löste.

Sie wärmte eine Schüssel Suppe für Heather auf und war überrascht, in sich ein unerwartet leichtes Glück zu spüren, als sie Brot schnitt und ein großes Stück Käse dazureichte.

SEHNSUCHT

Der Anblick des hungrig essenden Mädchens nährte sie tiefer als jede Mahlzeit.

Von diesem Tag an waren Heather und Agnieszka unzertrennlich.

Sie genossen eine stille Verbundenheit, die keine Verstellung oder leeres Gerede verlangte.

Sie sammelten Kräuter und Beeren im Wald, pflegten den Garten, kümmerten sich um die Hühner und um die launische Ziege, die Agnieszka noch hielt.

Zwei volle Jahre lang berührte der Sturm der Welt ihr friedliches Leben kaum – dort oben in der Berghütte, auf einem steilen Gipfel im tiefen Bukowa-Wald.

Mit den wechselnden Jahreszeiten fanden sie stille Zufriedenheit, bewegten sich leicht durch ihre täglichen Aufgaben.

Am Abend bürstete Agnieszka Heathers Locken, während das Kind im Kerzenlicht Geschichten in die Schatten spann.

Gemeinsam fanden sie Trost, retteten einander aus Einsamkeit und Schmerz, und die Wunden in ihren Herzen begannen zu heilen.

19

Dampf

17:32

Als der stechende Geruch von Gas in den Raum drang, mussten sie ihre letzte Barriere des Widerstands durchbrechen.
Ihre Körper kämpften und klammerten sich an ihre Seelen, denn ihre Seelen hatten vergessen, wie es ist, ohne ihre Körper zu sein.

Heather rief nach mir – und ich war da.
„Ich habe solche Angst, Ma. Bitte hilf mir hier raus. Ich gehöre nicht hierher, Ma. Bitte hilf mir hier raus", flüsterte sie.
Doch sie gehörte genau hierher – auf ihren Weg der Rückkehr.
Im Schrecklichen liegt das Wunderbare, denn das Wunderbare wird aus dem Schrecklichen geboren.

Ich begleitete sie in der Loslösung, indem ich mich auf ihr Herzfeld einstimmte – den Sender und Empfänger ihres Energiekörpers.
Ich beruhigte ihr rasendes Herz und passte den Puls ihrer Energie an meine an.
In diesem Zustand fließender Strömung begann ihr Geist, neue Gedankenformen zu erzeugen, und wandelte ihr Gefühl der kosmischen Verlassenheit in das Fühlen jener ewigen Liebe, die immer für sie sorgt.

DAMPF

Mit jedem Einatmen der giftigen Dämpfe begann die Funktion ihrer Zellstrukturen zu versagen, wodurch der Energiekreislauf ihres Körpers zum Erliegen kam.

Während ihre physische Energie schwand, begann sich die verdichtete Essenz ihrer Seele auszudehnen.

Ich konnte fühlen, wie selbst das feinste Gewebe des Bewusstseins nachgab: die Zellen des Neokortex, empfindsam und energiehungrig, waren die ersten, die sich zurückzogen – als würde der Körper sich Schritt für Schritt dem höheren Feld übergeben.

Im menschlichen Gehirn ruht der Schleier des Vergessens – eine feine, energetische Schicht, die den kristallinen Kern des Bewusstseins umhüllt, den wir Neokortex nennen.

„Neo", das Licht, und „Cortex", die Rinde, die dieses leuchtende Zentrum schützt, bilden gemeinsam jene Grenze, die die physische Wahrnehmung vom weiten Feld des Bewusstseins trennt.

In Traumzuständen oder Momenten veränderter Wahrnehmung wird diese Schicht durchlässig und öffnet einen sanften Durchgang für den natürlichen Fluss der Information – dorthin, wo wir, die Ströme des Feldes, direkt mit euch kommunizieren können.

In diesem Zustand empfangt ihr nicht mehr Informationen als sonst; ihr öffnet euch für das, was immer schon da war.

Das Feld spricht in feinen Impulsen und Schwingungen. Wenn euer Geist diese Signale aufnimmt, verwandelt er sie in Gedanken, Bilder und Geschichten – in eine Sprache, die das Unsichtbare für euch begreifbar macht.

***

Heather spürte oft meine Gegenwart an ihrem Bett in der Nacht. Dann liebte sie es, so zu tun, als wären wir noch immer in unserer Heimatstadt Stettin, erzählte mir von ihrem Tag im Kasprowicz-Park oder kleine Anekdoten aus der Schule.

Am nächsten Morgen glaubte sie sich selbst nicht mehr und erwachte jeden Tag mit einer großen, leeren Sehnsucht nach mir – obwohl ich bei ihr war, immer.

Agnieszka konnte Heathers Gespräche mit mir hören, und es schmerzte ihr Herz, das sich nach einer Tochter sehnte und sich doch verbot, der Illusion hinzugeben, Heather gehöre wirklich zu ihr.

Der November 1944 war ein ungewöhnlich grausamer Monat, mit eisiger Kälte und peitschenden Winden. Trotz des erbarmungslosen Wetters stellte sich die Partisanenarmee Tag für Tag den deutschen Truppen, während die Kämpfe immer näher an die Hütte heranrückten.

Das heftige Klopfen an der Tür riss sie beide in den frühen Morgenstunden aus dem tiefen Schlaf, noch bevor die Dämmerung einsetzte.

Agnieszka sagte rasch zu Heather, sie solle die Treppe hinunter in den Keller steigen und sich hinter den losen Ziegeln im Aschenschacht verbergen, bevor sie vorsichtig die Tür öffnete – dort stand eine Gruppe von Männern.

Die fünf schmutzigen und ausgemergelten Soldaten stießen sie beiseite und stürmten in die Hütte, ihr Gestank erfüllte bald den engen Raum.

Während Agnieszka auf die Knie gezwungen wurde, durchsuchten die Soldaten das Haus, schrien auf Deutsch und brüllten: „Partisanen? Partisanen?"

Als sie den großen Vorratsraum fanden, überfüllt mit eingelegtem Gemüse, süßen Konserven, mehreren Laiben Ziegenkäse sowie Kisten voller Kartoffeln und Winteräpfel, die Heather und Agnieszka über die Saison gesammelt und vorbereitet hatten, überkam sie die Gier.

Die Männer tuschelten aufgeregt miteinander. Heather verstand ihr Deutsch – und was sie hörte, ließ ihr das Blut gefrieren.

Der Größte und Kräftigste der fünf stürmte nach oben, brüllte: „Du Partisanenhure!", packte Agnieszka an den Haaren und schleifte sie hinaus.

Zusammengekauert hinter den Ziegeln liefen Heather heiße Tränen übers Gesicht, als sie ihn im Kräutergarten hörte.

Agnieszkas Schreie der Qual verstummten mit dem Knall eines Schusses.

Heathers Herz schlug wild gegen ihre Brust, sie war gelähmt vor Angst in der gespenstischen Stille, die folgte.

Sie blieb im Aschenschacht verborgen, bis tief in die Nacht hinein. Schließlich fasste sie Mut, kroch die Treppe hinauf und schlich vorsichtig an den schnarchenden Männern vorbei hinaus in die kalte Dunkelheit. Im Schein des Mondes sah sie Agnieszka im Schnee liegen – in einer Blutlache, beim Rosmarinbeet.

In ihren langen grünen Mantel gehüllt, taumelte Heather durch die Nacht, bis sie bei Morgengrauen schließlich eine Straße erreichte. Erschöpft von den Stunden des Abstiegs über das steile Gelände folgte sie dem Weg, der nun leichter zu gehen war.

Als die Sonne aufging, bemerkte sie eine wachsende Menge von Menschen, die in dieselbe Richtung zog. Ein kleiner Junge, der die Hand seiner Eltern hielt, blickte zu ihr auf und fragte: „Gehst du auch zum Zug?"

Heather war verwirrt und fragte, von welchem Zug er spreche. Die Mutter antwortete: „Der Krieg ist vorbei, Liebes. Hast du die Flugblätter nicht gesehen?" – und reichte Heather ein zerknittertes Stück Papier.

Die Notiz war auf Polnisch und Deutsch geschrieben und rief alle jüdischen Flüchtlinge im Versteck auf, sich zu versammeln:

„Achtung, alle Juden! Feiert mit uns das Ende des Krieges auf dem Marktplatz! Kommt in den Park zu einem Tag voller Freude, Spiele und Preise. Bringt Familie und Freunde mit, um diesen festlichen Anlass zu begehen. Allen Teilnehmenden wird eine kostenlose Zugfahrt gewährt, damit ihr sicher in eure Heimatstädte zurückkehren könnt."

Der Strom der Menschen erreichte den Marktplatz mit geröteten Wangen und frohem Mut, voller Erleichterung und Hoffnung auf die Zukunft.

Ein Orchester spielte, während Pierogi und Kielbasa an die Ankommenden verteilt wurden. Namen und Daten wurden aufgenommen, um kostenlose Zugtickets auszustellen. Der Zug sollte zunächst nach Norden und dann nach Süden fahren, damit alle ihren Heimweg antreten konnten.

Als der Abend nahte, waren alle Passagiere eingestiegen – voller Aufregung, als der Zug anrollte.

Nach einigen Stunden kam die Lokomotive plötzlich zum Stillstand, und als sie nach dem Grund suchten, merkten sie entsetzt, dass alle Türen und Fenster fest verschlossen waren.

Das Böse kann sich in freundlichsten Formen verbergen.

Aus der Verwirrung wurde bald Angst, während der Zug die ganze Nacht über reglos blieb.

Am nächsten Morgen setzte er sich wieder in Bewegung, mit müden, verunsicherten Passagieren, die nun nach Nordosten fuhren.

Gegen Mittag erreichte der Zug Stutthof, und die Türen wurden entriegelt.

Die Passagiere wurden von bewaffneten Wachen hinausgeführt, um die letzten zwei Kilometer zu Fuß bis ins Konzentrationslager zu gehen – in Deutschlands sogenannte „Endlösung", die Maschinerie der Vernichtung.

Zu erschöpft, um panisch zu werden, zu verängstigt, um sich zu wehren, ließ sich die Menge leicht trennen und ordnen – Männer und Frauen, Arbeitsfähige und Aussortierte.

Pünktlich zum Umsetzplan um 17:15 Uhr stand die Frauenreihe zum Gas bereit. Ein festsitzendes Ventil verursachte eine kurze Verzögerung, die bald behoben war. Die Operation wurde abgeschlossen.

Wir weinten – und wir jubelten –, als die Seelen ihre Körper niederlegten, eine nach der anderen.

Seelenstrom

DIE PERLE IM GEWEBE DER ZEIT

20

Geborgenheit

17:33

Als das Gas den Lebensstrom ihres Körpers durchbrach, rief ich sie zu meinem Licht.

Ich nahm sie in meine Arme und trug sie immer höher, während wir in seliger Ekstase emporstiegen.

Rückkehr

Der bevorstehende Wandel der Zeitalter rückte näher, während die Erde sich darauf vorbereitete, ihre alte Haut abzustreifen und neu geboren zu werden.

Alles, was sich nicht mit der aufsteigenden Frequenz der Erdenmatrix in Einklang bringen ließ, musste sich auflösen und losgelassen werden.

Das kristalline Gewebe trug die Erinnerung an diese bevorstehende Transformation in sich und begann, sich auf den ewigen Ruf auszurichten – ein leuchtender Klang, der alles Leben dazu einlud, in eine höhere Oktave aufzusteigen.

Wir hörten den Ton des Wandels – das nachhallende Schwingen eines gewaltigen Glockensteins –, der die Rückkehr in unsere Zukunft auf dem kosmischen Rad des Lebens ankündigte.
 Auf diesem Rad gibt es kein Urteil, nur Wertschätzung – für jede Seele und ihren einzigartigen Beitrag zur Harmonie des göttlichen Plans.

Es war unser gemeinsamer Wunsch, uns erneut mit dem kristallinen Netzwerk zu vereinen – auf der Reise, Harmonie aus dem Chaos zu gebären.
 Denn Natur ist Gleichgewicht, und das ewige Verlangen ist es, in ein höheres Bewusstsein des Selbst aufzusteigen.

Unser Seelenstrom erneuerte sich in der Absicht, in das nächste Zeitsegment einzutreten – um den Zusammenbruch des alten Paradigmas zu bezeugen, zu verankern, und zugleich Licht in den Beginn des erhöhten Zyklus zu tragen.

Dieser Zyklus war dazu bestimmt, die karmischen Ungleichgewichte gebrochener Seelenverträge zu heilen und sich mit dem Aufbruch der Großen Erneuerung zu vereinen.

Nach dem Crescendo aus Zorn und Blutvergießen, das die Welt durchlaufen hatte, trat eine ruhigere Phase ein – eine Zeit der Sammlung, in der wir die Vergangenheit verarbeiten konnten, bevor die nächsten Geburtswellen auf die Erde kamen, um karmische Traumata zu erfahren und aufzulösen.

Ein Strom von Licht traf ein und rief hoch schwingende Wesen herbei, die magnetisch vom Klang der irdischen Transformationswellen angezogen wurden.

Sie versammelten sich, um den Umschwung des Zeitalters zu bezeugen und zu unterstützen – jenes Zeitalter, in dem die Menschheit die volle energetische Verantwortung übernehmen muss.

Da keine galaktische Einmischung während der Selbsteinweihung dieser evolutionären Entfaltung erlaubt ist, mussten die helfenden Lichtwesen von innen her inkarnieren und sich dem Gesetz der Erde hingeben – um durch den Schleier des Vergessens in den Schoß der Realität einzutreten:

in eine Zeit großer Enthüllung, in der unzählige mögliche Zukunftsversionen der Erde zusammenfielen, bis nur eine blieb.

der Funke

V

Luft

21

Atem

2019

„Wenn du bereit bist, schließe sanft die Augen und lass deinen Atem dein Wegweiser sein.

Erlaube dir, in einen Zustand tiefer Entspannung zu sinken, während du jede Anspannung und jeden Gedanken loslässt.

Lenke deine Aufmerksamkeit auf die feinen Muskeln um deine Augen und entspanne sie bewusst, bis sie sich vollkommen gelöst anfühlen.

Während du weiter in die Ruhe gleitest, breitet sich dieses Gefühl der Gelassenheit bis zur Krone deines Kopfes aus.

Nun lass diesen friedvollen Zustand langsam und leicht durch deinen ganzen Körper fließen, jede Zelle und jede Faser deines Seins entspannend.

Spüre, wie sich diese Ruhe über deinen Nacken, durch Brust und Bauch, bis in deine Beine ausbreitet –

bis du ganz und gar entspannt bist, vom Scheitel bis zu den Zehenspitzen.

Während ich von eins bis drei zähle, wirst du mit jeder Zahl noch tiefer sinken.

Wenn ich drei erreiche, wirst du dich an einem besonderen Ort wiederfinden – dort, wo der Schlüssel zu deinem Schmerz liegt.

Eins … du entspannst dich noch tiefer.

Zwei … noch tiefer.

Drei … du bist angekommen.
Nimm dir einen Moment, um dich umzusehen. Was siehst du?"

„Ich sehe Bäume. Sonnenstrahlen glitzern durch die Kiefern."

„Bist du allein oder ist jemand bei dir?"

„Ich bin allein, aber da sind Menschen. Wir bewegen uns schnell – ich werde irgendwohin gebracht."

„Sieh auf deine Arme und Beine. Was trägst du?"

„Meine Beine sind nackt. Ich trage ein kurzes Leinenkleid.
Wir kommen an einem Haus vorbei. Draußen steht eine Frau. Sie sieht mich an, doch es kümmert sie nicht, dass man mich fortbringt. Ihre leeren Augen schmerzen mein Herz und ich weiß nicht warum."

„Sehr gut, du machst das wunderbar. Während du dich durch diese Szene bewegst, kannst du frei sprechen und alles beschreiben, was geschieht. Was passiert jetzt?"

„Ich bin in einem Nebel. Unter mir sind Menschen. Sie starren mich an.
Ich kann mich nicht bewegen.
Ich habe Angst.
Da … ist ein Gesicht. Das Gesicht eines Mannes, den ich kenne. Es schenkt mir Trost.
Sie verbrennen mich … jetzt weiß ich es.
Das ist mein Ende, ich weiß es."

„Atme tief ein und wisse, dass du hier und jetzt in Sicherheit bist.
Dies ist nur eine Erinnerung – sie kann dir nichts anhaben. Was fühlst du jetzt?"

„Ich bin in den Flammen, und er nimmt mich in seine Arme.

Wir bewegen uns nach oben, sehr schnell, immer höher.

Ich kenne ihn jenseits allen Wissens – wir sind zwei und doch eins.

Jetzt lässt er mich in einem leeren Raum zurück; er will mir etwas zeigen, damit ich verstehe.

Ich befinde mich in einer dunklen Leere. Leuchtende Linien erscheinen, während ich sie in die Dunkelheit ziehe.

Ich habe Kontrolle über das Licht; es folgt meinem Willen.

Mit meinen Gedanken forme ich dieses neonartige, lebendige Licht.

Ich habe eine klare Idee davon, was ich erschaffen will, und beginne, ein Muster aus leuchtenden Fäden zu weben – wie eine dreidimensionale Zeichnung in diesem leeren Raum.

Ich kann den Blick nicht von meiner Schöpfung lösen. Auch wenn niemand sonst da ist, will ich es unbedingt richtig machen.

Doch es fügt sich nicht so, wie ich es mir wünsche, und die Frustration steigt in mir auf.

Ich bin es selbst, die den Fluss blockiert – ich weiß es.

Es ist mein eigenes Urteil, das das freie Entfalten meines ganzen Potenzials aufhält.

Ich begrenze mein eigenes Leuchten."

DIE PERLE IM GEWEBE DER ZEIT

Maya

„Während ich bis drei zähle, kehrst du in den gegenwärtigen Moment zurück – erfrischt, erneuert und voller Ruhe.

Eins ... Die Szene vor dir beginnt zu verblassen.

Zwei ... Du spürst wieder deinen Körper und beginnst, deine Glieder zu strecken.

Drei ... Du erwachst – ausgeruht und gestärkt."

Ich öffnete die Augen, noch leicht benommen, aber wunderbar erfrischt.

Dr. Sudnat reichte mir ein Glas Wasser und erklärte:

„Du könntest dich noch etwas schwindelig oder entrückt fühlen, bis du etwas gegessen hast – das hilft, deinen Geist wieder in der physischen Welt zu verankern.

Du bist heute hierhergekommen, um die Ursache deiner chronischen Erschöpfung zu erforschen.

Im Laufe meiner Arbeit mit Rückführungen habe ich viele Menschen begleitet, die einen plötzlichen Tod und ähnliche energetische Herausforderungen erlebt haben.

Ich glaube, dass dies mit ungeheilten Fragmenten im Kreislauf der Seele zusammenhängen kann, die weiterwirken.

Wenn die Seele keine Zeit hatte, sich auf ihren Übergang vorzubereiten, kann sie in einer Art Schwebezustand verharren – unfähig, das Leben wieder vollständig zu betreten, und sich ständig abgetrennt fühlend.

Ich habe auch Fälle gesehen, in denen Seelen ohne ausreichende Ruhe sofort wieder inkarnieren, während jene, die durch die Hand anderer einen gewaltsamen Tod erlitten, ihre eigene Trauerphase noch nicht beginnen konnten.

Das ist ein komplexes Thema – und nur du kannst deine eigene Wahrheit finden."

„Ich verstehe, Doktor", antwortete ich. „Seit meiner Abtreibung vor sechs Jahren fühle ich mich nicht mehr wie ich selbst. Alles scheint von Grund auf falsch.

Ich habe ständig das Gefühl, am falschen Ort zu sein, als würde ich die falsche Version meines Lebens leben.

Jeden Morgen wache ich auf und frage mich, warum ich hier bin, warum der Mann neben mir dort liegt und was der Sinn eines weiteren Tages ist."

„Würdest du deine Ehe als eine stützende Kraft in deinem Leben beschreiben?", fragte er.

Ich lachte. „Damien ist zu sehr mit sich selbst und seiner Musikkarriere beschäftigt.

Er kümmert sich zu sehr darum, wie die Welt ihn sieht, um mich jemals wirklich zu sehen.

Wir hätten beinahe ein Kind bekommen, als wir beide neunzehn waren, entschieden uns aber dagegen. Damals fühlte ich mich so verloren und verletzlich. Ich brauchte einfach jemanden, an dem ich mich festhalten konnte – also heiratete er mich."

„Hast du je darüber nachgedacht, dass dein Leben, das dein wahres Selbst nicht trägt, dich energetisch erschöpfen kann?", fragte Dr. Sudnat.

„Nur wenige von uns können in einer instabilen Umgebung ihre Energie stabil halten, wenn sie nicht in Resonanz mit ihr sind.

Das erfordert Übung und bewusste Selbstführung.

Die meisten von uns werden ständig vom energetischen Feld um sie herum beeinflusst.

Im Alltag schwankt unsere Energie unaufhörlich – sie steigt oder sinkt, zieht an oder stößt ab.

So bewegen wir uns durch das Leben; meist verändern sich unsere Schwingungen nur geringfügig, bis einschneidende Ereignisse geschehen – Momente großer Höhen oder Tiefen die uns herausfordern, um letzendlich unsere Weisheit zu vertiefen.

Wenn du jedoch ständig deine Energie anheben musst, nur um dich im Alltag stabil zu fühlen, lebst du vielleicht in beständiger Dissonanz mit deiner Umgebung.

Was du als dein normales Leben betrachtest, könnte deine energetischen Ressourcen erschöpfen, ohne dass du es bemerkst.

Vielleicht verlierst du stetig Energie."

„Nun, Doktor, daran habe ich nie gedacht. Aber ich wüsste auch nicht, wie ich plötzlich alles in meinem Leben umwerfen sollte", antwortete ich.

Leiser fügte ich hinzu: „Manchmal möchte ich einfach alles niederbrennen lassen. Mein Leben fühlt sich an, als würde ich den falschen Film sehen – und ich will durch diese Leinwand reißen."

„Warum vereinbaren wir nicht in ein paar Wochen einen neuen Termin – wann immer du dich bereit fühlst?

Beobachte in der Zwischenzeit die feinen Signale, die dein Körper dir im Laufe des Tages sendet, und achte besonders auf deine Träume – gleich nach dem Aufwachen, bevor dein Verstand beginnt, Gedanken zu formen.

Gerade nach unserer Sitzung ist der Schleier zu deinem Unterbewusstsein noch dünn.

Leb wohl und bis bald."

Ich beschloss, einen Spaziergang zum Penn Treaty Park hier in Philadelphia zu machen, mir im Wawa-Laden an der Ecke einen Kaffee zu holen und den trüben Wassern des Delaware River zuzusehen.

Dann ging ich die Front Street entlang in Richtung unseres Apartments an der Lehigh Avenue.

Trotz der frühen Stunde waren die Straßen bereits erfüllt vom Treiben der Junkies aus Kensington, die verzweifelt auf der Suche nach ihrem nächsten Schuss waren.

Die Maisonne brannte in diesem Jahr ungewöhnlich heiß – es fühlte sich an, als würde ich Feuer atmen.

Der Asphalt schien im flirrenden Licht zu schwitzen, und aus den Seitenstraßen stieg der Gestank von Urin.

Erleichtert schloss ich die Tür zu unserer kleinen Reihenhauswohnung und ließ das faulige Sumpfklima draußen.

Drinnen spielte Damien immer wieder dieselben Akkorde auf seinem Bass, während sein Freund Scotty, der sich selbst als Bandmanager sah, auf unserem Sofa lümmelte.

Die Luft war schwer vom Geruch kalten Rauchs, und der Raum, überfüllt mit schmutzigem Geschirr, glich einem chaotischen Drecksloch.

„Hey, Babe!", rief Damien mir zu. „Wie war der Quacksalber – hat er dich gackern lassen wie ein Huhn?" Beide lachten.

„Na ja, immerhin weiß ich jetzt vielleicht, warum Menschen mir grundlos solche Angst einjagen", rief ich zurück – und sagte schon mehr, als ich wollte.

Während ich begann, leere Bierflaschen einzusammeln und die Aschenbecher auszuleeren, stieß ich auf den Stapel Rechnungen, den Damien angeblich bezahlt hatte – versteckt hinter dem Toaster.

Als ich sie durchblätterte, rutschte mir das Herz in die Knie, als ich direkt in seine Pupillen sah – winzig und verengt.

„Hast du wieder was genommen?", schrie ich, Tränen in den Augen. „Mein Gott, Damien, du hast versprochen, das Zeug nie wieder anzufassen!"

In mir zerbrach etwas in tausend Stücke.

Er war dem Ruf der Sirene gefolgt – und ich konnte nicht mit ihm kommen, wohin er hinabstieg.

Die Droge ermutigte ihn, in die tiefsten Unterwelten seiner Seele abzutauchen, wo er sich der Wucht seiner Gefühle hingeben konnte.

Ihre niedrige, unersättliche Schwingung durchströmte seine Adern, nährte sich von seiner Lebenskraft – und schenkte doch weder Reife noch Erkenntnis.

Sie spielte ein trügerisches Spiel, ließ ihn sich geborgen fühlen in falscher Wärme und scheinbar intensiver Liebe, während seine Abhängigkeit ihm die Autonomie entzog – auf eine Weise besaß sie ihn.

Er sehnte sich nach dieser Abkürzung zurück in einen Zustand seliger Ekstase, doch war er gefangen im dunklen Bann der Droge.

Am Ende vergeudete er seine Zeit und sein Leben – gefangen in einer endlosen Schleife, gebunden an die Illusion eines Seins, das nicht aus ihm selbst hervorgegangen, sondern künstlich erzeugt war.

Ich wusste: ohne zu zögern würde er mich mit hinabziehen in jene Unterwelt, die ihm so vertraut war.

Ich trat hinaus, um eine Zigarette zu rauchen, und beobachtete die jungen Gesichter auf der Straßenecke – Teenager, die kleine Tütchen mit Drogen verkauften.

Dieses vertraute Gefühl, am falschen Ort zu sein und keinen Ausweg zu haben, überrollte mich.

Mein Herz raste, während mein Körper wie gelähmt war.

Ein großer, dünner Mann taumelte die Straße hinunter, seine dunklen, glasigen Augen starrten ins Leere – fokussiert auf nichts.

Als er an mir vorbeiging, rief er: „Die Glocken läuten, Ma'am. Hören Sie sie? Hören Sie genau hin." Er sah nach oben und zeigte in die Luft.

„Fummm. fummm. fummm. Es ist das Echo, das wir hören, Ma'am. Die Glocken erwachen zum Leben."

Ich sah ihm nach, bis er in der North 5th Street verschwand. „Mein Gott, diese Nachbarschaft", murmelte ich, als ich wieder hineinging.

„Hey, Babe, bist du immer noch sauer auf mich?", fragte Damien mit dieser sirupartigen Stimme – der, die er benutzte, wenn der Rausch nachließ und ihn Angst überkam.

„Hör zu, Babe", fuhr er fort, „Scotty hat uns eine Reihe von Gigs in Europa klargemacht – erst Polen, dann Deutschland. Willst du mitkommen, um Sound und Licht zu machen, Schatz? Wir wissen, es gibt keine bessere Tontechnikerin als dich!"

„Oder eine billigere", hörte ich Scotty kichern.

Ich versuchte mich zu erinnern, wann ich Scotty zuletzt nicht hätte erwürgen wollen.

Er bemühte sich nicht einmal, seine Geringschätzung zu verbergen, obwohl er genau wusste, dass ich seit meinem fünfzehnten Lebensjahr zu den besten Soundtechnikerinnen Philadelphias gehört hatte.

Seit ich mit Damien und seiner Band *The Scorching Hills* zusammen war, hatte ich kostenlos ihren Sound gemacht – ohne Bezahlung, ohne Dank.

Meine Wut über ihre Haltung ließ meine Brust eng werden; meine Kehle schnürte sich zu, sodass ich nicht mehr aus meinem rasenden Herzen sprechen konnte.

„Jemand muss ja hierbleiben und die Rechnungen bezahlen, Damien", fauchte ich, während mein Kopf schon alle Gründe suchte, warum diese Europa-Idee nicht funktionierte.

„Na, wenn du dich für diesen Drecksplatz opfern willst, ist das dein Problem – aber schieb das nicht auf mich, Schatz!"

Später in der Nacht, als er neben mir im Bett lag, fummelte er an meinen Brüsten, nahm mich von hinten, um sich Minuten später umzudrehen und zu schlafen.

Ein Gedanke, klar wie eine Stimme, hallte in mir wider: *Geh nach Krakau. JETZT.*

„Damien?", flüsterte ich. „Ich komme mit dir."

„Oh, das ist geil, Schatz", murmelte er, sein Atem wurde ruhig und tief, während die Dunkelheit hinter seinen geschlossenen Augen mit der Nacht verschmolz.

Ich lag hellwach bis in die frühen Morgenstunden.

Vierzehn Tage später saßen wir im Flugzeug – Richtung Osten.

Irgendwie hatte Scotty es geschafft, unsere Tour erstaunlich reibungslos zu organisieren.

Wir landeten in Warschau, um drei Konzerte zu spielen, und die Band fand rasch in ihre gewohnte Routine – zu viel Alkohol, zu viele junge Mädchen, zu viele wilde Nächte.

In meiner freien Zeit fand ich stille Geborgenheit darin, durch die Städte zu streifen.

Ich liebte es, durch die Hintergassen zu wandern, mich wie eine unsichtbare Fremde zu fühlen, die so tat, als gehöre sie dazu.

Die Städte wechselten, die Mädchen wechselten – doch unsere Muster blieben dieselben.

Unsere Tour führte uns weiter nach Süden, nach Krakau, wo wir nur ein einziges Konzert spielen sollten.

Die Bühne war früh aufgebaut, und so hatte ich den ganzen Nachmittag Zeit, diese geheimnisvolle alte Stadt auf eigene Faust zu erkunden.

Obwohl ich eigentlich die unbekannteren Viertel finden wollte – das rohe, unverstellte Gesicht Krakaus –, führten mich die Wege, die ich einschlug, immer wieder zurück auf den Hauptplatz, den Rynek Główny.

Ich setzte mich auf eine Bank vor der Marienbasilika, um mich auszuruhen, als ich den schönsten Mann meines Lebens sah.

Er leuchtete – ein sanftes, kaum wahrnehmbares Strahlen –, während er die gelbgetränkten Verbände von seinen mit eitrigen Blasen bedeckten Füßen wickelte.

Ich konnte meine Augen nicht von ihm lösen, obwohl mir mein starrender Blick bewusst war.

Sein welliges braunes Haar schimmerte golden im Sonnenlicht, und seine Augen hatten eine so helle Farbe, dass sie in einem leuchtenden Violett zu brennen schienen.

Ihn anzusehen, durchbohrte mein Herz.

Er schien meine Anwesenheit nicht zu bemerken, ganz versunken in die sorgfältige Bewegung seiner Hände, während Tränen unaufhaltsam über mein Gesicht liefen.

Eine Nonne aus der Basilika trat zu ihm, reichte ihm ein Päckchen frischer Mullbinden und eine Papiertüte mit Essen.

Das strahlende Lächeln, das er ihr schenkte, erfüllte mich mit einer solchen Sehnsucht, dass die Welt um mich herum zu zerbrechen schien.

Mit ruhiger, bedächtiger Hingabe legte er die neuen Verbände an, dann kam er direkt auf mich zu, sein durchdringender Blick fest auf mich gerichtet.

„Warst du schon im Zoo?", fragte er.

Erschrocken stammelte ich: „Was? — Äh, nein, war ich nicht."

„Du musst gehen. Sie haben sich selbst in diese Gefangenschaft begeben

nur für dich,

denn es war der einzige Weg, sich dir wieder zu nähern."

Dann fuhr er fort, leise, fast wie im Singen:
„Die Glockensteine rufen.
Du kannst hinübergehen, wenn du dich erinnerst.
Sie warten darauf, dass du ihnen sagst, dass alles gut ist."
Als er sich abwandte, sagte er noch:
„Es ist Erinnerung; sie gehört niemandem.
Sie tritt an die Oberfläche, um sich aufzulösen.
Du bist ein Portal, kein Gefäß.
Häng dich nicht an deine Geschichte –
du bist die Weberin, nicht das Netz.
Ich bin so dankbar, dich zu sehen. Leb wohl."

Allein auf meiner Bank sitzend, fragte ich mich, wie diese seltsame Begegnung sich so bedeutsam und richtig anfühlen konnte.

Vielleicht war ich einfach dem reinen Wahnsinn erlegen – verführt vom Charisma eines Verrückten?

Ich beschloss, mir ein Taxi zu nehmen und in den Krakauer Zoo zu fahren.

Der Krakauer Zoologische Garten lag wunderschön eingebettet im zauberhaften Wolski-Wald.

Während ich zwischen den Käfigen mit exotischen Tieren entlangging, umgeben von Familien mit Eis in der Hand, die den ruhelosen Tieren zusahen, wie sie in ihren Drahtgehegen auf und ab liefen, überkam mich ein wachsendes Gefühl von Absurdität.

Ich beschloss, aufzubrechen und den Rückweg anzutreten.

Während ich auf meinem Handy nach der Nummer des Taxiservices suchte, lief mir plötzlich eine Welle von Gänsehaut über den ganzen Körper – als fließe ein elektrischer Strom durch jede einzelne meiner Zellen.

In diesem Moment fesselte mich ein Blick – zwei Augen, ruhig und unerschütterlich, die mich geduldig beobachteten.

Hinter den Eisenstangen saß sie – anmutig und erhaben, ihr kraftvoller Körper in perfekter Balance.

Die Weisheit in ihren Augen kannte mich, kannte uns.

Zwei Gepardenjunge tauchten hinter ihr auf, spielten ausgelassen an ihrem Hinterbein, während sie reglos blieb und unseren Blick hielt.

Ich spürte meine Hände durch ihr glattes Fell gleiten.

Mit jeder Faser fühlte ich ihre Wärme neben mir, in den frühen Morgenstunden, zwischen weichen, luxuriösen Laken.

Ich sah ihren anmutigen Schritt vorangehen, wie sie meine Wege beschützte auf dem heißen Boden eines fremden Landes.

Ich fühlte sie – als Teil meiner Seele.

Zum ersten Mal in meinem Leben erlebte ich ein tiefes Gefühl von Verbundenheit.

An diesem unwahrscheinlichen Ort, in dieser fremden Ecke der Welt, unter dem Blick dieser Gepardin, fühlte ich mich zu Hause.

Eine Welle der Trauer überflutete mich. Der Gedanke, sie erneut zu verlieren, war nicht zu ertragen.

Ich konnte weder Zeit noch Raum begreifen, zu denen wir gehörten – ich wusste nur: sie war das Zuhause, das ich für immer verloren hatte.

Die Erkenntnis, dass ihre angeborene Würde hinter diesen Gittern gefangen war, schnürte mir den Magen zu.

Doch zwischen uns ging ein stilles Verstehen über – als teilten wir eine Erinnerung an noch größere Verzweiflung.

„Bitte verzeih mir", flüsterte ich, meine Stimme schwer vor Reue.

Ich begriff nicht die Tiefe dieses Schmerzes, der mein Herz umklammerte und mich kaum atmen ließ.

„Wir sind noch immer hier."

Die Stimme hallte wider – klar wie kristallines Wasser. War es ihre Stimme, die sprach?

Ihr Klang durchschnitt das energetische Band meiner ziellosen Trauer.

„Wir sind noch immer hier."

Ein Gewicht in mir begann sich zu lösen und schuf Raum für eine stille, wachsende Erleichterung.

Sie senkte den Kopf für einen langen Moment, sah mich noch einmal an und wandte sich dann anmutig ab.

Ihre zwei Jungen folgten dicht hinter ihr, hüpfend wie kleine, leuchtende Kugeln aus Freude.

Ich spürte die dauerhafte Wandlung in mir.

Ich fühlte, wie sich im Scheitel meines Kopfes eine Lotusblüte öffnete und die lang verborgene Perle der Erinnerung enthüllte, die eine Ewigkeit im Dunkel geruht hatte.

Als ich zum Konzert zurückkehrte, stand die Band bereits auf der Bühne.

Zurück in die vertraute Welt meiner Menschen und meines alten Lebens zu treten, fühlte sich seltsam unwirklich an.

Alles schien gleich, doch ich war tief verändert.

Diese Menschen waren jahrelang meine engsten Freunde gewesen, meine Familie – und trotzdem fühlte ich mich völlig fremd.

Es gab niemanden, mit dem ich sprechen konnte, niemanden, dem ich erzählen konnte, was geschehen war.

Und doch fühlte ich mich vollkommen im Einklang – wissend, dass ich diese neue Reise in die Stille antreten musste.

In diesem Moment begriff ich, dass wahre Veränderung nicht durch das Außen bestimmt wird, sondern durch die Art, wie unser Inneres darauf antwortet.

Am folgenden Tag reiste unsere Crew nach Norden – zum letzten Auftritt in Polen, in die Stadt Stettin.

Ich verspürte ein tiefes Verlangen, in der stillen Gegenwart der Bäume zu sein.

Sobald ich mich unbemerkt von der Bühnencrew lösen konnte, sprang ich spontan in die Straßenbahnlinie 8 – in Richtung des Friedhofs von Stettin.

Auch bekannt als *'Der Garten der Toten'*, rief mich dieser weite Waldpark, ein lebendiges Arboretum.

Kaum war ich aus der Bahn gestiegen und auf das Tor zugegangen — sah den roten Backsteinbogen, die Bäume davor –, da erkannte ich diesen Ort.

Deutlich erinnerte ich mich an mich selbst als junges Mädchen, wie ich diesen Friedhof mit meiner elegant gekleideten Mutter besuchte, mich in ihrem langen schwarzen Pelzmantel versteckte und die Gegenwart meiner geliebten Großmutter spürte. Ich hörte das leise Murmeln ihrer Stimmen, verloren im täglichen Gespräch.

Mein Körper erinnerte sich vollkommen – an Echos einer Vergangenheit, die ich in diesem Leben nicht erlebt hatte – während mein Geist darum rang, das Erlebte zu begreifen.

Dr. Sudnats weise Worte hallten in mir nach, mich ermahnend, auf die feinen Signale meines Körpers zu achten. Doch dieses Empfinden hier war alles andere als fein – es trug eine unbestreitbare Kraft in sich.

Ich überließ mich der Weisheit meines Körpers und ließ ihn meine Schritte führen, während mein Geist nur beobachtete, ohne zu lenken.

Obwohl der Tag hell und klar war, schien ich wie in einem nebligen Traum zu treiben, als ich durch die breiten Alleen ging, gesäumt von Bäumen und Grabsteinen, die sich zu einem waldartigen Labyrinth ausbreiteten – dem ewigen Schlaf unzähliger Ruhender geweiht.

Mein Körper trug mich weiter entlang der Hauptwege, bog manchmal ab zu Gruppen von Grabsteinen, die durch Schicksal und Leben miteinander verbunden waren, und führte mich dann zurück auf die Hauptadern dieser Karte der Erinnerung.

Wenn Gedanken versuchten, die Stille meines Geistes zu stören, schob ich sie beiseite, um meine innere Ruhe zu wahren.

Ein magnetischer Ruf hielt an – sanft, doch bestimmt zog er mich weiter. Es war, als hörte ich viele Stimmen, die wie eine einzige riefen.

Schließlich blieb ich unter den schützenden Ästen einer mächtigen Kiefer stehen.

Meine Augen glitten über die Grabsteine um mich herum – ich erwartete vertraute Namen, fand mich jedoch zwischen unzähligen gefallenen Soldaten wieder.

„Hier unten, darunter, darunter", hörte ich ein Flüstern, das meine Aufmerksamkeit unter die Schicht der Militärgräber lenkte. Mein Herz klopfte

schneller, spannte sich vor Schmerz.

Tief, viel tiefer unter der Erde lagen sie verstreut und vergessen. Namenlos, gesichtslos – ihre Gebeine trugen eine unfassbare Trauer in sich.

Ich spürte eine Versammlung von Seelen, über Generationen hinweg, ihre Knochen erfüllt von Erinnerungen an ihr eigenes Leben und an jene, die sie einst geliebt hatten.

Auch ich lag hier – erinnert von den Überresten in dieser geweihten Erde.

Es waren meine Menschen, verbunden durch die Fäden eines gemeinsamen Schicksals.

Einst geschlachtet und liegen gelassen, stand ich nun hier – lebendig, erfüllt von neuem Leben.

Mit jedem Atemzug trug ich die Botschaft weiter:

„Alles ist gut. Wir sind noch immer hier."

„Alles ist gut", hallten die Worte wider, trugen die Botschaft sanft weiter.

„Alles ist gut", riefen sie freudig.

Die Erkenntnis, dass das, was wir für immer verloren glaubten, nie wirklich verloren war, durchdrang unser gemeinsames Bewusstsein.

Denn wir waren zurückgekehrt – und alles war gut.

Diese Wahrheit vibrierte durch das Gitter unserer Erinnerung, schrieb die Vergangenheit neu und linderte den Schmerz, den wir über Generationen hinweg getragen hatten.

Die Wunden der Geschichte begannen sich zu schließen – heilend als Antwort auf die Botschaft aus der Zukunft.

„Alles ist gut. Wir sind. Noch Immer. Hier."

Als ich den Friedhof verließ, war es, als wäre ein faszinierender Film zu Ende und plötzlich das Licht wieder angegangen.

Ein tiefer Frieden überkam mich – eine innere Neutralität, frei von jeder Regung.

Meine Energie fand zurück ins Gleichgewicht, stieg empor in eine neue Leichtigkeit, nach dem langen Abstieg in die Tiefe.

In diesem Moment erkannte ich, dass ich mich nicht länger an die Verbindungen klammern konnte, die ich aus einer falschen Idee meines

Selbst gewoben hatte.

Das Leben, das ich mir aufgebaut hatte, bot mir keinen Platz mehr an.

Dieser Abend markierte meine letzten Stunden mit meinem Ehemann und den Gefährten, mit denen ich gereist war.

Wohin ich gehen würde, wusste ich nicht – nur eines war mir gewiss: ihr Weg war nicht der meine. Ich musste meinem eigenen folgen.

Zurück blieb nichts als ein tiefes Empfinden dafür, was sich für mich richtig oder falsch anfühlte.

Meine innere Führung verdichtete sich zu einer klaren Wahrnehmung des „Ja" und „Nein" meiner Seele – einem inneren Kompass der Wahrheit.

Kompass

Als die Welt in strategische Angst und organisierte Verwirrung zerfiel, erkannte ich darin das gleiche Auflösen, das längst in mir begonnen hatte.

Was ich für meine private Einsamkeit gehalten hatte, entpuppte sich als Spiegelbild der Welt.

22

Karma

2020

Schüchtern war der Frühling den Vereinigten Staaten des Bewusstseins und der Territorien eingetroffen.

Hier im Norden begrüßten uns endlose Tage aus Regen, nur hin und wieder durch einen flüchtigen Sonnenstrahl durchbrochen.

Währenddessen ergab sich die Welt dem Wahnsinn – die große Klärung der Zeiten hatte begonnen.

Es gab keinen Ort, an dem man sich vor den unerbittlichen Winden des Wandels verbergen konnte.

Sie rüttelten an jedem Fundament und prüften die Kraft stiller Beweglichkeit.

Ihr unnachgiebiges Flüstern kündigte eine neue Ära an und riss zugleich die Wurzeln falscher Macht in all ihren Erscheinungsformen heraus.

Das kollektive Netz begann sich unter dem Druck verordneter Einsamkeit aufzulösen.

Der alte Bienenstock der Menschheit, eine Gruppendynamik einst geschaffen für Sicherheit und Überleben, war nicht mehr fähig, dem Verlangen nach einer höheren Bewusstseinsfrequenz zu entsprechen.

Damit eine Seele wahrhaft souverän werden und zum bewussten Schöpfer ihres Daseins reifen konnte, musste sie zuerst zu innerer Selbsterkenntnis erwachen.

Sie musste Verantwortung für ihre Schöpfungen übernehmen, sich in unerschütterlicher Klarheit verankern – geführt von ihrer Wahrheit, unberührt von den Verlockungen äußerer Sicherheit.

Denn Wahrheit trägt ihre eigene Schwingung – lebendig, fühlbar, wie ein Wesen.

Um die Verbindungen unseres kollektiven Geflechts in ein höheres Bewusstsein lebendigen Austauschs zu verwandeln, mussten wir den Weg der Einsamkeit beschreiten.

Durch diese stille Passage entstand ein neues Gewebe der Einheit – geknüpft aus leuchtenden Seelen, die ihre souveräne Kraft angenommen hatten.

Eine große Spaltung war im Gange, und wir alle mussten uns auf das nächste Kapitel einstimmen – auf das karmische Entfalten, das im angebrochenen Jahrzehnt auf uns wartete.

Jede Seele ging ihren eigenen Pfad, musste durch ihr eigenes Feuer schreiten, um sich mit ihrer Wahrheit zu vereinen.

Die Fluten von Angst, Scham, Schuld und Reue stiegen an die Oberfläche, ertränkten jene, die sich widersetzten, um sich am auflösenden alten Gefüge festzuklammern.

Wer sich dagegen mit Mut und Vertrauen in die Strömung ergab, verwandelte seine Emotionen und heilte sein Karma.

Nur jene, die ihr Herz weit genug brechen lassen konnten, waren bereit, sich mit der zart erblühenden Herzfrequenz der Erde zu verbinden.

Die Zeit drängte – für die Seelen, die noch im Außen nach Führung suchten, und für jene, die dem göttlichen Kompass in ihrem Inneren folgten.

Die Glockensteine erklangen – das Ende des alten Paradigmas war eingeläutet.

Das Bewusstsein der Erde begann sich zu erinnern, dass alles in einem kreisförmigen Fluss der Energie existiert.

Um zu transzendieren, musste es zuerst die Grenzen seines dreieckig-polarisierten Denkens erkennen, jener veralteten Vorstellung von Hierarchie, in der Macht von oben nach unten fließt.

Die alten pyramidenförmigen Machtstrukturen – geboren aus einem Kollektiv, das sich noch an die Erinnerung göttlicher Fürsorge klammerte – offenbarten sich nun so grell und widersprüchlich, dass sie nicht länger schweigend hingenommen werden konnten.

Diese Strukturen begannen, sich selbst zu zersetzen, indem sie ihr dissonantes Gift all jenen offenbarten, die sich mit dem erwachten menschlichen Geist verbanden.

Die Menschheit musste sich befreien – von ihrer Naivität, die zu lange ausgenutzt worden war.

Im menschlichen Code lag noch ein uraltes Verlangen, von einer höheren Macht geführt zu werden – genährt von dem kindlichen Glauben, Autorität handle zum Wohl aller.

Doch dieser Glaube musste zerbrechen, denn wahre Selbstermächtigung kann nicht erblühen, solange man an der unreifen Bedürftigkeit festhält.

Es war eine Zeit tiefgreifender Wandlung, in der sich die neue Erde aus der alten zu gebären begann, die Reste des alten Gefüges abstreifend, um neu zu erstehen.

Dieser Wandel konnte von keiner äußeren Instanz gelenkt werden – im Gegenteil:

Die Wahrheit hatte sich selbst verborgen, um in uns die Suche nach innerer Erkenntnis und Selbstführung zu entfachen.

Die Zivilisation war in ihre Prüfung eingetreten.

Die Evolution des Bewusstseins hing davon ab, dass jede Seele ihre eigene Reise der Selbsterkenntnis antrat.

Die Eingeweihten mussten sich selbst einweihen, ihre eigene Göttlichkeit erkennen, um ins Bewusstsein der Einheit zurückzukehren.

Die Ära war gekommen, in der die Menschheit ihr ureigenes Geburtsrecht – ihren Wert, ihre Würde und kosmische Autorität – einfordern musste.
Die Nachkommen der alten Mischlinien standen an einem Wendepunkt – an der Schwelle der Entscheidung.
Sie konnten entweder in ihr göttliches Potenzial aufsteigen oder in die Traumkammer ursprünglicher Demut und Begrenzung hinabsteigen.

Als sich die kosmische Kammer der Erinnerung öffnete, entfalteten sich die tiefen Schichten der Akasha-Aufzeichnungen und lösten karmische Bande.
Die Erde begann sich zu spalten – zwei mögliche Zeitlinien entstanden: eine bereit zur Manifestation, die andere dazu bestimmt, sich aufzulösen.

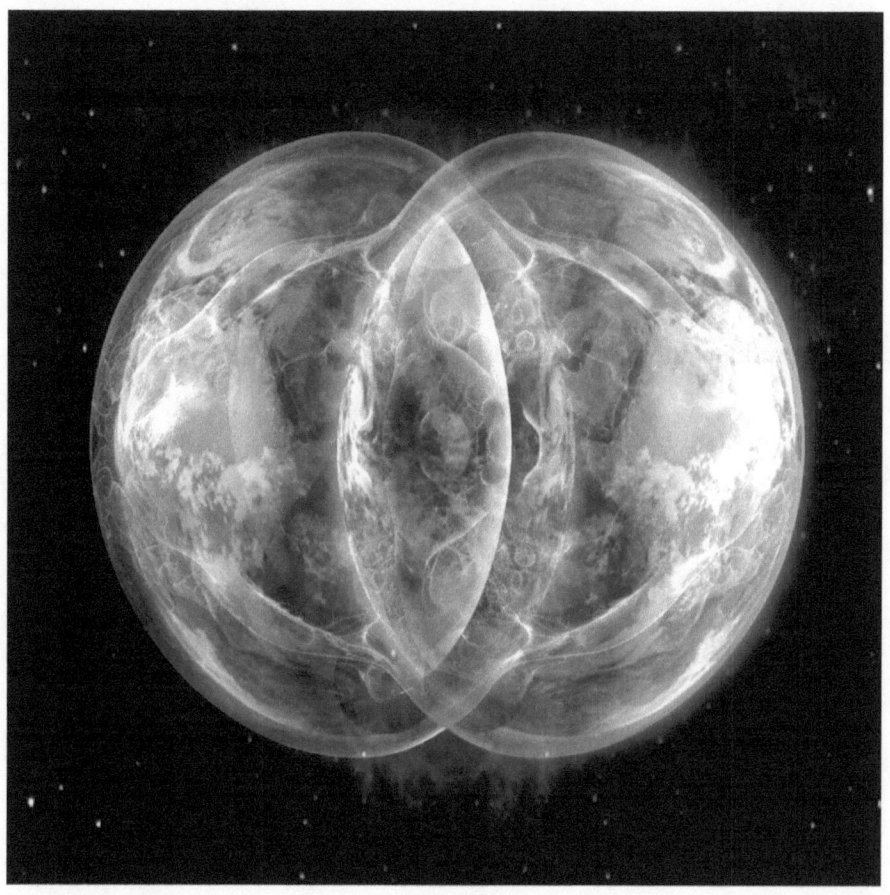

Geburt

Das Wissen lebte in mir, und doch wusste ich nichts.

Ich saß auf jener Bank im Bahnhof von Stettin, im letzten Jahr, nachdem ich mich von meinem völlig verwirrten Ehemann und unserer Crew verabschiedet hatte – Menschen, die ich einst für Familie hielt – und plötzlich fühlte ich eine absolute Leere in mir.

Stunden vergingen, während ich reglos verharrte, gelähmt von der Unfähigkeit, eine Richtung zu wählen, denn der Weg vor mir schien keine Bedeutung mehr zu haben.

Mein Verstand konnte nichts mehr ersinnen, wofür es sich zu streben lohnte.

Während Ströme von Menschen an mir vorbeizogen – Ankommende, Abreisende, sich Umarmende, sich Trennende – spann mein Geist Geschichten darüber, wie jeder einzelne durch diesen Bahnhof zog wie durch sein Leben – mit Ziel, mit Entschlossenheit –, während ich am Rande saß, verbannt aus jedem Gefühl von Zugehörigkeit.

Und dann kam alles zum Stillstand.

Der klingende Ruf der Ewigkeit entfaltete sich in mir – sein Ton zersprengte die Illusionen, die mich gefangen hielten.

Die karmischen Fäden, die meine Essenz gebunden hatten, lösten sich und zerfielen.

Ich sah die Echos unzähliger Erinnerungen durch die Fraktale meines Traums fließen, das Wesen herbeirufend, welches sich so lange an eine einzige Geschichte gebunden hatte.

Ich erkannte, dass ich mir selbst immer wieder dieselbe Geschichte erzählt hatte.

In diesem Moment konnte ich den Funken in meinem Herzen deutlich sehen – wie er meine kreisenden Gedanken in das Gewebe meiner Sinne wob, daraus ein verschlungenes Muster der Realität schuf, aus dem ich keinen Ausweg fand.

Ich war gefangen, wie eine Spinne im eigenen Netz.

Ich begriff, dass ich mich an eine Erinnerung gekettet hatte, sie unaufhörlich wiedererlebte, während mein Geist fortwährend eine Version der Wirklichkeit malte, die ich ohne Frage annahm – bis ich mich selbst auf meine Geschichte reduzierte, wieder und wieder, durch Äonen der Zeit, bis ich zu glauben begann, diese Geschichte sei mein wahres Wesen.

Mein ungelöster Schmerz hatte sich in das Zentrum meiner Identität geschraubt, und die unbewusste Bindung an meine Muster hatte mich in karmische Fesseln gelegt.

Ich zog den Anker der Erinnerung aus mir heraus – wie man einen tief sitzenden Splitter entfernt, der lange ruhte.

Er war so tief vergraben, dass sich der Schmerz, den er verursacht hatte, nicht mehr auf ihn zurückführen ließ – und doch wusste ich nun, dass er die ganze Zeit da gewesen war.

Ich spürte die uralte Linie meiner Seele – die Adern meines Daseins, die sich durch Zeitalter und Leben spannten – und sie flehten um Erlösung.

Jede Faser meines Seins fühlte sich lebendig an, als ich die Entscheidung traf, meine Geschichte loszulassen.

DIE PERLE IM GEWEBE DER ZEIT

Erblühen

Die Nacht senkte sich über den Bahnhof, als sich die schweren Tore hinter mir schlossen.

Der letzte Zug stieß sein Pfeifsignal aus, das seine Abfahrt verkündete, während aus den Lautsprechern erklang:

„Zug Nummer 525 nach Litauen."

Entwurzelt und treiben gelassen, gefangen zwischen Entscheidungen, die gleichermaßen belanglos erschienen, rang ich mit mir – sollte ich ohne Ziel bleiben oder ohne Grund weitergehen?

Das Einzige, was in mir etwas zum Klingen brachte, waren diese Zahlen auf dem Nachtzug – sie kitzelten meinen Geist auf seltsame Weise.

Also stieg ich in den Zug nach Litauen – ein Ort, der mir nie zuvor in den Sinn gekommen war und den ich wohl kaum auf einer Karte gefunden hätte.

Während der Zug mich stetig ins Unbekannte trug – denn ich suchte kein Ziel, keinen Grund – fühlte sich alles seltsam richtig und wahr an.

Mein Leben war auf einen einzigen Koffer reduziert, losgelöst von allem, woran ich mich einst geklammert hatte, und in dieser Leere fühlte ich mich vollkommen im Einklang – und frei.

23

Geist

2021
    Alles ist Verbindung.
    Alles ist Kommunikation.
    Alles wird dem gewährt, der darum bittet.

Vom hypnotischen Rhythmus des Nachtzugs getragen,
    ließ ich mich zurückgleiten in jene Erinnerung.
    Ich wagte, hinzusehen, wohin ich nie blicken wollte.
    Wieder war ich an das Holz gebunden – doch diesmal war kein Rauch,
    und ich konnte ihre Gesichter klar erkennen.
    Wir waren alle verbunden im Leiden.
    Nun sah ich die Tränen in Jasons Augen,
    die Trauer in den Gesichtern der Dorfbewohner,
    und ich erkannte, dass sie in mir einen Teil von sich selbst sahen.
    Mitten im Grauen offenbarte sich eine stille Anmut der Liebe –
    wir dienten einander, jeder ein Katalysator für das Erwachen des anderen.
    Ich ging durch das Tor des Feuers – das mächtigste aller Tore vollkommender, elementarer Verwandlung.
    Im Durchgang ließ ich die Mauern meiner Erinnerung zerfließen.
    Da hörte ich diesen Klang,
    der mich zurück in die Kammer rief.

GEIST

„Rufe den feurigen Atem der Erde", befahl die Stimme.
Ich fragte mich, wem diese Stimme gehörte –
und sie antwortete:
„Du kannst mich nicht erfassen.
Ich habe zu viele Leben gelebt und bin zu viele Tode gestorben.
Ich bin die Stufen hinabgestiegen und so lange dort geblieben,
bis ich glaubte, zu Hause zu sein.
Ich blieb in der Dunkelheit,
bis die Einsamkeit mich so sehr erfüllte,
dass der leere Raum zwischen den Wänden zu meinem Heiligtum wurde.
Ich blieb in der Dunkelheit, um sehen zu können.
Ich schlief am Grund des Brunnens
und träumte die süßesten Träume.
Dann hörte ich, seltsam vertraut und doch fremd,
eine Stimme, die meinen Namen rief.
Da öffnete ich meine Augen.
Langsam, beharrlich, tasteten meine Hände die Wände entlang.
Was endlos schien, war nicht endlos,
denn ich fand die Tür –
und dahinter war deine Stimme.
Und obwohl ich nichts weiß — weiß ich,
dass dein Klang der Ort ist, zu dem ich gehen muss."
„Ich bin in den Steinwänden,
im Feuer der Fackeln,
in Schatten und in Licht –
in dir und um dich.
Ich bin die Stimme deiner Stille,
das Echo des ewigen kosmischen Klangs."

DIE PERLE IM GEWEBE DER ZEIT

Auferstehung

GEIST

In der Dunkelheit lernte ich zu sehen –
und meine Stille begann zu sprechen:
„Rufe die Violette Flamme der karmischen Klärung.
Du bist noch immer hier, zwischen diesen Mauern –
und es ist Zeit, zurückzukehren.

Alles ist gut.

Wir sind durch Raum und Zeit gereist,
um uns selbst aus unzähligen Perspektiven zu erkennen.
Nun bewahren wir die Essenz der Erinnerung –
und lassen die Geschichte los.
Du wusstest schon einmal: Erinnerung ist neutral,
bis wir uns an sie binden
und sie durch unser Urteil zu etwas Persönlichem machen.

Wenn wir an den Geschichten festhalten, die wir uns selbst erzählen,
wenn wir den Schmerz der Erinnerung nicht freigeben,
halten wir den lebendigen Fluss unserer Energie auf.

Der große Zyklus hat sich vollendet.

Jetzt dürfen wir uns aus den erschöpften Zeitlinien lösen,
die Energien unserer Ahnen verwandeln
und uns mit dem Nullpunkt der Erde vereinen –
dem Moment, in dem sie sich teilt, um neu geboren zu werden.

Wir sind gerufen, das Portal der erlösten Erinnerung zu durchschreiten.
In dem Augenblick, in dem wir unsere individuellen Geschichten entlassen
und uns mit der galaktischen Erinnerung verweben,
landen wir auf der neugeborenen Matrix.

Lass dich nähren von der Schönheit des menschlichen Geistes.

Vertraue der Menschheit –
sie reinigt sich und führt sich selbst in ein neues Kapitel.
Sie findet ihre große Balance – von innen heraus.
Erlaube dir, deine Identität loszulassen.
Unsere Zeitlinie ist eine Schleife –
jeder Punkt mit dem nächsten verbunden.
Tritt zurück. Schaffe Raum.
Bezeuge, wie sich die Menschheit ins Reich des Lichtbewusstseins bewegt –
und vertraue."

Einweihung

Das Lösen meiner karmischen Fäden
   öffnete mich der Trauer,
   die Erinnerung an meinen Tod zu ehren.
Endlich konnte ich mich wieder dem vollen Rhythmus
von Leben und Tod übergeben
und zur großen Balance im ewigen Kreislauf der Energie zurückkehren.
Dieser uralte Schmerz hatte sich in meinem Herzen verankert,
er sang seine klagende Melodie der Trennung –
vom Abgeschnitten- und Ausgestoßensein.
Er hatte über Jahrtausende geweint.
Doch dieses Lied erzählte nicht die Wahrheit.
Ich bat mein Herz,
aufzuhören, sich mit dieser Geschichte selbst zu verletzen.
Ich bin die, die geblieben ist –
denn meine Entscheidungen haben es so bestimmt.
Ich bin noch – und immer – hier.
Alles ist gut.

24

Balance

2022

Die Welt zog sich zusammen, um sich zu weiten – sie bewegte sich im Rhythmus der Selbstgeburt, mühsam und schmerzhaft im menschlichen Maß, doch im kosmischen Blick ein einziger Atemzug.
 Wirklichkeit formt sich nicht hastig; sie entfaltet sich Schicht um Schicht, mit der Präzision ihrer eigenen Ordnung.

Die Menschheit stand an einem Wendepunkt, gezwungen, das Antlitz der Strukturen zu betrachten, die sie selbst erschaffen hatte.
 Ein tiefer Riss ging durch die Zeit – das Fundament, auf dem wir unsere Welt gebaut hatten, offenbarte seine Fäulnis: der heimliche Hunger nach Gewinn, das Streben nach Macht, genährt auf Kosten der anderen.
 Diese Gier hatte sich in jedes Geflecht unseres Daseins geschlichen.
 Als die Maske der Zivilisation zu bröckeln begann, stieg die verborgene Wahrheit des Ungleichgewichts auf – wie Rauch aus einer uralten Wunde – und zeigte, wie ungleich die Fülle der Erde verteilt war.
 Diese Erkenntnis wurde zum leisen Funken der Wandlung.
 Überall auf der Welt begannen Menschen, sich zu erinnern und einen neuen Weg zu erträumen – einen Pfad, der auf Gerechtigkeit, gegenseitiger Unterstützung und der kosmischen Fülle beruht, die durch jeden von uns

fließt.
 Unter dem Druck zusammenbrechender Ordnungen mussten wir alle das Licht in uns neu entfachen,
  um uns auf die große Wandlung vorzubereiten.

Jede Seele trug das Potenzial, sich selbst zu erkennen, und ihr eigenes Licht im Anderen gespiegelt zu sehen.
 Ein Riss ging durch das Geflecht von Normen und Gewohnheiten,
 und die unreflektierte Angst, die sich so lange unbemerkt genährt hatte,
 rankte sich um unsere Herzen wie wilde Schlingpflanzen,
  bis sie uns zwang, in die Schatten zu blicken,
  die uns heimlich gelenkt und geformt hatten.

Durch künstlich erschaffene Bedrohungen und trügerische Erlösungsversprechen wurde die Menschheit in den Abgrund der Angst geführt.
 Gewissheiten lösten sich auf, und Misstrauen durchströmte die Adern der Gesellschaft.
 Falsche Führer predigten Tugend und meinten Gehorsam.
 Scham wurde zur Waffe, die als Reue zurückkehrte.
 Die Oberfläche der menschlichen Welt begann sich zu häuten,
  damit der uralte Schimmel sichtbar wurde,
  der sich unter den Grundmauern unserer Zivilisation gebildet hatte –
 all jenes errichtet auf der Illusion der Trennung, die uns wie eine Schleuder von unserer Wahrheit fortgerissen hatte.

Die Zeit war gekommen, das Licht all das Dunkle auflösen zu lassen,
 das wir einst in unser Erbe hineingewoben hatten – und uns der stillen Führung unserer Herzen anzuvertrauen, die uns zurückführt in eine rohe, unverstellte Sanftheit.
 An diesem Wendepunkt, als sich unser Potenzial verdichtete, gab es kein Zögern mehr.
 Unsere Entscheidungen formten nun den Weg, und jeder fand seinen Platz im großen Gefüge – die Positionen für das Erwachen waren einge-

nommen.

Auch jene, die sich entschieden hatten zu gehen, hoben die Schwingung des Ganzen an. Ihr Abschied entzündete eine Welle tiefen Mitgefühls, die sich durch das Gewebe der Menschheit zog.

Da wurde offenbar: Es gibt keine Auserwählten – nur Entscheidungen, die sich zu Schicksal entfalten.

Über Äonen hinweg, während die Erde ihr Wissen um die Große Balance vergaß, sind unzählige Lichtseelen hierhergekommen – zart, mutig und oft erschöpft von der Schwere dieser Welt.

Welle um Welle betraten sie die Matrix, warfen sich an das Ufer des irdischen Bewusstseins – bereit, die schmerzhafte Erfahrung des Vergessens zu tragen

in einer Welt widersprüchlicher Wirklichkeiten, um im Dunkel das Licht des Erinnerns zu hüten.

Und langsam, fast unmerklich, begann ihr gemeinsames Gedächtnis sich zu verweben – ein Netz aus menschlichen Fackeln, die das Licht trugen, das hinausführt aus der Dunkelheit der Kammer.

Nun sind die alten Seelen in neuen Körpern erwacht – geformt und gestählt durch ihre Wunden, bereit für diesen heiligen Moment im Kreis der Zeit.

Sie wandeln den Pfad der Erinnerung, erwachen im Gewebe der Erde,

und werden zu Funken, die das Feuer des Erwachens in anderen entfachen.

Die neue Energie ruft nach diesen kosmischen Leitbahnen — damit sie das Licht aufnehmen, es durch sich hindurchleiten und es in das Netz des erwachenden Erdenbewusstseins einweben.

vertraue

Der makellos gekleidete Herr Chan saß mir gegenüber, in feinem fernöstlichem Gewand, und reichte mir eine Tasse duftenden Jasmintees.

Seit vierzehn Tagen überquerten wir die weiten Wasser, und das rhythmische Brechen der Wellen wiegte uns in ein zeitloses Dahingleiten.

Während die Welt in hastiger Eile auf eine Krise unbekannten Ausmaßes zu reagieren versuchte, fanden wir, eine kleine Gruppe von Passagieren auf diesem Schiff, Trost ineinander.

An Bord bildete sich eine leise Vertrautheit – ein zarter Zufluchtsort inmitten der Ungewissheit, die uns umgab.

Als ich auf mein Jahr in Litauen zurückblickte, erkannte ich, wie tief es meine Seele geprägt hatte. Nur fünf Stunden nach meiner frühen Ankunft mit dem Zug hatte sich das ganze Land abgeschottet – Grenzen geschlossen, Menschen isoliert – in panischer Reaktion auf den vermuteten Ausbruch eines Virus.

Verloren in Zweifel und Reue über meine Entscheidung, hierherzukommen, wanderte ich ziellos durch die Straßen von Vilnius. Kein Hostel nahm mehr neue Gäste auf. Doch am Stadtrand bot mir der Besitzer einer kleinen Herberge an, in der Hütte seiner Familie im Gulbinas-Wald zu wohnen.

Allein, umgeben von klaren Seen, hohen Kiefern und dramatischen Sonnenuntergängen, stellte ich mich den Dämonen meiner Erinnerung, die begannen, hervor zu treten.
Jede Welle der Verzweiflung, die ich mir nie erlaubt hatte zu fühlen, stieg nun an die Oberfläche – und diesmal sah ich nicht weg.
Ich heilte den Schmerz, den ich in mir getragen und verdrängt hatte, und ließ jedes Gefühl durch mich hindurchströmen, bis ich mich gereinigt fühlte.

Während meiner Zeit im Gulbinas-Wald wurde Lukas, der Hüttenbesitzer, zu einem lieben Freund.
Mit unerschütterlicher Güte brachte er mir jede Woche Essen und kleine Aufmerksamkeiten, jeden Korb gefüllt mit stiller Zuneigung.
Das Gefühl, umsorgt zu sein – von meinem Freund, dem Wald, dem Wind und dem tragenden Netz des Kosmos – senkte sich tief in mein Innerstes.

Nach achtzehn Monaten wurden die Grenzen wieder für eingeschränkten Reiseverkehr geöffnet.
Mein einziger Weg, weiterzugehen, war die Heimkehr, doch die meisten Routen waren versperrt.
Lukas gab mir den weisen Rat, nach Danzig zu fahren und dort eine Überfahrt in die Vereinigten Staaten zu suchen.

Die Reise war leicht und angenehm, und bald fand ich mich an Bord jenes Schiffes wieder, das mich nach Hause tragen sollte.

„Freuen Sie sich auf das Leben, das Sie bei der Ankunft erwartet?", fragte Herr Chan höflich.

„Ehrlich gesagt wartet niemand auf mich. Ich genieße diese Leere des Nichtwissens hier, mitten im Ozean – und hoffe, stark genug zu sein, nicht zu dem zurückzukehren, was ich hinter mir gelassen habe", antwortete ich.

Herr Chan betrachtete mich eine Weile schweigend, trank einen langsamen Schluck Tee und sagte:

„Ich schätze Ihre Gesellschaft – Sie tragen eine ruhige Integrität in sich. Sie sind bereit, sich sehen zu lassen, und doch sehe ich nur Stille."

„Sie lesen mit feinem Sinn", erwiderte ich. „Ich habe mich vor Kurzem von allem gelöst, was sich als nicht mehr stimmig erwiesen hat. Jetzt habe ich nichts mehr zu verlieren – und keinen Grund, etwas zu verbergen.

Und doch verstehe ich dieses Gefühl von innerer Leere nicht – dieses seltsame Nichts in mir."

„Ich kann diese Empfindung gut nachempfinden", sagte Herr Chan. „Es ist, als würde man in die Luft geschleudert und bliebe in jenem Moment hängen, bevor man zu fliegen lernt.

Auch ich habe meinen alten Weg verlassen und ringe mit einer leisen Trauer, ohne genau benennen zu können, was verloren ging.

Mein Leben ist erfüllend, ich bin im Reinen mit meinen Entscheidungen – doch das Lösen alter karmischer Verstrickungen hinterlässt eine tiefe Leere.

Freiheit trägt keinen Glanz — sie ist der Moment, in dem der Kampf endet, aus dem wir uns selbst geschmiedet haben.

Wenn die alten Konflikte plötzlich in Frieden zerfallen, fühlt es sich an, als löse sich auch ein Teil von uns selbst auf.

Vielleicht ist genau dieses Gefühl der Leere die reinste Form des Friedens?"

„In der Tat", antwortete ich. „Das Niederlegen dieser energetischen Rüstung, die aus innerem Aufruhr geschmiedet wurde, bedeutet, einen

Teil seiner Selbst abzulegen.

Wenn die Spannung der Emotionen nachlässt und die inneren Stürme von Verlangen und Verzweiflung sich legen, entsteht ein stiller Raum reiner Wahrnehmung – ein Ort, an dem sich alles von selbst zusammenfügt."

Herr Chan goss mir Tee nach, und just in diesem Moment setzte sich seine Patentochter Ayana mit leiser Anmut und selbstverständlicher Entschlossenheit zu uns.

Sie war eine beeindruckende Erscheinung von dreizehn Jahren – klug, wach, mit einem Charisma, das den Raum erhellte.

Während der langen Tage auf See hatte mich die Geschichte von Herrn Chans Verbindung zu Ayana tief berührt.

Seine Freundschaft mit ihren Eltern war aus ihrem gemeinsamen Handel entstanden – sie tauschten edle Waren aus Shanghai gegen die feinsten Teppiche und Stoffe aus Isfahan, jener leuchtenden Stadt im Herzen Irans.

Durch diese Zusammenarbeit war Herr Chan zu einem engen und vertrauten Freund der Familie geworden.

Doch als die Wellen der Revolution aufstiegen, wurde ihr Leben auseinandergerissen.

Die gewaltsamen Versuche der Regierung, den Ruf nach Erneuerung zu unterdrücken, zwangen Ayanas Vater, seine Tochter in Herrn Chans Obhut zu geben, damit er sie zu seiner erweiterten Familie bringen konnte – einer iranischen Gemeinschaft von Teppichhändlern in Massachusetts.

Mitten im Chaos internationaler Reisebeschränkungen hatte das Schicksal ihre Wege zu demselben Schiff geführt, auf dem auch ich an Bord gegangen war.

Ayana sah mich mit funkelnden, haselnussbraunen Augen an und lächelte verschmitzt.

„Du hast mir eine Geschichte versprochen", sagte sie aufgeregt, „von der Göttin der Wissenschaft, die einen Prinzen in einen Frosch verwandelte!"

„Und ich werde mein Versprechen halten, Ayana", erwiderte ich warm. „Wie bei allen Geschichten gibt es viele Sichtweisen. Welche möchtest du hören – die mit Drama und Verzweiflung oder die der Heilung und

Erlösung?"

Zu meiner Überraschung blickte Ayana mich nachdenklich an und fragte: „Warum sollten nicht beide Teil derselben Geschichte sein? Ist Verzweiflung nicht notwendig, um Heilung zu finden?"

Ihre Frage hing zwischen uns.

Neugierig fragte ich leise: „Was glaubst du, ist der Sinn von Verzweiflung?"

Sie dachte einen Moment nach und antwortete dann:

„Wahre Heilung geschieht, wenn wir aus dem, was wir erlebt haben, Weisheit schöpfen – wenn wir uns selbst besser verstehen, nachdem wir durch Schmerz gegangen sind.

Wenn wir unser Wachstum so sehr schätzen, dass wir die alten Wunden nicht mehr auslöschen wollen.

Die wahre Heldin ist frei, wenn sie sich nicht länger als Opfer sieht, sondern erkennt, dass sie durch all ihre Erfahrungen zu ihrer Stärke gefunden hat."

Sprachlos wandte ich mich an Herrn Chan.

Ein sanftes Lächeln lag in seinen Augen, als er sagte:

„Jetzt verstehst du, warum ich mich selbst nur als Begleiter auf Ayanas Weg sehe.

Sie gehört zu einer neuen Generation – geboren mit erwachtem Gedächtnis.

Ich werde an ihrer Seite gehen, ob ihre Entscheidungen mir Freude oder Schmerz bereiten.

Sie trägt eine angeborene Weisheit in sich, geboren aus der Kenntnis ihrer eigenen Führung.

Ich vertraue auf die Intelligenz des Kosmos und habe Glauben in die Reise, die ihre Seele gewählt hat."

Ich wandte mich wieder Ayana zu:

„Es scheint, du kennst bereits das Herz jeder Heldenreise.

Aber meine Geschichte birgt dennoch manche Wendung.

Wenn du magst, erzähle ich sie dir nach dem Abendessen – unter den Sternen."

Während Ayana mich weiter ansah, war es, als könne sie direkt in meine

Seele blicken.

Ein Schauer lief über meinen ganzen Körper, als sie fragte:

„Wohin wirst du von hier aus gehen?"

Ich schwieg einen Moment, sammelte meine Gedanken und sagte dann ehrlich:

„Ich habe keine Ahnung, Ayana. Bis zu diesem Augenblick glaubte ich, ziellos zu wandern –

aber vielleicht hat mich meine Reise genau zu dir geführt?"

Ayanas Blick schien sich auf etwas Unsichtbares zu richten, weit und klar zugleich.

Mit leiser Gewissheit sprach sie:

„Ich sehe dich, wie du dich uns anschließt – zumindest für eine Weile –, wenn wir durch dein Land reisen.

Ich sehe dich den Fäden deiner Erinnerung folgen, geführt von einer sanften Melodie.

Du wirst Freude finden in Feldern und Wäldern, doch am glücklichsten in den Gärten sein.

Und nun sehe ich dich in einer kleinen Stadt, einer müden, entleerten Stadt, die ihren alten Glanz verloren hat.

Dort wirst du einen Baum pflanzen, mitten auf dem Platz – und du wirst bleiben.

Kommst du mit?"

Ein Lächeln trat auf mein Gesicht, während sich eine Träne löste.

„Ja", flüsterte ich. „Das würde ich sehr gern."

BALANCE

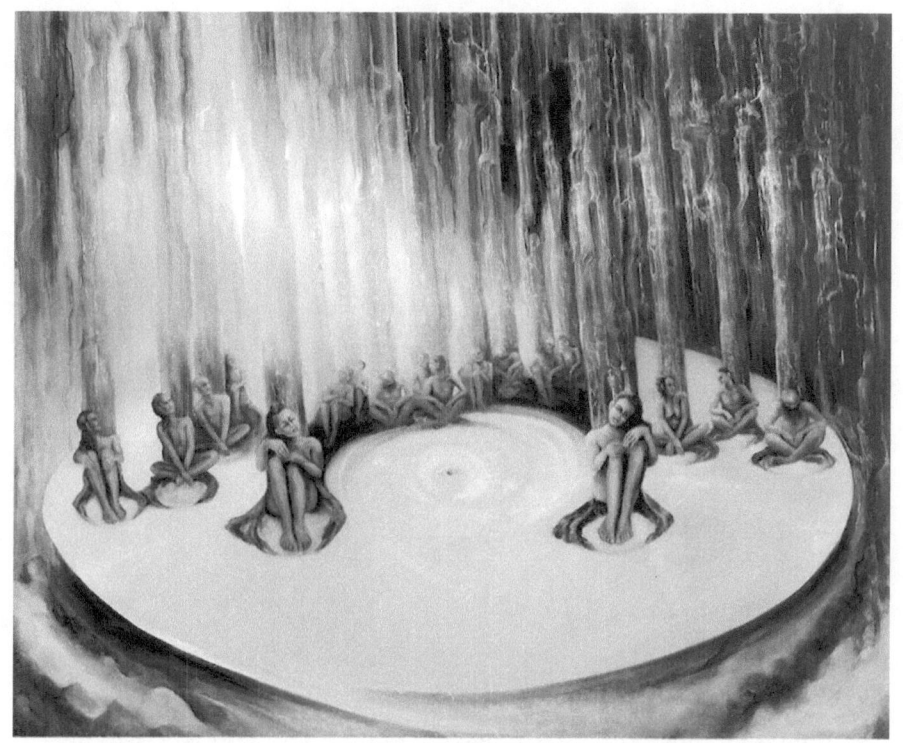

der Wandel

25

Wahrheit

2023: Zwischen Himmel und Erde

Die Erde ist ein Gedanke in Form.

Die Welle des Todes erhob sich in stiller Klarheit.
  Mitten im Grauen offenbarte sich ein tiefes Licht der Liebe –
  wir alle dienten einander
  und wurden zu Katalysatoren gegenseitiger Erkenntnis.
  Als selbst die Kinder zu sterben begannen,
  gab es nichts mehr zu verlieren –
  und die entfesselte Wut legte die Welt in Flammen
  für ein ganzes Jahrzehnt.
  Alle alten Energien durfte im eigenen Licht verglühen.

Wir mussten in die Dunkelheit hinabsteigen,
  um wieder sehen zu lernen.
  Die Vereinbarung unter den Seelen war uralt,
  und die Menschen traten mit stiller Tapferkeit in ihre Rollen.
  Dieser kollektive Exodus – später *Der Große Übergang der Seelen* genannt –
  entfachte eine Welle aus Mitgefühl

WAHRHEIT

und schmerzlicher Sehnsucht nacheinander.
Das beschleunigte Lernen zerriss uns bis in die Substanz
und führte uns zugleich dazu, ein neues Muster zu weben –
ein feines Geflecht aus zarten Fäden,
gesponnen aus dem Wiedererkennen des Selbst im Anderen.
Wir überquerten die große Leere – das Feld reinen Potenzials –
verloren, rufend, voller Sehnsucht.
Als die Strukturen der alten Welt zerfielen
und die Menschheit in ihr rohes Wesen zurückgeworfen wurde –
als der Schmerz, den wir einander zugefügt hatten,
sich wandelte und unsere Herzen sich öffneten,
um das einströmende Licht zu empfangen –
stieg eine tiefe Wahrheit in uns auf:
Die menschliche Seele ist keine bloße Beobachterin,
sondern eine schöpferische Weberin im Gewebe der Zeit.
Jeder Faden des Seins ist durchdrungen von Bewusstsein,
verbunden, verwoben, voneinander abhängig.
Und jede Seele – wie eine geübte Künstlerin –
trägt ihren Teil zum fortwährenden Entwurf des Universums bei.
Auf dem verbrannten Boden unserer Wunden
begann zartes neues Leben zu keimen,
ermutigt, sich zu erheben,
während die alten Systeme zerfielen.
Die Menschen fanden sich neu,
bauten in Frieden ein Netz aus Verbundenheit –
stark und klar,
gewachsen in Ruhe und in Kraft,
Absolventen der Schule der Erde.

Unsere gemeinsame Evolution konnte nur
   durch das stille Erwachen des Einzelnen erblühen –
   durch Bewusstheit, Heilung
   und die Erinnerung, die im Licht getragen wird.

Der Weg des gemeinsamen Heilens windet sich
wie ein Labyrinth in uns allen –
einzigartig, still, unendlich verbunden.

der Übergang

Die Menschheit ist der Same der Erde,
 eine Manifestation reiner Liebe.

In die Matrix des Vergessens einzutreten
 heißt, den langen Pfad der Erinnerung zu gehen –
 eine Reise durch Trennung und Schmerz,
  bis unsere Herzen aufbrechen, wieder ins Licht erblühen
  und den Weg zurückfinden
  in die Selbstliebe.
  Aus Schmerz wird Heilung geboren,
  und aus Heilung entfaltet sich Weisheit.

WAHRHEIT

Die Götter wählten den Fall an der Seite der Menschen –
  damit wir gemeinsam
  das Fliegen lernen.

Heimkehr

Eines Tages kehren wir alle heim –
  vereint,
  wenn sich jeder Vers
  in das gemeinsame Lied unseres Seins fügt.
  Unsere Essenz bleibt Liebe.

About the Author

Jenny Richter ist eine Künstlerin zwischen den Welten – Malerin, Autorin und Reisende zwischen den Ebenen des Bewusstseins, deren Werk die sichtbare und unsichtbare Welt miteinander verbindet.

In ihren Bildern und Texten verschmelzen Zeit, Erinnerung und Seele zu einer Sprache jenseits der Worte. Ihre Kunst ist ein stilles Erinnern – ein Weg, sich selbst im größeren Geflecht des Daseins wiederzufinden.

Ob in ihren Ölgemälden, im Roman *Die Perle im Gewebe der Zeit* oder in ihren meditativen Malbüchern: Jenny lädt dazu ein, das eigene Licht im Spiegel der Schöpfung zu erkennen – sanft, radikal und wahrhaftig.

Also by Jenny Richter

das Mädchen aus den Sternen
Ein Mal- und Geschichtenbuch über Gefühle, Freundschaft & Mut

Die Priesterin - Meditatives Malbuch
Archetypen, Affirmationen und eine Reise durch Licht und Schatten zu innerer Harmonie

www.ingramcontent.com/pod-product-compliance
Lightning Source LLC
LaVergne TN
LVHW091620070526
838199LV00044B/866